괜찮고
괜찮을 나의
K리그

SCORE 0:0   TIME 00:01

LEAGUE

.M.F.C! ★ ★ ★ 박태하 에세이 ★ ★ ★ S.E.O.N.G.I

괜찮고
괜찮을 나의
K리그

▶ 당신에게 가장 가까운
측구장에서

민음사

SCORE 0:0　　　　　　　TIME 00:05

▶ 차례

M.F.C.　　　　　　　　　　　　　　　O.N.G.

『이방인』의 작가이자 대학 시절 골키퍼로 활약했던 알베르 카뮈는 "내가 인간의 도덕과 의무에 대해 알고 있는 모든 것은 축구에서 배웠다."라고 말한 바 있다. 그의 문학과 사상이 '부조리'로 요약되는 걸 보면 축구란 부조리를 배우는 데 썩 유용한 수단이라고 일반화해 볼 수도 있겠다.

골 하나를 만들어 내기 위해 그 많은 인원이 그 많은 무용한 움직임을 꾸준히 지속하는 것부터가 부조리적이다. 그런데도 공은 언제나 예상치 못한 곳에서 날아오고, 그렇게 날아온 공을 다루는 데에는 실패하고 만다. 이 처절한 스포츠를 직접하는 선수들은 오죽 갑갑하겠냐마는, 그라운드 바깥에서 그걸 보고 있을 수밖에 없는 팬의 입장도 결코 만만치가 않다. 부조리극으로 유명한 사뮈엘 베케트의 『고도를 기다리며』 1막 말미에는 마침 이런 대사가 나온다. "여기서 우리가 할 수 있는 게 없네."

게다가 한국의 축구팬, 그중에서도 K리그 팬은 또 하나의 근본적인 부조리에 놓인다. '저는 축구팬입니다.'라는 가장 직관적인 문장으로 스스로를 설명할 수 없기 때문이다. 대부분의 한국인이 '축구팬'이라는 단어에서 떠올리는 것은 붉은악마로 대표되는 국가대표팀 응원단이거나 밤잠을 설쳐 가며 TV를 보는 해외축구 팬이다. K리그 팬은 '축구팬'이라고 했을 때 한국인들의 머릿속 끝자락에나 겨우 자리하는, 아니 자리하기라도 하면 다행인 존재인 것이다. '축구'라는 단어를 듣고 떠올리게 되는 대상 중에서 'K리그'가 갖는 위치 또한 딱히 다를 바 없다. K리그와 K리그 팬은 이를테면 한국 축구의 '이방인' 같은 존재들인 것이다.

K리그는 아마도 당신이 직접 볼 수 있는 축구 리그 중에서 가장 수준이 높지만, 당신의 머릿속에서는 가장 수준이 낮은 리그일 것이다. 그 간극 속에서 어정쩡하게 서 있는 K리그, 그리고 어쩌다 보니 그 리그에 속한 팀을 응원하게 된 난처한 팬들에 대한 이야기를 그려 보고 싶었다.

2016년 봄부터 《릿터》에 '마이 리틀 K리그'라는 제목으로 연재했던 원고에 이후의 이야기들을 덧붙여 모았다. 이 책이 세상에 나올 수 있었던 데에는 내가 쓴 '맞춤법 책' 하나 읽고 연재와 집필을 권한 서효인 편집자의 공이 컸다. 그 예측할 수 없는 섣부름에는 아직도 갸우뚱할 따름이지만, 고마운 일이 아닐 수 없다.

영국의 축구광이자 작가인 닉 혼비는 "축구를 통해 맺게 되는 관계 가운데 가장 격렬한 것은 물론 팬과 팀 사이의 관계"라고 했다.* 이 책은 한 K리그 팬이 그 '격렬한 관계' 속에서 울고 웃다 종내 더 격렬해지고 마는 감정의 표류기이자, 사랑하는 것을 대하는 태도를 배워 가는 학습기이다. 또 이 조촐한 리그를 함께 지켜보고 응원해 온 K리그 팬 친구들에게 보내는 자그마한 위로기이기도 하다. K리그에 별 관심이 없던 분들을 꼬드기는 안내서 역할을 겸하고픈 과욕도 좀 있다.

나아가 이 이야기가 자신만의 소중한 애정 대상을 지닌 이들에게도 가닿는다면 기쁘겠다. 좋아하는 것에 속수무책으로 당할 수밖에 없는 우리의 마음은 통할 테니까. "여기서 우리가 할 수 있는 게 없네."라는 블라디미르의 말에 에스트라공은 이렇게 대꾸했다.

"어딜 가도 마찬가지지."

* 닉 혼비, 이나경 옮김, 『피버 피치』(문학사상, 2014), 262쪽.

일러두기

▶ 본문은 2016년부터 2019년까지의 시점을 기준으로 하되 필요한 경우 이후의 이야기를 보충했고, 본문 사이에 삽입된 K리그 안내 글은 2019년 8월을 기준으로 썼였다. 안내 글에서 제공하는 정보의 경우, 변동 사항 (신생 팀 창단, 제도 변경 등)이 있을 수 있으니 정확한 정보는 꼭 따로 검색해 보기를 권한다.

▶ 축구 용어와 외국어 고유명사는 한글 맞춤법과 외래어 표기법을 원칙으로 하되, 일부는 관례에 따랐다.

▶ 부끄럽지만 항상 하게 되는

대기심이 표시한 추가 시간은 5분. "뭐? 4분이 아니고?", "이게 말이 돼!?", "야, 심판!" 곳곳에서 볼멘소리가 튀어나온다. 원정팀인 우리가 3 대 2로 앞선 상황, 홈팀은 무승부라도 거두기 위해 파상 공세를 펴고 있다. 우리 팀이 세 번째 골을 넣은 후반 12분부터 공은 거의 상대 선수들 차지였으니 30분도 넘게 바짝 긴장해 있었건만, 거기에 또 5분이라니! 세상 모든 5분보다 긴 이 5분을 보내는 방법은 갖가지 감탄사 혹은 괴성 혹은 비속어를 내뱉으며 휘슬이 울리기를 기다리는 것뿐이다. 적어도 내가 알기론 그렇다.

취업 면접장에서 롤 모델이 누구냐는 질문을 받고 상무에 입대한 우리 팀의 전(前) 주장 박진포 선수의 이름을 얼결에 내뱉고 만 대학생 A 씨도,(면접관들은 그 낯설고 독특한 이름에 얼마나 얼떨떨했을까.) 구단주인 시장님에게 잘 보일 수 있을까 싶어 경기장에 코빼기를 비치기 시작했다가 이제는 제 손으로 팀에 코를 꿰어 경기 날만 손꼽고 있는 시청 공무원 B 씨도,(시장님에겐 모르겠고 가족들에겐 잘 보일 수 있을까.) 30대 중반에 난생처음 형광켄트지를 오려 플래카드를 만들어 들고 다니며 흔드는 프리랜서 C 씨도(플래카드 속 선수는 오늘 골망을 흔들었을까.) 뾰족한 수가 없기는 마찬가지란다. 각자의 사정을 안고 골대 뒤 한 구석에 따로 또 같이 자리한 60여 명의 원정 응원단도, 일일이 붙잡고 물어보지는 않았지만 딱히 수가 없지 싶다.

상대 팀의 날카로운 공격을 힘겹게 막아 내고 가슴을 쓸어내리기를 몇 차례, "야! 심판!", "시간 다 됐다!", "끝내라고!" 하는 악다구니가 절정에 달했을 무렵, 비로소 경기 종료를 알리는 긴 휘슬이 울렸다. 휴, 이겼다.

머나먼 원정길 끝에 '펠레 스코어'로 승리를 거두는 기분은 굉장히 환상적일 것 같지만 당장은 안도감이 우선이다. 다 잡은 경기를 놓치지 않았다는, 그래서 집으로 돌아가는 먼 여정 내내 짜증과 우울과 분노를 마주하지 않아도 된다는 사실이 더 다행인 것이다.

더위에서 벗어날 수 있다는 점도 그렇다. 때 이른 폭염 주의보가 내린 5월의 오후 2시부터 4시까지, 이곳 상주시민운동장의 햇살은 작살처럼 내리꽂혔고, 원정팀 응원석에는 머리통 욱여넣을 그늘 한 점 없었다. 맨 정신으로는 도저히 버티지 못할 듯해 경기장에서는 좀처럼 먹지 않는 소주까지 한 팩 곁들였더니 눈앞에 아지랑이가 일렁거렸다. 이제 곧 그늘로 몸을 피할 수 있다는 사실이 더 다행인 것이다.

　그늘을 찾아갈 때 가더라도 우리 선수들이 인사하러 오는 건 보고 가야 한다. 승리의 여운에 젖은 선수들이 골대 뒤 육상 트랙을 가로질러 응원단 앞으로 다가올 때의 기분은 진짜로 환상적. A 씨, B 씨, C 씨를 비롯한 응원단 모두 자신이 이미 녹초가 되었다는 사실도 잊고 함성을 질렀다.(하기야 이 날씨에 직접 뛴 선수들이 더 녹초였을 테니 그래야 마땅하겠다.) 선수단과 함께 만세 삼창과 기념 촬영을 했으며, 선수들은 박수와 목례로 감사를 표했다.(하기야 자기들은 뛰면서 돈이나 벌지, 팬들은 제 시간과 제 돈과 제 힘을 써 가며 이 고생을 했으니 그래야 마땅하겠다.)

　이어서 상대 팀 상주상무에서 군 복무 중인 우리 팀 소속 선수 두 명이 찾아와 인사를 했다. 그러니까 그 두 명에는 바로 그 '박진포' 선수도 포함되어 있었는데, 모두들 "군 생활 잘하세요!", "건강하세요!" 하고 화답의 메아리를 피워 올리는 와중에 정작 A 씨는 목이 메어 아무 말도 못 했다고 한다.

　자신의 이름이 적힌 C 씨의 플래카드를 확인한 젊은 스트

라이커는 쑥스럽게 슬쩍 알은척을 해 주었다. 오늘 그 선수는 골을 넣지 못했다. 하지만 그가 흔들지 못한 골망 대신이기라도 한 듯 플래카드를 열심히 흔들던 C 씨, 그러니까 이 글을 쓰고 있는 나는 "잘했다, 황의조!"라고 힘껏 외쳐 주었다. 항상 부끄럽지만 항상 하게 된다.

이렇게 나의 팀, 성남FC의 2016 K리그 클래식 열한 번째 경기가 마무리됐다. 프랑스의 철학자 레비나스는 시간을 "주체가 홀로 외롭게 경험하는 사실이 아니라 타자와의 관계 자체"라고 했다.* 홈구장에서 두 시간 반 떨어진 작은 도시의 시민운동장에서 펼쳐진 경기는 응원단과 선수들뿐 아니라 심판, 볼보이, 캐스터와 해설자, 치어리더, 의무진, 검표원 등 경기를 지켜보고 관여한 모든 이들의 관계 속에서 온전한 하나의 세계가 되었다. 관중 수 1382명의 단출한 경기였지만 절대 똑같이 재연될 수 없는 한 덩어리의 시간, 이것들이 한 겹 한 겹 쌓여 '축구팬의 시간'이 된다.

▶ 이토록 유난스러운 직관주의

구단이 제공하는 원정 응원단 버스를 타고 온 A 씨와는 다음 홈경기 때 보자는 인사를 나누고 헤어졌다. 추가 시간이 4

* 엠마누엘 레비나스, 강영안 옮김, 『시간과 타자』(문예출판사, 1996), 29쪽.

분이니 5분이니를 두고는 길길이 날뛰면서, 며칠 몇 시 같은 건 시시콜콜 정할 필요 없이 호쾌하게 퉁쳐 버리는 것이다. 축구팬의 시간이란 이렇게나 모순적이다. 90분 경기를 보러 이동에만 왕복 다섯 시간을 감수하는 것도 그렇고, 경기장 전광판이나 텔레비전 중계 화면의 타이머는 수십 수백 번 들여다보는 주제에 경기 단위로 일상을 조직하고 시즌 단위로 기억을 조작해 버리는 일이 예사다.

홈과 원정을 가리지 않고 전 경기 출석을 목표로 하는 열정적인 팬들도 있지만, 아무래도 가까운 홈경기가 기본이다. 물론 이들도 엄연한 생활인인지라 홈경기에 꼬박꼬박 참석하는 것도 녹록지는 않다. 그래도 특별한 일이 없으면 홈경기는 간다는 생각을 가지고 있는 정도면 충분히 그 팀의 골수팬이라 할 수 있을 터. 이들은 약속을 잡을 때나 개인 일정을 짤 때 경기일을 가장 먼저 고려한다.

연초에 시즌 일정이 발표되면 다이어리에 경기일을 꼼꼼하게 옮겨 적어 두는 것은 기본. 수요일 저녁의 급작스러운 회식이나 토요일 오후의 결혼식만큼 그들을 슬프게 하는 것은 없다. 하지만 진성 '축덕'(축구 덕후) 생활이 길어지다 보면 주변인들도 어느 정도 포기하기도 한다. "자네는 오늘 회식을…… 아, 오늘 축구 있는 날인가? 알겠네.", "진짜 미안하다. 내가 결혼식 날짜가 그날밖에 안 돼서…… 안 와도 괜찮아."

누군가는 축구를 "킥오프부터 경기 종료 휘슬까지의 희망과 긴장"을 뜻한다고 멋지게 정의했지만,* 이런 사람들에게는 이 정의도 폭이 좁다. 이들에게 '다음 경기'란 단순히 90분이 아니라 한 경기가 끝난 뒤 생활의 잡다한 일들을 무사히 처리하고 다음 경기가 열리는 경기장에 서기까지의 과정 및 그 경기의 90분까지를 아우르는 말이다. 짧게는 사흘, 길게는 2~3주 간격인 이 '다음 경기'를 하나의 시간 단위라고 할 만하다. 매 '다음 경기'를 겪다 보면 한 시즌이 끝나는 것이다. 단위라고 해서 꼭 모든 구간의 길이가 같을 필요는 없다.

'시즌'에 관해서라면 또 어떤가. 어떤 연도를 떠올리면 그 해의 개인사나 사회적 사건과 함께(혹은 그보다 먼저) 그 시즌의 기억이 자연스레 뒤따른다. 만족스러운 시즌을 보낸 해의 기억들은 한두 눈금씩 좋은 방향으로 옮겨지게 마련. 가령 포항스틸러스의 팬에게 두 개의 우승 트로피를 동시에 든 2013년에 연인과 헤어진 기억은 다른 해에 같은 일을 겪었을 때보다 조금이라도 아름답게 포장될 확률이 높다. 연인이 떠난 주된 이유가 바로 축구였음은 새카맣게 잊고서 말이다.

기억 이야기가 나와서 말인데, 내 개인사의 특정 날짜를 수상하리만치 잘 기억하는 친구가 있다면 골수 축구팬인지를 의심해 볼 필요가 있다. 닉 혼비가 자전적 에세이 『피버 피치』에서 말한 것처럼 "친구의 결혼식을 기억하는 데 300마일이

---

* 크리스토프 바우젠바인, 김태희 옮김, 『축구란 무엇인가』(민음인, 2010), 131쪽.

나 떨어져 있는 진흙탕에서 선수가 미끄러져 넘어진 일을 써먹을 사람이 축구팬 말고 또 누가 있겠는가." 말이다.* 나 역시 아내와 연애 시절 처음으로 축구장에 함께 갔던 기념비적인 날이 마침 친구의 결혼식 날인지라 해마다 그날 아침이면 축하 문자를 보내 친구를 섬뜩하게 하곤 한다. 아, 오해를 피하고자 덧붙이자면, 그날 나는 결혼식에 참석하여 친구로서의 본분을 다한 후 경기장에 갔다.

한국에서 축구팬, 아니 K리그 팬은 꽤나 유별난 이미지인 것 같다. 야구팬은 '일반인'이지만, K리그 팬은 '덕후'에 가깝달까? 딱히 반박할 생각은 없다. 지금까지 내가 쓴 내용 자체가 이미 그 근거니까.

그러한 인식이 생긴 가장 큰 원인은 아마도 '희귀해서'일 것이다. 누군가가 스스로를 "전 하키팬이에요."나 "수구팬입니다."라고 소개할 때 얼마나 유별난 사람으로 보일지는 안 봐도 뻔하지 않은가. 아무래도 자주 보지 못한 종류의 사람들, 거기에 어딘지 극성맞아 보이는 구석까지 있는 사람들은 그럴 수밖에 없으리라.(하지만 희귀한 취미를 가진 사람들은 똑같은 행동을 해도 극성맞아 보일 수밖에 없다는 점에서 좀 억울하긴 하다.) 국립국어원 표준국어대사전에 '야구팬'은 등재되어 있는 반면 '축구팬'은 그렇지 못하다는 사실은 축구팬의 상대적 희귀함을 보여 주는 소소한 증거 중에 하나다.

---

* 닉 혼비, 『피버 피치』, 124~125쪽.

'희귀함' 외에 중요한 가설 하나를 덧붙이자면, 그것은 바로 K리그 팬에게 축구란 곧 '직접 경기장에 가서 봐야 하는 것'이라는 정서가 유독 강하기 때문이라는 것이다. '직관'(스포츠 팬들은 '직접 관람'을 줄여서 이렇게 부른다.)에 대한 이 족속들의 집착이 얼마나 강한지는 역시 지금까지 내가 쓴 내용 자체가 축구 경기를 '본다'가 아닌 '보러 간다'는 것을 전제로 하고 있다는 데에서 빼도 박도 못 하게 드러나 있다. 이들은 강성 '직관주의자'다.

어떤 스포츠건 직관은 진리다. 해당 스포츠가 갖는 형식미, 정해진 형식 안에서 목표를 성취하기 위한 실천으로서의 플레이, 플레이 과정에서 드러나는 육체의 아름다움과 퍼포먼스의 경이로움, 이 모든 것을 함께 지켜보는 다른 관중들과의 일체감 등 스포츠의 핵심 요소들을 가장 직접적이고 원초적인 방식으로 즐길 수 있기 때문이다. 나의 우상(혹은 대리인)인 선수들과 한 공간에 함께 있을 수 있다는 사실도 결코 빼놓을 수 없는 매혹의 요소.

그러니 중계로밖에 즐길 수 없는 유럽 축구의 팬들이 직관을 버킷 리스트의 위쪽에 올려놓는 것도 당연하다. 야구팬 역시 직관을 마다할 이유가 없다. 직관 대상으로서의 야구 또한 얼마나 매력적인지! 오죽하면 야구장에서 허공을 가르는 2루타를 바라보며 소설가가 되기로 마음먹고 세계적 작가가 된 사람이 있을 정도겠는가.(그래, 무라카미 하루키 말이다.) 하지만 거의 매일 경기가 펼쳐지기에 모든 경기를 직관할 수 없는 현실에서 풍부한 데이터와 인포그래픽, 다양한 각도의 클로즈업, 맛깔난 해설과 함께하는 야구 중계는 야구의 또 다른 맛을 보여 주는 썩 훌륭한 대체재이자 긴요한 보완재이다.

하지만 K리그 팬들에게는 이야기가 다르다. 중계는 경기장에 가지 못하는 설움을 아쉬운 대로 달래는 데에나 겨우 몫을 할 뿐이다. 움직임 자체가 원시적인 에너지를 품고 있어서일까? 적은 득점 때문에 현장에서 느끼는 한 골의 카타르시스가 압도적이어서일까? 혹은 휴식의 타이밍이 예상 가능한 야구와는 달리 끝없이 긴장해야 하는 데 길들여져서일까? 글쎄, 잘 모르겠다.

까딱 정신을 놓쳤다간 1 대 0 경기의 결승골이 될 골 장면도 놓칠 수 있고, 그럴까 봐 애써 정신을 다잡고 있었더니 얌전히 0 대 0으로 끝나 버릴 수도 있다. 아래쪽 좌석에서는 원근감이 뭉개져 먼 곳의 상황을 정확히 파악하기도 힘들고, 그렇다고 전광판 리플레이를 충실히 제공하는 것도 아니다. 축구장에서 유독 더 뜨거워지는 햇살과 차가워지는 바람은 또 어쩔 것인가.

도대체 저 인간들이 10년에서 20년씩 '밥 먹고 뽈만 찬' 놈들이 맞는지 의심스러운 한심한 플레이에 열불이 터지는 날도 부지기수다. 응원하는 팀이 0 대 3으로 깨지는 경기를 보고

서 집으로 돌아올 수도, 그 길에 돌아 올 수도 있다. 이 모든 악조건과 불확실함 속에서도 꾸역꾸역 경기장을 찾는 걸 보면 이 사람들 혹시 마조히스트 아닌가 하는 의심이 스멀스멀 올라오는 것도 무리는 아니다.

그래서일까. 다른 종목의 팬들이 '즐기러' 간다면 축구팬들은 '싸우러' 가는 느낌이다. 흔히 야구를 인생의 축소판, 축구를 전쟁의 축소판이라고 하니 꽤 어울리는 표현이 아닐까? 하지만 알아 두어야 할 것은 싸움의 대상이 꼭 상대 팀이나 상대 응원단만은 아니라는 사실이다. 이들은 나태한 선수에게, 멍청한 심판에게, 독단적인 감독에게, 무능한 프런트에게도 화를 낸다. 집에서 편하게 댓글을 달아도 될 걸 기어이 모습을 드러내 의사를 전달한다는 점에서 일종의 '행동 윤리'를 가진 이들 아니겠느냐고 애써 변호해 본다.

그게 전부가 아니다. K리그 팬들은 더 근본적인 싸움에 마주한다. 쓸쓸한 관중석을 보며 나의 팀과 그 팀이 속한 리그에 대한 세상의 무관심에 화를 낸다. 그러다 이따위 경기를 하는데 관중이 참도 찾아오겠다 욕을 하다가, 그걸 보겠다고 여기 와 퍼질러 앉은 나 자신조차도 못마땅해져서 고개를 절레절레 젓고 만다. 또 그러다가는 이런 나를 받아 줄 곳은 결국 이 팀밖에 없다는 데 또 화를 낸다. 이렇게 자기 안의 쓸쓸함과 우울함, 나아가 인생 자체와도 싸운다. 그리고 이것이 가장 구제불능인 점인데, 그걸 내심 즐긴다……. 참으로 유난스럽다 하지 않을 도리가 없고, 이런 '직관주의자들'이 경험하는 시간의 밀도와 팀에 대한 충성도가 높지 않을 도리가 없다.

▶ 축구팬의 시간, 참 힘겹게도 쌓이는

상주에 다녀오고 이틀 후, 이 직관주의자들을 충격에 빠뜨린 뉴스가 보도되었다. 2010년대 K리그 최고 명문으로 모든 K리그 팬의 시샘을 받고 있는 전북현대모터스의 심판 매수 혐의 소식이었다. 물론 가장 큰 충격은 전북 팬들의 몫이었을 것이다. 배신감, 부끄러움, 속상함 등이 뒤엉켰을 그들의 속을 나는 짐작조차 할 수 없다. 15년 전북 팬 인생을 그만두겠다는 선언이 나올 정도니 오죽했을까.(그냥 15년이 아니라 '축구팬의 시간'으로 15년이다.)

하지만 다른 팀 팬들의 분노와 절망 또한 결코 작지 않았는데, 그것은 이 사건이 단순히 한 구단이 부당하게 이득을 본 문제에 그치는 것이 아니었기 때문이다. 한 경기의 결과가 그 두 팀에게만 영향을 미치는 것이 아니라는 사실은 월드컵 때만 축구를 슬쩍슬쩍 보는 사람도 쉽게 알 수 있는 노릇. 같은 조의 다른 팀 경기 결과가 우리에게 얼마나 큰 영향을 미치는지는 그놈의 지긋지긋한 '경우의 수'라는 표현에 잘 드러나 있다. 하물며 매 라운드, 다른 팀 경기 결과에 촉각을 곤두세우며 승점과 득점과 골득실을 계산하는 리그 팀 팬들에게는 그대로 피부에 와닿는 이야기가 아닐 수 없다.

부당한 경기 결과 때문에 애먼 우리 팀의 순위가 떨어질 수 있다는 건 너무 일차원적인 예다. 그 결과 때문에 순위가 떨어진 다른 팀이 대오 각성하고 다음 경기인 우리와의 시합에 나서는 바람에 평소라면 쉽게 이겼을 그 팀에게 완패를 당할 수도 있다. 어쩌면 상대의 각성이 지나쳐 시종 거친 경기 끝에 우리 팀 주전 미드필더가 큰 부상을 당해 시즌 나머지 경기에 나서지 못할 수도 있다. 나비효과가 별게 아니다. 이렇게 원인과 결과가 물고 물리는 세계에서 심판 매수를 시도한 이들을 두고 "하, 그놈들 참 더럽고 치사하네."라고 한마디 투덜대고 넘어가면 그만인 일은 아닌 것이다.

공정하지 않은 리그란 부도덕하기에 앞서 얼마나 무의미한가. 경기의 내용과 결과가, 시즌의 순위가 선수와 감독의 실력과 노력이 아니라 심판에게 바친 돈의 액수로 결정된다면 대체 그런 경기를 보고 있을 이유가 뭔가? 뭐 하러 전국 방방곡곡 돌아다니며 경기를 하고 또 그걸 따라다니며 응원을 하나? 그냥 돈 낸 순서로 순위를 결정하지……. 나는 무의미한 일을 하는 걸 무척 좋아하고 즐거워하지만, 그건 무의미할 줄 알았고 무의미해도 되는 일일 때만 그렇다. 누군가가 순수한 마음으로 열심히 한 일을 다른 이가 무의미하게 만들어 버리는 건 딱 질색이다.

　이러니 순수한 마음으로 열심히 내 팀을 응원하는 것만으로는 충분치가 못한 것이다. 건강하지 못한 리그에서 내 팀만 홀로 건강할 수 있을까? 애정의 대상이 정당하게 대접받지 못하고 온전하게 존재할 수 없는 상황에 눈감는 것을 사랑이라고 말할 수는 없는 법이다. 그렇기에 이것은 일개 팀의 문제를 넘어 우리 리그, 시간과 공을 들여 지켜 온 이 작은 사회의 신뢰와 명예에 관한 문제일 수밖에 없다.(2011년 승부 조작 사건에 우리는 또 얼마나 상처를 받았던가.) 우리의 시간을 담보로 먹고사는 구단과 휘슬로 우리의 시간을 열고 닫는 심판이 뒤에서 손을 잡다니, 이것이야말로 축구팬의 시간에 대한 가장 강력한 모독 아닌가.

　이 사실을 너무도 잘 알고 있는 전북현대 서포터스 연합은 "구단은 진상을 철저히 조사해 밝히고 이에 따른 어떠한 책임도 받아들이라."라는 요지의 성명서를 냈다. 싸고돌기라면 둘째가라면 서러울 대한민국에서, 누구보다도 가슴 아팠을 이들이 보여 준 용기 있는 대응이었다. 거기서 끝이 아니다. 직관주의자들은 그런 데서 멈추지 않는다.

　성명서가 발표된 날 저녁은 마침 전북현대의 숙원인 AFC

챔피언스리그(아시아 챔피언을 가리는 대회) 우승을 향한 16강 토너먼트 홈경기가 있는 날이었다. 중계로 경기를 지켜봤는데, 선수들은 묵묵히 뛰고 있었지만 관중석의 분위기는 어딘지 뒤숭숭한 구석이 있었다. 응원 구호는 여전히 쩌렁쩌렁했지만 슬픔이 묻어나는 듯했고, 언뜻언뜻 스치는 관중들의 표정도 평소 같지 않아 보였다. 그렇게 덩달아 울적해진 마음으로 전반전이 끝나기를 기다리던 찰나, 그날의 가장 우렁찬 응원 소리가 경기장에 울려 퍼지기 시작하는 것 아닌가.

북소리 세 번에 이름 세 글자씩, 경기장에서 뛰고 있는 선수는 물론 출전하지 못한 선수들까지 모든 선수의 이름이 하나하나 호명되고 있었다. 사랑한 죄밖에 없는 팬들이 열심히 뛴 죄밖에 없는 선수들의 이름을 이를 악물고 외치고 있었던 것이다. 흔들리지 말라고, 당신들이 정정당당하게 최선을 다하는 한 우리는 항상 당신들 뒤에 있다고 말이다.

미리 계획한 것은 아니었지 싶다. 이들의 이름을 외치지 않고서는 도저히 지나칠 수 없었던 어떤 순간을 누군가가 '직관적으로' 느낀 것 아니었을까? 결국 전북은 승리를 거두고 8강 진출에 성공했다. 그날, 아랫입술을 곱씹어 가며 선수들의 이름을 목 놓아 외친 90초는 전북 직관주의자들의 시간에 진하게 새겨졌을 것이다. K리그 팬의 시간, 이토록 힘겹게, 또 한 겹 쌓였다.

▶ 'K리그'라는 명칭

프로야구보다 한 해 늦은 1983년, 다섯 개 팀으로 출범한 한국 프로축구의 당시 이름은 '수퍼리그'였다. '어린이에게 꿈과 희망을'이라는 프로야구의 캐치프레이즈는 기억이 나는데, 프로축구의 캐치프레이즈는 기억도 나지 않고 검색도 되지 않는 걸 보면 확실히 이때부터 야구에 치였던 모양. 그래도 명색이 아시아 최초의 프로축구 리그다.

'축구대제전', '한국프로축구대회', '코리안리그' 등으로 갈팡질팡하던 리그 명칭이 'K리그'로 공식 결정된 것은 10개 구단 체제였던 1998년이다. 이후 2002년 한일 월드컵의 열기를 업고 시도민구단이 연달아 창단하며 2011년에는 참가 구단이 16개로 늘었고, 이를 기반 삼아 2013년에 처음으로 1부리그와 2부리그가 나뉘었다. 2019년 현재 1부리그 12팀, 2부리그 10팀, 총 22개 팀으로 운영되며 승강제를 실시하고 있다. 승강이 가능한 리그가 고작 둘뿐인 데다가, 하위 리그로 갈수록 팀 수가 많아지며 최상위 리그에 희소성이 부여되는 해외의 리그들과 달리 피라미드가 뒤집혀 있는 게 특이점. 그래도 명색이 한국 프로스포츠 중 가장 많은 구단 수를 자랑한다.

'K리그'는 1부리그와 2부리그를 모두 포괄하는 명칭이며, 승강제 시즌 첫 해인 2013년부터 2017년까지 1부리그는 'K리그 클래식'으로, 2부리그는 'K리그 챌린지'로 불리다가 2018년부터는 'K리그1'과 'K리그2'가 공식 명칭이 되었다.(이 책에서는 해당 연도의 명칭으로 표기했다.) 뻔한 이름 쓰지 않겠다고 야심 차게 지어 5년 동안 잘 쓰더니만 겨우 정착하나 싶은 때 갈아엎음으로써 쉽게 안주하지 않는, 그야말로 일일신 우일신 (日日新 又日新)의 자세를 보여 준 게 매력 포인트. 그래도 명색이…… 음, 또 뭐가 있지? 아, 그래, 아시아에서 가장 실력이 뛰어난 리그 중 하나다. 2016년까지 수년간 1위를 지켜 오던 공식 랭킹이 2019년 현재 4위까지 떨어지긴 했지만 여전히 아시아 최정상급 리그임은 부인할 수 없는 사실.

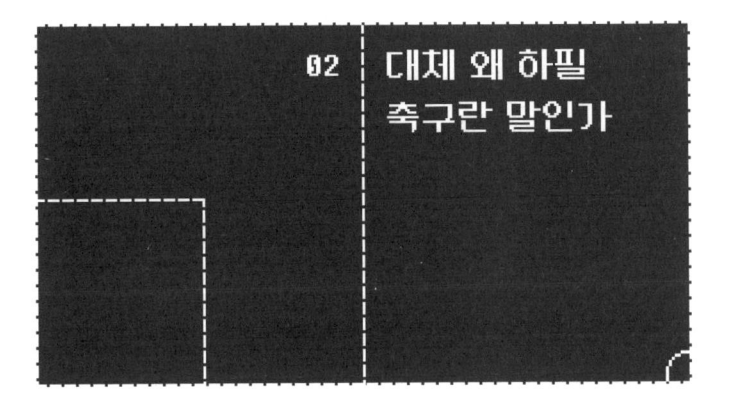

02 | 대체 왜 하필
축구란 말인가

▶ 진짜로 하나도 아무렇지도

상대 팀의 역습 장면에서 공이 골대를 빗나가자 안도의 탄식이 경기장을 울렸다. 저절로 터져 나오는 것이되 약간은 주변을 의식하는 듯 연극적인 그 소리. 경기장이란 그런 곳이다. 감정의 즉각적인 표출이 일상에서보다 훨씬 관대하게 허용되는 동시에, 그조차도 한 공간에 있는 타인들과의 교감을 신경 쓰지 않을 수 없는 곳. 어쨌거나 실점을 모면했으니 가슴 한 번 쓸어내리고, 언제부터 의자와 떨어져 있었는지 모를 엉덩이도 주저앉힌다.

"정말 하나도 기대가 안 된다니까요."

축구장에서 몇 번 낯을 익혔는데 오늘 마침 둘 다 혼자라

나란히 앉아 경기를 보게 된 회사원 D 씨의 말이다. 전적으로 동감이다. 오늘은 혹시 조금 다르지 않을까 하는 소박한 기대는 경기 시작 15분 만에 바닥을 향하고 있다. 이럴 줄 뻔히 알았으면서도 항상 당할 수밖에 없는 게임. 몸을 숙여 바닥에 놓인 플라스틱 맥주잔을 집어 들었다. 형식적이나마 잔이라도 한번 부딪쳐야 하나 싶었는데, D 씨는 이미 콜라를 꿀떡꿀떡 넘기고 있었다. 아, 맞다. 이 남자, 2주 전의 충격적인 패배와 이어진 폭음 후 심한 몸살을 앓곤 덩달아 술까지 끊었댔지.

"진짜로 그래요. 한 골 먹어도 하나도 아무렇지도 않을걸요?"

그렇게 말한 D 씨는 콜라 병을 내려놓고 이번엔 떡볶이를 한 점 콕 찍어 입안에 쏙 집어넣었다. 이 더운 날 떡볶이라니 싫었지만, D 씨는 "한 개 먹어도 하나도 아무렇지도 않은걸요."의 느낌으로 태연하게 오물거렸다. 말은 저렇게 하지만 나는 알고 있다. 13년째 이 팀, 성남FC를 응원하고 있는 이 남자는 한 골을 먹는 순간의 충격과 기어이 패배하고야 말 때의 분노를 최소화하기 위해 이렇게 마음 깊은 곳부터 차근차근 벽을 쌓아 올리고 있다는 사실을. 나의 의심을 눈치채기라도 한 듯 그가 말을 보탰다.

"괜찮아요, 진짜 아무렇지도 않을걸요. 진짜 괜찮아요. 진짜요."

'진짜'가 필요 이상으로 많다. 심리학에서 말하는 '방어기제'를 이렇게 말 그대로 상대방의 공격을 근근이 방어하는 걸 보면서 발동시키고 있다니, 이 이상 생생할 수가 있을까.

종목을 불문하고 모든 약팀 팬에게 공감할 만한 정서일 것이다. 그런 팀 팬들끼리 내 팀이 더 한심하다며 아웅다웅하다가 결국에는 서로를 위로하고 마는 것 역시 익숙한 풍경. 여기에 빠지면 섭섭한 우리 팀 성남FC에 관해 말하자면, 리그 홈경기 기준으로 2016년 5월 1일 승리 이후 다시 승리를 거두기까지 102일이 걸렸다. 그 기간의 전적은 2무 6패. 말이 100일이지, 아홉 달 정도 진행되는 한 시즌의 3분의 1이 넘는 기간이다. 그러니까 2016년 5월 2일생 모태 성남 팬 갓난아이라면 백일잔치 날까지도 홈 승리 한 번 보지 못하다가 잔치 다음 날에야 찾아온 승리에 감격과 설움의 울음을 터트리고 말 것이었다.

직관주의자에게 눈앞에서 지켜볼 수 있는 홈경기에서의 승리란 각별하다. 같은 승리라도 내 눈앞 승리(3D)와 모니터 속 승리(2D)는 문자 그대로 '차원'이 다르니까. 하지만 이 사실이 아니더라도, 홈그라운드란 팀의 혼이 담기고 팬의 자존심이 걸린 장소다. 한 구단을 '공간'의 형태로 상상할 때 구단 사무실이나 선수단 숙소나 모기업 본사를 떠올리는 사람들이 누가 있겠는가? 맨체스터유나이티드 하면 올드 트래포드, FC바르셀로나하면 캄노우 아닌가. 홈구장이야말로 그 구단의 공간적 상징인 것이다.

일상생활에서는 별로 쓸 일이 없지만 홈경기에서의 패배에만 유독 자주 쓰는 단어가 하나 있는데, '함락'이 바로 그것이다. '전주성'이나 '탄천 요새' 같은 별칭은 이런 이미지에 어찌나 잘 어울리는지. 그리고 탄천 요새, 그러니까 우리 성남FC의 홈구장인 탄천종합운동장은, 난공불락인 전주성과 달리 어찌나 시도 때도 없이 함락되는지…….

시즌 개막 후 11경기 동안 승리가 없던 인천유나이티드에 감격의 첫 승을 고이 챙겨 드린 건 훈훈한 축에 드는 기억이다. 먼 길 오신 관객들 누추하지만 한 골이라도 보고 가시라고 종료 직전에 핸들링으로 페널티킥 결승골을 내준 울산현대와의 경기는 허탈해서 말도 안 나오더라. 그러고도 꾸준히 이어지던 홈에서의 '무패 행진',(지지 않아서 무패가 아니라 '무'와 '패'뿐이라 무패 행진이다!) 그 하이라이트는 수원FC와의 경기였다.

우리 팀 구단주인 성남시장이 수원FC 구단주인 수원시장과 SNS로 서로를 도발하더니 덜컥 내기를 했다. 지는 팀의 홈구장에 이긴 팀의 깃발을 사흘 동안 걸어 놓자고 말이다. 썰렁한 우리 리그에 뭐라도 이야깃거리 하나 더 생기는 건 반가운 일이고 언론도 '깃발라시코'니 '깃발 전쟁'이니 하며 분위기를 잔뜩 띄워 주었지만, 못내 찝찝했던 건 우리는 그래도 전통 있는 팀이고 상대는 1부리그에 처음 올라온 풋내기였기 때문이다. 쉽게 말해 '이겨야 본전'인 경기였던 것이다.

이런 경기는 대체로 어떻게 된다? 그렇다. 진다. 우리의 요새에 나부끼는 남의 팀 깃발을 보고 있는 기분은…… 항상 사람 좋은 웃음을 지어 보이는 순하디순한 D 씨가 폭음을 하고 술을 끊은 날이 바로 그날이라는 말로 대신하기로 하자. 다음 홈경기인 FC서울과의 경기에서는 멋진 선제골을 넣고도 너무 일찍 잠그려다가 실로 깔끔한 역전패를 당했다.

▶ **축구, 공간의 미학**

패배가 반복되면 관중은 갈수록 줄어들고, 그 관중들은 에너지의 총량이라도 유지하려는 듯 올수록 포악해진다. 승패는 병가지상사라지만 도대체 뭘 하고 있는 건지 모를 경기를 몇 경기째 보다 보면 보살이 아닌 이상 분통이 터져 나오지 않을 수 없고, 그런 경기를 본 다음 날 아침이면 병가라도 쓰고 싶어지는 것이다.

서울과의 경기 종료 휘슬이 울리자 서포터스석의 분위기는 그야말로 부글부글 끓어서, 무언가 아주 작은 도화선 하나만 있으면 바로 폭발할 것처럼 찰랑거렸다. 그다음 홈경기마저 졌더라면 무슨 사달이 나도 났을 터인데, 어찌어찌 용케 이겨서 한숨 돌리고 홈 무승 기록도 101일에서 멈춰 놓긴 했다.

그리고 그날의 승리가 반전의 시발점이냐 우연한 행운이냐를 판가름해 주는 게 바로 오늘의 경기인데…… 킥오프 후 30분 동안 아무 긴장감이 없다. 희한한 것은 경기 내용엔 긴장감이 없는데 마음속은 조마조마해 죽을 지경이라는 것. 이 불화가 울화를 불러온다. 왜 이 모양 이 꼴인가? 나는 대체 왜 여기 와 있는가? 이럴 걸 뻔히 알고 있었으면서도?

이런 얘기를 같은 팬끼리 해 봐야 폭풍 공감과 맞장구를 통해 울화의 시너지만 일어날 테고, 가족이나 친구한테 해 봐야 "그러길래 그런 걸 왜 봐." 같은 영혼 없는 반응에 상처만 받을 게 뻔하다. 그렇게 이 질문은 자연스럽게, 하지만 조금은 쓸쓸하게 스스로에게 돌아오는데, 이때는 문장이 약간 바뀐다. "대체 왜 하필 축구란 말인가?"

요샛말로 '마이너한 장르를 파는' 덕후들이라면 한 번쯤은 비슷한 절규를 해 봤을 것이다. 물론 축구는 절대 마이너한 장르가 아니다. 이 땅의 하키팬과 수구팬과 바다거북 애호가와 맨홀 뚜껑 덕후 사이에 우리도 좀 끼워 달라고 비빌 뻔뻔함은 추호도 없다. 하지만 무언가를 열렬히 좋아해 본 당신이라면 알아주시리라 믿는다. 사람들이 내가 애정을 쏟는 대상을 아예 모르거나 잘 모르는 건 그러려니 할 수 있지만, 괜히 아는 체하며 얕잡아 볼 때 얼마나 억울하고 괴로운지를.

그리고 K리그는 그러기에 딱 좋은 대상이다. 축구에 대해서는 전 국민이 전문가인 나라의 아무도 보지 않는 리그니까. 축구에 대해 말하고 듣는 걸 싫어하는 사람도 많지만(특히 '군대에서 축구한 얘기'라면!) 축구가 딱히 사회적으로 부담스러운 주제는 아니다. 국가 대항전으로 이만한 관심을 끄는 스포츠도 흔치 않다. 한마디로 '말 얹기 좋은' 소재인 것이다.

스포츠 자체는 굉장히 메이저한데 리그는 마이너한 그 간극 속에서, 내가 가장 사랑하는 팀과 리그가 내가 가장 좋아하는 축구의 이름을 빌려 두들겨 맞는 일이 부지기수다. "K리그? 그거 하나도 재미없잖아?", "그딴 걸 뭐 하러 봐?"라고.

그러게, 내 말이 그 말이다. 왜 이딴 걸 보고 있을까. 하지만 이 질문 아닌 질문에서 경멸 혹은 자조의 뉘앙스를 걷어 내야 한다. 우리의 언어는 얄팍하고 생각은 거칠지만 "그냥", "재밌으니까", "어쩌다 보니"보다는 더 훌륭한 말을 찾아내서 사랑의 언어를 덧씌워야 한다. "나를 왜 사랑해?"라는 애인의 질문에 "사랑하니까 사랑하지."라는 대답 이외에는 다 사족이겠지만, 기어이 사족을 달려는 노력을 통해 그것을 더 사랑하는 방법을 연습하고 배워 갈 수 있으니까.

많은 이들이 축구의 매력을 말한다. 결코 수치로 정형화시킬 수 없다는 사실도 그렇고, 어떤 매뉴얼도 완벽히 작동하지 않는다는 사실도 그렇다. 심장에서도 머리에서도 가장 멀고 다루기 어려운 '발'로 이루어 내는 기예의 경이로움에 경탄하는 이들도 있고, 가장 단순한 규칙으로 가장 극적인 카타르시스를 얻어 내는 간결함을 높이 사는 이들도 있다. 약자가 강자를 꺾는 이변이 자주 일어난다는 사실도 많은 이들이 꼽는 축구의 매력이다. 이런 지당하고 온당한 말씀들 뒤에 내가 꼽는 축구의 최고 매력을 언급하자면, 그것은 바로 축구가 '잠재된 공간의 미학'에 관한 스포츠라는 것이다.

그라운드 위에 흩뿌려져 있던 선수들은 휘슬이 울리면 제각기 운동을 시작한다. 공을 가진 선수의 발끝에, 바로 옆 선수의 동작에, 공의 향방에, 동료의 시선에, 감독의 호통에 반응하는 22개의 점들, 그 사이로 수많은 공간이 움츠러들고 피어난다. 공격수들은 상대의 공간을 열어젖히거나 부숴 버리려 하고, 수비수들은 이 공간을 지켜 내거나 지워 버리려 한다.

수비수를 제치는 화려한 드리블도, 경쾌한 2 대 1 패스도, 대지를 가로지르는 긴 패스도, 오프사이드 라인을 뚫고 들어가는 절묘한 순간 질주도, 공을 가진 동료를 위해 내 쪽으로 상대 수비수를 유인하는 위치 선정도 모두 상대의 공간에 균열을 내기 위한 공격의 움직임이다.

반면 수비진의 간격을 조정하는 것, 상대 팀 에이스에게 전담 수비수를 붙이는 것, 역습 시에도 누군가는 공격에 가담하지 않고 자리를 지키는 것, 프리킥에 맞서 벽을 세우는 것, 반칙으로 흐름을 끊는 것, 오프사이드 트랩을 쓰는 것 등은 모두 공간을 지켜 내고자 하는 수비의 움직임이다.

이렇게 공격과 수비라는 행위가 부딪치며 운동하는 장(場)에서 어쩌면 공은 조연인지도 모른다. 만들어졌다가 사라지는 공간 사이로 움푹 파인 '홈'을 따라 흐르는.

이렇게 축구를 '공'이 아닌 '공간'으로 사고하는 시각으로의 전환(혹은 발전)은 자연스러워 보인다. 대개 초보자들은 '공'(점)만 본다. 그러다가 어느 순간 '선수의 동선'(선)이 눈에 들어오기 시작하고, 한발 더 나아가면 그 선들이 변이 되어 만들어 내는 '공간'(면)을 보게 되는 것이다. 이런 관점에서 보면 축구는, 죽어 있고 보이지 않고 잠재된 공간을, 살려 내고 눈에 보이게 만들고 활성화시켜 그곳에 숨을 불어넣으려는 스포츠다.

축구팬이 '직관주의자'가 될 수밖에 없는 중요한 이유와 K리그의 매력이 바로 여기에 있다. 중계 화면에는 절대 담기지 않는 이 '공간의 미학'을 알게 모르게 맛본 사람들은 그 맛을 결코 잊지 못한다. 우리 수비수들이 공을 돌리는 동안 호시탐탐 상대의 틈을 노리다가 어느 순간 폭발적인 스타트를 끊는 우리 팀 공격수의 모습, 빈틈을 노린 상대의 패스가 발끝을 떠나는 순간 성큼 등장하여 공이 올 곳을 미리 막아서는 우리 팀 수비수의 모습, 모두의 시선이 공 주변에 쏠려 있을 때 반대편의 빈 공간으로 온 힘을 다해 달려가는 우리 팀 미드필더의 모습은 역시 경기장에서 봐야 제맛이다.

상대가 지키고 선 공간을 교란하기 위해 옆줄을 따라 전속력으로 질주했던 우리 팀 측면 수비수가 공 한 번 만지지 못하고 또 묵묵히 옆줄을 따라 달려 내려가는 장면은 뭉클하기까지 하다. 스코어나 볼 점유율로는 절대 담을 수 없는 이러한 움직임을 누가 헛되다고 할 수 있을까? 그런 것들이 모여 축구를 이룬다. 그리고 K리그는 내 삶 가까운 곳에서 이 '공간의 미학'을 가장 수준 높고 아름다운 방식으로 구현한 최고의 즐길 거리다.

▶ 일희일비하지 않습니다

이런 방식으로 축구를 인식하게 되면 사람이 일희일비하지 않게 된다. 일희일비와는 거리가 먼 지금 D 씨의 모습을 보라.(물론 전혀 다른 말이다.) 골도 결국 상대편 골대로 향하는 홈을 파는 데 성공했을 때 주어지는 열매다. 축구에서 골이 중요한 건 두말하면 잔소리고, 홈 파기의 끝은 역시나 '골 결정력'이 좌우하는 것도 사실이다.

하지만 세계 최고의 선수들을 모아 놓은 월드컵에서도 완벽한 골 찬스를 놓치는 경우가 쏠쏠히 일어나는데, '평범하기 그지없는' 우리 선수들이 그러는 것쯤은 그야말로 일상이다.

우리에게 그건 변수가 아니라 상수고 '계산 가능한 범위'에 있다.(『슬램덩크』에서 강백호가 실수하자 같은 팀의 서태웅이 이렇게 위로 아닌 위로를 건네지 않는가. "네 실수는 이미 계산에 들어 있었다.") 중요한 건 찬스를 더 많이, 더 자주 만드는 능력이다. 그것이 곧 홈을 파는 능력이고, 그것의 다른 말이 곧 '경기력'이다.

홈을 잘 팠는데도 운이 없어서 지는 경우, 팬들은 '졌잘싸'(졌지만 잘 싸웠다.)라며 의외로 순순히 받아들인다.(단 내내 허둥지둥대다가 마지막에 발등이 불이 떨어져서 잠시 몰아붙인 걸 갖고 '졌잘싸'라고 하면 안 된다는 게 나의 지론이다. 그럴 땐 그냥 '투지를 보였다.' 정도가 적당하겠다.) 반면 내내 답답한 플레이를 펼치다가 어쩌다 얻어걸린 한 골로 거둔 승리라면, 잠시 기뻐할지언정 마음속 깊은 곳의 근본적인 불안은 거두어지지 않는다.

삶에 비유하자면, 반짝하는 순간만으로 삶이 나아졌다고 순진하게 착각하지는 않는다는 것이다. 물론 반짝하는 순간에 기뻐하기야 하겠지만, 그 우연한 빛이 얼마나 빨리 사그라지는지 또한 잘 알고 있다는 것이다. 삶에서 중요한 것은 평균적으로 지속 가능한 삶의 수준이며, 축구팀에게 중요한 것은 평균적으로 단단한 경기력이다. 한 경기 속에서도 항상 팀의 과거 ─ 현재 ─ 미래를 함께 읽는 리그 팬들의 눈은 그렇다. 이들은 그 빛을 더 오래, 더 자주, 더 밝게 보고 싶다는 열망을 가진 사람들이자 그 빛을 가꾸기 위해 할 수 있는 모든 걸 다할 준비가 된 사람들이다.

그런 의미에서 직관주의자들은 곧 과정주의자들이며, 또 그런 의미에서 (다소의 비약을 감수한다면) 좌파적이다. 좌파 이야기가 나왔으니 말인데, 반세기 전에 영국 노동당을 이끌고 총리를 지냈던 해럴드 윌슨이라는 사람은 이렇게 말했다고 한다. "내가 믿는 사회주의는 모든 사람이 모두를 위해 일하고, 모든 사람이 그 성과를 나눠 갖는 것이다. 그것이 내가 축구를 이해하는 방식이고 삶을 이해하는 방식이다."라고.* 나는 이 말이 참 마음에 든다.

이미 저녁을 먹고 온 내게 자신의 떡볶이를 자꾸 권하는 D 씨의 마음도 어쩌면 그와 비슷하지 않을까.(물론 전혀 다른 말이다.) 하지만 뭔가 좀 해 보려나 싶었던 후반 10분에 상대에게 내주는 선제골은 하나도 그것과 비슷하지 않다. 내가 이해하는 방식의 축구는 그런 게 아니다.

그나저나 D 씨는 그 실점에 정말 "하나도 아무렇지도" 않았을까? "이럴 줄 알았다니까요."라며 짐짓 태연한 걸 보니 방어기제가 어느 정도 효력이 있긴 한 것 같지만 그 속을 어찌 알겠는가. 실점의 찰나에 나 또한 머리를 움켜쥐느라 D 씨의 순간적인 표정을 보지 못했는걸.

어쨌건 남은 35분, 응당 불타는 공격으로 경기를 뒤집었어야 할 우리 팀은 공간을 우리 것으로 만드는 데 철저히 실패했

* 정기동, 「가치: 당신은 결코 혼자 걷지 않으리라」, 김용진 외, 『12가지 코드로 읽는 대한민국 축구』(나무와숲, 2016), 319쪽에서 재인용.

다. 홈은 못 파고 팬들의 마음만 후벼 팠다. 탄천 요새는, 또, 함락되었다. 팬들은 어중간하게 이긴 지난 경기 때문에 어느 정도 화를 내야 할지 애매한 마음으로 주섬주섬 자리를 떴다.

"질 줄 알았는데요, 진짜로요. 뭐. 진짜 괜찮아요."라고 필요 이상으로 반복해서 말하는 D 씨가 집에 가는 길에, 아니면 내일 아침의 출근길에,(병가를 내지 않는다면 말이다.) 그것도 아니면 사흘 뒤 밤 11시에 만두를 굽다가 문득 우울해질지 어떨지는 아무도 모를 일이다. 그 순간을 최대한 유예시켜 주고 싶은 마음에 혹시 여름휴가는 다녀왔느냐고 물었다. 그러자 이 남자, "열흘 뒤가 제주 원정이잖아요."라며 해맑게 웃는 것이 아닌가! 아니, 그러니까 금쪽같은 여름휴가 날짜를 맞춰서 제주까지 원정 응원을 간다고? 이런 경기를 몇 달째 보면서도? 술은 끊는 시늉이라도 하면서 축구는 왜 그럴 생각조차 못 하는지 도무지 모를 일이다.

그나저나 제주 원정이라니 공간의 스케일이 지나치게 크지 않은가! 잠재되어 있던 공간을 결국에는 현실화하고 만다는 점에서 역시 축구는 '공간의 미학'에 대한 운동이 틀림없다. 그리고 이것이 '대체 왜 하필 축구란 말인가'에 대한 하나의 이상한 대답이다.

그리고 나도 비행기를 타야 하나 심각하게 고민 중이다.

▶ K리그 팀의 연고지와 홈구장

2019년 현재 K리그 22개 팀의 연고지와 홈구장은 다음과 같다.

팀	연고지	홈구장(별칭)	유형
성남FC	경기 성남시	탄천종합운동장 (탄천요새/탄필드)	종합*
강원FC	강원도	춘천송암레포츠타운	종합*
경남FC	경상남도	창원축구센터	전용
광주FC	광주광역시	광주월드컵경기장	종합
대구FC	대구광역시	DGB대구은행파크 (대팍)	전용
대전시티즌	대전광역시	대전월드컵경기장 (퍼플아레나)	전용
부산아이파크	부산광역시	구덕운동장	종합
부천FC1995	경기 부천시	부천종합운동장 (헤르메스캐슬)	종합
상주상무	경북 상주시	상주시민운동장 (피닉스파크)	종합*
FC서울	서울특별시	서울월드컵경기장 (상암벌)	전용
서울이랜드FC	서울특별시	서울올림픽주경기장 (레울파크)	종합*
수원삼성블루윙즈	경기 수원시	수원월드컵경기장 (빅버드)	전용

수원FC	경기 수원시	수원종합운동장 (캐슬파크)	종합*
아산무궁화	충남 아산시	이순신종합운동장	종합
안산그리너스	경기 안산시	안산와~스타디움	종합
FC안양	경기 안양시	안양종합운동장 (아워네이션)	종합*
울산현대	울산광역시	문수축구경기장 (빅크라운/호랑이굴)	전용
인천유나이티드	인천광역시	인천축구전용경기장 (숭의아레나)	전용
전남드래곤즈	전라남도	광양축구전용구장 (던전)	전용
전북현대모터스	전라북도	전주월드컵경기장 (전주성)	전용
제주유나이티드	제주특별자치도	제주월드컵경기장	전용
포항스틸러스	경북 포항시	스틸야드	전용

* 별표는 가변석을 설치한 구장.

육상 트랙이 있는 종합경기장보다는 축구 전용구장이 당연히 시야가 좋다. 월드컵경기장(4~6만 석)의 시야도 훌륭하지만, 축구팬들이 가장 선호하는 것은 골대와 관중석의 거리도 더 가깝고 관중의 열기가 모아지기 쉬운 소규모의 축구전용구장(1~2만 석). 포항, 전남, 경남, 인천이 이러한 구장을 갖고 있었는데, 2019년 대구가 새로 합류하였다. 경기 내내 뜨거운 열기를 뿜는 '대팍'은 시야, 분위기, 입지까지 훌륭해 다른 팀 팬들의 부러움을 사고 있다.

월드컵경기장을 쓰는 대부분의 구단은 2층을 통천으로 가리고 관중을 한 층으로 몰아 왁자한 분위기를 내려 애쓰고 있다. 종합운동장을 사용하는 팀들은 관중들에게 더 좋은 시야를 제공하기 위해 육상 트랙 위에 가변석을 설치하여 운영하기도 한다. 성남의 골대 뒤 가변석인 '블랙존'은 그 우수 사례. 물론 전용구장의 시야를 따라갈 순 없지만 종합운동장에서도 어지간히 안 좋은 자리가 아니면 경기 관람에 별 무리는 없으니 미리부터 아쉬워하진 말자. 그래도 초보 관람자라면 경기장의 분위기에 익숙해질 때까지 종합운동장의 골대 뒷자리는 어지간하면 피하기를 권한다.

한편 연고지의 면적이 넓은 도민구단의 경우, 주 홈구장 외에 도내 다른 도시에서 몇 경기씩 분산 개최하기도 한다. 경남FC가 진주나 김해에서, 전남드래곤즈가 순천에서 경기를 하는 식으로 말이다. 홈구장의 수리·보수나 국제 대회 개최 등의 사정으로 연고지 안팎의 다른 경기장에서 한시적으로 경기를 갖기도 한다.

우리나라 최초의 축구 전용구장은 1990년 지어진 포항의 스틸야드. 이 유서 깊고 멋진 구장의 별칭이 없는 이유가 도리어 멋진데, 포항축구전용구장의 별칭이었던 스틸야드가 아예 공식 명칭이 되었기 때문이다. 이처럼 개성 있고 멋진 별칭들이 더 많이 만들어졌으면 좋겠다.

홈구장에 대한 이야기 하나 더. 아시아 최대의 축구 전용구장인 서울월드컵경기장은 FC서울의 홈구장인 동시에 대한민국 국가대표팀의 홈구장이기도 하다. 그런데 지난 2007년 여름 박지성 선수가 뛰던 맨체스터유나이티드가 방한하여 FC서울과 친선 경기를 가질 때 국내 맨유 팬들이 "여기는 또 다른 올드 트래포트(Here is another Old Trafford)"라는 걸개를 내걸어 K리그 팬들의 뒷목을 잡게 한 바 있다. 라이벌 팀 응원단이 원정경기에 와서 내걸었다면 치열한 응원을 예고하는 훌륭한 도발이었겠지만, 안 그래도 해외 축구의 인기에 점점 관심 밖으로 밀려나고 있던 K리그와 한국 축구 입장에서는, 국가대표팀의 홈구장이라는 상징성까지 더해져 엄청난 모욕이었다.

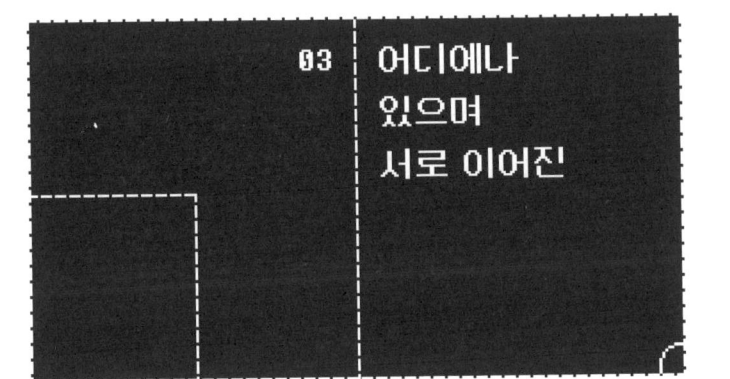

**03 어디에나
있으며
서로 이어진**

▶ 웰컴 투 더 월드 풋볼

결국 비행기를 탔더란다. 제주월드컵경기장 원정팀 응원
석에 들어서자 우두커니 홀로 앉은 D 씨의 뒷모습이 보였다.
그라운드에서 몸을 푸는 선수들을 응시하는 그의 양 어깨에 저
친숙한 방어기제가 두터이 내려앉아 있었다. 애잔한 마음으로
다가가 D 씨의 방어기제, 아니 어깨에 살짝 손을 얹자 휘둥그
레진 그의 눈동자에 놀라움과 반가움이 스쳐 갔는데, 그 끄트머
리에 (자기가 지금 어디 앉아 있는지는 잊고) '댁도 참 어지간하슈.'
라며 나를 애잔해하는 기색이 언뜻 비친 듯도 해서 조금 어처
구니가 없었다.

라고 이 글을 시작할 수 있었을지도 모른다. 그럴 수 없는

이유는 비행기의 목적지가 제주도가 아니었기 때문이다. 이왕 확장하는 축구팬의 공간, 한껏 잡아 늘리기로 했다. 목적지는 무려 축구의 본고장, 유럽이었다.

아내와 함께 낯선 도시의 숙소를 나섰다. 호텔 정문에서부터 일렁이는 인파에 몸을 맡기고 있자니 발걸음을 내딛지 않아도 저절로 축구장에 도착해 있었다. 가는 길 내내 남녀노소를 불문하고 홈팀의 유니폼과 머플러를 갖춰 입었고, 각양각색의 깃발이 찬란히 나부꼈으며, 낯선 언어의 응원가와 구호가 끊임없이 울려 퍼졌다. 도시 전체를 감싼 축제의 리듬에 아내와 나의 맥박도 점점 동화되고 있었다. 통제하는 경찰들의 무표정 끄트머리에 (자기가 지금 무슨 일을 하고 있는지는 잊고) 자부심 비슷한 기색이 언뜻 비친 듯도 해서 조금 어처구니가 없었다.

라고 이 글을 이어 갈 수 있었을지도 모른다. 그럴 수 없는 이유는 내가 머문 나라가 영국이, 독일이, 스페인이, 이탈리아가 아니었기 때문이다. 하다못해 프랑스도, 네덜란드도, 터키도 아니었다. 체류지는 무려 자일리톨의 본고장, 핀란드였다. 어쩌겠는가. 아내의 해외 출장에 묻어가는 주제에 출장지까지 고를 수는 없지 않은가.

그래도 핀란드에서 볼 축구 경기 하나는 고를 수 있었다. 축구를 보러 일부러 외국에 나가는 호사까지는 무리더라도, 가게 될 나라에 리그가 한창인데 빈 눈으로 돌아와서야 쓰겠는가.

말이 나왔으니 말인데, 낯선 리그의 경기를 보러 가는 것은 유적지나 명승지를 보러 가는 것과는 다른, 어쩌면 더 풍부한 결을 내포한다. 고정된 '대상'이 아니라 결말이 열려 있고 아무도 그것을 미리 알 수 없는 '사건'을 현지인들과 동질적으로 경험한다는 점에서 말이다.

그리고 그 경험 속에서 선수와 팀의 실력, 구장의 조형미, 구단과 리그의 행정력, 팬들의 응원 문화, 지역의 공간 배치와 교통 체계, 물가 수준, 축구가 지역과 맺고 있는 관계, 지방색과 국민성 등 여러 축구적·정치적·경제적·사회적·문화적 요소를 엿볼 수 있다. 축구 경기가 한 사회에 대해 말해 줄 수 있는 건 의외로 많은 법이니, 굳이 빅리그의 빅매치가 아니더라도 충분히 재미있게 즐길 수 있다는 말이다. 게다가 K리그의 입장에 가까운 것은 잉글리시 프리미어리그나 스페인 프리메라리가보다는 아무래도 핀란드 1부리그 베이카우스리가(Veikkausliiga) 쪽이 아닐까.

단 한 번도 월드컵과 유럽선수권대회(흔히 '유로' 뒤에 개최 연도를 붙여 부르는 그 대회) 본선에 진출하지 못한 나라, 2016년 현재 국제축구연맹(FIFA) 랭킹은 101위, 유럽축구연맹(UEFA) 리그 랭킹은 54개국 중 34위, 경기당 평균 관중 수는 2500명. 땅이 유럽에 있을 뿐 핀란드의 축구는 우리가 상상하는 '유럽 축구'의 이데아와는 한참 떨어져 있다. 그러니 발걸음을 내딛지 않아도 저절로 축구장에 도착해 있었다느니 하는 말은 절대 믿으면 안 되는 것이다.

　도시 전체를 감싼 축제의 리듬? 턱도 없는 소리다. 헬싱키의 호젓한 호숫가(나중에 알고 보니 내륙 깊이 들어온 '만(灣)'의 가장자리였다.)를 따라 경기장으로 향하는 길, 조깅하는 장년들과 잔디밭에 모로 누운 청년들과 유모차 속에서 세상모르고 잠든 유년들을 지나치고 있자니 축구의 반대편 끝에 있어야 마땅할 '지극한 평화'가 마음에 살포시 깃드는 느낌이었다. 오늘 경기가 있는 게 맞긴 맞나 하는 불안과 의심만이 그 평화를 흔드는 유일한 방해물이었다.

　'소네라 스타디움(Sonera Stadium)'이 코앞에 닥쳐서야 붉은 머플러를 두른 몇몇이 서성거리는 모습이 눈에 띄었다. 그러니까 이들이 바로 이 평화로운 나라의 소박한 리그를 챙겨 보는, 그것도 같은 구장을 쓰는 라이벌이자 리그 최강팀 HJK를 제쳐두고서 12개 팀 중 10위에서 허덕이고 있는 HIFK를 응원하는 못 말릴 별종들인 것이다.

　정체 모를 유니폼과 머플러를 착용한 동양인 커플의 출현에 그 별종들도 흠칫하는 기색이었다.(그렇다, 바로 성남FC의 것이다!) 세계 축구의 변방인으로서의 동질감에 감개가 무량했지만, 이들은 살가움이라고는 모르는 북유럽인답게 성심껏 눈길을 피해 주었다. 나 또한 썩 넉살 좋은 성격은 아닌지라 짐짓 태연한 표정으로 지나쳤는데, 낯선 경기장에 들어서는 흥분 때문인지 무릎이 풀썩 꺾이는 바람에 흥 넘치는 한민족답게 성의껏 호랑나비 춤을 선보이고 만 것은 그러려니 하자.

경기력이 형편없었던 것도 그러려니 하자. 핀란드다. 핀란드란 말이다. 양 팀 모두 마음 같지 않은 발, 발에 붙지 않는 공, 공이 연결되지 않는 패스를 가지고 경기의 꼴을 갖춘답시고 애를 쓰고 있었다. 여행자의 관대함을 발휘해 '평소엔 이거보단 나은데 오늘이 심한 거겠지?' 하고 두둔해 주려 했지만, 맨날 보던 걸 보고 있는 듯한 주변 관중들의 심상한 표정을 보면 딱히 그렇지도 않은 듯했다.

총체적 난국인 플레이와 스스로에게는 이 난국을 타개할 재간이 없음을 자백하는 플레이가 동시에 난무하는 절망의 그라운드를 물끄러미 바라보다 두고 온 조국이 떠올랐던 것도 뭐 그러려니 하자.(대통령이 탄핵당하기 전이었다.) 실력이 좀 떨어지더라도 치고받는 재미가 있을 수도 있건만, 그마저도 여의치 않았다. 경기는 어영부영 터진 상대 팀의 한 골로 0 대 1로 끝났다.

이런 경기의 진정한 주역은 결승골의 주인공도 다른 어느 선수도 아닌, 이따위 경기를 보겠다고 찾아온 관중들이라고 자신 있게 말할 수 있다. 일찌감치 경기장에 도착해 값비싼 핫도그와 맥주를 먹으며 물가와 복지국가의 관계에 대해 고찰하다가 정신을 차려 보니, 아까의 평화로움이 무색하게 은근히 관중석이 차 있었다.(나중에 확인한 전체 관중 수는 2962명.)

특히 한쪽 골대 뒤에 자리한 서포터스의 기세가 대단했다. 500명은 족히 되어 보였는데, 어찌나 목청이 크고 박자를 잘 맞추는지 지붕이 주는 메아리 효과까지 등에 업으니 꽤나 근사한 위압감을 뿜어냈다. 어딜 가도 목소리 높이는 일 없고 눈길 피하기에 급급한 핀란드인들의 억눌려 있던 숨은 자아는 다 여기 모인 듯했다. 이런 팬들 입에서 '휘바휘바' 한마디 뽑아내지 못한 홈팀은 반성 좀 해야 한다.

▶ 축구, 그것은 어디에나

딱히 특별하달 것 없는, 축구장의 흔한 풍경이다. 그리고 바로 이 '흔함' 때문에 축구라는 스포츠가 특별해진다. 어딜 가도 발에 차인다는,(이러한 관용구 속에도 축구가 살아 숨 쉬고 있다.) FIFA 가맹국이 UN 가입국보다 더 많다는 식의 이야기를 하려는 것이 아니다. 축구 리그들은 우리가 알지 못하고 상상하지 못하는 오만 구석에서 그것을 지켜보는 팬들과 함께 굴러가고 있다. 축구는, 리그는, 유비쿼터스(Ubiquitous). 어디에나 있다.

해외 리그 첫 직관은 2014년 가을의 일이다. 축구 유니폼을 입고 웨딩 사진을 찍은 부부의 신혼여행 계획에 축구 관람이 안 들어가면 섭섭한 노릇. 여행지가 영국이나 스페인이었다면 세계적인 선수들의 환상적인 플레이와 관중들의 열기에 입이 쩍 벌어졌겠지만 우리의 목적지는 아이슬란드였고, 유로 2016에서 보인 선전으로 이 나라 축구가 '핫'해지기 전까지 대부분의 사람들이 그 존재를 생각조차 해 본 적 없을 '아이슬란드 리그'가 우리의 첫 타깃이 되었다. 그리고 그 한 경기는 축구에 관한 내 마음의 어떤 부분을 슬쩍 바꿔 놓았다.

경기를 본 곳은 외딴 섬나라 아이슬란드에서도 또 외따로 떨어진 헤이마에이라는 작은 섬이었다. 원래는 수도권 강팀의 경기를 골라 두었는데, 경기 시간을 잘못 알았다는 걸 깨달았을 때에는 육지행 배가 이미 떠난 뒤였다. 한참을 망연자실해 있다가 부질없이 넘겨 본 경기 목록에서 이 섬을 연고지로 하는 팀 ÍBV가 같은 시간에 경기를 한다는 것을 발견했을 때의 기쁨이란!

그저 경기를 볼 수 있음에 감사하며 한달음에 경기장으로 달려갔는데, 입장하자마자 맞닥뜨린 풍경에 그야말로 압도되고 말았다. 입 밖으로 나오는 단어가 감탄사뿐이라 문장이 만들어지질 않았다. 이야, 허어, 참나, 대박, 후아, 정말, 이거야 원……

솔직히 경기는 그저 그랬다. 핀란드나 아이슬란드나 리그 수준은 거기서 거기다. 하지만 그게 뭐가 중요하단 말인가? 이렇게 멋진 풍경이 있고, 그 풍경 안에서 공을 차 보겠답시고 모인 인간들이 있고, 또 굳이 그걸 구경하겠답시고 모인 인류가

ÍBV의 홈구장 하스테인스뵐루르(Hásteinsvöllur)는 알고 보니 '세계의 멋진 경기장' 목록에 곧잘 이름을 올리는 곳이었다.

500명이나 있는데 말이다!

후반전에는 홈팀의 풀백이 큰 부상을 당했다. 얼른 선수를 내보내고 경기를 재개하는 것이 축구계의 관행이건만, 한마을 식구인 선수가 크게 다쳤는데 대뜸 들어내는 건 너무 매몰차다 싶었는지 선수는 경기장 안에서 20분 넘게 치료를 받고서야 후송되었다.(나중에 호텔로 돌아오자 지배인도 대뜸 "우리 선수 많이 다쳤다면서요?"라고 말을 걸어왔다.) 그러는 동안 이 사람 저 사람 다 경기장에 난입하여 부상 선수 주위를 기웃거렸고, 상대 팀 스트라이커는 홈팀 볼 보이들과 한가로이 공을 주고받았다.

세계 축구계에서의 존재감은 턱없이 미미한 아이슬란드 리그지만, 평화롭되 살기엔 따분해 뵈는 이 작은 섬에서 조용히 각자의 삶을 꾸리다가 경기가 있는 날이면 뾰족산 아래 모여 마을을 대표하는 팀을 함께 응원하는 이 사람들에게 이 리그의 존재는 절대 미미해 보이지 않았다. 이 외진 곳에서도 리그는 묵묵히 굴러가며 소임을 다하고 있었던 것이다. K리그보다 더 큰 리그만 올려다보며 부러워하다가, 한 나라의 최상위 리그 경기가 고작 500명 앞에서 펼쳐지는 세계가 존재한다는 사실을 처음 실감한 순간이었다.

내친김에 잠시 들른 에스토니아에서도 한 경기를 더 관람했다. 수도 탈린의 한적한 주택가에 호젓이 자리한 경기장에서, 역시 500명과 함께, 홈팀 FC레바디아(FC Levadia)가 골을 넣을 때마다 소년처럼 활짝 웃으며 허공에 주먹을 휘두르는 할아버지 옆에서 주먹을 피해 가면서 같이 웃으며.

아이슬란드 1부 리그의 2015년 평균 관중은 1107명, 에스토니아의 경우 325명이다. 예전에 이 숫자를 들었다면 '안습'이라며 웃고 넘겼겠지만, 이제는 그 몇백 명의 마음과 표정이 그려져 함부로 말할 수가 없다. 그리고 그들의 마음이 곧 쓸쓸한 K리그 경기장에서 목청이 터져라 응원하는, 혹은 묵묵히 앉아 지긋이 경기를 바라보는 우리의 마음 아니겠는가.

변방에서 중심을 바라보는 우리 눈에야 2015 K리그 클래식 평균 관중 7700명도 성에 차지 않지만, 이 숫자는 전 세계 1부 리그들 중에서 그래도 27등쯤은 한다. 찾아보니 세계 곳곳에는 상상할 수 있는 것보다 훨씬 더 많은 리그가 있었다. 산마리노, 몰타, 파푸아뉴기니, 수리남, 앤티가바부다, 르완다, 바누아투, 페로제도…… 이런 작은 나라들에도 각각의 방식으로 뿌리내린 그네들의 리그가 굴러가고 있다는 사실이 믿기는가?

'한 게임 할래?', '콜!' 하는 정도의 축구 경기야 어느 나라 어느 동네에서든 만들어지기 쉽다. 하지만 리그는 다르다. 여러 개의 팀이 안정적으로 운영되어야 하고, 리그에 참여하는 대가가 주어져야 하며, 성적에 따른 보상도 마련되어야 한다. 선수와 심판의 자격을 관리해야 하고, 다 함께 승복할 규칙과 권위를 확립해야 하며, 그것을 거부할 때의 제재도 실효성을 갖추어야 한다. 이 모든 것들을 위해 유형무형의 자원이 투여되어야 한다. 게다가 이 어려운 짓거리를 한 해 하고 마는 게 아니라 매년 지속해 나가야 한다. 리그는 '이벤트'가 아닌 '시스템'이니까.

시스템을 만들어 정착시키고 그것을 유지해 나가는 게 얼마나 힘든 일인지는 양식 있는 사회인이라면 누구나 짐작 가능한 바다. 얇은 저변과 빈약한 자원을 가진 나라들이 대체 어떻게 리그를 굴리고 있는지 생각하면 신기할 따름이다. 어쨌거나 세계의 구석구석에서 어떤 시스템을 만들고 돌아가게 하려 애쓰는 사람들이 있다고 생각하면 인류라는 존재가 조금은 기특하게 느껴지기도 한다.

▶ 코즈모폴리턴과 로컬리스트

게다가 이 리그들은 홀로 뚝 떨어져 존재하는 것이 아니다. 아이슬란드만 해도 5부, 에스토니아도 6부리그까지 운영되고 있으며,(우리나라는 2013년에야 겨우 2부리그를 만들었는데 말이다.) 이 리그들은 한 시즌이 끝나면 상위 리그의 하위 몇 팀은 하위 리그로 내려가고, 하위 리그의 상위 몇 팀은 상위 리그로 올라가는 '승강제'로 묶여 있다.

또 1부리그 상위 팀들에는 UEFA챔피언스리그나 AFC챔피언스리그 같은 대륙 대회에 나갈 수 있는 자격이 주어지고, 이 대회들의 우승 팀은 클럽월드컵에 출전한다. 그러니까 세계의 모든 공식적인 축구 리그들은 느슨하게나마 모두 이어져 있으며, 또 그러니까 HIFK와 ÍBV와 레바디아와 성남FC는 먼 훗날 클럽월드컵에서 만나 진검 승부를 벌일 수도 있는 것이다!

축구를 '세계인의 스포츠'라고 할 때의 핵심은 이것이다. 단순히 월드컵 시청 인구수가 많아서, 혹은 최빈국 뒷골목의 맨발 소년부터 글로벌 기업의 CEO까지 함께 즐길 수 있어서만은 아니라는 말이다. 모두가 자기만의 것을 가지고 있으며 그것들이 느슨하게, 하지만 외롭지 않게 이어져 있다. 이렇게 곳곳에 시스템을 갖춰 산재하면서 서로 이어져 있는 종목이나 분야가 세상에 또 있을까?

훈련이 없는 날에는 마을의 생선 가공 공장에서 일하는 ÍBV의 풀백 매트 가너(그렇다, 그날의 부상 선수다.)와 슈퍼 카를 타며 슈퍼 모델을 사귀는 슈퍼스타 호날두도 이어져 있고, 이역만리에서 낯선 유니폼을 입고 돌아다니는 부부(그렇다, 우리 부부다.)를 보고 말을 걸어 준 유일한 핀란드 축구팬 페트루스와 나도 이어져 있다. 축구가 이렇게나 코즈모폴리턴의 스포츠다.

하지만 코즈모폴리턴의 축구는 모든 경계를 지우고 "우리는 하나" 같은 속 편한 소리를 하는 것과는 거리가 있다. 우리는 '단합된 하나'가 아니라 '서로를 이해하는 개인들' 혹은 '한 무대 위의 경쟁자이자 협력자'니까. 극이 공연되려면 한 무대에 설 사람들이 필요하지만, 막이 올라가면 나는 그들과 구분되어야 한다. 그래서 내 팀과 내 고장의 이름을 더더욱 소리 높여 외치게 된다.

축구가 유독 지역 연고에 강력히 결합된 탓에 축구팀 이름에는 대부분 연고지의 지명이 들어간다. 아마도 축구팬은 지리학자를 제외하고는 지명을 가장 많이 생각하고 말하는 사람들일 것이다. 프로야구 LG트윈스의 팬이 '다음 주에는 롯데, KIA랑 붙는군.'이라고 생각한다면, K리그 수원삼성블루윙즈의 팬은 '다음 주에는 울산, 전북이랑 붙는군.'이라고 생각한다.

물론 상대방을 비속어가 섞인 멸칭으로 부르는 경우도 많긴 하지만……. 어쨌든 허구한 날 들여다보는 순위표에는 지역명이 쓰여 있고, 기사를 봐도 중계를 틀어도 마찬가지다. 아니 그전에 자기 팀 이름은 저 혼자 얼마나 많이 되뇌겠는가. 내가 하루에 몇 번이나 '성남'이라는 단어를 말하고 생각하는지 세어 볼 도리는 없지만, 성남시 공무원들을 제외하면 이 분야에서 성남FC의 팬들을 이길 집단은 없으리라 장담한다.

나아가 K리그 팬들은 AFC챔피언스리그 덕에 평범한 사람들은 알지도 못할 가시마, 가시와, 광저우, 장쑤, 부리람 같은 도시에 자기도 모를 친숙함을 느끼고,(해외축구 팬들이 노리치, 에이바르, 레체 같은 도시에 그렇듯이 말이다.) 심지어 그런 곳에 원정 응원을 다녀 오기도 한다. 해외여행을 가더라도 혹시 그곳에 축구 경기가 열리지 않는지 검색해 보는 건 필수. 골수 K리그 팬들이 모인 커뮤니티에는 종종 브라질 하부 리그나 우즈베키스탄 리그 따위를 직관한 후기가 올라오기도 한다. 축구가 이렇게나 로컬리스트의 스포츠다.

리그의 팀을 응원하는 팬들은 내 지역에 굳건히 뿌리내리고 바깥 세계와 만나는 사람들이다. 이 사실을 부러 의식하지는 않더라도 본능적으로 이해하고 있는 사람들이다. 그렇다면 이들이야말로 가장 철저한 로컬리스트이자 완벽한 코즈모폴리턴이 아닐까. 나는 축구의 이러한 점이 참 마음에 든다.

그리고 나 또한 그러한 코즈모폴리턴답게, 직관하고 온 외국 팀들의 성적을 이따금 검색해 보곤 한다. 올 시즌 에스토니아의 레바디아는 마지막 경기를 앞두고 역전 우승을 노리고 있고, 아이슬란드 ÍBV는 9위, 핀란드 HIFK는 10위로 아슬아슬하게 2부리그 강등을 모면했다. 자, 그렇다면 나의 로컬 팀 성남FC는 어떨까?

아름다운 제주의 풍광 앞에서 말문이 막혔던 D 씨는 휴가의 피날레이자 본 목적이었던 제주유나이티드와의 경기를 지켜보다 종료 직전의 결승골 실점에 또 말문이 막혔다고 한다. 설마 거기까지 가서도 "괜찮아요. 진짜 괜찮아요." 하진 않았겠지 싶지만 진실은 알 수 없다. 어쨌든 내가 '환상적인' 유럽 축구의 세계에 빠져 있는 동안 가볍게 2패를 추가한 성남FC는 귀국 후에도 한결같이 무승부와 패배를 반복하며 팬들에게 이게 다 환상이기만 바라는 마음을 심어 주고 있다. 아무래도 하위 스플릿행이 유력한데, 이러다 혹시라도, 아주 혹시라도 2부 리그로 강등이라도 당하는 건 아닐지.

'작은 리그'의 소중함이니 뭐니 하는 것도 다 남의 팀 남의 리그 보면서나 하는 소리지, 내 팀이 더 작은 리그로 내려가는 건 보고 싶지 않은 게 사람 마음 아니겠는가. 또 그게 진정한 로컬리스트의 면모 아니겠는가.

▶ K리그의 운영 방식

K리그의 시즌은 매년 3월 초에 시작해 11월까지 이어진다. 2019년 현재 K리그1은 팀당 38경기, K리그2는 팀당 36경기를 치러 순위를 가리는데, 그중에서 알아 두면 좋을 것은 K리그1의 독특한 리그 운영 방식. 12개 팀이 각각 33경기(상대 팀 11개×3경기씩)를 치른 뒤 1~6위를 상위 스플릿(A그룹), 7~12위를 하위 스플릿(B그룹)으로 나누고, 이후 5경기는 같은 그룹 안에서만 경기를 가져 총 38경기로 시즌을 마치게 된다.

이렇게 순위로 그룹을 쪼갠 후 나머지 경기를 치르는 방식을 '스플릿 시스템(split system)'이라고 한다. 불가리아, 이스라엘 등의 리그도 이 방식을 채택하고 있고, K리그의 스플릿 시스템은 스코틀랜드 1부리그를 벤치마킹한 것이다. 스플릿 시스템의 특징은 스플릿이 나뉘기 전까지의 순위와 기록을 그대로 승계하되, 이후로는 양 그룹을 넘어서는 순위 변동이 없다는 것. 즉 B그룹에 든 뒤에는 아무리 잘해도 7위보다 높은 순위가 될 수 없다.

A그룹에서는 우승과 AFC챔피언스리그 진출권을 둔 경쟁이, B그룹에서는 강등 피하기 대혈투가 벌어진다. 쉽게 말해 우열반을 갈라 자기들끼리 치고받게 하려는 음흉한 속셈인데, 시즌 후반부로 갈수록 한 경기 한 경기 열심히 할 동기가 떨어지는 중하위권 팀들의 긴장감을 높이는 데 꽤 효과가 좋다. 2012년의 스플릿 시스템 도입과 2013년의 승강제 도입으로 지금의 K리그의 틀이 갖춰졌다고 보면 되겠다.

한편 K리그2는 10개 팀이 자신을 제외한 9개 상대 팀과 4경기씩 붙어 팀당 36경기의 단일 리그로 순위를 가린다. 스플릿 시스템과 비교하면 좀 밋밋해 보이겠지만, 그럴까 봐 준비했다. 1부리그 승격을 위한 플레이오프! 이에 관해서는 다음 장에 좀 더 자세히 다룬다.

알고 보면 좋을 K리그의 독특한 규정으로 첫째, '다득점 우선'이 있다. 많이들 아시겠지만, 축구는 승리 3점, 무승부 1점, 패배 0점으로 주어지는 승점의 합으로 순위를 결정한다. 승점이 같은 팀끼리의 순위는 골득실이나 상대 전적을 우선시하는 게 통례인데, K리그는 공격 축구를 도모하겠다고 세계 축구에서 전례 없는 '다득점 우선' 규칙을 2016년부터 시행하고 있다. 예를 들어 두 팀의 승점이 같다면 17득점 2실점(골득실 +15)인 팀보다 20득점 15실점(골득실 +5)인 팀이 더 높은 순위를 차지하게 되는 것이다. 축구라는 스포츠의 중요한 한 축인 수비의 가치를 등한시한다는 점에서 마음에 들진 않지만, 통계를 보면 득점 상승 효과가 있긴 한 것 같다.

두 번째 특수 규정은 속칭 'U-22 룰'이다. 이는 출전 기회를 쉽게 잡기 힘든 어린 선수들의 출전 기회를 늘려 한국 축구의 경쟁력을 높이기 위한 제도. 각 팀은 18명의 경기 엔트리에 최소 두 명의 만 22세 이하 선수를 포함시키고 그중 한 명은 선발로 출전시켜야 한다. 이를 지키지 않을 경우 엔트리 인원이나 경기 중 교체 가능 인원이 줄어든다. 세 장의 교체 카드 중 한 장만 줄어도 경기 운영에 상당한 타격이 되기에, 그리고 규정의 취지에 공감하기에 대부분의 구단이 룰을 준수하고 있다.

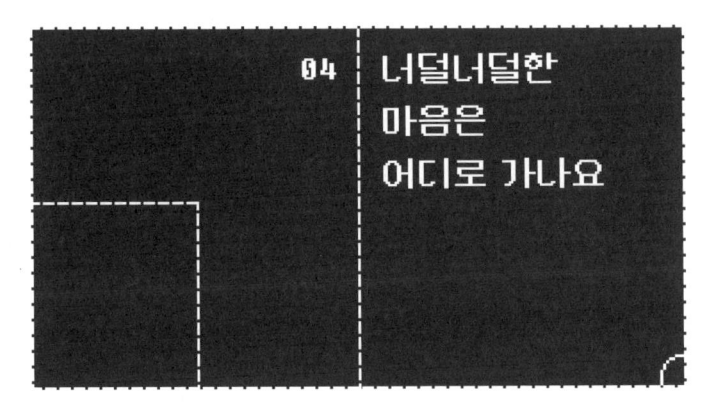

04 너덜너덜한
마음은
어디로 가나요

▶ 그럴 줄 알았지, 그래도 이건 아니지

조마조마하게 지켜보던 심판의 손이 페널티 스폿을 가리킨 순간, 관중석에서 일제히 분통이 터졌다. "아니라고오!", "저게 무슨 페널이야!", "얀마! 심파안!" 따위의 고함이 뒤따른 건 당연한 수순. 원하는 바를 이루었으면 적당히 털고 일어설 것이지 여전히 발목을 잡고 뒹굴며 열연하고 있는 상대 팀 공격수에 대한 호통도 빠질 수 없다. "쑈하지 마!", "빨딱 안 인나?" 진짜로 냉큼 일어났더라면 "저놈 저거 엄살이었네!" 하며 또 목에 핏대를 세웠을 거면서 말이다.

나 또한 목소리를 보태긴 했지만, 솔직히 고백하자면 자신이 없었다. 코앞 골대에서 일어난 일이고 두 눈도 똑똑히 뜨고 있었거늘, 정말 우리 수비수 발에 걸렸는지 안 걸렸는지 모르겠는 것이다. 이 사실이야말로 심판의 일이 얼마나 어려운지를 보여 주는 생생한 예일 텐데, 그러든 말든 불리한 판정에는 일단 목청을 높이고 보는 것이 우리 직관주의자들의 본능이자 의무임은 이해해 주길 바란다.

그렇게 축구를 봐 오면서 판정이 뒤집힐 일은 거의 없다는 걸 모를 리 없는데도 그렇고, 나중에 중계 화면을 확인하면 심판의 판정이 옳을 수 있다는 걸 뻔히 아는데도 그렇다.(하지만 비디오 판독 시스템, 즉 VAR의 도입으로 판정이 번복되지 않는다는 것도 옛말이 되었다. 이제 판정은 뒤집어진다! 팬들은 눈을 뒤집고 악을 쓴다. 심파안! 비디오! 비디오! 브이에이아아알!) 결정적이지 않아서 묻고 넘어갈 뿐, 실제로 오심은 한 경기 중에도 부지기수로 일어난다. 그렇다고 '아, 오심이네……' 하고 순순히 넘어가는 건 안 될 말씀. 문제 제기라도 해 놔야 앞으로 심판이 더 조심하지 않겠는가. 그리고 관중석에서 그럴 수 있는 수단은 우리의 목청밖에 없지 않은가.

우리 팀에 유리한 분위기를 조성하는 데 한몫해야 한다는 점 또한 무시할 수 없다. 모든 승부에는 '기세'라는 게 있고 우리가 이곳에 꾸역꾸역 모여드는 이유에는 그 기세를 드높이기 위함도 있으니까. 어떻든 우리의 목청 높이기 전략은 손해 보는 장사는 아닌 것이다. 물론 이건 다 뒤늦게 붙인 이유들이고, 그냥 뇌가 아닌 목에서 소리가 튀어 나간다고 말하는 편이 정직하겠지만.

심지 곧은 심판은 자신의 판정을 고수했고, 우리 선수들도 항의를 포기했다. 그러면 골대 뒤의 팬들도 잽싸게 태세를 전환해야 한다. 이쪽으로 페널티킥을 찰 상대 키커의 눈을 현혹시키고 마음에 부담을 주기 위해 촐싹거리며 깃발을 흔들고 좀비처럼 손짓을 해대며 '우우우우', '워어어어', '꾸에에에', '얀마 떽끼' 등의 야유를 퍼부어야 하는 것이다.

관중도 무성하고 깃발도 울창한 '빅리그'에서라면 점잖게 낮은 야유만 퍼부어도 충분히 위압적이겠지만, 쪽수가 영 달리는 우리로서는 온갖 오두방정을 다 떨어야 그나마 모기만큼의 신경을 끌 수 있을 터. 모두들 열심히 맡은 몫의 야유를 보냈다. 실축이라는 아주 낮은 확률을 아주 조금이라도 높여 보려는 이 가상한 노력은 정말 추해서 정말 아름답다.

나 또한 열심히 괴성을 보태긴 했지만, 그 소리는 어째 사람들의 목소리에 좀체 어우러지지 않고 외따로 허공으로 흩어지는 듯했다. 아마 뒤숭숭한 마음 때문이었을 것이다. 저 심판에게 다른 숨은 의도는 없는 걸까, 심판의 뒤에 다른 '보이지 않는 손'이 있는 건 아닐까, 이런 불신에 휩싸인 채로 경기를 보고 있어야 하는 걸까 따위의 생각이 머릿속을 휘젓고 있었기에.

오늘 주심을 맡은 심판 개인이 특별히 의심스럽다거나 그에게 유별난 유감이 있는 것은 아니다. 하지만 바로 오늘, 심판이라는 존재 자체가 자꾸 신경 쓰이는 것은 어쩔 수가 없다. 경기 전부터 그랬다. 부슬비가 내리고 있었고, 평소라면 낭만적으로 들렸을, 우비 머리를 나른하게 두드리는 빗소리도 신경을 긁어 댔다. 그것은 이 경기가 전북현대 스카우터의 심판 매수 혐의에 대한 징계 결과가 발표된 후 맞는 첫 번째 경기였기 때문이다.

사건이 수면에 드러난 늦봄부터 촉촉한 가을비가 내리는 지금까지, K리그 팬들의 마음을 골목길 상수도 공사 하듯 헤집어 놓은 이 사건에 대해 한국프로축구연맹 상벌위원회가 내린 징계는 다음과 같았다. 승점 9점 삭감과 벌금 1억 원.

승점 9점이면 시즌 38경기 중 고작 세 경기 승리에 대한 대가다. 벌금 1억 원이면 전북현대의 한 해 예산이 300억 원쯤이니 연봉 3000만 원 받는 직장인이 벌금 10만 원 내는 꼴. 프로스포츠에서 심판에게 뇌물을 건넨 대가가 과속이나 쓰레기 무단투기 범칙금과 비슷한 셈이니, 솜방망이라는 표현도 과분하고 솜이불로 잘못을 고이 덮어 주는 느낌이랄까. 이러니 심판을 매수해 몇 경기 이긴 뒤에 들켜서 처벌을 받는 게 훨씬 이득 아니냐는 소리가 나오는 것도 무리가 아니다.

이틀 전, 기사를 처음 접하고는 '그럴 줄 알았지.'와 '그래도 이건 아니지.'가 교차하며 형언하기 힘든 감정에 휩싸였다.

모니터의 여백에 하릴없이 마우스 버튼을 딸각거리다가 순간 정신을 차려 보니 마우스를 집어던지기 일보 직전이었다. 마지막 순간에 제자리에 내려놓은 마우스 입장에서는 '그러진 않겠지.'와 '그래, 이거지.'가 교차하는 순간이었을지도 모르겠다.

이딴 리그의 팬 따위 확 때려치워 버릴까 하는 생각이 치밀어 올랐다. 리그 운영의 근간이라 할 '공정성'을 훼손한 증거가 드러났는데, 이렇게 구렁이 담 넘어가듯 넘어가려 하다니! 하지만, 그렇다면, 나는 무슨 죄로 사랑하는 내 팀과 생이별을 해야 한단 말인가?(보이콧과 불매운동이 불가능한 이런 세계라니!) 그렇다고 아무렇지도 않은 듯 경기장에 가는 것도 자존심이 상하고, 또 그렇다고 팀의 중요한 경기를 보러 가지 않으려니 억울한 노릇이었다. 개인이 경기장에 가서 항의 의사를 표시할 수 있는 수단이 있나 고민해 봤지만, 그깟 걸개 하나 내걸어 봤자 으레 그렇듯 보안 요원에게 압수당하면 끝이다. 가서 열심히 즐기면 그만인 축구 경기 하나를 두고 이런 고민까지 하고 있자니 도돌이표를 찍어 이 단락 처음으로 되돌아가고 마는 것이다.

이토록 씁쓸히 우왕좌왕하는 마음을 어르고 달래 경기장에 왔으니 어찌 뒤숭숭하지 않겠는가. 심판을 보고 심란하지 않겠는가. 정도의 차이야 있었겠지만 다른 팬들의 마음도 비슷했을 것이다. 이제야 말하지만, 페널티킥이 선언되었을 때의 야유 중에는 "심판, 너도 매수됐냐.", "얼마나 받았냐."도 포함되어 있었다.

헛되이 날려 버린 자정의 기회처럼 상대의 페널티킥도 헛되이 날아가 버렸으면 그나마 작은 위안이라도 되었을 텐데, 열연으로 페널티킥을 얻어 내고 직접 키커로 나선 선수는 우리의 열성적인 야유를 비웃기라도 하듯 깔끔한 슈팅을 꽂아 넣었다. 눈앞의 그물이 출렁이는 순간, '그럴 줄 알았지.'와 '그래도 이건 아니지.'가 교차했지만, 그렇게까지 형언하기 힘든 감정에 휩싸이진 않았다. 이건 엄연히 축구의 일부니까.

▶ 어쩌자고 K리그, 어쩌자고 성남FC

이렇게 말하니 내가 아주 덤덤하게 이 실점을 받아들인 것으로 오해하실까 봐 황급히 덧붙이자면, 결코 아니다. 진실로 절망적인 실점이었다.

'사건'이 아니더라도 진작 신경이 곤두섰을 경기였다. 시즌을 치르다 보면 분수령 같은 경기들이 있게 마련인데, 이 경기는 말하자면 대관령쯤은 됐다. 상위 스플릿과 하위 스플릿이 나뉘는 33라운드 경기였기 때문이다. 이 경기가 분수령이라는 말은 곧 우리의 순위가 그룹 경계선 언저리에 있다는 말. 시즌 초에 반짝 1위를 달리기도 했던 우리 팀은 꾸준한 '무패 행진' 속에서도 용케 3~5위권에서 버티다 슬슬 한계를 맞아 7위를 기록 중이었다. 그래도 이번 경기를 이기면 6위로 A그룹에 턱걸이할 수 있는 상황.

애가 타는 이유는 딱히 A그룹에 들어가고 싶어서라기보다는 B그룹에 들어가고 싶지 않아서다. 가을 축구란 신인들 재롱 잔치나 보고 남의 집 강등 싸움이나 보면서 즐겨야 제맛이지, 박 터지는 강등 싸움에 끼어드는 거 아니라고 배웠다. 물론 7위가 5경기 만에 강등권으로 떨어지는 일은 어지간하면 일어나지 않지만, 어느 때보다도 하위 팀들 간의 승점 차이가 촘촘하고 우리 팀의 하락세는 확연한 올 시즌에는 결코 방심할 수 없다. 시즌 마지막까지 축구를 보면서 가슴을 졸이는 건 절대 사양이다. 그러니 오늘 이 경기에 남은 시즌의 마음의 평화가 달려 있는 것이다.

비 내리는 대관령을 이토록 조심조심 넘고 있는데 실점이라는 천둥 번개까지 치기 시작했으니 심장 한구석이 덜그럭덜그럭거리지 않을 도리가 없다. 최근 우리 팀의 득점력은 실로 처참해서, 제주 원정부터 지금까지 1승 5패인데 5패를 한 다섯 경기 동안 고작 두 골밖에 넣지 못했다. 이런 우리가 유일하고도 희미하게 기대할 수 있는 것은 1 대 0 승리뿐이었거늘, 이번 실점으로 그 가능성이 날아가 버린 것이다. 이기려면 두 골을 넣어야 한다고? 450분 동안에도 겨우겨우 넣은 걸 남은 70분

안에? 게다가 추가 실점도 하지 않고? 오, 절망하지 않고 이 실점을 받아들일 수 있겠는가 말이다. 고등학교 때 배운 사설시조 한 구절을 빌리자면, "나모도 바희돌도 업슨 뫼헤 매게 쪼친 가토리 안"(나무도 바윗돌도 없는 산에서 매에게 쫓기는 까투리 마음)이 딱 내 맘이다.

그런데 얼래? 골이다! 13분 만에 동점골이 터졌다! 올 시즌 그나마 제 몫을 해 주던 외국인 선수 피투가 그 어려운 일을 해 냈다. 그것도 코너킥을 직접 골대로 휘어 넣는 신기를 부려서 말이다. 멋진 골이었지만, 제대로 된 찬스를 만들 줄 몰라 요행에 의지해야 하는 우리 팀의 현주소를 너무 잘 보여 주는 그림이라 씁쓸한 건 어쩔 수 없었다.

한 골이 더 필요한 상황. 경기가 진행될수록 긴장감은 더해 가야 하는데, 당연히 그럴 줄 알았는데, 문득 정신을 차려 보면 시선은 공 아닌 엉뚱한 데에 가 있기 일쑤였다. 우리 팀 골키퍼의 등짝에, 빗방울이 떨어지는 코너플래그에, 저 멀리 육상 트랙에, 관중석의 텅 빈 노란 의자에. 이유는 하나였다. 매수를 시도하는 이들이 있고 그걸 대수롭지 않게 봐주는 이들이 있는 리그에서 A그룹이니 B그룹이니 하는 게 다 무슨 의미인가 싶었던 것이다.

화가 났다. 긴장할 만한 경기에는 마음껏 긴장하고 싶었다. 그리고 그 끝에 주어질 것이 환희든 좌절이든 달게 받아들이고 싶었다. 한 팀의 팬만이 가질 수 있는 강력한 감정이입의 순간, 어쩌면 이것을 위해 우리가 그토록 시간과 돈과 노력을 들여 준비해 온 그 소중한 순간이 이렇게 짓밟히고 있었던 것이다. 또 도돌이표를 찍고픈 기분이 되었다. 집으로 돌아갈까 진지하게 고민되기 시작했다.

그런 나의 눈에 들어온 것은 서포터스의 모습이었다. 이 열정적인 사람들은 그렇게 슬프고 걱정스러운 얼굴을 하고서도 꿋꿋이 소리 높여 노래를 부르고 구호를 외치고 있었다. 구단에서 나눠 주는 우비도 마다하고 물에 빠진 생쥐 꼴을 해서는 흔들림 없이. 무심코 바라본 한 젊은 서포터의 요동치는 목울대와 꿈틀대는 목 핏줄을 보니 코 안쪽에서 고추냉이가 도는 것 같았다.

고개를 돌려 다른 팬들의 모습도 차근차근 훑어보기 시작했다. 맨 앞 난간에 달라붙어 발을 동동 구르고 있는 초등학생, 손깍지를 끼어 앞으로 모으고 아랫입술을 잘근잘근 씹고 있는 20대 여성, 잠시 안경을 벗고 손바닥으로 얼굴의 빗물을 훔치고 있는 40대 여성, 미간을 잔뜩 찌푸린 채 팔짱을 끼고 앉은 60대 남성…… 모두가 한마음으로 간절히 우리 팀에게 마음을 보내고 있었다. 아니 우리 팀에 '마음'이라는 게 있다면 바로 이 사람들 그 자체가 아닐까 싶었다.

그렇게 새삼 깨닫는다. 어쩌면 이런 것 때문에 축구장에 오

는지 모르겠다고. 모두의 염원이 모아지는 시간과 공간을, 모두
가 하나의 대상에 몰입하는 시간과 공간을 눈으로 보고 몸으로
느끼고 싶어서 그렇게 중독처럼 이곳을 찾는지도 모르겠다고.

괜히 눈두덩이 찌르르 떨려 오다가 마음속으로 괜한 타박
을 한다. 님들, 어쩌다가 K리그를, 어쩌다가 성남FC를 만나 이
고생들이십니까. 사돈 남 말은 그만하자 싶어 숨을 한 번 깊이
들이쉬고 내쉰다. 자세를 고쳐 앉고 마음을 다잡는다. 그래, 이
렇게 짠한 우리끼리 마음을 모으고 또 모으는 것, 이게 바로 사
람 사는 모습 아닐까?

그리고 그러자마자 상대 미드필더의 멋진 중거리 골에 실
제로 가슴을 얻어맞은 것 같아 숨을 헉 들이켜고 마는 것도 또
사람 사는 모습 아닐까? 아니, 사람이 못 사는 모습인가? 아, 정
말 못 살겠네…….

▶ 망하거나 죽지 않고 살 수 있겠니

다시 '사건'으로 돌아오자. 몇 달간의 진상 조사는 예상했
던 패턴대로 진행되었다. 전북현대 구단은 '스카우터가 개인적
으로 심판에게 돈을 건넨 것뿐 구단은 그 사실을 알지 못했다.'
라며 선을 그었고, 혐의를 받은 심판들은 '용돈 조로 받긴 했지

만 대가가 될 만한 판정은 내린 적 없다.'라며 장단을 맞춰 주었다. 그리고 이건 예상치 못했는데, 전북의 스카우터는 전북의 홈구장 관중석에서 스스로 목숨을 끊었다.

그리하여 '대가성 입증'에 실패한 이번 사건에 대한 징계는 '심판 매수' 때문이 아니라 "금품 제공의 목적이나 동기가 어떠하든 심판에게 금품을 건넨 건 용납되지 않고", "전북은 구단 직원의 관리 감독 책임이 있으니" 벌을 준 것이라는 어정쩡한 입장으로 정리되었다.

좋지 않은 선례도 있었다. 2014년, 경남FC가 저지른 더 노골적이고 악질적인 심판 매수에 강력한 처벌을 내리지 못했기 때문이다. 사장이 주도하여 매수를 했고 증거도 확실했지만, 이미 2부리그 강등이 결정된 상태였고,(3부리그가 없으니 더 강등시킬 수도 없고) 너무 강한 징계를 내리면 경상남도 측에서 아예 팀을 해체해 버릴까 걱정되었기에(이 무슨 본말 전도란 말인가!) 적당한 선에서 매듭지었던 것이 발목을 잡았다. 처벌 수위의 형평성을 고려하지 않을 수 없다는 점에서 쉬운 문제는 아니었으리라는 점도 이해는 간다.

하지만 지금 K리그에 필요한 것은 법리적 해석과 형평성이 아니라 신뢰 회복과 재발 방지를 위한 반면교사가 아닐까. 강력한 징계로 그에 대한 의지를 보여 주었어야 한다고 생각한다. 그리고 내가 생각하는 최소한은 2부리그로의 강등이다.

전북에 악감정이 있어서가 아니다. 내 팀이 같은 일에 휘말렸어도 마찬가지로 생각했을 것이다. 그것은 정의를 위해서이기도 하지만 내 팀과 나 자신을 위해서이기도 하다. 그러지 않는다면 무슨 수로 명예를 회복한단 말인가? 모두가 인정할 만한 합당한 벌을 받고 실력으로 다시 1부리그에 복귀하면 한때의 흑역사야 남을지언정 아무도 뭐라 할 수 없을 텐데, 어정쩡한 징계로 그럴 기회를 영영 박탈당한 채 평생 '매수 구단'이라는 꼬리표를 달고 살아야 한다니 이 얼마나 끔찍한 일인가 말이다.

그전까지 전북은 개념 있는 프런트, 철학 있는 감독, 훌륭한 선수들이 어우러진, 그리고 그에 걸맞은 경기력과 성적을 보여 주는 K리그의 선도 구단이었다. AFC챔피언스리그에서는 천문학적인 투자로 간담을 서늘케 하는 중국과 일본 팀들을 거푸 꺾으며 다른 팀 팬들도 '그래도 전북이 K리그 자존심 세워 주는구나.'라고 마지못해 인정할 수밖에 없던 팀이었다. 하지만 이제 전북은 '매북(매수+전북)'으로 불리게 되었다. 실력으로 이겨도 '매수해서 이겼겠네.'라며 빈정거리는 댓글이 달리기 일쑤였다.

시즌 내내 전북을 상대하는 팀의 팬들은 경기장에 전북 구단과 연맹을 향한 비판과 비난의 걸개를 내걸었고, 인터넷에서는 키보드 배틀이 이어졌다. 묵묵히 비난을 감내하고 상황을 안타까워하는 전북 팬들도 있었겠지만, 싸움은 항상 강경파들에 의해 부추겨지는 법. '너희라고 깨끗할 것 같냐.', '이게 다 우리를 질투하는 시선 아니냐' 식의 일부 전북 팬들의 목소리가 커져 가면서 전북 서포터스 연합의 성명서도 점점 그 빛이 퇴색되어 갔다. 서로가 물어뜯고 등을 돌렸다가 다시 등을 돌려 물어뜯는 가운데 팬덤은 점점 수렁으로 빠져들었다.

다른 팀과 그 팀의 팬들을 놀리고 아웅다웅하는 거야 흔한 일이고 또 과하지만 않다면 등 떠밀고 싶기도 하다. 서로 이마를 맞대고 으르렁거리지 않는 축구를 무슨 맛으로 본단 말인가. 하지만 이번 건은 단순한 감정싸움이 아니라 일종의 '정의'를 둘러싼 싸움이었다. 그래서 연맹의 약한 징계가 더더욱 아쉽다.

의도가 있는 나쁜 짓이든 섬세하지 못해 저지른 실수든 그에 걸맞은 벌을 받지 않는다면 정당한 방법이 설 자리는 좁아지게 마련이다. 실수를 덮어 주는 미덕이 필요할 때가 있고 그렇지 않을 때가 있다. 실수라는 이름으로 자꾸만 빠져나갈 구멍을 만들어 주는 것은 위험한 일이다. 세계의 악은 거대한 기획보다는 사소한 습관들이 모여서 만들어진 결과라고 생각한다. 악의 기획자들이 존재한다 하더라도 그 악에 양분을 공급하는 사소한 습관들이 없다면 그들의 기획은 성공하지 못할 것이다.

또 하나 기가 막힌 사실은 승점 9점 삭감이 다음 시즌에 적용되는 것이 아니라(다음 시즌 다른 팀이 0점에서 시작할 때 전북만 마이너스 9점에서 시작하는 식으로) 올 시즌 즉각 적용된다는 점이다. 그런데 올 시즌 리그 32경기에서 단 한 번도 지지 않은 '극강' 전북은 2위인 FC서울에 무려 승점 14점 앞선 1위를 달리고 있다. 이 말인즉슨 9점을 깎아 봐야 여전히 5점 차로 리그 1위를 유지한다는 말이다.

이제 전북은 남은 6경기만 적당히 잘 치르면 무난히 트로피를 들어올릴 것이다. 그리고 우승 상금 5억 중에 1억을 벌금으로 내면 될 것이다. 전북이 받게 될 2016년 우승 트로피는 K리그 역사상 가장 부끄러운 트로피가 되겠지. 2017년 K리그는 매수의 흔적은 싹 지운 채 아무 일도 없었다는 듯 굴러가겠지.

정말 개판이 아닐 수 없다. 그리고 동점골을 넣기 위해 아등바등대다가 후반 43분에 세 번째 골을 얻어맞아 팬들의 마음에 찬물을 끼얹는 우리 팀도 개판이다. 이왕 망한 거 화끈하게 망하자면서 추가 시간에 한 골 더 헌납, 포항스틸러스에게 1 대 4로 져서 B그룹행이 확정되었다. 이럴 줄 알았지, 그래도 이건 아니지……. 우리는 망하거나 죽지 않고 살 수 있을까? 아, 모르겠다. 나는 아무것도 모르겠다. 그저 무척 너덜너덜할 뿐.

한 달 뒤, 2016 K리그 클래식 38라운드 최종전이 열렸다. 의외로 그때까지 우승 팀이 결정되지 않았는데, 전북의 부진과 서울의 선전으로 두 팀의 승점이 같아졌기 때문이다. 그래도 전북은 다득점에서 앞서 여전히 1위를 지키고 있었고, 홈에서 열린 이 경기에서 비기기만 해도 우승을 차지할 수 있었다.

시즌 최종전의 1, 2위 대결로 우승 팀이 결정되는 상황은 모든 축구팬이 꿈꾸는 대진이지만, 대부분의 K리그 팬들은 시큰둥했다. 전북이 그대로 우승해 버리는 것도 못마땅했지만, 서울이 '승점 삭감의 덕을 본 역전 우승'을 한대도 썩 보기 좋은 그림은 아니었으니까. 한 해 동안 열심히 달려온 결과로 주어져야 할 우승 트로피에 이상한 걸 끼얹은 느낌이랄까? 애매한 승점을 애매한 시점에 삭감해 버리니 우승의 가치조차 애매해지고 말았다.

이날의 경기는 서울이 1 대 0으로 승리하며, '시즌 최종전 맞대결 역전 우승'이라는 드라마조차도 이렇게 맥 빠질 수 있구나 하는 색다른 경험을 안겨 주었다. K리그 역사상 가장 어정쩡한 엔딩을 바라보며 헛웃음을 켜던 K리그 팬들의 마음속에 또 한 번 찍혔다. 망할 놈의 도돌이표.

▶ K리그의 승강제

승강제란 한 시즌의 성적에 따라 상위 리그 하위 팀이 다음 시즌 하위 리그로 내려가고(강등) 하위 리그 상위 팀은 상위 리그로 올라오는(승격) 시스템을 말한다. 세계의 프로축구 리그 대부분은 고유한 방식의 승강제를 통해 리그 경쟁력을 높이고 팬들의 흥미를 돋우고 있다. K리그 또한 다소 뒤늦은 2013년부터 1부리그와 2부리그 간의 승강제를 실시하고 있는데, 한 시즌의 승격/강등 팀은 한 팀일 수도 있고 두 팀일 수도 있다. 이를 1.5 혹은 1+1로 표현하는데, 이게 어떤 방식으로 결정되는지 살펴보자.

1부리그 꼴찌인 12위 팀은 다음 해 2부리그로의 강등이, 2부리그 우승 팀은 1부리그로의 승격이 확정된다. 두 팀이 자리를 맞바꾸는 것이다. 하지만 이렇게 한 자리만 바꾸자니 좀 아쉽고, 두 자리를 바꾸자니 1부리그 팀들에게 너무 가혹할까 봐 타협책을 찾았다. 바로 1부리그 11위와 2부리그 플레이오프 승자 간의 대결이다. 요령은 다음 표와 같다.

마지막 경기의 결과 1부리그 팀이 이기면 잔류, 2부리그 팀이 이기면 승격이다. 2부리그에서는 10팀 중 일단 4위 안에만 들면 승격 플레이오프에 참가할 기회를 잡을 수 있기 때문에 중위권 싸움이 치열해진다. 안 그래도 고만고만한 팀들이 죽어라고 드잡이를 하는 시즌 막판 2부리그 중위권 다툼은 쏠쏠한 재미가 있다.

대한민국 축구에는 K리그만 있는 건 아니다. 프로로 운영되는 K리그1과 K리그2 외에 실업 팀들로 별도 운영되는 내셔널리그와 세미프로로 운영되는 K3리그도 열심히 굴러가고 있는데, 특히 K3리그는 'K3어드밴스'

와 'K3베이직'으로 나뉘어 자체적으로 승강제를 실시하고 있다. 대한축구 협회는 내셔널리그와 K3리그를 통합하여 K3와 K4로 정비할 계획을 갖고 있으며, 여기에 생활체육 리그인 K5~K7 리그를 다듬고 붙여 1부리그부터 7부리그에 이르는 승강제 구축을 목표로 하고 있다. 언젠가 우리 동네 조기 축구 팀이 7부리그에서 뛰는 날이 올지도 모른다.

이 외에도 여자 축구인 WK리그, K리그 2군 팀 리그인 R리그와 유소년 팀 리그인 K리그 주니어, 대학 리그인 U리그, 풋살 리그인 FK리그, 전국 초중고 축구 리그, 유소년 생활체육 리그인 i리그 등이 대한민국의 축구 리그를 구성한다.

[표]

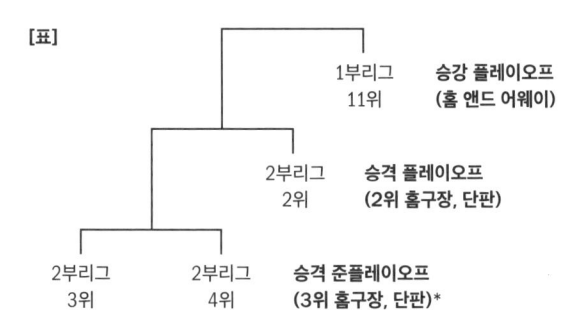

1부리그 11위	**승강 플레이오프** **(홈 앤드 어웨이)**
2부리그 2위	**승격 플레이오프** **(2위 홈구장, 단판)**
2부리그 3위 · 2부리그 4위	**승격 준플레이오프** **(3위 홈구장, 단판)***

* 단판인 두 경기는 무승부 시 상위 순위 팀이 다음 단계로 진출한다.

▶ 자랑스러운 성남사(史)

우리 팀 성남FC는 3연패를 두 번이나 했다. 아니 아니, 연달아 지는 연패(連敗) 말고 연달아 우승하는 연패(連覇) 말이다. 여태껏 밥 먹듯이 지는 팀의 이미지를 심어 드린 터라 굉장히 어색하시겠지만 엄연한 사실이다. 34년 K리그 역사에 2연패를 해 본 팀도 고작 세 팀뿐인데, 그중 오직 우리 성남FC만이 3연속 우승을, 그것도 두 번이나 했다. '3년 내내 챔피언' 정도면 가히 한 시대를 풍미했다고 해도 될 터. 그렇게 두 시대를 풍미하고 총 일곱 번의 우승(1993~1995, 2001~2003, 2006)으로 K리그 최다 우승 기록까지 가진 우리 팀 성남FC의 엠블럼 상단에는 7회 우승을 뜻하는 일곱 개의 별이 찬란히 빛나고 있다. 이 외에 FA컵도 세

차례나 우승했고, 아시아 챔피언에도 두 번이나 오른 진정한 명가다.

이런 얘기를 대뜸 왜 하는지, '이 인간 혹시 현실도피 중인가.' 하며 조마조마하실지도 모르겠다. '이 인간 왜 갑자기 추억팔이 중인가.' 하며 갸우뚱하실지도 모르겠다. 딴청을 부린 티가 너무 났는지 어땠는지 모르겠다. 아, 모르겠다. 나는 아무것도 모르겠다. 어쨌든 더 미룰 수 없겠다는 것만은 알겠고, 후우, 심호흡을 한 번 한 뒤, 입술을 꾹 깨물며, 쓴다. 그렇다, 결국…… 강등되었다. 성남FC는 올 시즌 K리그 클래식에서 11위를 했고, 승강 플레이오프를 치른 끝에 2부리그로의 강등이 확정되었다.

아련한 옛 영광으로 글을 시작한 건 현실도피이기도 하고 추억 팔이이기도 하고 딴청 피우기이기도 하지만, 그게 이유의 전부는 아니다. "내가 여기서 이러고 있을 사람이 아닌데."라며 확인조차 어려운 과거의 무용담을 늘어놓는 사람은 어딜 가도 거기서 그러고 있을 사람이기 쉽다는 사실은 늘 마음에 담아 두고 경계하는 바다. 하지만 더 중요한 것은 그 시절부터 이어져 온 역사가 성난 팬, 아니 성남 팬들이 느낀 충격과 절망을 이해하는 열쇠가 된다는 사실이다.

엄밀히 말해 저 숱한 영광은 대부분 전신인 '성남일화'의 것이다. 모기업이 자금을 대는 기업구단이었고, 총수는 (당연하게도) 돈도 많고 (고맙게도) 축구에 대한 애정도 커서 팀을 전폭적으로 지원해 주었다. 성남의 빛나는 성취는 그 자금을 토대로 이룩되었다. 문제는 종교 창시자로 더 유명한 그 총수가 2012년 유명을 달리하자 모기업도 태도를 달리했다는 것. 이듬해에는 지원금을 대폭 줄이더니 급기야 13년 동안 성남에 뿌리내려 온 이 팀에서 손을 떼겠다고 발표하기에 이르렀다.

인수할 주체가 나타나면 싼값에 팀을 넘기겠다고는 했지만, 수지 타산 안 맞는 K리그 판에 선뜻 나서는 곳이 없었다. 명분도 있고 주도권도 쥔 성남시는 눈치만 보고 있었고, 시민구단 창단 기회를 엿보던 다른 도시가 조심스레 나섰지만 협상은 난항이었다. 까딱하면 K리그 최고 명문이 허망하게 공중분해될 판이었다.

이 상황에서 가장 애가 탄 건 누구였을까? 감독? 코치? 직원? 선수? 설마! 이들 역시 안타까워하긴 했겠지만, 냉정히 말해 이들은 다른 팀에 가면 그만이다. 대안을 가진 사람들이란 얘기다. 대안을 갖지 못한 것은 오로지 팬들뿐이다.

응원하던 팀이 사라지거나 떠난다면, 매주 손꼽아 기다리던 홈경기를 더 이상 볼 수 없게 된 팬들의 일상은 얼마나 텅 비게 될까. 그들은 무엇으로 계절을 느낄까. 주인 잃은 홈구장을 지날 때마다 어떤 기분을 느낄까. 함께 울고 웃고 탄식하고 환호하며 차곡차곡 쌓아 온 일체감을 무엇으로 대신할 수 있을까.

더군다나 성남일화의 팬들에게는 '짠한' 구석이 있었다. 이 팀, 실력에 비해 인기가 없어도 너무 없었다. 어쩔 수 없이 덧씌워진 종교적 이미지도 그렇고, '맥콜'이나 '삼정톤', '고려인삼' 따위가 박힌 촌스러운 노란 유니폼도 그렇고,(검색창에 '성남일화 유니폼'을 쳐 보자⋯⋯) 실력에는 이견이 없지만 응원하기에는 선뜻 마음이 가지 않는 팀인 것이 사실이었다. 연인을 데려가기엔 좀 쑥스러운 팀이었달까.

그런 사소한 데 연연하지 않는 담대하신 '아재' 팬들의 전투력만큼은 충만했지만, '수도권에 연고를 둔 명문 팀'이라고는 믿을 수 없을 만큼 팬이 적었다. 그런 팀을, 바로 저 '유니크'한 유니폼을 제 돈 주고 사 입고서, 지금보다 훨씬 더 황량한 관중석에서 북 치고 소리 치며 응원해 온 이들의 마음 한구석이 끈적끈적할 수밖에 없는 건 우리가 이해를 좀 해 줘야 한다.

자, 그런 이들이 팀의 해체 위기 앞에서 가만히 있었겠는가? 시장과 시의회를 찾아가 항의하고 읍소하고 설득하고, 거리에서 인터넷에서 서명을 받고, 광장에 모여 구호를 외치고 행진을 했다. 고맙게도 다른 팀 서포터스도 머릿수를 보태 주었다. 그렇게 팬들은 미온적이던 성남시가 팀을 인수하게 하는 데 결정적 역할을 했다. 시민구단 성남FC는 그렇게 탄생했다.

물론 든든한 자금줄이 있었던 시절의 화려함과는 작별해야 했다. 하지만 첫 시즌인 2014년, 리그에서는 9위에 그쳤지만 토너먼트로 진행되는 FA컵에서는 전북과 서울을 연달아 꺾고 이변의 우승을 차지했다. 하마터면 없어질 뻔한 팀이 오기와 독기로 뛰어 결국 트로피를 들어 올리자 다 큰 처녀 총각 들이 닭똥 같은 눈물을 뚝뚝 흘렸다. 이것이 바로 성남의 최근세사다.

그렇게 팔 걷고 발 벗고 나서서 '쎄가 빠지게' 살려 놓은 내 팀이 강등되었으니 그 충격이 얼마나 컸겠는가. 강등이 확정되는 순간, 유니폼도 멋있어졌고 두 살씩 더 먹기도 해서 이제는 좀 덜 울 법도 한 처녀 총각 들이 이번엔 빗물 같은 눈물을 주룩주룩 흘렸다.

박태하라는 특정 개인이 흘린 눈물의 양에 대해서는 함구토록 하자. 무슨 정신으로 집에 돌아왔는지 잘 기억나지 않는다. 돌아와서는 실감이 나다가 말다가, 화가 나다가 말다가, 초유의 문예지에 초유의 K리그 에세이 연재를 시작한 그해에 초유의 강등을 당하다니 이 모든 일의 원흉이 바로 '나'다가 말다가 했다.

▶ 말려들고 또 말려드는데 말리지 마라

우울과 짜증과 허탈과 분노가 뒤섞인 감정 속에서 어떤 태도를 가져야 할지, 아니 태도란 걸 가질 수나 있을지조차 가늠

이 되지 않았다. '강등'이라는 두 글자가 며칠 동안 머릿속을 떠나지 않았고, 멀쩡히 일을 하다가도 대뜸 자리를 박차고 일어나 "어휴, 이 ××들!"이라고 내뱉으며 냉수 한 사발 들이켜고 일없이 이 방 저 방 서성이는 것이 반복되었다.

그 반복되는 패턴 속에서 깨닫게 된 것은, 결국 끝에 남는 건 의문의 문장들이라는 사실이었다. 교정지에 빨간 펜으로 돼지꼬리를 그리다가도 '시즌 중에 왜 그리도 급히 감독을 바꿔야 했을까?' 화장실 변기 위에 앉아 있다가도 '유소년 팀 감독을 감독대행에 앉히는 게 최선이었을까?' 마트에서 두부를 고르다가도 '아무리 그래도 선수들은 무슨 정신이었길래 그렇게 형편없는 플레이를 했을까?' 밤 11시에 만두를 굽다가도 '대체 팀 분위기가 어땠기에 마지막 10경기에서 단 한 번을 못 이겼을까.' 잠든 아내의 머릿결을 쓰다듬다가도 '설사 이 모든 일들이 불가피했다 해도 강등까지 될 일인가?' 따위의 의문에 골몰하고 있었다.

이해 불가하고 거대한 사태 앞에서 인간이 할 수 있는 일은 질문을 던지는 것뿐이고, 있는지도 모를 진실에 접근할 수단은 없으니, 수많은 물음표들은 제자리에서 천천히 돌 수밖에 없었고 마음은 한 발자국도 앞으로 나아갈 수 없었다.

정신을 차려 보니, 얼씨구? 구단에서 매달 여는 팬 간담회에 와 있었다. 팬들과의 소통이라는 취지야 훌륭하지만, 어쩐지 극성스러운 부모 같아 참석은 꿈에도 생각해 본 적 없는 자리였다. 온건함과 열정이 합리적으로 조화를 이룬 나 같은 팬이 갈 자리는 아니잖은가.(사람들은 대부분 스스로를 '나 정도면 적당하다.'라고 생각하는 법이다.)

하지만 이달에는 사정이 달랐다. 무슨 말이든 들어야 했다. '공식 언어'를 통해 물음표는 멈춰 세우고, 멈춘 마음은 걷게 해야 했다. 아마도 비슷한 마음이었을, 온건함과 열정이 합리적으로 조화를 이룬 팬들 40여 명이 구단 회의실을 가득 메웠고, 그 틈에 끼어 앉아 대표이사와 감독대행에게서 그동안 내린 결정의 근거와 뒷이야기를 전해 들었다.

모든 대답이 속 시원한 건 아니었지만, 구단 입장에서 할 수 있는 최선의 답을 들었다는 생각이 들었다. 시즌이 끝났기에 월례 간담회 한 번 안 해도 그만이었겠지만 피하지 않고 나서 준 것도 고마웠다. 정당한 의문에 책임 있는 답변을 해야 할 그 어느 누구도 제대로 된 답을 주지 않아 너무나도 아프고 슬펐던 2013년 4월부터의 시간들을, 우리 모두 뼈저리게 알고 있지 않은가.

간담회가 끝나고 경기장 건너편 설렁탕집에 우두커니 앉아 뒤늦은 저녁을 한 술 뜨고 있자니 한 해가 주마등처럼 스쳐 갔다. 정말 힘든 시즌이었다. 득점 선두를 달리던 외국인 공격수를 떠나보내야 했고, 유소년 팀 출신 스타플레이어는 스캔들에 휘말렸고, 어느 순간부터 홈에서 도통 이기지를 못했고, 조금 있으니 원정에서도 그랬고, 감독이 바뀌었고, 팬들은 주제넘게 나서서 감독을 잘랐다는 누명을 썼고, 그리고, 그리고, 그리고, 강등을 당했다.

하다 하다 이제는 팔자에도 없는 간담회까지 와서 밤 10시에 설렁탕을 퍼먹고 있다. 아, 정말 팬질 하기 힘들다. 인생이 지나치게 말려 버렸다는 생각을 떨칠 수가 없었다. 하지만 별수 없다. 안으로 말려드는 것(in-volve)은 곧 연루된다(involve)는 것이고, 연루는 모든 사랑의 피할 수 없는 운명이니까.

말려듦이 어느 선을 넘으면 안과 밖의 경계도 희미해지거나 무의미해진다. 나는 성남FC의 '안'인가 '밖'인가? 선수나 코칭스태프, 직원처럼 구단에서 돈을 받는 것도 아니고 심지어 돈을 낸다. 다른 이들과 달리 팬들은 '계약'하지 않는다. 구단이 마음에 안 들면 경기장에 안 가면 그만이다.

그런 이유로 성남FC에 별 책임도 없고 권한도 없다. 경기의 선발 명단에, 감독 선임에, 예산 집행 등에 목소리는 낼 수 있겠지만 그 볼륨은 아주 미미할 것이다. 그런 주제에 성남FC의 팬이라는 정체성은 엄청나게 강해서 아직도 자꾸 '성남일화'라고 부르는 사람들에게 "성남에프씨거든요!"라며 신경질을 내고, 혹시라도 '성남 팬들 다 저래.'라는 말을 들을까 매사 몸가짐을 조신히 한다. 팀과 계약된 누구 못지않게 '내 팀'이라고 생각하는 것이다.

경기장을 찾는다는 것은 나 자신의 기쁨을 위한 것이기도 하지만, 구단과 선수들에게 팬의 존재를 드러냄으로써 어떻게든 그들에게 영향을 끼치기 위한 것이기도 하다. 우리가 여기 두 눈 똑똑히 뜨고 보고 있으니 선수는 열심히 뛰고 구단은 일 똑바로 하라고 메시지를 보내는 것이다. 작으나마 이 영향력마저 꿈꾸지 않는다면 대체 무엇 때문에 그리도 열심히 경기장을 찾는단 말인가?

그러니 나는 팀의 '안'인 동시에 '밖'이고, 팀과 관련된 나의 모든 행위는 팀의 바깥에서 일어나는 일인 동시에 안에서 일어나는 일이기도 한 것이다. 정치인은 바뀌지만 국민은 바뀌지 않듯이 선수가, 감독이, 직원이 팀을 떠나도 팬들은 항상 자리를 지킨다. 이렇게 '아무 존재도 아닌' 이들이야말로 어쩌면 더 본질적이고 중요한 사람일 것이다.

스코틀랜드 리그의 명문 셀틱FC의 레전드로 꼽히는 조크 스틴은 "팬이 없는 축구는 아무것도 아니다.(Football without the fans is nothing.)"라는 말을 남겼다고 한다.* 팬이야말로 모든 프로 구단의 존재 기반이자 경기의 마지막 퍼즐이라는 것을 잘 보여 주는 말이다. 나아가 연루를 두려워하지 않는 모든 팬은 팀의 일부, 혹은 그 자체일 것이다. 하물며 사라질 뻔한 팀을 살려 낸 경험이 있는 성남FC 팬들에게는 더 이상 팀과 자신이

* 박재림, 『축구에 관한 모든 것 4: 팬』(사람들, 2010), 10쪽.

분리되지 않을 것이다. 마치 설렁탕에 스며든 깍두기 국물처럼.

문득 생각나는 이야기가 있다. 우루과이에서 가장 유명한 작가이자 가장 유명한 축구팬이라 할 만한 에두아르도 갈레아노가 축구를 소재로 한 에세이집에 쓴 이야기다. 아르헨티나의 수도 부에노스아이레스를 연고로 하는 두 팀 보카주니어스와 리버플레이트는 죽고 못 사는 라이벌로 두 팀의 팬들 또한 앙숙인 것으로 유명한데, 보카주니어스 팬 하나가 죽기 직전에 자신의 몸을 리버플레이트 깃발로 감싸 달라고 했단다. 아니, 대체 왜? 자기 팀 깃발이 아니고 꼴도 보기 싫은 상대 팀 깃발을?

이유가 걸작이다. 자신의 죽음을 리버플레이트 팬의 죽음으로 칠 속셈인 것이다! "그렇게 함으로써, 그는 마지막 한숨을 내쉬면서, 경축할 수 있었던 것이다. '이제 그들 중의 한 명이 드디어 죽는구나.'"[*]

아이고, 내 아무리 축구팬이지만 이건 좀 과하다 싶다. 온건함과 열정이 기막힌 비율로 섞인 성남FC 팬들의 세계로 얼른 돌아오자. 강등이냐 잔류냐가 결정될 플레이오프 2차전 홈경기, 골대 뒤에는 다음과 같은 문구가 적힌 걸개가 걸렸다. "너와 나의 역사에 강등을 새기지 마라", "지켜 다오, 우리의 자부심, 우리의 역사". 팀의 운명에 가장 중요한 경기에 내걸 것이기에 최대한 신중하게 골랐을 그 문장 속에서 읽어 낼 수 있는 것은 팬들이 스스로를 이 팀과 얼마나 연루되어 있다고 느끼고

* 에두아르도 갈레아노, 유왕무 옮김,
『축구, 그 빛과 그림자』(예림기획, 2006), 283쪽.

있는가다. 그렇지 않고서야 '너와 나의 역사', '우리의 자부심' 같은 단어가 쓰일 수는 없었을 거다.

▶ 돌아올 날을 기다리며

동점골을 넣은 덕에 딱 한 골만 더 넣으면 잔류할 수 있었던 마지막 13분을 기억한다. '희망'이 자꾸 가방에서 주섬주섬 시간을 꺼내서 옆에 선 '절망'에게 건넸고 '절망'이 그것을 묵묵히 받아 자기 가방에 차곡차곡 채워 넣었다. 기이할 정도로 누런 빛을 띠는 하늘 높이 우리 팀 마스코트인 까치가 떼 지어 나는 장면이 불길함을 더했고, 나는 자꾸만 아랫배가 꿀렁거리고 윗배가 메슥거렸다.

시간이 갈수록 일그러지던 팬들의 표정을 기억한다. 속절없이 울린 종료 휘슬에 그대로 꺾여 주저앉은 팬들의 무릎을 기억한다. 고개를 푹 숙인 선수들에게, 그래도 내 새끼들이라고, 힘내라고, 울면서 쳐 주던 힘없는 박수 소리를 기억한다. 그리고 관중석 앞에 와 고개 숙이는 대표이사에게, 목구멍 끝까지 울음이 차 뭉개지는 발음으로 쥐어짰던 말들을 기억한다. "강등되면 당신들은 떠나면 그만이지! 선수들도 다른 팀 가 버리면 되지! 남아서 응원해야 하는 우리는 뭐냐고! 우리가 무슨 죄냐고!"

그러고 보니 간담회 때도 인상적인 장면이 있었다. 간담회
중에 대표이사가 이렇게 말했다. "마지막 경기를 앞두고는 잔
류만 생각했습니다. 선수들한테도 그랬어요. '지금은 팬들도 생
각하지 마라. 오직 잔류만 생각해라.'라고요."

그만큼 절박하게 준비하자는 취지였을 것이고 상황이 이
해되지 않는 바도 아니었지만, 마음에 살짝 걸리긴 했다. 그런
데 아니나 다를까, 간담회가 끝나고 사람들이 일어서려는 찰나,
뒷자리에 서 있던 한 팬이 조용히 손을 들고 또박또박 말하는
게 아닌가.

"마지막으로 한 말씀만 드리겠습니다. 아까 선수들한테 팬
들도 생각하지 말라고 얘기하셨던 거, 무슨 맥락인지는 충분히
압니다. 하지만, 하지만요, 그렇게 말씀하지 마세요. 언제나 팬
들을 생각하지 않으면 안 됩니다. 앞으로 그런 말은 그 어떤 상
황에서라도 하지 말아 주세요. 팬을 버리면 프로 구단은 그 순
간 끝입니다."

나는 조금 감탄해서 속으로 박수를 쳤다. 이건 '갑질'이 아
니라 '본질'이니까.

이제 성남FC는 1부리그 복귀라는 과제 앞에 섰다. 결코 쉽
지 않은 일이다. '개미지옥'이라 불리는 '챌린지옥'에서 만만치
않은 팀들과 승격을 두고 경쟁해야 한다. 예산도 줄고, 언론의

관심도 줄고, 중계도 줄고, 관중도 줄 것이다. 지금도 충분히 못하는데 이보다 더 못한 축구를 봐야겠구나 생각하면 머리가 지끈거린다.

당장의 걱정은 주축 선수들의 이적. 1부리그에서 통할 실력의 선수들을 다른 팀들이 그냥 두고 보지는 않을 것이기 때문이다. 매일매일 살얼음판을 걷는 심정으로 축구 기사를 확인한다. 많은 성남 팬들의 지지와 사랑을 받았던 박진포 선수의 이적이 안 그래도 막 발표된 참이다. 그래, A 씨가 취업 면접장에서 롤 모델로 꼽았던 바로 그 선수 말이다. 가을에 전역하고 팀에 복귀한 그가 흔들리는 성남의 든든한 기둥이 되어 주기를 바랐는데, 겨우 4경기 뛰고 다른 팀으로 가게 되었다. 그사이에 A 씨는 어엿한 회사원이 되어 집안의 든든한 기둥이 되었는데, 그의 롤 모델은 팀을 떠났다.

하지만 어쩌겠는가. 우리는 우리 팀, 곧 우리 스스로를 응원하는 것 말고는 다른 수가 없다. 그것이 연루된 자의 운명이다. 예전에 어느 번화가 술집에서 아내와 유니폼을 갖춰 입고 술을 마신 적이 있다. 한창 그날의 축구 이야기에 열이 올라 있는데, 갑자기 뒤에서 누군가 말을 걸어오는 게 아닌가? 저기, 말씀 중에 죄송한데, 제가 오늘 일이 있어서 중계를 못 봤는데, 옛날에 저희 팀에 있었던 모 선수가 부상당했다는 소식을 들었는데, 혹시 심하게 다쳤나요 하는 황당한 질문이었다. 하, 진짜 어처구니가 없어서…… 합석을 했다. 그 드물다는 K리그 팬끼리는 이런 어이없는 일도 가능한 것이다.

　광주FC의 열혈 팬이라는 예비 부부와 함께 술잔을 기울이며 신나게 축구 이야기를 했는데, 그중에서 이것만 이야기하자. 이 부부의 축구 인생 최고의 순간은 승강제 실시 첫해에 강등당했던 광주가 다시 승격을 확정 지은 그 순간이었단다. 약팀을 응원하는 사람만이 느껴 볼 수 있는 최고의 짜릿함이라고 부러움 아닌 부러움을 느꼈었는데, 이게 웬걸…… 생각이 방정이었다. 어쨌거나 이렇게 된 이상 다짐할 수밖에 없겠다. 내 기어이 그 순간을 맛보고 말겠다고, 그리고 그때 다시, 사랑의 눈물[戀淚]을 흘리겠다고.

▶ K리그의……

여기에는 어떤 글도 붙이고 싶지 않다.

06 | 다음 휘슬은 없어도 다음 문장을

▶ 속상해 죽겠어요, 얼마나 그러시겠어요

겨울이 길다. 글을 쓰고 있는 지금은 2월 중순, 겨울 끝물이라고 하기에도 섣부른 때다. 직관을 못 간 지 꼬박 두 달 반. 겨우내 살살 달래 왔던 좀이 더는 못 참아 주겠다는 듯 쑤셔 온다. 나 같은 팬들을 달래기도 할 겸 안달 나게도 할 겸, 각 구단의 SNS에는 새 유니폼, 해외 전지훈련 귀국 일정, 출정식 일정 등이 속속 공개되고 있다. 몇 주 전 발표된 1년 치 경기 일정은 다이어리에 꼼꼼히 옮겨 두었다.

그래도 이제 2주만 기다리면 새 시즌이 개막한다. 나는 지난 시즌 경기장에서 그렇게도 분통을 터뜨려 놓고도, 언제 그랬느냐는 듯 또 태연히 경기장에 가겠지. 탄천종합운동장 한구석에서 소리를 지르고 머리를 감싸고 발을 동동 굴러 대겠지. 아무렴 어때, 축구를, 내 팀을, 우리 선수들을 볼 수 있는데.

이런 기다림과 설렘조차 잃어버린 이들이 있다. 성남FC가 올 2017 시즌부터 뛰게 될 2부리그 K리그 챌린지에서도 성적과 흥행 모두 최하위권이었던 두 팀 충주험멜과 고양자이크로가 지난 시즌을 끝으로 팀을 해체했기 때문이다. 연고지 이전도 아니고 재창단 수순도 아닌 이토록 담백한 해체는 K리그 역사에서도 거의 전례 없는 일이건만, 열악한 여건 속에서 힘겹게 버텨 왔던 걸 알기에 충격적이라기보다는 올 것이 왔다는 느낌이다.

하지만 그 열악함 속에서도 꿋꿋이 팀을 응원해 온 팬은 있게 마련. K리그 팬 커뮤니티에서도 좀체 찾아보기 힘들었던 충주 팬 하나가 "이젠 올 일이 없겠네요. 여러분 안녕히."라고 남긴 담담한 인사에 어찌나 마음이 스산했던지.

문득 떠오른 한 장의 사진. 2015년 가을쯤, 여러 축구 커뮤니티에서 화제가 되었던 게시물이 있다. 호우주의보가 내린 월요일 저녁에 강릉까지 원정 응원을 떠난 단 두 명의 충주 응원단이 중계방송에 잡힌 장면이었다. 놀랍고 신선했던 건 이 두분이 나이 지긋하신 아주머니들이었다는 사실. 유니폼을 맞춰 입고 해맑은 표정으로 응원을 펼치는 두 60대 여성의 모습은 K리그 팬들의 찬사를 받기에 충분했다. 그러니까 이런 분들이 당장 올해부터 응원할 팀을 잃은 것 아닌가! 그 목소리를 직접 들어 보고 싶었다. 사진 속 김순자 씨의 연락처를 수소문해 약속을 잡았다.

겨울 햇살이 좋았던 어느 날, 우리는 김순자 씨가 통학용 승합차를 운전해 주시는, 며느리가 운영하는 충주 근교 보습 학원의 귀퉁이 살림방에 마주 앉았다.

"아휴, 증말 속상해 죽겄어요."

"얼마나 그러시겠어요. 어쩜 좋아요."

푸념과 위로로 시작될 수밖에 없는, 그래야만 하고 또 그러려고 온 자리였다. 스마트폰으로 예의 게시물을 찾아 보여 드리자 "내가 요렇게 나왔구만?" 하고 웃으시더니, 따로 질문도 던지지 않았는데 술술 이야기를 풀어내신다. 그날은 월요일 저녁 원정경기여서 두 명뿐이었지만, 김순자 씨 일당(?)은 훨씬 규모가 크다고 한다. 객지에 나가 있는 둘째 아들네를 제외하고 첫째 아들과 며느리, 셋째 아들과 며느리, 손주들, 아는 동생(중계방송에 같이 잡힌 분), 며느리의 언니(세상에!) 등등이 각자의 사정에 따라 합류한다고.

"그래두 원조는 나예요! 다들 나 따라 기웃거리다가 홀딱 빠졌어."라며 슬몃 힘이 들어간 어깨가 "아는 언니 하나도 조만간에 같이 가기로 했는데, 한 번만 데려가서 고 맛을 보여 주믄 딱 빠질 텐데, 그만 앓어져 버렸네."라면서 다시 조금 처진다.

해체 소식을 들었을 때 기분이 어땠는지 물었다.

"말도 마요. 등줄기에 식은땀이 쭉 흐르더니 머리끝까지 뜨거운 게 좌악 올라오더라고. 마지막 경기가 대전 원정이었는데, 경기 전날 내가 사무국장님부터 버스 기사님까지 직원들 예닐곱 명 식사 대접을 했어요. 다 너무 고맙잖아. 한 해 동안 수고했고."

얼마 전 본 다큐멘터리에서는 무더운 여름날 중국 옌볜FC 선수들 수박 사 먹으라고 한 달 연금의 절반을 선수단에 보낸 조선족 축구팬 할머니 이야기가 나왔고,* FC안양 서포터스는 매년 복날마다 돈을 갹출해 선수단에게 삼계탕을 산다는데, 소중한 이들에게 뭐라도 하나 더 먹이고픈 마음은 다들 비슷한가 보다.

"그렇게 같이 자알 먹고 기분 좋게 원정 갔다 오고 시즌 마무리했는데, 아이구, 그게 마지막일 줄이야! 눈물이 주르륵 나더라고. 술도 메칠을 먹었어."

그때까지만 해도 해체가 확정된 상황은 아니었다. 구단은 어떻게든 팀을 살려 보려고 백방으로 대안을 찾고 있었다. 마지막 홈경기에는 "2017년에 더욱 멋진 모습으로 찾아뵙겠습니다"라고 적힌 플래카드도 내걸었고, 경기 후 관중들을 운동장에 내려오게 해서 작은 쫑파티도 열었다. 김순자 씨의 휴대전화에는 그날 선수들과 찍은 사진이 그득하다. 충주험멜 SNS에 올

* KBS 특집 다큐, 「400g의 기적 연변축구 이야기」, 2017년 2월 1일.

라와 있는 그날의 사진들 속에는 좋아하는 선수 곁에 바짝 붙어 선 어린 팬들의 설렘도 그득하고.*

해체가 확정된 것은 1월 중순이 되어서였다. 팬과 선수와 직원 들은 변변한 작별 인사도 하지 못했다. 그날이 '영원한' 마지막 홈경기였다는 걸 알았더라면 4년 동안 함께했던 팬과 선수 모두가 조금은 더 다정한 이별을 할 수 있었을 텐데. 팀 역사의 마지막을 장식할 원정경기에도 더 많은 팬이 함께할 수 있었을 텐데. 마지막일 줄 몰랐기에 전하지 못한 작별 인사를 생각하면 언제나 울 것 같은 기분이 된다. 상투적이라는 걸 알면서도 항상 당한다.

▶ 전하지 못한 인사들

전하지 못한 인사는 또 있다. 김순자 씨의 남편은 5년 전 봄날 저녁 갑자기 쓰러진 이후 지금껏 의식을 회복하지 못하고 있다. 그리고 역설적이게도, 그것이 김순자 씨가 축구장에 다니게 된 계기가 되었다.

"우리 아저씨 쓰러지고 우울증이 왔어요. 아무것두 할 수가 없구 내가 살아서 뭐 하나 싶구."

애써 꾸미고 있다는 느낌도 희미할 정도로 담담한 목소리

---

* 충주험멜 페이스북 게시물, 2016년 10월 24일.

였지만, 시종 유쾌함을 잃지 않으시는 '자타 공인 대장부' 김순자 씨가 우울증 진단을 받을 정도였으니 얼마나 아픈 시간들이 었을까. 그때의 암흑을 거두어 준, 약에 의존하며 허우적대던 삶에 질서와 에너지를 부여한 것이 바로 축구, 그리고 충주험멜이었던 것이다.

"원래부텀 축구를 좋아하긴 했어요. 국가대표 경기 하면 테레비 챙겨 보고. 근데 여기 시골에선 경기를 안 하니까 직접 가서 본단 생각은 애초에 허지를 못했지. 근데 어느 날부텀 지역 뉴스에서 그래요. K리그 챌린지라는 게 생기는데 우리 충주가 나간다고. 그래서 아들한테 한번 가 보자고 했지. 그래서 딱 갔는데, 아유, 너어어어무 좋더라고. 자식이 셋이고 며느리가 셋이래두 내 우울한 마음을 얘들이 어떻게 해 줄 순 없는 거잖아? 근데 가서 탁 트인 운동장 보면서 응원하다 보믄 그게 싸악 날아가는 거야. 내가 답답할 때 선수들이 대신 뛰어 주는 기분? 축구 본 뒤로는 일주일이 어떻게 가는지도 모르게 수월하게 갔어. 내가 그 덕에 살았지, 그 덕에."

또 그 덕에, 충주험멜은 가장 듬직한 고정 관중을 얻었다. 김순자 씨는 K리그 챌린지가 출범한 2013년부터 네 시즌 동안 거의 모든 홈경기를 직관했다. 특히 마지막 두 해는 '전출'이란다. "역시 직관이 좋죠?" 답이 뻔한 질문 하나 슬쩍 끼워 봤더니 "직관 안 해 본 사람은 축구를 논하지를 말라 그래!"라는, 과

아들이 사 준 유니폼을 입고 며느리가 손수 만들어 준 응원 도구를 들고 포즈를 취해 주신 김순자 씨. 응원 도구 뒷면에는 "아직 다 받지도 못한" 선수들의 사인이 채워져 있었다.

격해서 사랑스러운 대답이 돌아와 손사래 치는 손에 하이파이브를 할 뻔했다. "테레비로 보는 건 보는 것두 아냐. 직관 최고! 특히 야간 경기에 라이트 불빛 아래서 치맥까지 하면 세상에 바랄 게 암것두 없지, 아암!" 역시 직관주의는 진리다.

"근데 웃긴 게, 원정 응원이 훨 재밌어. 홈에서는 죄에다 동네 사람들이니 아무래도 말을 씨게 못 하잖어. 그러니 심판한테나 선수한테나 '야아아~ 에이이~' 이렇게밖에 못 하는데, 원정만 가믄 '야아앗! 떼엑! 똑빠루 안 햇! 정신 차렷!' 막 소리 지르지. 신나 갖고잉." 이번에도 손사래가 있었더라면 정말로 하이파이브를 할 뻔했다. 나는 면식만 겨우 있는 이들 사이에서도 소리를 지르다 정신을 차리면 머쓱하기 일쑤인데, 몇 다리 건너면 다 알 만한 좁은 동네에선 어떻겠는가! 하지만 그런 사람들도 적지에서는 어쩐지 서로에게 기대게 되고, 홈팀 관중의 '쪽수'에 주눅 들지 않기 위해 아랫배에 '심'이 더 들어가는 법이다.

"그러고 보니 홈에서 초등학교 담임선생님도 봤잖아."

당연히 아들 담임선생님 이야기겠거니 했지만 뉘앙스가 미묘해서 확인차 되물었다가 "아니, 내 담임선생님 말여! 2학년 때 선생님을 졸업한 지 50년 만에 첨 만났다니까!"라는 대답을 돌려받고는 이게 바로 지역 축구 문화의 정수인가 싶어 입이 쩍 벌어졌다.

"지금 연세가 팔십 몇 되셨지? 인사? 아유, 그게 또 쑥스러워서 잘 안되대. 딱 발견하고 옴마야 하면서 저짝으로 돌아가 앉았지. 근데 그 양반도 대단한 게 첨 봤을 때부텀 2년 반을 한 경기도 안 빠지고 오시대."

매 경기 같은 자리에서 자신의 팀을 지켜보는, 그러면서도 (너무도 눈에 띄어 알아보지 못할 리 없는) 제자가 민망할까 봐 먼저 알은체하지 않는 80대의 노신사라니, 멋지다.

어느 선수를 좋아하느냐는 질문에는 누구도 좋고 누구도 좋고…… 주전 선수들이 총출동할 기세라 유니폼 뒷면에 어느 선수의 이름을 새겼는지를 물었다.

"으응, 이거? 빈칸이에요. 한 사람 꼭 찝어서 했다가 그 선수가 딴 팀 가면 그걸 또 입고 다니기가 그르찮어. 매년 입을라믄 아무도 안 붙여야 돼."

어차피 매년 유니폼을 사는 나도 이왕이면 우리 팀에 오래 있을 (확률이 큰) 선수를 고르게 되는데, 다른 팀에서 출전 기회를 못 얻고 있는 선수를 빌려 오고 돌려보내면서 한 해 한 해 버텨 냈던, 그래서 매년 선수단의 절반 이상이 바뀌었던 충주험멜의 팬 입장에서는 고르기가 얼마나 힘들었을까. 물론 더 안타까운 것은 "매년 입을라믄"에 드리워진 그늘이겠지만.

말이 나온 김에 '약팀을 응원한다는 것'에 대해 물었더니 질문이 채 끝나기도 전에 목소리를 높이신다. "친구들이 그래요. 야, 맨날 지는 거 뭐 하러 보러 가냐? 그럼 내가 그래. 질수록 더 가서 응원해야지 힘내서 다음 경기 더 잘하지! 진정한 팬은 졌다고 안 가고 이겼다고 가고 그러면 안 돼요."

뺄 것도 보탤 것도 없는 지당하신 말씀에 밑도 끝도 없이 용기를 내서 성남FC의 팬임을 커밍아웃했다. "아, 성남!" 이어진 잠깐의 침묵에 멋쩍게 웃고 있자니 "이번에 챌린지루 내려왔지? 아이고, 우리 팀이 안 없어졌으면 성남 원정도 한번 갈 수 있었는데!"라며 수습 아닌 수습을 하신다. 팀이 공중분해된 분께 '고작' 강등으로 위로라도 받았다면 얼마나 민망할까 싶었는데 그러지 않아서 다행이다. 그러게요, 오셨으면 제가 뫼셨을 텐데요.

충주의 지난 시즌 평균 관중은 944명. 압도적 꼴찌인 고양 (347명)의 바로 위 순위다. 한 시즌 관중 합계가 FC서울의 한 경기 평균 관중과 비슷한 수준. "우리는 워낙 팬이 없어서……. 원정엘 가면 우리 식구랑 선수 부모들 빼면 한둘이나 될까? 딴 팀들은 20~30명씩 한 차 까뜩 오는데 그게 그렇게 부럽더라구."라신다.

응원하는 팀의 팬이 늘고 우리 팀의 이름과 구호가 경기장에 쩌렁쩌렁 울려 퍼지는 것은 무릇 모든 축구팬의 꿈. 팬도 많아지고 성적도 좋아져서 1부리그로 승격하는 것까지 보셨으면 얼마나 좋았겠느냐고 말씀드리자 눈빛이 아련해지신다. "그러게, 그게 내 꿈이었는데, 인제 꿈이 사라졌네……."

하지만 김순자 씨의 꿈은 더 먼 곳까지 닿아 있었다. "그리고 그거, 챔피언스리그도 나가 보구 싶었지. 우리 충주 응원하러 외국 가 보는 것두 꿈이었어요." 그렇다. 2부리그에서 꼴찌를 다투는 충주의 팬도 아시아 무대를 꿈꾸고 있었던 것이다! 왜 못 그러겠는가?

더 놀라운 것은 딱히 볼 일도 없는 눈치를 잠깐 살피시더니 딱히 낮출 일도 없는 목소리를 한껏 낮추시고는 은밀히 덧붙이신 이야기다. "사실 그런 날을 대비해서 내가 적금을 들어

낳거든. 우리 집은 대부대라 한번 움직이믄 돈도 많이 드는데 외국 갈라믄 얼마나 많이 들것어? 그래서 진작 준비했지. 이제 7개월 부었는데……."

그러니까 김순자 씨에게 이 꿈은 단순한 '상상'이 아니라 '계획'이었던 것이다. 오지 않을지도 모를 먼 훗날을 꿈꾸며 차곡차곡 적금을 붓는 그 마음이 아예 올 수 없는 날에 가로막혔다. 이 대목에서, 동행했던 아내는 김순자 씨의 손을 꼭 잡아 드렸다.

▶ 순간, 그리고 또 순간들

축구의 어느 순간을 가장 좋아하는지 물었더니 잠시 고민하시다 이거다 싶었는지 무릎을 탁 치신다. "패스가 멋지게 잘 들어갔을 때! 고 짜릿한 맛은 말로 표현을 못 허지. 공 받을라고 저짝부터 차차차착 뛰어가는 사람 발 앞에 공이 기가 맥히게 떨어지믄 소름 끼치게 멋져. 그걸 슈팅까지 하면 최고지! 골이야 들어갈 때도 있고, 막힐 때도 있고, 막히면 저짝 골키퍼가 잘했네 하면 되고!" 축구를 골로 환원시키지 않는 베테랑 팬의 면모에, 하이파이브에 대한 집착은 버리고 진심 어린 박수로 화답했다.

반면 화가 나거나 슬펐던 순간에 대한 대답은 단박에 나왔다. "우리 선수 다치는 거!" 축구팬에게 '내 새끼들' 다치는 게 속상한 건 공통이지만 약팀의 팬들은 유독 더 그런 듯하다. 성적 안 나오는 자식에게 공부 잘하란 잔소리는 별무소용이니 '건강하게만 자라다오.' 하는 느낌이긴 하지만, 눈에 안 차는 선수에게 냉정해지기 쉬운 강팀의 팬들보다 훨씬 더 인간적이랄까. "나는 경기 끝나고 선수들 버스 타러 나오는 것까지 다 보고 집에 오거든. 그때 선수들이 무르팍에 얼음 달고 절뚝절뚝 나오면 마음이 너무 아파요. 꼭 부모 맘처럼……."

하지만 이제는 그게 문제가 아니라며 "다 실업자가 돼 버렸잖아. 어뜩하믄 좋아."라고 말하는 김순자 씨의 얼굴에 어느 때보다도 큰 안타까움이 스쳐 갔다. 프로 최하위 리그의 최약체 팀에 있던 선수가 다른 프로 팀으로 가기는 쉽지 않은 게 사실. 아마추어 팀에서 기약 없는 절치부심을 할지도 모르고, 일찌감치 지도자의 길로 들어설지도 모르고, 혹은 아예 축구와 연을 끊을지도 모른다. 어느 쪽이든 소식이라도 들으면 좋으련만, 전화해서 물어볼 구단도 없어진 이상 선수들이 어디로 어떻게 흩어졌는지도 알아내기 어렵다.

살길을 찾은 몇몇 선수의 소식은 다행히 여기저기서 전해 들으셨단다. 김순자 씨가 무릎 수술을 받고 절뚝이며 경기장을 다니던 동안(그렇다, 부상 투혼은 선수들만의 것이 아니다!) 매 경기 안부를 물어 주던 '우리 착한' 골키퍼 이영창 선수는 대전에 갔고, 주전 골잡이 김신 선수와 수비의 핵심 김한빈 선수는 부천에 갔고, 누구는 상주상무에 입대했고 누구는 실업 팀에 갔다며 소식을 늘어놓으신다.

"내가 축구를 그냥 좋아한 게 아니라 정말 의지를 한 거잖아. 근데 팀이 없어지니까 또 우울증이 올 기미가 보이더라고. 아들한테 그랬어요. 우리 선수들 있는 다른 팀이라도 보러 가야겠다고. 올해는 그러기로 했어."

"내 팀 충주가 사라졌으니 다시는 축구 따위 보지 않겠다!" 하는 식의 결기를 보이셨다면 속된 말로 '그럴싸한 그림'은 나왔겠지만, 고백하자면 내 마음 한구석에도 그러한 기대가 아예 없었던 것은 아니지만, 그 기대가 무너지니 오히려 다행스러웠다. "물론 평생 나고 자란 우리 충주 응원하듯이 할 수 있나. 마음이 그렇게 되질 않아요. 그냥 선수들 얼굴이나 보러 가는 거지."라고 황급히 덧붙이신 건 흐뭇했고. 적잖은 연세에 '매 경기 원정길'이 얼마나 고단하실지 걱정도 되지만, '내 새끼들' 보면서 그 모든 피로도 우울도 날아가 버리기만을 바랄 뿐이다.

마음 깊이 좋아하는 것을 좇으며 자신의 삶을 풍성하게 만들어 가는 모습에는 언제나 응원을 보내게 된다. 게다가 그 모습 앞에선 세대의 벽도 흐릿해진다. 생각해 보면 어머니 또래의 다른 여성과 속 깊은 '대화'를 나누어 본 적이 있기는 했던

가. 김순자 씨도 "오랜만에 축구 얘기 통하는 친구들 만나니 너무 좋네."라며 함박웃음을 지으셨다. "난 애들 연예인 쫓아다니고 그러는 거 다 이해해요. 나두 똑같애. 경기 끝나면 애들 틈새에 끼어서 선수들 나오는 거 기다리고 어떻게든 얼굴 한 번 더 보고 갈라고 하고." 역시 '덕심'은 통한다.

게다가 이야기가 마무리되고 일어서려는데 "끼니땐데 밥 먹구 가요. 원래 먹는 상에 수저만 더 놓으면 되니까."라며 식사를 권하시고, 맛있게 비우고 일어서는 손에 깻잎절임까지 꽁꽁 싸 들려 주시니, 소중한 이들에게(우리가 그렇게 소중한지까지는 잘 모르겠지만) 뭐라도 하나 더 먹이고픈 마음은 역시 다들 비슷한가 보다.

새 시즌의 기다림과 설렘을 잃어버린 이들, "겨울이 길다."라는 문장 뒤에 나처럼 봄을 꿈꾸는 문장을 잇지 못하고 묵묵히 마침표만 겹쳐 찍고 있을 이들을 생각한다. 그러다가 김순자 씨처럼 먼 길을 마다하지 않고 옛 선수들을 보러 갈 이들도 있겠지. 그것까지는 아무래도 무리일 할아버지 선생님은 추억만 하염없이 곱씹으시려나. 설렘 가득한 표정의 사진 속 아이들은 이 거대한 이별 앞에서 어떤 표정을 짓고 있을 것이며 나중에 그 시간들을 어떻게 기억할까. 커뮤니티에 글을 남겼던 충주 팬은 닉네임을 클릭해 봤더니 탈퇴한 회원이라고 나오던데 아예 축구를 끊었을지도 모르겠다. 구단의 파행적 운영으로 충주 팬들보다 더 큰 상처를 받았을 고양 팬들은 또 이 긴 겨울을 어떻게 나고 있을지.

모두들 궁금하고, 위로와 응원을 보내고 싶다. 상처가 아무는 시간 차야 있겠지만, "나야 우리 충주한테 말로 다 할 수 없이 많이 받았지, 너무 고마워."라는 김순자 씨처럼, 자신의 팀과 함께한 그 시간들이 조금씩 조금씩 기억 속에 소중히 자리 잡아 가기를 빈다. 또 겹쳐진 마침표 뒤에 각자의 문장을 이어 쓸 수 있기를 빈다.

그리고 마지막으로, 몇 번의 봄을 건너뛴 김순자 씨의 남편이 처음으로 아내와 손잡고 축구장에 가는 날이 오는 기적까지도 빌어 본다.

▶ K리그 외 다른 대회들

1년 동안 단 하나의 트로피만 두고 경쟁하는 건 아무래도 조금 심심한 법. 어느 분야나 그렇지만 적당한 동기부여는 필수다. 그리고 FA컵은 그러한 동기부여를 위한 좋은 수단이 된다.

그렇다고 FA컵을 곁다리 취급하면 서운한 것이, 이 대회는 말하자면 '축구협회(Football Association, FA)에 소속된 모든 팀 중 챔피언을 가려보자.' 하는 권위 있는 대회다. 축구의 초창기를 상상해 보면 리그보다는 전국적인 토너먼트 대회가 먼저 있었고, 그 인기가 높아지며 '이 재밌는 걸 어떻게 더 자주 오래 즐기지?' 하는 고민에서 리그가 탄생했다고 보는 편이 맞겠다. FA컵은 그 '전국 토너먼트'를 기원으로 하며, 대부분의 국가에서 리그보다 먼저 창설되었다. 단 대한민국 FA컵은 1921년 창설된 전조선 축구선수권의 역사를 공식 계승하지 않기 때문에 1996년을 창설 연도로 본다.

사실 FA컵이라는 명칭은 잉글랜드 축구협회에서 시작한 'FA컵'이 원조고, 우리는 그걸 그대로 가져와 붙인 것이다. 외국에서는 원조와 구분하기 위해 'Korean FA Cup'이라고 해야 한다. 중국도 FA컵이라는 명칭을 쓰긴 하지만, 대부분의 나라들이 독자적인 이름을 갖고 있다. 코파델레이(스페인, '국왕컵'), 쿠프 드 프랑스('프랑스컵'), DFB-포칼(독일, '독일축구협회컵'), 덴노하이(일본, '일왕배') 등이 그 예다.

이름에 걸맞게 이 대회는 프로축구연맹에서 주관하는 K리그와 달리 대한축구협회(KFA)에서 주관한다. K리그 22개 팀은 물론이고 내셔널리그 팀, K3리그 팀, 대학팀, 직장인 팀, 조기 축구 팀까지 총출동하여 챔피언을 가린다. 물론 약한 리그에 소속된 팀일수록 사전 단계를 많이 거쳐야 하며, K리그2 팀은 64강전(3라운드)부터, K리그1 팀은 32강전(4라운드)부터 합류한다.

하부 리그의 반란을 보는 재미가 있으나 우리 팀이 하부 리그 팀에 당할 때는 정말로 하나도 재미가 없으며 라이벌 팀이 희생양이 되면 종일 실없이 히죽거리게 된다. 토너먼트 대회이니만큼 준결승이나 결승에서 라이벌끼리 붙으면 경기의 흥미도가 쭉쭉 올라가는데, 특히 2016년에는 수원 삼성과 FC서울이 결승전에서 맞붙어 추가 시간 동점골에 승부차기에서는 골키퍼까지 키커로 나서는 등 명승부를 연출했다. 참고로 아직까지 한국 FA컵에서 1부리그 소속이 아닌 팀이 우승한 적은 없다.

FA컵 우승팀과 K리그1에서 1~3위를 차지한 네 팀은 다음 해 AFC챔피언스리그에 출전하게 된다. '한국에서 축구를 제일 잘하는 팀'을 넘어 '아시아에서 축구를 제일 잘하는 팀'이 될 수 있는 꿈의 무대. 2000년대 초반까지만 해도 명예만 있고 별 실익은 없어서 구단들이 시큰둥하게 대하는 대회였으나 위상이 점점 높아지더니 이제는 아시아 축구팬의 이목을 집중시키고 있다. 전북, 서울, 수원, 울산 등은 단골로 진출하지만(이런 팀들은 리그, FA컵, 챔피언스리그를 병행하면서 한 해 최대 60경기까지 치르기도 한다.) 대부분의 중하위권 팀은 현실적으로 FA컵 우승을 통해 출전권을 노린다.

이 대회는 이웃한 J리그나 중국 슈퍼리그와 경기력을 비교해 볼 수 있는 좋은 기회이기도 하다. 대회가 32개 팀 조별리그 체제로 확대 개편된 2009년부터 포항, 성남, 울산이 차례로 우승하며 절대 강자로 군림하던 K리그는(성남FC 팬 D 씨의 SNS 아이디에 들어간 숫자는 태어난 해도, 전화

번호 뒷자리도 아닌 2010이다.) J리그의 절치부심과 중국 슈퍼리그의 약진, 중동세의 도전으로 몇 년간 주춤하다가 2016년 전북이 숙원의 트로피를 들어올렸다.

대회 특성상 미니 한일전, 미니 한중전이 수시로 벌어지는데, 한국 팀들이 미세하게 우세한 모양새라 K리그 팬들에게 '우리가 돈이 없지 가오가 없냐.'라는 한 떨기 가녀린 자부심을 제공하기도 한다.(부진한 시즌에는 '우리는 돈도 없고 가오도 없네.'가 된다.) 물론 한 팀의 골수팬들의 경우 클럽 축구에 내셔널리즘이 웬 말이냐며 K리그의 라이벌 팀과 J리그 팀이 붙을 때 J리그 팀을 응원하기도 한다.

한편 매년 겨울에는 그해의 대륙 대회 우승 팀들이 한곳에 모여 토너먼트로 '클럽월드컵'을 치르는데, 이벤트 성격이 강해 권위는 약간 떨어지지만 그래도 우승하면 '세계 챔피언' 행세를 할 수 있는지라 기분은 좋은 대회다. 성남은 2010년 클럽월드컵에 참가하여 준결승에서 유럽 챔피언 인테르밀란(이탈리아)을 만나 0 대 3으로 패한 바 있다.

한 해에 두 개의 트로피를 들어올리면 더블, 세 개의 트로피를 들어올리면 트레블이라고 한다. 자잘한 대회나 이벤트성 대회를 제외하고 '자국 1부리그 우승'과 '자국 FA컵 우승'을 동시에 이루는 게 진짜배기 더블이고 여기에 '대륙 대회 우승'까지 함께 이루면 진짜배기 트레블이 되는데, 트레블은 그야말로 모든 나라 모든 리그 팬들의 꿈. 한국에서는 2013년의 포항스틸러스가 진짜배기 더블을 이룩한 게 유일한 사례다. '리그 — FA컵 — AFC챔피언스리그 우승'이라는 꿈의 트레블은 아직 전인미답이며, 이는 K리그 팀뿐 아니라 어느 아시아 팀도 달성하지 못했다. 그리고 12년 뒤, 성남FC의 몫이 될 것이다.

이 둥근
지구 위에서
둥근 공을
차는 한

▶ 아프고 슬픈 것은 항상 예상을 넘어

축구팬이 축구와 관련되어 겪을 수 있는 일 중에 자신의
팀이 해체되는 것보다 더 아프고 슬픈 일이 얼마나 있을까. 팀
이 무승부 하나 없이 깔끔하게 10연패를 할 때의 심정적 고통
도, 경기장에서 컵라면을 먹다가 불시의 실점에 출렁이는 국물
을 손등에 쏟았을 때의 물리적 고통도 절대 그에 비하지는 못
할 것이다. 축구장에서 만난 사람과 연인이 되었다가 헤어졌다
면 퍽 많이 아프겠지만, 그건 축구를 빙자한 '사람 사이의 일'이
라고 보는 것이 합당할 터. 어쨌든 팀이 해체되는 것보다 더 아
프고 슬픈 일이 흔치는 않으리라.

하지만 세상의 일이란 항상 인간의 예상을 뛰어넘게 마련.

지난 2016년 늦가을에 그런 일 중 하나가 일어났다. 우리나라의 이야기는 아니다. 어지간한 지리 덕후 못잖은 이 축덕들에게도 낯선, 브라질 남부의 '샤페코'라는 작은 도시와 그 도시를 연고로 하는 '샤페코엔시'라는 팀에서 일어난 일이다.

이 팀은 오랫동안 하부리그를 전전하다가 2014년에야 브라질 1부리그로 올라왔고, 대륙 대회인 '코파 수다메리카나(Copa Sudamericana)'에도 처음 출전하게 되었다. 의외의 선전을 거듭하며 예선과 16강, 8강, 4강을 거쳐 결승에 올라 팀 역사상 첫 '대륙 챔피언' 타이틀을 목전에 둔 상황, 결승 1차전 원정 경기를 치르기 위해 이륙한 전세기는 도중에 그만 추락하고 말았다. 선수들은 물론 단장, 코칭스태프, 기자 등 탑승객 81명 중 76명이 사망했다. 인구 20만의 작은 도시는 그 도시의 자부심이었을 이 팀의 비극으로 짙고 무거운 슬픔에 잠겼다.

샤페코 시민들의 모습이 담긴 사진과 영상을 본다. 유니폼을 입고 경기장에 모여 부둥켜안고 오열하고, 골망에 꽃을 매단다. 망연자실 도로에 주저앉아 있다가 이내 얼굴을 감싸 쥐고 만다. 교회에서 미사를 드리며 눈물을 훔친다. 인터뷰에 응한 주름투성이 할아버지는 "신이시여! 어떻게 이런 일이."라는 짧은 말조차 채 끝맺지 못하고 아이처럼 엉엉 운다. 리그의 팀을 응원하는 팬이라면 자신들에게 똑같은 상황이 닥쳤을 때가 절로 상상되지 않을 수 없다. 그렇게 샤페코 시민들의 마음을 절로 알게 된다.

결승전 상대였던 콜롬비아의 아틀레티코나시오날은 기권으로 우승컵을 양보했다. 중계권료와 광고 수입을 포기할 수 없었던 남미축구연맹이 나중에라도 열자고 설득했지만 그게 무슨 안 될 말이냐고, 경기를 강행한다면 자기 팀 골대로 자책골을 퍼붓겠다고 협박한 끝에 말이다.

브라질 1부리그 팀들은 샤페코엔시의 재건을 위해 선수 무상 임대를 자청했으며, 브라질축구협회는 이 팀이 안 좋은 성적을 거두더라도 세 시즌 동안 강등을 보류하는 방안을 검토 중이라고 한다. 호나우지뉴, 리켈메 등 수년 전 세계 축구의 중심에 있던 선수들도 이 팀을 위해 무급으로 뛰겠다는 의사를 내비쳤다. 샤페코 시민들의 마음에 남은 아픔이 쉽사리 지워질 수는 없겠지만, 이렇게 축구계가 보여 주는 '리스펙트'는 그나마 작은 위안이 된다.

여기에 우리 성남FC의 팬들도 작은 힘을 보탠다. 우리는 지구 반대편에 있는 이 팀과도 미세하게 이어져 있으니까. 추상적인 의미로만이 아니라 실제로 그렇다. 지난여름 우리 팀에 합류하여 6개월간 함께했던 외국인 선수 실빙요의 직전 소속 팀이 바로 샤페코엔시였던 것이다. 그리 출중한 활약을 보여 주지는 못했지만, 강등 후 SNS에 "내년에는 우리 팀을 제자리에 돌려놓겠습니다! 우리를 응원해 준 팬분들 감사합니다."라는 한

글 메시지를 남겨 팬들의 마음을 시큰하게 했던 선수다.

몇 달 전까지만 해도 함께 뛰었던 친구들을 한꺼번에 잃은, 또 어쩌면 자신이 그 자리에 있을 수도 있었던 실빙요는 사고 직후부터 SNS에 옛 동료들의 사진을 올리며 추모하다가 결국 짧은 한국 생활을 접고 고국으로 돌아갔다.

성남FC 팬들은 2017 시즌 개막전에 샤페코엔시의 깃발을 준비했다. 응원 메시지를 적어 실빙요에게 전달하기 위해서다. 고작 반년 동안 우리 팀에 있었던 선수를 위해, 팬들이 각각의 필체로 남겨 놓은 메시지들이 이미 빼곡했다. 그 위에 나의 메시지를 더하며 생각한다. 이 둥근 지구 위에서 둥근 공을 차고 또 그것을 지켜보는 사람들이 있는 한 우리는 영원히 이어져 있다고. 축구, 역시 코즈모폴리턴의 스포츠다.

▶ 꽃가루는 봄 하늘을 뒤덮고

아픈 이야기는 일단 여기까지. 그렇다. 개막전이다. 드디어, 드디어 새 시즌이 시작하는 것이다. 모든 축구팬, 아니 모든 스포츠 팬의 가슴을 뛰게 하는 그 단어 '개막'. 기나긴 겨울은 어제까지로, 진정한 올해는 오늘부터로 경계가 그어졌다.

축구를 못 본다는 사실 하나만 참으면 됐던 여느 겨울도 충분히 힘들었건만, 강등 후에 맞은 겨울은 또 차원이 달랐다. 강등을 떠올릴 때마다 좌절했다가, 그래도 내 팀이 있는 게 어디냐며 스스로를 위로했다가, 시의회가 지나치게 많은 예산을 깎으려 들어 분노했다가, 선수들이 생각보다 많이 팀에 남아 주어서 안도했다가, 차근차근 늘려 놓은 관중 수가 곤두박질칠까 걱정했다가, 그럴수록 더 열심히 가서 응원해야지 다짐했다가, 우리 팀이 과연 잘할 수 있을까 우려했다가, 그래도 2부리그 팀들 사이에서야 잘하겠지 낙관했다가, 그러다 못하면 어쩌지 비관했다가, 다가, 다가, 다가, 다가닥, 다가닥 머릿속에서 말들이 뛰어다니는 심란한 겨울이었다.

한편으로 겨울은 조금은 숨통이 트이는 계절이기도 하다. 주말 중 하루를 경기장을 다녀오는 데 쓰면, 더구나 그게 원정 경기이기라도 하면, 게다가 미약하게 시작해서 계속 미약하려 용을 써 보지만 결국에는 창대하게 끝나 버리고 마는 아내와의 뒤풀이까지 곁들이고 나면, 피로를 풀 새도 없이 새로운 주가 시작해 버리고 만다.

육체적인 피로만 있을까. 울화통이 터지기 십상인 경기를 정기적으로 보고 있자면 정신적인 피로도 만만찮다. 겨울은 그런 나날들에서 벗어나 조금 편히 사람들을 만나며, '내게도 평범한 삶 비슷한 것이 있구나.' 눈속임을 하며 에너지를 비축하는 시간이기도 하다.

물론 그렇게 차곡차곡 비축한 에너지가 돌아갈 곳도 결국 새 시즌의 축구장이 되겠다. 지하철역 앞 번화가를 벗어나 유유자적 흐르는 탄천과 그 건너편에 굳건히 자리를 지키고 있는 우리의 탄천 요새를 마주하니 감개가 무량하다. 홈구장이 생활의 동선에서 멀찍이 떨어져 있는 탓에 작년 마지막 경기 이후 이곳을 찾은 건 간담회를 포함해서 고작 두 번뿐. 반가운 마음에 발걸음이 점점 빨라졌다.

초봄 특유의 어수선한 천변 풍경이 마음을 점점 달뜨게 했다. 경기장이 가까워지면서 유니폼을 입은 동지들이 곳곳에서 합류해 탄천과 함께 흐르기 시작했고, 경기장 앰프에서 튀어나온 음악 비트가 심장 박동과 주파수를 맞춰 갔다. 경기장 옆에서 왁자한 벼룩시장까지 열리니, 개막전 특유의 어수선한 분위기가 달뜬 마음을 숫제 하늘로 날려 버릴 기세였다. 걸음이 눈에 띄게 빨라지는 통에 아내에게서 "또, 또! 평소엔 느긋한 사람이 축구장만 오면 다급해지지!" 하는 놀림 섞인 타박을 들은 건 보너스.

샤페코엔시의 깃발에 응원 메시지를 남긴 뒤에 인터넷으로 미리 구매해 두었던 시즌권까지 받아 들었더니 겨울의 심란함은 아주 작은 덩어리만 남았다. '우리 팀 역사상 첫 2부리그 경기로구나.' 하는 씁쓸함도 생각보다 훨씬 쪼그라들었다. 심란함과 씁쓸함의 자리는 설렘이 대신 채웠다.

경기장에 들어서니 채 푸르러지지 못해 때꾼한 3월의 잔디도 반갑고, 그 위에서 몸을 푸는 우리 선수들의 실루엣은 더 반갑다. 강등이 되었어도 많은 선수들이 팀에 남아 주었지만 어느 정도의 선수단 개편은 불가피했기에 낯선 선수도 많았다. 하지만 어때, 차차 정을 붙여 가면 되지. 이제 너희는 미우나 고우나 내 선수들이니까.

강등이 결정된 마지막 경기 때 그렇게도 야속하게 바라보았던 전광판, 그 뒤로 무던히 자리를 지키고 선 아파트 단지, 독특한 디자인의 볼록 지붕, 빨갛고 노랗고 파란 관중석의 의자들도 문득 다정하다. 항상 앉는 구역으로 향하는 발걸음이 또 다급해져 아내에게 한 번 더 보너스를 받았다.

북측 골대 뒤편 육상 트랙 위에 설치된 가변석 '블랙존'에 들어서자 익숙한 얼굴들이 하나둘 눈에 들어오기 시작했다. 말한번 섞어 본 적 없이 어중간하게 얼굴만 아는 친구들, 팬 커뮤니티를 구경하면서 이름까지 슬쩍 알게 된 친구들, 원정경기에서 승리를 거두고 나서 화장실에서 눈이 마주치면 얼결에 '수고하셨습니다.'라고 인사를 주고받던 이름 모를 친구들……. 모두를 마음속으로 조용히 반가워해 주었다. 이 모두의 얼굴에서 나와 비슷한 표정을 읽을 수 있었다. 어쩔 수 없는 설렘, 그 틈새로 비집고 나온 걱정, 하지만 어쨌든 신남.

킥오프 직전에는 선수들이 블랙존 앞에 일렬로 서서 인사를 했는데, 작년까지 없던 배경음악이 생겼다. 그룹 퀸의 저 유명한 「위 윌 록 유(We Will Rock You)」. 쿵쿵짝! 쿵쿵짝! 발구르기와 손뼉에 최적화된 이 노래는 응원에 얼마나 맞춤한가! 누구나 아는 후렴 말고 나머지 가사는 허밍으로 어물쩍 넘어가며 선수들에게 기를 불어넣는다. 그리고 조용히 읊조린다. 올 한 해도, 아니, 올 한 해는, 잘 부탁해.

휘슬이 울리자 서포터스가 날린 종이 꽃가루가 우수수 쏟아져 봄날의 하늘을 뒤덮었다. 봄날의 곰은 잘 모르겠지만, 봄날의 공이란 진짜 좋은 것이다. 힘찬 북소리와 그보다 더 힘찬 함성 소리가 경기장에 울려 퍼지기 시작했다. 나 역시 따라 외친다. 성~남! 성~남! 방구석에서 혼자 중얼거리는 '성남'과 경기장에서 함께 외치는 '성남'은 완전히 다른 단어다. 성은 안 나고 신만 실컷 난다. 이렇게 나의, 우리의 새로운 시즌이 (2부리그에서) 시작되었다.

▶ 내가 선택하고 만드는 정체성

목 놓아 성남 성남 외치고 있지만, 이쯤에서 고백하자면 나는 성남이라는 도시와 아무 관련이 없다. 성남 태생도 아니고, 성남에 살고 있지도 않고 살아 본 적도 없으며, 성남에서 학교나 직장을 다닌 적도 없다. 아내의 고향도 아니고, 아버지가 군 복무를 한 곳도 아니며, 8대조 할아버지가 과거를 보러 한성에 올라오는 길에 주막에 들러 묵은 적도 없는 곳이다. 접점이라곤 하나도 없다는 말이다.

이런 내가 성남FC를 응원하는 게 이상한가? 그럴 수도 있겠다. 하지만 한국의 리버풀FC 팬에게 "우와, 너 리버풀에서 태어났냐?"라고 묻지 않고, 아틀레티코마드리드 팬에게 "어머니가 마드리드 분이셔?"라고 묻지 않는데 특별히 이상할 건 없지 않나? 게다가 서울에 사는 나로서는 성남을 오가는 것이 그렇게까지 부담스러운 것도 아닌데.

물론 흔한 경우가 아니긴 하다. 고향 팀을 응원하다가 고향을 떠나와서도 계속 그 팀을 응원하는 경우가 아닌 이상, 많은 K리그 팬들이 거주 도시의 팀을 응원하니까. 물론 직관하기가 쉬워서다. 소파에 누워 리모컨만 누르면 유럽 명문 팀의 화려한 축구가 쏟아져 나오는 마당에 K리그가 가진 강점은 오직 직관, 그리고 그를 통한 밀착감뿐이라고 해도 과언이 아니니 말이다.

그 사실을 너무 잘 알고 있는 이 솔직한 직관주의자들은 어쩌다 K리그에 관심을 갖게 된 가엾은 신입 팬이 커뮤니티 게시판에 들어와 "어느 팀 응원하는 게 좋을까요?"라고 질문을 던지면 백이면 백 "자주 가서 볼 수 있는 팀이 무조건 최곱니다."라고 대답해 준다. "영 맘에 안 들면 우리 팀으로 모시죠."
정도는 애교로 덧붙이지만 처음부터 자기 팀으로 오라고 꼬드기
는 파렴치한 작자는 없다.(물론 K리그 같은 '고통스러운 오락'에 행
여라도 기웃거리지 마시고 얼른 갈 길이나 가시라는 말을 해 주는 이
가 아무도 없다는 점에서 모두 파렴치한인지도 모른다.)

　서울 시민인 내게 1차적인 선택지는 당연히 서울 연고 팀
일 것이다. 하지만 2015년에 신생 팀 서울이랜드FC가 창단하
기 전까지 유일한 서울 연고 팀이었던 FC서울은 너무나도 리
그의 주류였다. 언제나 '밑에 깔린 개(underdog)'에 매력을 느껴
온 나로서는 축구 스타일, 성적, 구단 운영 방식 등 모든 면에서
매끈하기 그지없는 이 팀이 어쩐지 좀 부담스러웠다.

　서울이라는 도시 자체도 마찬가지다. 나는 서울을 꽤나 재
밌어 하고 사랑하기도 하지만, 그건 여러 이질성이 기묘하게 어
우러진 '하이브리드'적이고 '키치'적인 매력 때문이지, 고유한
정체성 때문은 아니다. 후자에 관해서라면 오히려 서울은 내게
높은 점수를 받지 못한다. 지역색이라고 할 만한 것도 없고(굳이
내세우자면 '하이브리드'와 '키치'려나?) 공동체성도 약해 객지에서
서울 사람을 만난다고 딱히 반가울 것도 없다. 구(區)나 동(洞)
단위쯤 되면 또 모르겠지만……. 어느 시인의 말마따나 "서울은
사람의 고향이 되기에는 너무 크고 뻔뻔한 도시"인 것이다.*

　그러니까 나의 고장을 사랑하고 아끼며 그곳을 대표하는

* 박준, 『운다고 달라지는 일은 아무것도 없겠지만』(난다, 2017), 151쪽.

팀을 응원함으로써 그 고장에 대한 사랑을 키워 가는 것을 이상으로 꼽는 다소 고리타분한 성정의 소유자인 나로서는 '서울'이라는 초거대 도시의 이름을 응원 구호로 외치는 것에도, 또 그 팀이 'FC서울'인 것에도 선뜻 마음이 열리지 않았던 것이다.

　내가 나중에 얼마나 큰 인물이 될지 모르는데 함부로 고향을 조작할 수도 없고, 축구팀이 있는 곳으로 일단 이사부터 가고 볼 수도 없는 노릇. 그렇기에 딱히 응원하는 팀 없이 20여 년 가까이 K리그를 지켜봐 온 내 앞에 막 시민구단으로서 발걸음을 뗀 성남FC가 등장했다. 신생 시민구단에 대한 응원의 마음, 직관하기에 부담스럽지 않은 거리, 탄천종합운동장의 푸근한 정취, 황의조라는 신인 스트라이커에 대한 애정과 기대, 너무 강해서 재수 없지도 않고 너무 약해서 마음 아프지도 않은 적당한 전력, 찬란한 영광을 뒤로하고 쇠락해 버린 왕조가 품은 어딘지 쓸쓸한 분위기, 광주대단지사건부터 시작되는 이 도시의 아픈 역사……. 이 모든 것이 어우러져 나를 꼬드겼다. 물론 이 모든 것에도 불구하고 여전히 유니폼이 촌스러웠더라면 절대 넘어가지 않았겠지만, 다행히 유니폼도 썩 근사해졌다. 그래, 이 팀을 응원해 보자! 몸은 서울에 살면서 입으로는 성남을 외쳐야 하는 정체성의 불일치는 감수하기로 했다.

　나는 그렇게 이 팀을 골랐다. 나는 오직 성남FC를 통해서만 성남이라는 도시와 연결되어 있다고 말할 수도 있겠다. 팀을 결정하고 나니 20년의 한이라도 풀 듯 무섭게 빠져들었다. 내 손으로 선택한 정체성 속에서, 그동안 즐겨 왔던 축구와는 완전히 다른 축구를 즐기게 되었다. '중립'으로부터 벗어나 내 팀과 함께 호흡하는 재미와 감동을 알게 된 것이다. 문제는 내가 이 팀에 생각보다 훨씬 많이 빠져들어 성남을 생각보다 훨씬 많이 오가게 되는 바람에 "직관하기에 부담스럽지 않은 거리"가 무색해지고 말았다는 것, 그리고 강등을 당하는 바람에 "너무 약해서 마음 아프지도 않은 적당한 전력"이라는 말도 무안해지고 말았다는 것⋯⋯.

정체성 불일치의 문제는 지금도 종종 마음에 걸린다. 예컨대 경기장 주변을 제외하고는 성남이라는 도시에 대해 거의 모른다는 것, 팬의 대부분을 차지할 성남 시민의 삶의 감각과 다르다는 것, 다른 팬들은 시내에서 성남 선수들과 종종 마주치기도 하는데 나는 그럴 일이 없다는 것,(우연히 순댓국 집에서 마주친 선수에게 인사를 했더니 그 뒤로 볼 때마다 "어? 순댓국!"이라고 불러 준다는 20대 여성 팬 E 씨가 나는 진심으로 부럽다.) 구단주인 성남시장에 대한 투표권이 없다는 것, 승리 후 경기장 근처 야탑역에서 만취할 때까지 술을 먹기가 힘들다는 것 등등⋯⋯. 전셋집 계약 만료 시점이 다가올 때마다 '확 성남으로 이사를 갈까.' 하는 생각을 진지하게 해 보지만, '아무리 축구가 좋아도 그건 좀⋯⋯' 하며 마음을 다잡곤 한다. 온건함과 열정이 합리적으로 조화를 이룬 사람으로서 말이다.

▶ 불의와 불의 속에서도

때때로 삐끗거릴지언정 그래도 내 손으로 고른 정체성 덕택에 새로운 삶을 살게 된 나와 달리, 잘 갖고 있던 멀쩡한 정체성을 잃어버린 이들이 있다. 직관이 편해 자주 찾다 보니 어느 틈에 선수들에게 정도 들고 응원가도 귀에 익어 이쯤 되면 그냥 팬이라고 할까 싶은 순간까지도 갔던 FC서울을 '내 팀'으로 온전히 받아들이지 못한 이유는 비단 주류냐 비주류냐 하는 문제 때문만은 아니었다. K리그 팬들이라면 다들 짐작하시겠지만, FC서울이 '연고 이전 팀'이라는 부담감 때문이었다.

이 팀은 2003년까지 연고지였던 안양을 뒤로하고 '빅마켓'인 수도 서울에 입성하는 길을 택했다. 가슴에 대못이 박힌 안양 팬들은 항의 시위, 거리 행진, 해당 기업 제품 불매 등 여러 직접행동에 나섰지만 결정을 되돌릴 수는 없었다. 그렇게 안양 시민들은 자신들의 팀을 잃어버렸다.

축구팬들이 축구와 관련되어 겪을 수 있는 일 중에 자신의 팀이 없어지는 것보다 더 아프고 슬픈, 그 흔치 않은 경우가 여기 또 있다. 내 팀이 없어지는 것도 아니고, 나를 버리고 다른 곳으로 가 버린 경우다. 연고 의식이 정착하고 여론이 부담스러워진, 그리고 아예 지자체에서 운영하는 시도민구단이 많아진 최근에는 한참 동안 일어난 적이 없지만, 2004년 안양LG치타스의 서울행과 뒤이은 2006년 부천SK의 제주행은 그래도 지금보다는 훨씬 많았던 K리그 팬들의 거센 반발에 부딪혔다. 성남일화가 성남FC로 재창단할 때 그랬듯, 여러 다른 팀 서포터스도 힘을 합쳐 목소리를 내 주었다.

강성 축구 커뮤니티들은 10년도 더 지난 지금까지도 여전히 이 두 팀을 공식 명칭으로 부르기를 거부한다. FC서울은 '북쪽의 패륜'이라며 '북패'로, 제주유나이티드는 '남쪽의 패륜'이라며 '남패'로 부르는 것이다. 특히 서울은 인구로 보나 성적으로 보나 노출도로 보나 리그 '공공의 적' 역할을 톡톡히 해 왔다.(최근에 그 자리를 '매북'이 위협하게 되었고 말이다.) 나의 '멘탈'은 그러한 FC서울의 팬이 되기에는 너무도 유약했다.

몇몇 K리그 팬들은 코웃음을 치고 계실지도 모르겠다. 성남FC라고 연고 이전에서 자유로운 건 아니기 때문이다. 천안에 4년 있다가 2000년에 성남으로 옮겨 온 이력이 있다. 지역 연고의 밀착도도 떨어지던 시기였고 경기장 문제라든가 여러 사정과 맥락이 있어 앞의 두 경우보다 덜 비난받긴 하지만, 어쨌든 연고 이전은 연고 이전. 그래서 혹자는 우리를 북패와 남패 사이의 '중패'라고 부른다.

성남FC를 내 팀으로 삼을 때 한 가지 걸렸던 것이 바로 이 '중패'의 역사다. 하지만 고민 끝에 이쯤은 안고 가기로 했다. 물론 여러모로 관심 밖인 우리 팀에 핏대를 세우는 사람은 거의 없겠지만(그러니 이 팀을 고를 수 있었겠지.) 혹시나 그런 사람이 있다면 달게 욕을 듣기로 했다. 내가 선택한 팀의 역사 속에 잘못이 있다면 그것도 내 몫으로 남겨 두어야 하니까.

이후 성남FC에 흠뻑 빠지고 보니 팀을 잃는다는 것이 얼마나 아프고 슬픈 일인지를 더 절실히 알게 되었다. 이전까지는 연고 이전이 얼마나 나쁜 일인지를 머리로 알았다면, 이제는 그것이 얼마나 아픈 일인지를 몸으로 느끼게 된 것이다.

다시는 반복되지 않아야 할 일들이다. 혹시라도, 정말로 불가피한 사유 때문에 아주 혹시라도 그런 일이 다시 일어난다면, 어떻든 기존 팬들에 대한 예의는 충분히 갖춰야 할 것이다. 누군가에게 아주 소중한 것을 빼앗거나 그것을 가져와 대신 누린다면 그만한 책임은 지고 가야 한다고 생각한다.

대뜸 정체성 고백을 한 김에 하나 더 하자. 지난겨울 탄천종합운동장에 왔던 두 번 중에서 간담회가 아닌 다른 한 번은 언제였는지에 관해서 말이다. 바로…… 성남FC에 입사 지원서를 내기 위해서였다. 축구팀 인턴 사원 모집에 30대 후반의 프리랜서 출판 편집자를 뽑을 리가 만무하다는 걸 뻔히 알면서도 자꾸만 공고가 눈에 밟혔다. 내 팀을 더 가까이 두고 속속들이 알고 싶었고, 부족한 나의 '성남적' 정체성을 다른 방식으로 만회하고 싶었다. 어차피 안 될 거 지원서라도 써 보자는 마음과 어차피 안 될 거 뭐 하러 쓰냐는 마음(하지만 후자의 진정한 속내는 '야, 아무리 축구를 좋아해도 이건 좀 심하잖아.' 하는 자의식이었으리라.)이 투닥대다가 접수 마감일에 딱 맞춰 겨우 지원서를 완성했다. 지원서를 인터넷이 아닌 종이로 제출해야 했는데, 택배는 늦었고 퀵서비스는 비쌌다. 직접 갖고 가는 수밖에.

보무도 당당하게 집을 나섰건만, 가는 길 내내 '나 지금 뭐 하니' 하는 마음속 메아리가 커져 갔다. 그렇게 주눅이 든 채 한겨울의 경기장 앞에 도착하여 칼바람을 맞고 있자니 현실을 격렬히 자각하며 집으로 돌아가 버리고 싶은 마음뿐이었다. 하지만 여기까지 왔다가 그냥 가는 게 스스로에게 더 부끄러운 일 아니겠느냐며 겨우 발걸음을 뗐다. 사무실로 쭈뼛쭈뼛 들어가 서류를 내고 후다닥 나오자 혼자 얼굴이 후끈거렸다. 선수들 얼굴이 그려진 홍보물이 바람에 펄럭이는 데 맞춰 성남FC 응원가를 흥얼거려 봤지만 후끈거림은 쉽사리 가라앉지 않았다.

며칠 후 "귀하와 우리 성남FC가 함께하지 못한 것에 대해 아쉽게 생각합니다."라고 시작하는 탈락의 문자 메시지를 받았다. 기대는 없었지만 긴장은 했는지 마음이 탁 풀어지며 헛웃음이 나왔다. 씩 웃으며 혼잣말을 했다. "그래, 그래도 앞으로 함께할게."라고.

정체성의 간극을 메워 보려다 실패한 나는 멋쩍게 한번 웃고 마는 걸로 그만이었지만, 연고 이전으로 정체성의 한 축을 잃은 안양과 부천의 팬들은 암흑 속의 시간을 끈지게 버텨 낸 끝에 시민구단을 만들어 냈다. FC안양과 부천FC1995. 이 두 팀은 지금 2부리그에서 칼을 갈며 서울과 제주를 만나기를 고대하고 있는 중이다. 1부리그로 승격해서 "내가 돌아왔다!" 하면서 만나는 것이 가장 폼 나겠지만, 대진표에 따라 FA컵에서 만날 법도 한데 지금까지 한 번도 그럴 일이 없었다. 북패랑 남패 대신 우리 중패가 올해 너희 만나러 내려왔어. 잘 부탁해…….

샤페코엔시 참사 2주 후에 의식을 회복한 한 생존 선수의 첫마디는 "결승전은 이겼나요?"였다고 한다. 샤페코엔시 구단은 자신의 힘으로 위기를 헤쳐 나가겠다며 브라질축구협회와 유명 선수들의 제안을 정중히 거절했다. 그리고 지난 2017년 1월, 새로운 감독과 선수들로 첫선을 보인 이 팀의 친선경기에는 2만 2000명의 관중이 경기장을 메웠다. 경기 전에는 시상식이 열렸는데, 생존 선수 세 명이 센터서클에 나와 우승 트로피를 들었다. 그중에는 다리를 절단하여 비장애인 축구의 세계와 작별해야 했던 선수도 있었다. 그라운드가 눈물바다가 되었음은 물론이다.

많은 것들이 사라진다. 불의(不意)의 사고로, 혹은 불의(不

義)에 의해서. 사라지는 것들에 대해서, 그리고 사라지는 것을 겪어 내야 하는 이들의 마음에 대해서 생각한다. 지키려고, 기억하려고, 살려 내려고 애쓰는 이들의 마음도.

살고 있지도 않고 살아 본 적도 없는 동네 이름을 정신없이 외친 경기의 종료 휘슬이 울렸다. 한 해 강등 선배인 부산아이파크에게 0 대 1로 졌다. 역시 2부리그도 호락호락한 곳이 아니구나 싶어 난감했지만, 이보다 더 난감한 건 이게 졌지만 잘 싸운 경기인지 한심한 경기인지 도무지 판단을 내릴 수가 없다는 것이었다. 2부리그에서 이 정도면 잘하는 거야, 못하는 거야? 도통 감을 잡을 수가 없었다. 그 감은 언제쯤 잡을 수 있을까?

어쨌든 이제 첫 경기를 마쳤을 뿐, 힘겨웠던 겨울의 끝에 다시 만난 축구와 K리그와 성남FC와 우리 선수들에 대한 반가움을 한 번의 패배가 가릴 수는 없었다. 선수들에게 격려의 박수를 잔뜩 쳐 주었다. 잊어버려도 좋겠지만 어쩐지 잊지 못할 것 같은 우리 팀 역사상 첫 2부리그 경기와 함께, 그렇게 우리의 봄이 왔다. 이 둥근 지구 위에서 둥근 공을 차고 또 그것을 지켜보는 사람들이 있는 한 우리의 봄은 계속해서 찾아올 것이다. 무엇이든 지키려고, 기억하려고, 살려 내려고 애쓰는 모든 이들의 모든 봄 또한 마찬가지로,

* * *

　몇 달 뒤, 2017 FA컵 32강전에서 서울과 안양의 대결이 성사되었다. 두 팀의 사상 첫 맞대결에 K리그 팬덤은 뜨겁게 달아올랐고, 축구 언론들도 이 경기를 집중적으로 조명했다.

　이날 안양 팬들은 옛 시절 자신들의 트레이드마크와도 같았던 홍염 응원을 준비했다. 100여 발의 홍염이 웅장히 나부끼는 서울월드컵경기장 원정 응원석에서 이들은 어떤 마음이었을지.

　긴장감 속에 진행된 경기는 다소 싱거운 서울의 2 대 0 승리로 끝났다. 우려했던 경기장 안팎의 충돌도 없었다. 앞으로 몇 번을 어떤 방식으로 만나게 될지 모르지만, 첫 대결까지 무려 13년을 기다려 온 안양의 팬들에게는 승패를 떠나 그 자체로 의미 있는 시간이었으리라.

▶ K리그의 라이벌전과 명승부

스포츠 경기란 무릇 치고받고 싸우고 으르렁거리다 또 치고받고 싸워야 재미있는 법! 여러 사건과 이야기가 쌓여 만들어지는 라이벌전은 팬들의 심장을 달구고 리그의 흥미를 돋운다.

K리그의 라이벌전으로 가장 유명한 것은 역시 수원삼성과 FC서울의 '슈퍼매치'. 하지만 그전에 수원과 안양의 라이벌전 이야기를 먼저 해야 한다. 수원삼성블루윙즈와 안양LG치타스의 경기는 자타 공인 리그 최고 라이벌전이었다. 창단은 늦었지만 막강한 자금력으로 강팀으로 발돋움하고 있는 팀은 모든 팀의 경계 대상이 되기 마련. 수원이 바로 그러한 팀이었고, 모기업의 위상(삼성 대 LG)으로 보나 팀 컬러(파랑 대 빨강)로 보나 지리적 위치로 보나 안양은 딱 맞춤한 라이벌이었다. 게다가 양 팀 감독 사이의 악감정에, 안양의 스타였던 서정원 선수가 프랑스 리그에 진출했다가 돌아오면서 수원을 택하는 바람에 불이 제대로 붙었다. 두 팀의 경기는 그야말로 전쟁을 방불케 했다.

안양이 서울로 떠나자 수원 팬들은 그렇게나 못 잡아먹어 안달이었던 안양을 그리워하게(?) 되었다. 서울 같은 '근본 없는' 팀은 결코 우리와 '끕'이 맞지 않으며, 안양만이 우리의 진정한 라이벌이라는 것. 하지만 '끕'이 맞지 않는데 자꾸 바깥에서 라이벌 취급을 하니 바로 그 이유 때문에 더욱 경기는 질 수 없는 것이 되어 버렸고, 그 결과 전혀 다른 성격의 라이벌전이 탄생하게 되었다. 두 팀의 경기 또한 뜨겁게 타올랐다.

안 그래도 서로를 '북패'와 '개랑'(수원 서포터스의 옛 명칭 '그랑 블루'

를 폄하하는 단어인데 어쩐지 입에 착착 붙어 많은 K리그 팬이 애용하고 있다.)으로 부르며 투닥거리는 양 팀의 팬들은 맞대결 날이면 이글이글 타올라 카드섹션에 장외 응원까지 화력을 총동원하곤 한다. 두 팀의 경기는 수많은 장면과 이야기를 만들었는데, 특히 경기 종료와 함께 눈발이 쏟아지던 2008년 챔피언 결정전은 K리그의 손꼽히는 명장면. K리그 팬이 초보 친구들을 데려가 떠보는 데에도 애용되는 매치다.

다만 리그의 수준과 열기를 쌍끌이해 왔던 두 팀이 최근 몇 년 새 투자를 부쩍 줄이면서, 명성에 걸맞지 않은 경기력으로 열기가 조금 시들해지긴 했다. 그래도 여전히 K리그 최고의(그나마의) 흥행 상품이라는 점은 부인할 수 없는 사실. 2018 시즌을 앞두고는 서울의 '레전드'를 예약해 두었던 데얀 선수가 수원으로 이적하는 사건이 더해져 다시 한번 불씨가 지펴졌다.

빼놓을 수 없는 또 하나의 라이벌전은 포항스틸러스와 울산현대의 '동해안더비'다. 슈퍼매치가 주춤한 틈을 타 실속 면에서는 오히려 더 흥미진진한 경기들을 만들어 내고 있다. 이 두 팀의 경기에서는 ("Here is another Old Trafford" 같은) "제2의 스틸야드", "제2의 호랑이 굴" 같은 걸개가 실제로 걸린다. 추가 시간에 우승 팀이 뒤바뀌어 버린 두 팀의 2013년 리그 최종전 맞대결은 K리그 37년 역사에서 두고두고 회자되는 명승부. 시간을 거슬러 올라가면 '김병지 헤딩골'로 유명한 1998년의 플레이오프도 있다.

참고로 '더비'란 원래 같은 연고지를 가진 팀끼리의 경기를 뜻하는 말이었는데, 은근슬쩍 '라이벌전'으로 의미가 확장되었다. K리그에서 좁은 의미의 더비는 FC서울과 서울이랜드FC의 서울더비, 수원삼성과 수원FC의 수원더비뿐(물론 내셔널리그와 K3리그 팀까지 확장하면 더 많은 더비가 가능하긴 하다). 한편 수원FC와 서울이랜드의 경기는 재치 있는 네티즌들이 '짭퍼매치'(짝퉁 슈퍼매치)라고 부르기도 한다.

라이벌전이나 더비는 일부러 만들려고 하면 잘 안되는 법.. 두 팀 다 2부리그로 떨어지면서 흐지부지된 성남FC와 수원FC의 '깃발더비'가 대표적인 예다. 라이벌전은 여러 스토리(라고 쓰고 악감정이라고 읽는다.)가 쌓이면서 정말로 이 팀에게만은 져서는 안 된다는 절박함과 비장함이 있을 때 만들어진다. 열기가 뜨거우려면 관중 수도 어느 정도 뒷받침이 되어야 하기 때문에 빅클럽끼리의 경기가 그렇게 되기 쉽다.

2010년대 이후로는 전력과 팬층이 두터워진 전북이 여러 팀과 얽히고 있다. 2010년, 한 걸그룹이 서울의 홈경기에 하프타임 공연을 하러 왔는데 그날의 공연 의상이 하필 상대 팀 전북의 상징색인 형광 연두색이어서 서울 팬들은 분노하고 전북 팬들은 환호하고 다른 K리그 팬들은 폭소한 바 있다. 그 걸그룹의 이름을 따 '티아라더비'로 불리던 두 팀의 경기는 점점 더 자존심 싸움으로 흘러가더니 최근에는 '전설매치' 등으로 지칭되고 있다. 2016년 K리그 클래식 우승팀을 가린 것도 바로 이 전설매치였다. 아, 물론 매수 시도로 인한 승점 삭감이 아주 많이 거들어 주었지만.

* 두 팀의 이름을 나열할 경우 통산 상대 전적이 앞서는 팀을 먼저 썼음을 밝혀 둔다.

▶ 이제는 말할 수 있다

확실히 감을 잡았다. 일말의 애매함 없이 자신 있게 말할 수 있다. 우리 팀은, 축구를, 못한다. 첫 경기 패배를 포함하여 1무 2패 상황에서 3패인 FC안양과 만난 원정경기, 그러니까 현시점에서 대한민국 프로축구팀 중 가장 축구를 못하는 두 팀의 경기는 한 편의 동화 같았다. 서로에게 볏단을 날라 준 의좋은 형제처럼 상대에게 넙죽넙죽 공을 넘겨 주고 있는 걸 보고 있자니 훈훈해지기는커녕, 이게 우리 팀이니까 봐 주지 하는 생각과 아무리 우리 팀이지만 이런 경기를 봐 줘야 하나 하는 생각이 어울렁더울렁거렸다.

이런 마당에 경기력 타령은 사치다. 공 밟고 미끄러지다가 뒤통수로 밀어서 넣든 공에 콧김을 날려 넣든 어떻게든 한 골 넣고 지켜서 일단은 이기고 보는 게 급선무인 것이다. 하지만 그러한 기대는 후반 중반, 상대 스트라이커의 슈팅 한 방에, 그리고 또 이어진 한 방에 깔끔하게 무너져 내렸다. 0 대 2. 꼴찌를 상대로도 첫 승 신고에 실패할 것이 확실시되는 상황. 응원곡 가사 "전진하라 성남FC"는 자꾸 "정진하라 성남FC"로 들렸다. "아빠, 집에 가면 이거 다시 볼 수 있어?"라고 해맑게 묻는 아이에게 아빠가 "야, 이걸 왜 또 봐!"라고 대답하자 주변 사람들 모두 허공으로 쓸쓸한 웃음을 흩어 보냈다.

서포터스는 경기 종료 5분을 남기고 걸개를 걷고 응원을 멈췄다. 종료 휘슬이 울리고 우리 팀이 대망의 꼴찌에 등극하는 순간, 이들은 선수들이 인사하러 오는 것도 기다리지 않고 바로 경기장을 빠져나갔다. 꼴찌가 되어서라기보다는 한 달째(작년부터 따지면 몇 달째!) '정신머리'를 못 차리고 있는 데 대한 질타의 의미였다. 꽤 점잖고 적당한 선을 지킨 의사 표시라고 생각했지만, 함께 자리를 뜨자니 너무 매몰찬 것 같아 남은 팬들 몇몇과 함께 조용히 박수를 쳐 주었다.

이게 대체 뭐 하는 짓인가 싶다. 프랑스의 철학자 사르트르는 『변증법적 이성 비판』이라는 책에서 '긍정적인 상호 관계'의 예로 (누가 카뮈 친구 아니랄까 봐) 축구팀을 든 바 있다. 선수들의 움직임은 그에 상응하는 동료들의 움직임을 요구한다. 그렇게 모든 선수가 하나의 단위로 기능할 때, 비로소 하나의 '공동 실천' 속에서 그들 모두가 함께 움직인다고 말할 수 있다. 쉽게 말해 서로가 서로에게 부단히 영향받고 도우며 하나의 목적을 향해 움직여 가는 것이 바로 축구팀이라는 말이다. 하지만 이게 어디 말처럼 쉽나. 똑똑한 사르트르도 그걸 모르지 않았는지 각주에 이런 문장을 덧붙여 놓았다. "사실 축구 경기에서 모든 사실은 상대 팀의 존재로 인해 아주 복잡해진다."라고.*

그런데 상대 선수들이 달려드는 것도 아니건만 저들끼리 허둥대다가 상대에게 공을 헌납하고 마는 우리 팀 선수들, 그러니까 상대 팀의 존재와는 하등 상관없이 그냥 복잡한 우리 팀 선수들은 어쩌지……. 이렇게 나는 자꾸만 '부정적인 상호 관계' 속에 빠져들어 간다.

오늘의 경기는 닉 혼비가 말한 '고통으로서의 오락' 그 자체라 할 만하다. 아스널FC가 지금과는 달리 "전 우주 역사상 가장 지루한 팀"이던 1960년대에 그 팀에 입문한 그는 이렇게 회상한다. "내가 지금까지 가 보았던 공연이란, 관객들이 즐기기 위해 돈을 내고 모이는 곳이었다. 그런 공연장에 가 보면 이따금 칭얼거리는 아이나 하품하는 어른은 있었을지 몰라도, 분노나 절망, 혹은 좌절감에 사로잡혀 얼굴을 찡그리는 사람은 한 명도 없었다. '고통으로서의 오락'이란 완전히 새로운 개념이었고, 나는 내가 찾던 바로 그것을 발견한 기분이었다."** 예전에

* 로버트 베르나스코니, 변광배 옮김,
『HOW TO READ 사르트르』(웅진지식하우스, 2008), 165~166쪽 참조.
** 닉 혼비, 『피버 피치』, 24쪽.

읽었던 이 책을 뒤적이다가 이 대목에서 나는 내가 찾던 바로 그 문장을 발견한 기분이었다. 무릎을 탁 치다가 아, 이게 사실은 무릎이 아니라 허벅지를 치는 경우가 더 많구나 하는 깨달음까지 덩달아 얻고 다시 한번 허벅지를 탁 쳤다.

집으로 돌아오는 지하철 안, 마침내 2부리그 꼴찌까지 찍고 보니 화나고 어이없는 건 당연한데, 마음 한구석에 내심 자그마한 희열의 불꽃이 타다닥, 톡톡, 타고 있는 걸 발견했다. 작년 이맘때 1부리그 1위였던 팀이 1년 뒤인 지금은 2부리그 꼴찌를 달리고 있다니! 세계 축구사에서 유례를 찾아보기 힘든 이 화끈한 추락의 주인공이 바로 우리 팀이라니! 그게 이루어지는 역사적 순간에 내가 있었다니! 자기 팀의 못함을 뽐내는 이들을 바라보며 한쪽에서 가소로운 미소를 짓고 있다가 대화가 끊겼을 즈음 슬쩍 "에이, 뭘 그 정도 가지고들 그러슈."라고 끼어든 뒤에 "2016년에서 2017년 넘어갈 때 성남이……"라고 이야기를 이어 가면 누구도 토를 달 수 없고 심지어 존경의 눈빛을 받을 만한 회심의 카드를 손에 쥔 것 같아 만고에 쓸데없는 자부심까지 돋아나는 것이다.

그렇게 끌끌 혀를 차다가 낄낄 웃다가 한숨을 내쉬다 헛웃음을 뱉는 나를, 혹시라도 승객 중 하나가 지켜보고 있었다면 얼마나 등골이 오싹했을까. 유니폼을 입고 있었으니 무슨 일 때문인지 짐작할 수 있어 좀 나았을까, 아니면 생판 낯선 옷을 입고 그러는 모양이 더 무서웠을까. 어쨌든 마음은 끊임없이 타다 닥, 톡톡, 팝콘을 튀기고 있었고, 팝콘은 고통으로서의 오락에 도 동행하는구나 싶어서 나는 허벅지를 탁, 마음속으로만 쳤다.

▶ 지루함을 이기셔야 합니다

'고통으로서의 오락'이라는 표현은 물론 '지지리도 못하는 축구'를 볼 때 절절히 가슴을 파고들지만, 곰곰이 생각해 보면 K리그의 수준이 꽤 높았던 시절에도 그 팬들에게는 어딘지 고 통의 그림자가 드리워 있었던 것 같다. 이유는 뭘까?

홈에서 열린 지난 경기에는 친구 한 명이 왔었다. 축구장 에는 초행인 야구팬인데, 축구 관람을 빙자하여 우리 부부와 다 른 성남 팬 친구를 한꺼번에 만나고 또 서로 소개도 해 줄 요량 으로, 그러니까 쉽게 말해 술 한번 신나게 마셔 보겠다고 경기 장에 온다는 것이다.

무릇 인간이란 좋아하는 것을 나누고자 하는 동물. '덕질' 의 중요한 요소가 또 '영업' 아닌가? 하지만 친구가 제 발로 찾 아온다는데도 기쁨보다는 부담이 컸다. 친구에게 고통으로서의 오락을 소개하는 것이 과연 옳은 일인가 하는 윤리적인 고민 때문은 딱히 아니고, 재미없으면 어쩌나 하는 원초적인 걱정 때문이다.

많은 K리그 팬들이 그래 왔듯이, 나도 한때는 친구들을 꼬드겨 경기장에 데려가곤 했다. 좋아하는 가수의 공연이야 미리 노래를 들려주거나 영상을 보여 주며 슬며시 떠볼 수 있고, 노래나 가수가 마음에 들면 공연이 그보다 나쁠 일은 엔간하면 없을 것이다. 하지만 K리그 하이라이트를 보여 주거나 치열한 순위 싸움을 암만 얘기해 준대도 솔깃한 반응을 얻기란 쉬운 일이 아니고, 엉겁결에 여기에 호감을 표한 영혼 맑은 친구를 데려갈 수 있게 되었대도 경기의 재미는 결코 보장되지 않는다. 아무리 강팀이더라도 매 경기 세 골씩 꽂아 넣을 수는 없고, 골은커녕 졸전을 펼치는 날도 적잖이 있으니까. 슈퍼매치에도 데려가 보고 FA컵 결승전이나 지금은 사라진 챔피언 결정전 같은 빅게임에도 데려가 봤지만, 반응은 썩 신통치 않았다.

지루한 경기도 있었고, 꽤 괜찮은 축에 드는 경기도 있었다. 하지만 어느 경우든 "우아, 진짜 너무 좋다!", "다음에 또 올래!" 같은 말이 먼저 나오는 경우는 거의 없었고, "색다른 경험이었어.", "볼만하네." 정도가 기대할 수 있는 최대치였다. 지루한 경기에는 양 팀이 지지리도 미웠고, 괜찮은 경기에는 친구가 괜스레 미웠다. 그래도 같이 와 준 게 고맙고 또 미안하니 경기 후 술값까지 내고서도 어쩐지 친구에게 못할 짓을 한 것 같은 죄책감까지 드는 것이다.

이색 데이트 코스 삼아 한두 번 따라나섰던 옛 애인들도 "가까이서 보니까 신기했어.", "너랑 같이 있어서 좋은 거지." 등으로 대답을 현명하게 피해 갔다. 유일하게, 그것도 치킨도 맥주도 사 주지 않았는데도 한껏 경기에 몰입하더니 "이거 최고네! 다음 경기 언제야?"라고 되물어 왔던 단 한 명의 애인은 지금 나와 함께 살고 있는 그녀다. 축구로 고통받을 때마다 "이놈이 나한테…… K리그를……" 하고 부들부들 떨며 등짝을 때려 오는 것쯤은 평생 감수하고도 남음이 있다.

말은 이렇게 했지만 처음 만나는 축구장의 풍취는 대부분 좋아했다. 사각의 그라운드에 넓게 깔린 푸르른 잔디와 한눈에 펼쳐진 호쾌한 시야, 이상한 구호를 입 모아 외치는 독특한 족속들과 그들의 맥박과도 같은 북소리, 가까이서 보이는 선수들의 역동적인 모습 등은 오감을 지금껏 느끼던 것과는 다른 방식으로 작동시키는 맛이 있으니까. 하지만 문제는 그것만으로 두 시간 동안 몰입해 즐기는 게 좀처럼 쉽지 않다는 데 있다.

생각건대 이는 축구라는 스포츠 자체가 어느 정도는 지루함과의 싸움일 수밖에 없다는 근본적인 사실 때문이다. 득점의 빈도도 뜸하지만, 핵심은 '작은 성취'라고 할 만한 것이 적다는 것이다. 예컨대 야구는 득점과 관계없이 이닝, 타석, 투구 등으로 세분화된 작은 전투들마다 결과가 나오고, 그 전투와 전투 사이가 명확히 구분되기에 집중력을 발휘하기에도 수월하다.

하지만 이놈의 축구는 언제 찾아올지 모르는 결정적 순간을 기다리며 오래도록 집중력을 유지해야 한다. 거대한 피치 위를 흘러 다니는 제각각의 리듬과 흐름 속에서 '알아서' 읽어 내야 하는 것투성이다. 『우아하고 호쾌한 여자 축구』를 쓴 김혼비는 이를 이렇게 표현한다. "축구는 어떤 면에서 시(詩) 같아요. 야구처럼 촘촘한 규칙이 딱딱 형식을 잡아 주지 않고, 농구처럼 빠른 득점이 성취의 눈금을 바로바로 보여 주지 않기 때문에 보는 사람이 알아서 적극적으로 읽어 내야 할 숨은 맥락과 행간이 훨씬 많거든요."*

그러니 빅리그의 빅클럽이 아닌 어지간한 리그의 어지간한 팀 팬들은 인내심 또한 어지간할 확률이 높다. 저 지루한 운동을 보는 법을 온몸으로 익혀 간 사람들, 그렇게 온 마음을 푹푹 익혀 간 사람들, 그러더니 어느 순간 허들을 넘어 팀과의 일체화까지 이루어 낸 사람들이니 말이다. 이들에게는 뉴스에서 '헛심 공방'이라고 까이는 0 대 0 경기에서 얻은 승점 1점조차 너무나도 소중하고(화끈한 실점으로 지지 않은 게 얼마나 다행인데!) 눈 뜨고 못 볼 경기의 막판에 주어진 페널티킥으로 얻은 승점 3점은 천지신명이 도운 덕이다.

그러면서도 모두가 우리 같을 수는 없다는 사실을 너무도 잘 아니 제 발로 온다는 친구에게도 떨떠름한 반응이 나오는 것이다. 더군다나 최근 성남FC의 못함은 하늘을 찌르고 있는

---

* 김혼비, 《채널예스》 저자 인터뷰, 「기울어진 운동장에서 쓴 호쾌한 축구 일기」, 2018년 7월 5일.

데! 성인이 스스로 내린 결정이고 다른 성인의 그러한 결정에는 과도한 책임감을 느끼지 않는 것이 또한 성인의 성숙한 태도일진대, 나를 만나겠다고 내 눈에만 예쁘고 내 눈에만 잘할 게 분명한 우리 아이의 학예회 발표에 굳이 찾아오는 것 같은 기묘한 친절이 탐탁지 않음은 어쩔 수가 없었다. "경기 끝나는 시간에 맞춰서 와도 돼."라고도 넌지시 던져 봤지만 "에이, 그런 게 어딨어! 처음부터 같이 즐겨야지!"라고 부득불 우기는 통에 깔끔히 포기했다. 그래, 와라! 봐라! 와서 우리의 찬란한 축구를 직접 봐라!

앞선 일정이 예상보다 늦어져 5분 늦게 경기장에 도착해 부랴부랴 친구를 찾았다. 인사를 주고받을 틈도 없이 나오는 친구의 말. "너희 벌써 한 골 먹었다?" 어이가 없었지만 '그래도 이놈이 첫 방문에 한 골은 보고 가는구나.' 하는 묘한 안도감이 스쳐 가는 바람에 그게 더 어이가 없었다. 어차피 먹은 골, 멋있게나 먹어서 친구가 눈 호강이라도 했으면 하는 마음에 "어떻게 먹었는데? 멋있었어?" 하고 물었더니 "아니? 그냥 수비가 바보던데?"라는 답이 돌아와 허파 어디쯤에서 피유우 바람 빠지는 소리가 났다.

경기 내내 친구는 집 앞 유명 제과점에서 사 온 빵을 나눠 주며 소풍 분위기를 잔뜩 냈고, 연신 맥주를 사다 먹으며 경기 관람보다는 근황 토크에 바빴다. 적당히 대꾸하랴 웃어 주랴 경기 보랴 뒷목 잡으랴 아내 뒷목도 주물러 주랴 정신없는 와중에 경기는 그대로 0 대 1로 끝났다. 그러니까 아내와 나는 한골도 보지 못한 채로.

출구에서 다른 팬들과 "수고하셨습니다."라고 작별 인사를 주고받는 내게 친구가 신기한 듯 말했다. "축구 보는 사람들은 수고하셨다고 인사하는구나." 진작부터 워낙 자연스럽게 주고받던 인사라 이게 무슨 말이지 싶어 아리송해하고 있는데 그런 내 표정을 읽은 친구가 알아서 대답했다. "아니, 이게 이렇게 수고까지 하면서 즐길 일인가? 우린 야구 끝나면 이기든 지든 '잘 가요, 또 봐요!' 하고 헤어지는데. 헛참!" 딱밤이라도 때리고 싶은 마음과 딱밤이라도 맞은 듯한 마음이 뒤엉켜 대꾸할 말을 잃고 입맛만 다셨다. 참고로 이 친구, 뭐 대단한 팀 팬이면 또 모르겠는데 스스로를 '꼴빠'로 부르는 모 팀의 팬이다.

그리고 보니 2018년 K리그1 시즌 마지막 경기의 중계방송이 떠오른다. 스포츠 아나운서가 중계를 마무리하며 "한 해 동안 K리그 보시느라 수고 많으셨습니다."라고 작별 인사를 했다. '이렇게 또 한 해가 가는구나' 감회에 빠져들던 나는 정체를 알 수 없는 이질감에 계속 고개를 갸우뚱하다가 이내 깨달았다. 아나운서가 시청자보고 수고했대! 보통은 "한 해 동안 시청해 주셔서(사랑해 주셔서) 감사합니다" 정도로 인사하지 않나? 나는 '아, 저 사람은 진짜다. 진짜 K리그 팬이다!'라고 확신하며 정순주 아나운서에 대한 신뢰와 애정이 급상승했더란다.

한번은 FC서울 팬인 친구와 술잔을 기울이고 있는데, 그의 전화벨이 울리더니 그 친구들이 합석을 해 왔다. 두산베어스가 그날 거둔 승리에 얼큰히 취한 야구팬들로, 1차를 즐기다가 이쪽으로 넘어왔단다. 그날 축구 경기는 없었지만 최근 서로의 팀 상황을 주고받으며 우리만의 어두운 구석을 공유하던 자리에 와자지껄 나타난 세 명의 야구팬은 이런 속내를 들려주자 해맑게 되물었다. "정말요? 저희는 그냥 행복한데! 그렇게 고통스러운데 왜 봐요?" 역시 '어린이에게 꿈과 희망을'이라는 출범 당시 프로야구 캐치프레이즈가 허울만은 아니었어.

그중 한 명은 술자리가 파하기 직전에 "힘든 축구 보러 다니지 마시고 행복한 야구 보러 오세요!"라며 입고 있던 유니폼을 벗어 아내에게 선물하기도 했다. 물론 즐거운 술자리이긴 했지만, 선물은 고맙……지만, 강팀 팬이라 더 그랬겠지만, 그래도 정말 묻고 싶다. 야구팬들 다 이렇습니까? 삶이, 그렇게, 즐겁습니까?(이 책의 편집자이자 KIA타이거즈의 열혈 팬인 서효인 씨는 나의 이 질문에 단호히 '노!'라고 대답했는데, 내가 보기에 그는 축구팬의 방식으로 야구를 즐기고 있는 것 같다. 안타까운 사람……)

친구가 그날 탄천에서 소개해 준 스포츠 웹툰 작가 S 씨는 성남FC의 팬이자 롯데자이언츠의 팬인데(만만찮게 안타까운 사람……) 뒤풀이 자리로 이동하는 길에 야구와 축구를 비교하며 이렇게 말했다. "야구는 못해도 웃을 구석이 있지. 자기 편이 헛스윙을 해도 바보 같은 플레이를 해도 웃기거든. 근데, 축구는 안 그렇잖아요. 두 달째 못 이기고 있는데 우리 팀 선수가 골대 앞에서 결정적인 순간에 헛발질하면, 아오, 그게 웃음이 나와? 나오냐고!" 자동으로 몸서리가 쳐지는 와중에, 친구는 우리가 하는 말은 듣지도 않고 옆에서 천진하게 열창하고 있었다. "롯데 롯데 롯데 로오옷데! 롯데 롯데 롯데 로옷데." 정말 딱밤이라도 때릴걸.

▶ 여기 치이고 저기 치이고

이제는 좀 덤덤해졌지만, 오랜 K리그 팬 생활은 곧 피해 의식과의 싸움이었다. 우선 대한민국 최고 인기 스포츠인 야구에 대해 그렇다. 우리의 밝고 건강한 야구팬들은 축구 같은 미물에 굳이 신경 쓸 이유도 없고 그래서 딱히 시비를 거는 일도 없다. 나도 그런 야구팬에게 별 유감이 없고 말이다. 물론 자기 존재의 한 부분을 두고 어떤 종류의 유난한 시선을 감당하거나 그 것을 애써 설명할 필요가 없는 사람들 특유의 속 편함을 보면 괜한 심통이 날 때도 있지만, 어쨌든 대한민국 프로야구란 K리그가 라이벌 의식을 갖기에는 너무나도 높고 아득한 산이다.

야구에 대한 우리의 피해 의식은 야구팬보다는 방송국 때문에 생겨났다. 야구 중계에 밀려 축구 중계는 정말 보기 힘들었으니까. '매일 하는 야구인데 일주일에 한두 번 정도 축구하는 날에는 양보 좀 해 주면 안 되나.' 하는 소박한 기대에도 불구하고 K리그 중계는 프로야구 중계에 철저히 밀렸다. 그것까지는 어찌어찌 익숙해졌더니, 프로야구 시범 경기에도 밀리고, 연예인 야구단 경기에도 밀리고, 메이저리그 '재방송'에도 밀리기 시작했다. 무슨 '밀림의 왕자'인 줄.

AFC챔피언스리그 원정경기처럼 중요한 경기가 중계되지 않는 데에는 말 그대로 미치고 환장할 노릇이었다. K리그 팬들은 일본 방송, 중국 방송, 심지어 아랍 방송의 인터넷 좌표를 구해 공유하면서 웹의 유목민이 되었다. 황송하게도 한국 방송국이 밤 12시에 녹화방송이나마 해 준다고 하면 경기 시간부터 축구 관련 소식을 일체 끊고 있다가 딱 12시에 텔레비전을 틀어 생방송이라고 생각하고 보기도 했다.(별로 어려운 일은 아니었다. 일부러 찾아보지 않는 한 스포일러를 당할 일은 없었으니까.)

시청률로도, 광고 수익으로도 야구 중계가 방송국에 훨씬 이득인 것을 알기에 투덜대고 서러워하면서도 '인기 없는 게 죄지.' 하며 넘어갔다.(물론 방송국에 전화를 걸고 게시물을 남겨 항의한 행동파도 꽤 있었다.) 하지만 그렇게도 우리를 외면했던 방송사들이 국가대표 경기나 월드컵 때마다 "월드컵은 ○○○"라며 자신들이 한국 축구의 근간을 충실히 지켜 온 양 생색내는 것만은 너무나도 꼴 보기 싫었다. 대회가 끝나면 K리그에 형식상의 관심조차 표하지 않을 것이라는 사실을 뻔히 아는데 말이다. K리그 팬들은 중계에 관한 한 가슴에 시퍼런 멍을 안고 살아왔다. 요즘은 케이블 채널도 많아지고 인터넷 중계도 활성화되어 대부분의 경기를 어떻게든 볼 수는 있어서 그나마 불만이 좀 잦아들었지만, 그렇다고 홀대가 홀대가 아닌 것은 아니다.

반면 해외축구에 대해서도 피해 의식에 시달리는데, 이는 방송사보다는 해외축구 팬들 때문이다. 2002년 월드컵 이후, 안 그래도 좋아하던 축구를 더 좋아하게 된 나 역시 밤마다 해외축구의 세계에 빠졌었다. 하지만 '눈이 즐거운' 해외축구와 '피가 도는' K리그는 장르가 달랐고, 당시 부산에 머물던 나는 부산아이파크와 울산현대의 홈경기를 보러 다니며 내 땅에서 벌어지는 리그의 진짜 살들을 만났다.

이렇게 함께 즐기면 그만인데, 혹은 함께 즐기지 않아도 각자 알아서 자신만의 것을 소중히 여기며 즐기면 되는데, 시간이 갈수록 해외축구 팬들은 K리그를 폄하하는 데 앞장서기 시작했다. 순수한 마음으로 해외축구가 주는 기쁨을 느끼는 이들도 있었지만, 대부분은 K리그를 '쓰레기' 취급했다.

혹시라도 해외 구단이 관심을 갖는(다는 소문이 들려오는) K리그 선수가 있으면 K리그 팀 입장은 생각도 않고 "얼른 해외로 나가야 한다.", "구단은 대승적으로 무조건 보내 줘라." 같은 말을 쏟아붓곤 했다. K리그 선수가 국가대표 경기에서 조금이라도 부진하거나 실수를 하면 극심한 비난을 퍼부었고(이건 '일반 국민'들도 마찬가지였다. 하지만 K리그 팬들은 알고 있었다. 그 선수가 얼마나 우리 팀에 위협적이었는지를, 현재 쓸 수 있는 자원 중에서 가장 뛰어난 선수라는 것을, 그리고 축구에서 그런 실수는 언제든 일어날 수 있다는 것을.) 제대로 검증받은 적도 없는 해외 구단 유소년 팀 출신 어린 선수를 얼른 성인 대표팀에 써야 한다며 난리를 피웠다. K리그 구단이 열심히 키워 놓은 선수가 뒤통수를 치고 해외로 나가도 옳다구나 잘했구나 박수를 쳐 댔다.

해외축구 팬들이 보는 세계 최고급 축구보다 K리그 수준이 낮다는 건 알아도 우리가 더 잘 안다. 정말로, 매 경기 실감한다. 하지만 한 '경기' 입장권이 10만 원씩 하는 팀이랑 한 '시즌' 입장권이 9만 원 하는 우리 팀의 경기력 차이는 당연한 거 아닌가?

그럼 K리그 따위 해체하고 해외에서 뛰는 선수들로만 국가대표팀을 꾸리면 그 팀이 잘될까? 아니, 애초에 해외에서 뛰는 저변이 넓어지기 위해서라도 K리그와 그 유소년 시스템은 필수적이다. 파독 광부와 간호사, 중동 건설 인력만으로 국민들이 저절로 잘살게 되지는 않듯이, 해외 진출 선수만 많아진다고 한국 축구가 저절로 강해지진 않는다. 우리가 터 잡은 곳에서 더 단단한 밑바닥을 만드는 것은 꼭 필요한 일인데, 그곳에서 열심히 제 할 일 하는 이들을 지지는 못 할망정 폄하는 하지 말아야 하는 것 아닌가. 말이 나온 김에 고백하자면, 대한민국 축구 영웅 박지성 전 선수의 '해버지(해외축구의 아버지)'라는 별명을 들을 때마다 나는 약간 쓸쓸해져서 괜히 한쪽 발끝으로 바닥을 긁곤 한다.

K리그 팬들의 피해 의식은 여기서 끝나지 않는다. 옆 나라 리그들에 대해서도 마찬가지다. 중국 슈퍼리그의 과감한 투자와 열기, 일본 J리그의 확실한 지역 밀착과 사업 수완을 보면 사촌이 땅을 산 것처럼, 아니 비싸게 판 것처럼 배가 아프다. 우리 리그는 대체 어디서부터 잘못됐는지, 연맹은 뭘 하고 있는지, 한국 사회는 왜 이렇게 축구에 무관심한지 등등을 생각하다가는, 급기야 '한국인의 여가 실태' 같은 데까지 관심이 미치고야 만다. "일단 야근부터 어떻게 좀 해 봐야 하지 않을까요?", "영화는 어떻게 데이트 코스의 대세가 되었을까요?" 따위의 갑론을박이 무려 스포츠 팬 커뮤니티에서 벌어지고 있는 것이다.

상황이 이러니 K리그 팬들에게 '고통으로서의 오락'은 축구를 잘하고 못하고만의 문제가 아니다. 축구 자체의 지루함에 대한 문제만도 아니다. 여기 치이고 저기 치이고 상처받으면서 쌓인 응어리들이 그 '고 — 락' 속에 고스란히 담겨 있는 것이다. "영국을 비롯한 유럽 국가처럼 자연적으로 만들어진 팀과 리그도 아니며, 그렇다고 이웃 J리그처럼 지역 밀착 정책이라는 햇빛도 받아 보지 못하고 자라 온" K리그. "정부와 대기업들의 입맛에 따라 바뀌는 각종 제도들 아래에서 유랑 극단이나 다름없는 신세를 겪었고, 그렇기 때문에 '연고 의식 부재'라는 태생적 굴레를 벗지 못한 한국의 축구 판이었기에 이 나라의 축구팬들은 항상 약자의 입장에 서 있을 수밖에 없었다."* 거기에 승부 조작, 심판 매수, 판정 논란, 연맹과 구단의 헛발질 등을 바라보고 있자면 그야말로 엉엉 울면서 축구를 보게 된다.

그러니 혹시라도, 주말의 지하철에서 축구 유니폼 비스무레한 걸 입고서 혼자 끌끌 혀를 차다가 낄낄 웃다가 한숨을 내쉬다 헛웃음을 뱉는 누군가를 보면 너무 오싹해하지는 마시길. '안타까운 사람'이겠거니 하고 측은지심으로 넘어가 주시길.

▶ 리그 팬이라는 존재

이런 인간들이 모인 K리그의 팬 문화에는 좀 독특한 구석이 있다. 워낙 희귀하다 보니 다른 팀 팬들에게도 동병상련의 정을 느끼는 경우가 많은 것이다. 같은 학교나 회사에서 K리그 팬을 발견하면 어찌나 반가운지! 혹시라도 악감정이 있는 팀의 팬이라면 마냥 반갑지만은 않을 수도 있겠다. 하지만 내내 얼굴

* 박재림, 『축구에 관한 모든 것 4: 팬』, 9쪽.

을 마주해야 할 현실의 인간관계에서 그런 이유로 꾸준히 적의를 불태우기란 생각만큼 쉽지 않고 나와 '감정의 문법'을 공유하는 그 상대방과는 도리어 통하는 부분이 많을 터. 수원 팬과 서울 팬이 팀장과 팀원으로 만난다면 둘의 삶은 (어떤 방향으로든) 활력으로 가득 차리라.

경기장과 멀찍이 떨어진 어느 엉뚱한 거리에서 K리그 유니폼이나 머플러를 착용한 사람을 만나는 기적 앞에서는 대뜸 붙들고 말이라도 걸고 싶어진다.(광주FC 팬 예비 부부가 우리한테 그랬지.) 몇 년 전에는 동네 마트 앞을 지나다가 이 동네와는 전혀 상관없는 인천유나이티드의 유니폼을 입고 아이스크림 냉동고 위로 몸을 숙인 외국인을 봤는데, 당시 인천이 부진을 겪고 있었고 그날도 경기가 있었고 그 경기도 졌다는 사실을 알고 있는 아마도 이 동네의 유일한 인물일 나는 "아 유 오케이?" 하고 그를 다독이며 아이스크림을 대신 계산해 주고 싶었지만 혹시나 대화가 길어질까 봐 가만히 그의 등 뒤를 지나쳐 갔다.(그리고 2018년, 서울 반대편의 시내버스 안에서 FC서울 유니폼을 입고 선수들 이야기를 주고받으며 킥오프 세 시간 전부터 경기장으로 향하고 있는 초등학생 둘을 발견한 적이 있다. 아이들이라 비교적 부담 없이 말을 붙일 수 있었고, 경기장에서 맛있는 거 사 먹으라고 헤어질 때 5000원을 쥐여 주었다⋯⋯.)

은밀한 작은 취향으로 서로를 알아보는 건 짜릿한 일이지만, 대놓고 유니폼을 입고 다니는 통에 그다지 은밀하지도 않고 피해 의식 때문에 어딘지 좀 삐뚤어진 구석도 있는 사람들끼리 너도 여기 있었구나 하며 반가워하는 걸 보면 짜릿하다기보다는 저릿해진다.

K리그 팬끼리 모이는 인터넷 커뮤니티도 가관이다. 경기나 선수 이야기만 주고받는 게 아니라 K리그가 발전하려면 어떠어떠해야 한다느니 하는 고민을 게시물로 올리고 댓글로 치열하게 논쟁한다. 승강제가 실시되기 전에는 1부리그 몇 팀, 2부리그 몇 팀, 3부리그 몇 팀을 제 맘대로 열심히 배치하며 배부른 꿈을 꿨고,(팀 수가 부족하니 없는 팀을 만들어서 넣는다. '서울에는 시내버스 권역 번호만큼은 팀이 있어야지!', '홍성이랑 예산이랑 붙으면 열기가 장난 아니겠지?', '신의주랑 함흥 정도면 빅클럽 있어야지. 역시 통일은 대박이야!', '나중에 개마고원 원정 가려면 엄청 빡세겠는데!') 리그 운영 방식, 연봉 공개 정책, 중계권 협상 등 행정적인 문제에 대해 열심히 토론하는 것이다.

그러다가 텔레비전에 K리그 이야기라도 나오면 일제히 흥분하여 채널을 공유하기 바쁘다. 가수 박재정 씨가 한 공중파 프로그램에 출연하여 수원삼성 팬임을 밝히자 우르르 몰려들어 그를 찬양했다. "지금 ×× 프로그램에 부천 팬 나오네요", "ㅇㅇㅇ 채널에 웬 외국인이 상암에 경기 보러 가는 장면 나와요!" 같은 말을 자기 팀 커뮤니티도 아니고 공동 커뮤니티에 올리며 신나게 이야기를 주고받는 걸 보면, 이들은 한 팀의 팬인 동시에 'K리그 그 자체'의 팬이라 할 만하다는 생각이 든다. 물론 골수 서포터의 입장에서야 대체 왜 남의 팀 팬들이랑 노닥거리고 있나 싶겠지만, '더 많은 이야기'에 목마른 사정을 생각하면 이해되지 않는 바도 아니다. 그러고 보면 성남FC를 만나기 전의 나 또한 그러한 'K리그 팬'의 하나였지 않은가. 딱히 응원하는 팀도 없는 주제에 십수 년 동안 이 팀 저 팀 경기를 보러 가고 영업을 했으니까.

요즘은 SNS의 발달로 K리그 홍보 대사를 자처하는 이들이 부쩍 눈에 잘 띄는 것 같다. 한 팀의 골수팬이 될 기회는 잡지 못했지만 축구와 직관을 좋아하고 또 K리그를 아끼는 이런 사람들은 '#K리그사랑' '#K리그꿀잼' 같은 해시태그를 달아 글과 사진을 올리고, 전국 곳곳을 직관 다니며 동영상을 찍어 올린다. 그냥 보고 즐기면 될 공놀이를 두고 시키지도 않은 홍보에 이렇게까지 열심히 나서고 있으니 그 마음이 가히 기특하되, 짠하다 하지 않을 수 없다. 아, 박재정 씨는 이후 진짜로 K리그 홍보 대사가 되었다. '얼굴마담'에 불과했던 이전까지의 홍보 대사와는 달리 그는 실제로 전국의 경기장을 활발히 누볐고 포털 사이트에 칼럼도 직접 써서 연재하는 등 알찬 활동으로 '성공한 덕후'의 위엄을 보여 주었다.

세상 모든 나라의 축구팬을 만나 확인해 볼 도리야 없지만, 퍽 보기 드문 광경일 것이다. 내 팀 경기를 보자고, 내 팀을 같이 응원하자고 꼬드기는 게 아니라 '우리 리그'를 사랑하자고 하다니! 심지어 선수들마저도 인터뷰 중에 "K리그 많이 보러 와 주세요!"라고 말하곤 한다. 전쟁에 비유하곤 하는 축구 판에서 적군의 전력(팬층도 전력이다!)이 강해지는 것까지 환영하는 요상한 그림이지만 이 역시 이해되지 않는 바는 아니다.

한 K리그 팬이 부산에 게스트 하우스를 열었단다. 공용 공간 한쪽 벽에 K리그 모든 팀의 유니폼을 쪼르륵 걸어 두고는 매 라운드가 끝나면 바뀐 순위에 맞게 다시 배치한다고 한다. K리그 팬 커뮤니티에 주인이 직접 올린 이 게시물을 본 K리그 팬들은 감격에 겨워 "부산 가면 꼭 갈게요!"라며 열화와 같은 성원을 보냈다.

재미있는 것은 사장님이 그동안 만났던 손님들의 반응이다. 가장 많았던 반응이 "사장님 축구 좋아하세요? 혹시 야구는 안 좋아하시나요?"였단다. 우리의 피해 의식을 이해할 리 없는 야구팬들은 첫 문장 "축구 좋아하세요?"에서 두 번째 문장 "야구는 안 좋아하세요?"로 넘어가는 데 머뭇거리는 기색이 전연 없이 호방하다. 일단 이분들이 벽에 걸린 게 K리그 팀 유니폼인지 해외 팀 유니폼인지 알지 못할 것이라는 데 500원 걸겠다. 어쨌거나 해맑다.

두 번째로 많은 반응은 "사장님 축구 좋아하세요? 어디 좋

아하세요? 저는 레알(바르샤, 맨유 등등)요!" 식의 반응이다. 그
렇다. 해외축구 팬들이다. 아니, 이 사람들아. 해외 팀 좋아했으
면 그 팀 유니폼 걸어 놨겠지, 뭐 하러 (댁들 눈에) 촌스럽기 그
지없는 유니폼만 줄줄이 걸어 놨겠나. 뭐, 물어보는 거야 그럴
수 있다 싶지만, "K리그 위주로 봅니다."라고 대답하면 "재미없
는데 왜 봐요.", "애국자시네요.", "취향 참 독특하시네요."라는
답변이나 듣는단다. 이쯤 되면 악담이다. 말들 참 편하게 한다.

　다섯 달 동안 수많은 투숙객이 다녀갔지만, 주인이 만나
본 K리그 팬은 딱 네 명이었단다. 그런데 피해 의식 덩어리인
이 사람들은 말을 붙이는 태도가 떡잎부터 다르단다. '누가 봐
도 K리그 팬'일 수밖에 없는 사장님이 눈앞에 생생히 서 있는
데도, 아주아주 조심스럽게 물어본단다. "저…… 혹시 사장님
K리그…… 좋아하시나요?" 이미 눈에는 감격이 가득 차 있는
데! 입가에는 설렘이 가득 차 있는데! 좀 더 확신하는 말투를 써
도 되는데 말이다! 그 짠함을 너무도 잘 아는 사장님이 '내 그
맘 다 아오.' 하듯 말해 주는 "당연하죠!"를 듣고서야 비로소 얼
굴이 확 펴진단다. 그리고 이산가족이라도 만난 듯 밤새 술을
마신단다.*

　물론 모든 K리그 팬이 피해 의식의 결정체는 아니다. 성남
FC만 하더라도 가족 단위의 팬들도 많고, 아이들은 천진난만
하게 뛰어 다니며 마스코트 까비와 까오에게 안긴다. 경기 내내

* 다음 카페 '樂 SOCCER' 게시글, 「흔한 축덕의 게스트 하우스」,
　2018년 3월 12일 참조.

밝은 표정으로 맥주를 마시다가 패배 후에도 콧노래를 부르며 집에 돌아가는 팬도 있고, 좋아하는 선수 오빠가 손을 흔들어 줘서 신이 나는 팬도 있다. 사람 사는 데야 다 비슷하다.

그래도 '고통으로서의 오락'에 친화적인 인간들의 비율이 다른 분야나 스포츠보다 좀 높긴 할 것이라는 게 나의 짐작이다. 다시 닉 혼비의 말을 빌리면, "축구팬의 자연스러운 심리 상태는 씁쓰름한 불만인 것이다."* 90분 동안 펼쳐진 0 대 0 경기 도중에 열일곱 번쯤 하품을 하고 서른아홉 번쯤 두리번거린 일곱 살쯤 되어 보이는 초면의 아이가 다음 경기에 또 비슷한 자리에 앉아 있는 걸 보면 될성부른 떡잎을 발견한 것처럼 가슴이 두근두근거리곤 한다.

물론 그렇지 않은 사람들도 많이 찾아와 경기장이 더 바글바글 붐볐으면 좋겠다. 야구팬처럼 해맑은 축구팬들도 많아져서 우리의 유난함을 좀 희석시켜 주었으면 좋겠다. 어쨌거나 한 가지 확실한 것은 내가 이 '씁쓰름한 불만'을 가진 자들, 가뜩이나 마음대로 되는 게 별로 없는 인생에 마음대로 안되는 걸 굳이 하나 더 끼워 넣는 이 정신 나간 자들을 무척 사랑한다는 것이다. 어딘지 뾰루퉁한 구석이 있으면서도 소심하고 쓸쓸한 이 인간들이 열불을 내며 분통을 터트릴 때는 더더욱 사랑하고. 이들과 함께라면 기쁨은 배가 되고 고통은 열 배가 되면서 삶이 짜릿해진다.

* 닉 혼비, 「피버 피치」 23쪽.

글을 마치려다가 하나의 깨달음을 얻었다. 글을 쓰는 일은 언제나 괴롭고도 짜릿하다는 점에서, 그리고 이 글도 마찬가지였다는 점에서, 결국 이 글쓰기 또한 '고통으로서의 오락'이었다는 사실을 말이다. '고통으로서의 오락' 이야기를 '고통으로서의 오락'으로 풀었다. 이게 무슨 구제 불능인 행태인지.

하지만 다행이라고 생각하려고 한다. 깊이 맺혔던 이야기들을 풀어내는 동안 오늘의 경기룰, 그리고 2017 K리그 챌린지 꼴찌 팀이자 작년부터 14경기 무승 가도를 시원하게 달리고 있는 성남FC에 관해서는 잠시나마 잊을 수 있었으니까. 음, 근데 또 생각나 버렸네?

▶ K리그 구단들의 상징물

홈경기마다 탄천의 관중석 곳곳을 돌아다니는 까오와 까비는 성남의 시조(市鳥)이자 성남FC의 상징물인 까치를 의인화한 캐릭터다. 아이들의 관심을 끌기 위해 대부분의 구단이 이러한 인형탈 캐릭터를 활용하고 있는데, 전남드래곤즈를 제외하고는 야구처럼 팀 이름에 마스코트가 들어가진 않는지라 그 구단의 팬 바깥에서의 인지도는 그리 높지 않다.

역시 조류와 포유류가 대세인데, 까치(성남), 두루미(인천), 부엉이(아산), 보라매(부천), 군함조(경남), 호랑이(울산), 곰(강원, 대전), 표범(서울이랜드), 늑대(안산), 너구리(안양) 등이 그 예다. 봉황(광주)과 용(전남) 같은 상상 속 동물도 있고, 상체는 독수리, 하체는 사자인 혼종 생물체(수원삼성)도 있다.

정체가 약간 수상쩍은 친구들이 있는데, 대구는 '대프리카'라는 별명에 걸맞게도 태양을, 전북은 고대의 신(神)을 모티프로 삼았고, FC서울은 무려 외계인이라는 패기 있는 선택을 했다. 안전하게도 '인간'을 고른 두 팀은 부산과 수원FC. 각각 유럽의 기사(騎士)와 수원화성의 4대문 이름을 딴 네 명의 장군을 선택했다. 로봇을 마스코트로 쓰는 포항은 철 만드는 모기업의 이미지를 활용한 예. 한편 지역 특산물 계열로 상주는 곶감, 단감, 홍시 트리오를, 제주는 감귤을 캐릭터화해서 사용 중이다.

구단의 상징으로 좀 더 눈에 익은 것은 '엠블럼'이다. 복잡해서 따라 그릴 수는 없지만, 워낙 노출되는 일이 많다 보니 그 마크만 보면 그 팀을 자연스럽게 떠올리게 된다. 유니폼의 왼쪽 가슴에도 달려 있는데, 골을 넣고서 심장 가까이 있는 이 엠블럼에 입을 맞춰 팀을 향한 애정을 어필하는 선수들을 보면 팬들은 가슴이 뭉클해지곤 한다. 인천의 닻, 대구의 태양, 전북의 봉황 등은 엠블럼에 지역색을 잘 살린 예다.

엠블럼 상단에 별이 달린 팀들이 있다. 이 별은 리그 우승을 할 때마다 하나씩 달 수 있는 것으로, 별이 많을수록 강팀의 역사를 가지고 있음을 입 아프지 않게 보여 주는 강력한 표식이다. K리그 최다 우승팀이 어디라고? 그렇다. 엠블럼 위에 일곱 개의 별이 반짝이는 성남FC라는 걸 잊지 말기로 하자. 다음 별을 언제 달지 까마득하다는 말은 하지 않기로 하자. 우승팀에게 주어지는 또 하나의 작은 선물로 '황금 패치'라는 게 있다. K리그 경기에 나서는 팀들은 유니폼 왼쪽 팔뚝에 흰색 바탕의 K리그 엠블럼을 붙여야 하는데, 전 시즌의 챔피언에게만 황금색 바탕 엠블럼이 허용된다. 아, 달고 싶다, 별. 갖고 싶다, 황금.

09 | 불가능성의
향연 속에서

▶ 225일 만에 이루어진 미세한 기대

이 날이 오긴 오는구나 싶다. 드디어, 드디어 이겼다. 지난 가을부터 이어진 리그 무승 행진이 225일이나 이어질 줄 누가 알았을까.(225일 전에는 '비선실세'의 존재도 몰랐는데, 그사이에 대통령이 탄핵되었고 열흘 뒤면 대통령선거가 있다.) 작년 마지막 열 경기에서 4무 6패를 한 뒤 강등된 것도 모자라 2부리그에서도 3무 5패로 꼴찌였다가 갓 창단된 팀을 상대로 힘겹게 첫 승을 할 줄은 또 누가 알았을까. 사랑하는 팀의 뿌듯한 모습을 보고 싶고 보여 주고 싶은 팬의 소박한 마음을 왜 성남FC는 이리도 몰라 준단 말인가. 감격 반 회한 반으로 올려다본 경기장의 하늘은 청색 반 회색 반.

설움의 시간이었다. 전통의 강팀이 강등되자 2부리그의 팀들은 잔뜩 긴장했다. 하지만 경기가 거듭되면서 '어라? 이 녀석들 별거 아니잖아?'라는 듯한 눈초리를 받기 시작했다. 급기야 상대 팀 팬들은 신이 나서 "어서 와, 성남. 꼴찌는 처음이지?"라는 '팩트 폭격' 플래카드를 내걸어 속을 긁었다. 우리 팀 서포터스는 부진에 대한 항의의 의미로 걸개를 거꾸로 걸기도 했고, 응원을 보이콧하기도 했다. 몇 달 동안 그라운드를 내려다보며 가장 많이 읊조린 말은 "어쩌려고 그래……."였다.

부진이 길어지자 경기장의 빈자리는 늘어 갔고, 매번 보이는 얼굴들은 그만큼 눈에 더 잘 띄곤 했다. '댁이나 나나 별수 없네요……. 뭐, 어쨌든 반갑고요……. 고생하십시다…….'라는 뜻이 담긴 동병상련의 눈인사를 주고받으며 묵묵히 앉아 경기를 지켜봐 온 이들, '오늘은 혹시 잘할까.' 하며 경기장을 찾던 마음을 '오늘도 역시 못하겠지.'로 바꿈으로써(하지만 바꾸든 말든 결론은 '그럼 그렇지.'로 같다.) 기대와 실망을 버리고 체념과 평안을 선택한(혹은 선택당한) 이들의 얼굴에 모처럼 흐뭇한 웃음이 떠올랐다.

네 번의 홈경기는 물론이고 대전, 안양, 잠실, 아산, 그리고 이곳 안산 원정까지 전 경기 직관 중이다. 작년 이맘때에는 출석률이 절반이었는데 오히려 더 성실해진 것이다. 하지만 '그럼 그렇지.' 하며 시무룩하게 집으로 돌아오는 길이면, 한낱 기대조차 없다면서 아득바득 경기장을 찾는 이유는 뭘까 스스로에 게 궁금해지곤 했다.

못할 때일수록 더 가서 응원해 줘야 한다는 김순자 씨의 마음? 물론 그런 마음도 없지는 않다. 차마 눈 뜨고 못 볼 플레이 끝에 무기력하게 패배하는 선수들을 보면 세상 원망스럽다가도, 고개를 떨구고 인사를 하러 오는 꼴을 보면(너희도 얼마나 오기 싫겠니……) 이내 마음 한구석이 짠해져 "괜찮아! 어깨 펴! 담엔 꼭 이겨!"를 외쳐 주고 만다. 하지만 내 안에 똬리를 튼 '어디까지 가나 보자.' 하는 오기와 '될 대로 되라지.' 하는 포기가 진정한 응원과 공존할 수 있는지는 여전히 잘 모르겠다. 아니, 사실 진정한 응원이란 게 뭔지도 잘 모르겠다.

그렇다면 뭘까? 스스로를 괴롭히면서 그걸 참아 내는 자신을 뿌듯해하는 변태적인 심리? 헬조선 신민으로서 남부럽지 않게 갈고닦아 온 자조와 한을 마음껏 펼치고픈 삐뚤어진 욕망? 정당하게 미워하고 비난할 수 있는 대상을 찾아 감정을 배설하려는 억눌린 심보? 다 조금씩 있다고 해도 이상할 게 없다. 팬들끼리 공유하는 적대감과 불만에서 소외되고 싶지 않은 마음도, 어제의 못함과 오늘의 못함을 내 눈으로 비교하고 싶은 마음도 섞여 있다. 참으로 복잡한 심사다.

하지만 덜 심오해서 더 진실에 가까운 답을, 나는 이미 알고 있었다. 언젠가 한 번은 이길 것이다. 230무 483패를 하고 팀이 해체될 게 아닌 이상 당연한 것 아닌가? 다만 그 언젠가가 언제가 될지는 아무도 모르는 일. 그런데 그 자리에 내가 없다면? 200일 넘게 고통의 시간만 실컷 지켜보고는 정작 승리의 순간에 내가 없다고? 오, 그런 불상사는 기필코 피해야 한다.

물론 막상 경기장에 오면 그날 치 고통이 고스란히 더 얹히고, 아까운 시간은 더 쌓이고, 받아 내야 할 보상은 더 커지고, 그렇게 '말려들어서' 다음 경기에 오지 않을 도리가 없어지지만……. 그러고 보면 그렇게도 열심히 경기장을 찾는 이유의 핵심도 결국 한사코 없다고 부인했던 '승리에의 (미세한) 기대'인 셈이다.

아무리 못하더라도 놓을 수 없는 승리에의 미세한 기대, 이것이야말로 성남 축구의, 아니 모든 축구의, 아니 모든 스포츠 관람의 본질이 아닐까? 단 여기서 포인트는 '승리'가 아니다. 중요한 것은 '어떤 일이라도 일어날 수 있다.'라는 사실이다.

스포츠에 100퍼센트란 없다. 끝내 가닿을 수 없는 100퍼센트를 향해 승리의 확률을, 퍼포먼스(크로스, 자유투, 리시브, 퍼팅, 트리플 악셀 점프 등등)의 성공률을 높여 가는 것이야말로 팀과 선수의 숙명이자 존재 방식이며, 그 안에 필연적으로 도사리고 있는 불확실성과 예측 불가능성이야말로 팬들의 발길을 끄는 핵심 요소다.

결과가 정해진 경기에 열광할 팬은 없다. 항상 성공하는 동작에 가슴 졸일 팬 역시 없다. 한 인문학자는 스포츠 관람이란 "이따금 일어날 수도 있지만 일어나리란 보장이 전혀 없는 일을 기다리는 방식"이며, "기대할 권리가 전혀 없는 일이라도 일어날 수 있게 내버려 두고 그리고 실제로 일어나는 상황을 보는 것"이라고 말했다.* 이성과 합리와 계산으로 꽉 짜인 세계에서 어떤 미세한 (불)가능성이 현실화되는 것을 직접 지켜보는 것, 그리고 그 장면의 일부가 되는 것은 짜릿한 일이 아닐 수 없다. 그리고 오늘, 우리는 그 장면의 일부다.

▶ 예측도 통제도 힘든

하지만 고백하자면, 225일 만의 승리치곤 어째 좀 민숭민숭한 기분이다. 종료 휘슬과 동시에 눈물이라도 왈칵 쏟아질 줄 알았는데, 생각했던 것보다 감정이 북받치진 않는 것이다. 어딘지 겸연쩍은 구석이 있는 주변 사람들의 웃음을 보니 나만 그런 건 아닌 모양.

하기야 올해 처음 리그에 참여하는 팀을 상대로, 전반 7분에 상대 수비수의 실수 덕에 얻은 한 골을 아등바등 지켜 내 거둔 1 대 0 승리라니. 일어나기 힘든 일이 기적처럼 일어난 게 아니라 진작 일어났어야 할 일이 너무 늦게 일어난 것뿐이잖은

---

* 한스 U. 굼브레히트, 한창호 옮김, 『매혹과 열광』(돌베개, 2008), 253~254쪽.

가! 그렇다고 그동안의 부진을 깡그리 잊게 해 줄 만큼 환상적인 플레이를 보여 준 것도 아니다. 본격적으로 감격하기엔 좀 머쓱한 승리인 것이다. 게다가 우리 과정주의자들은 이 경기에서 이겼다고 당장 장밋빛 미래가 펼쳐질 게 아니라는 것도 잘 알고 있다. 아직도 10개 팀 중에 9위이기도 하고…….

잠깐 생각해 본다. 똑같은 1 대 0 승리라도 오늘도 글렀구나 체념하던 종료 직전에 짜릿한 결승골을 꽂아 넣었다면 기분이 좀 달랐을지도 모르겠다. 종료 직전 허용한 페널티킥을 골키퍼가 막아 내서 이겼다면 어땠을까? 라이벌과의 맞대결에서 3 대 0 완승을 거두었다면? 난타전 끝에 리그 최강팀을 4 대 3으로 꺾었다면? 아마 지금보다는 훨씬 신이 났을 것이다. 그러니까 오늘의 경기에는 이런 '극적인 요소'가 부족했던 것이다.

225일 만의 승리치곤 너무도 조촐한 승리. 하지만 우리는 안다. 인생이 그렇듯 스포츠에도 극적인 순간만 있을 순 없다는 것을. 수많은 평범한 순간들이 있기에 극적인 순간이 극적일 수 있고, 평범한 순간들을 오롯이 겪어 내며 '맥락의 겹'을 쌓아 온 사람들만이 그 순간 가장 깊이 감응할 수 있다는 것을. 편집된 하이라이트나 후반 막판만 골라 보는 이들은 화면 속 플레이에 '감탄'하지만, 지루한 순간들을 묵묵히 버텨 낸 이들은 그 플레이에 '감동'하게 된다.

예측 불가능성의 다른 면에 통제 불가능성이 있다. 아무리

위대한 선수도 자신의 동작을 통제하는 데 실패할 운명으로부터 자유롭지 못하고, 팬은 자신의 감정을 통제하는 데 필연적으로 실패한다. 닉 혼비는 말한다. 자신의 팀을 응원하며 "내가 통제할 수 없는 것에 시간과 감정을 투자하는 일과, 비판적 시각 없이 온전히 같은 대상을 응원하고 그 소속감을 갖는 것의 가치도 배웠다."라고.*

예측도 통제도 불가능한 스포츠의 세계에서 내 뜻대로 되리라는 기대처럼 순진한 게 또 있을까? 우리는 선수의 동작, 팀의 전술, 경기의 결과, 시즌의 순위 등 모든 면에서 과정을 즐기고 결과를 받아들이는 스스로의 방식을 배워 가야 한다. 통제할 수 없는 감정에 느닷없이 맞닥뜨리고 속절없이 패배하면서.

그러고 보면 "통제할 수 없는 것에 시간과 감정을 투자하는 일"이 곧 사랑의 한 정의 아닐까. 타자의 예측/통제 불가능성을 있는 그대로 인정하는 것, '훈육'이니 '발전'이니 '상호 이해' 같은 단어로 교묘히 포장하여 조종하려 들지 않는 것, 그러면서도 인내를 갖고 성심성의껏 시간을 들이고 감정을 쏟는 것. 나도 내 팀 성남FC를 통해 이것들을 배워 간다. 물론 굳이 이렇게까지 힘들게 배워야 하나 싶은 의심은 항상 간직하고 있다.

이쯤에서 올 시즌 성남FC 최고의 통제 불가능성에 대해 이야기하지 않을 수 없다. 리그에서 1무 3패를 한 뒤 맞은(그러니까 안양에서의 패배 뒤 맞은) FA컵 64강전 홈경기. 뒷목을 수없

* 닉 혼비, 『피버 피치』, 105쪽.

이 붙잡았던 0 대 0 경기 후 승부차기에 접어들었다. 팀에 대한 들끓는 애정과 출중한 실력으로 팬들의 절대적 지지를 받고 있는 골키퍼 김동준 선수가 승부차기에서 상대 팀 첫 번째 키커의 슛을 막아 낸 그 순간, 찰나의 정적과 이어진 환호를 기억한다. 유일하게 조금, 아주아주 조금 아쉬운 점을 굳이 애써 조심스레 가만가만 꼽자면 페널티킥 막는 데 별 소질이 없는 것이었던 이 선수가 프로 인생의 첫 페널티킥 방어를 절체절명의 순간에 해 내고 만 것이다!

그렇게 맞이한 '위닝 샷'의 순간, 바짝바짝 입이 마르던 그때, 우리 팀 마지막 키커로 나선 베테랑 풀백이 침착하게 공을 그물에 꽂아 경기를 끝냈던 그 순간도 또렷이 기억한다. 그라운드를 뒤덮은 함성과 관중석을 휘감은 희열을 기억한다. 승부차기 승리는 공식 기록으로는 무승부고 FA컵은 리그 성적과는 별개지만, 어쨌든 193일 만에 '승리 비슷한 것'을 한 것이었다.

그걸로 끝이 아니었다. 그날의 영웅 '갓(God)동준' 선수가 그라운드를 가로질러 우리 앞으로 뛰어오더니 펜스를 넘어 블랙존에 난입한 것이다! 세상에, 관중만 그라운드에 난입하는 게 아니었다니! 올라와서 대체 뭘 어쩔 심산이었는지는 알 도리가 없지만, 뜻밖의 '접신'에 혼이 비정상이 된 팬들에게 둘러싸여 오도 가도 못하게 된 이 선수는 주변 팬들의 손을 일일이 잡아 주고 신이 나서 돌아갔다. 아, 이런 통제 불가능한 선수라니!

탁월한 위치 선정으로 그의 옆에 착 달라붙어 연신 어깨를 두드려 주었던 나는, 그날 밤 그만 삼촌 팬으로서의 감정 통제에 실패하고 선수의 SNS로 메시지를 보내고야 말았다. 실례를 무릅쓰고라도 말하지 않을 수 없다고. 고맙다고, 너무 고맙다고. 팀을 승리로 이끌어 준 것도 그렇지만, 힘든 시기에 팬들 마음을 알아주기라도 하듯 달려와 함께해 줘서 얼마나 감동했는지 모른다고. 사실 알아주고 자시고 할 것도 없다. 선수 자신이 성남FC의 열렬한 팬이 아닌 이상 절대 나올 수 없는 행동이었으니까.

▶ 지는 법을 배운다는 것

고쳐 쓴다. 나는 승리를 기대해서가 아니라 이런 '결정적 순간'을 위해 경기장에 간다. 물론 축구에서 이런 순간들 대부분은 '골'과 관련되어 있다. 아시다시피 축구는 한 골의 가치, 그 골에 대한 기대감, 그 골이 터졌을 때 폭발하는 감정의 크기가 무척 큰 스포츠다. 하물며 종료 직전의 결승골이라든가 승부차기처럼 승패에 결정적인 역할을 하는 순간에는 어떻겠는가! 엄청난 양의 아드레날린이 샘솟아 혈관 곳곳을 휘젓고, 이는 함께하는 팬들의 존재(심지어 난입하는 선수의 존재)로 더더욱 고양

된다. 승리보다 귀중한 것, 직관을 가야 얻을 수 있는 것은 이러한 '결정적 순간'들이 제공하는 통제 불가능한 감각이다. 225일 동안 승리는 고사하고 골도 지지리도 못 넣었던 성남FC 덕에 잊고 있었네, 그만…….

이런 감각도 그 팀과 정서적으로 강하게 결합된 팬들에게 주어지는 선물일 것이다. 또 거꾸로, 이런 순간들이 정체성과 소속감을 강화하기도 한다. 닉 혼비의 말처럼 "온전히 같은 대상을 응원하고 그 소속감을 갖는 것의 가치"를 배우게 되는 것이다. 정체성은 여성, 장애인, 성소수자 등 약자의 존재와 관련되어 언급되는 경우가 많고,(강자들은 정체성 따위 신경 안 쓰고 살아도 되고 또 그렇게 살고 있으니까.) 소속감은 우월감과 배제로 왜곡되기 쉽기에 조심스럽게 다루어야 하는 개념들이긴 하다. 하지만 우리는 고정된 정체성 위에 새로운 정체성을 만들어 겹칠 수 있고,(성남시와는 아무 관련도 없는 내가 성남FC의 팬이 되었듯이.) 꼭 자격과 규율을 필요로 하는 '조직'에서가 아니라도 소속감을 가질 수 있다.(어느 서포터스 단체에도 속하지 않은 내가 성남FC에 속해 있다고 느끼듯이.) 이것들은 우리를 더 풍부하게, 그리고 건강하게 만든다.

물론 그러기 위해 꼭 축구팬이어야 할 필요도 없고, 축구팬 모두가 건강한 소속감을 지녔을 리도 없다. 하지만 같은 팀에 대한 애정 말고는 딱히 묶일 필요도 없는 사람들이, 한 달에

두세 번쯤 느슨하게 서로의 존재를 눈으로 확인하는 가운데, 통제할 수 없이 우울한 순간들(대부분의 경우)과 통제할 수 없이 기쁜 순간들(아주 가끔씩)을 공유하고, 더 높은 순위와 더 나은 경기력을 갈망하면서 머리를 맞대며, 그러기 위해 경기장 안팎에서 팀의 구석구석을 면밀히 관찰하고, 그러면서도 우리 팀의 현실과 이상을 신중히 구분하며, 때로는 무조건적인 애정과 지지를 보내다가도 또 때로는 가장 냉철하고 적확한 비판을 꺼내 들 줄 안다는 점에서 축구팬, 특히 K리그 팀 팬으로서의 정체성은 썩 나쁘지 않은 것 같다.

상상하고 기대하기 어려운 것들이 펼쳐지고, 통제할 수 없는 것에 항상 패배당하면서도, 스스로가 누구인지를 고민하게 한다. 이쯤 되면 축구를 문학과 닮은꼴이라고 말할 수도 있지 않을까? 연승 가도를 달릴 때에도, 220승 357무를 하고 팀이 해체할 게 아닌 이상 다음 패배는 언젠가 예비되어 있으며, 그 패배를 대하는 태도가 우리 스스로를 말해 준다는 점에서 말이다.

그런 의미에서 내게는 축구도 문학도 결국 얼마나 잘 지는가에 대한 이야기이다. "자신의 감정에 지고, 등장인물들의 감정에도 지고, 계속 져야 한다. 이기려고 마음먹는 순간 누군가를 가르치려고 들 테니까. 소설이 '지는 사람들'을 주로 다루는 것 역시 그런 맥락일 것이다. 소설을 사랑하지 않을 도리가 없다."라는 문장*에서 나는 축구와 축구팬의 모습을 겹쳐 읽지 않

* 김현우, 「지는 사람들의 사랑」, 웹진 《소설리스트》, 2017년 5월 1일.

을 도리가 없다.

"오늘 한번 갈까요?"라는 나의 질문에 D 씨는 흔쾌히 '가죠!'라고 대답하며 앞장을 섰다. 김순자 씨가 매 경기 그러듯, 경기를 마치고 나오는 선수들을 기다리자는 것이다. 승리가 좀 멋쩍으면 어떤가! 우리에게 필요한 것은 지긋지긋한 무승을 어떻게든 끊어 내는 것이었고, 오늘 우리 선수들은 그 필요한 걸 얻어 냈다. 이런 날 함께 기뻐해 주는, 어쩌면 너희보다 더더욱 이 승리를 고대해 온 팬들이 있다는 것을 보여 주고 싶었다. 뜨거운 박수와 함께 수고했다는 말 한마디 건네고 싶었다.

우리 팀 버스를 찾아 경기장 정문으로 향하는 길에는 안산의 팬들, 그러니까 '오늘의 진 사람들'도 자신들의 선수를 기다리고 있었다. 갓 창단한 시민구단답게 꽤나 분위기가 훈훈했다. 안산 선수들이 버스에 오르는 동안 이들은 박수와 환호로 자신들의 존재를 따스하게 어필했다. 선수들도 패배의 미안함을 간직한 얼굴로, 그래도 이렇게 응원해 주시니 감사해 어쩔 줄 모르겠다는 얼굴로 연신 고개를 꾸벅이며 버스에 올랐다. 상대 팀이지만 이렇게 서로를 아끼는 모습을 보면 흐뭇한 기분이 들 수밖에 없는데, 물론 이는 우리가 졌더라면 배알이 꼴리며 확 꺾이고 말 흐뭇함이라는 사실은 두말할 필요가 없겠다.

그때 돌발 사태가 일어났다. 안산의 감독이 주차장을 가로지르는 동안, 안산 유니폼을 입은 한 팬이 잔뜩 흥분하여 쫓아

온 것이다. 말리는 주변 사람들을 후두둑 털어 내며 씩씩하게 또 씩씩대며 다가선 그는, 인기척을 느끼고 뒤돌아보는 감독을 향해 말했다.

"세상에 성남한테도 지다니, 이게 말이 됩니까! 이게 말이 되냐고요!"

옆에 섰던 D 씨와 나는 헐, 입이 쩍 벌어졌다. 주변의 안산 팬들과 몇몇 성남 팬 역시 일제히 '헉' 하는 작은 신음을 내뱉었다. 성남한테도 지다니? 성남한테도 지다니? 아니, 이보세요, 암만 우리가 죽을 알차게 야무지게 쑤어 왔대도 그렇지, 창단 2개월 차 팀한테 들을 소리는 아닌 것 같습니다만? 우리 팀이 그래도 K리그 최다 우승 팀입니다만?

가만히 옆에 있다가 얼결에 훅 얻어맞은 꼴이다. 잔뜩 화가 나고 속상한 엄마가 아이를 혼내며 "쟤보다 못해서 어쩌려고 그래!"라고 말할 때 옆에 있던 '쟤' 혹은 '쟤네 엄마'는 어째야 하는 걸까.

머릿속에 급류가 흐르기 시작했다. '성남한테도 지다니.'라니 참나 가당찮아서. 아, 근데 이번 시즌에 한해서라면 맞는 말이긴 하잖아? 아, 안산한테도 이런 얘기를 듣다니……. 아니, 근데 이걸 꼭 우리가 듣는 데서 말해야 해? 음, 감독한테 직접 말하려면 지금밖에 없으니까 저 양반도 급했겠지? 아무리 그래도 저 무신경함은 뭐야, 열 받잖아? 가만, 근데 이런 꼴 당하게 한 것도 결국 우리 팀 놈들이네, 또 열 받잖아? 근데 이건 저쪽 집안 싸움인가 우리가 연관된 싸움인가? 끼어들어도 되나? 괜히 일만 키우는 거 아닌가? 그나저나 원정 응원 버스를 타고 온 성남 서포터스가 이미 자리를 뜬 게 다행이지 아니었다면 제대로 싸움 났겠는데? 아니, 지금 서포터스가 문제야, 일단 내가 열 받는데? 슬며시 옆을 보니 D 씨 역시 아랫입술을 씹으며 눈을 부라리고 있었다.

안산 감독도 그런 말에는 어떻게 대응해야 할지 당혹스러운 기색이었고, 말리려고 옆에 따라붙었던 다른 팬들은 감독 눈치 보랴 우리 눈치 보랴 더 당혹스러운 듯했다. 그 참에 기세가 오른 그 팬은 한마디를 더 보탰다. "이게 도대체 몇 경기짼니까! 몇 경기를 지냐고요!"

아, 네. 그거라면 제가 대답해 드리겠습니다. 오늘로 3연패 하셨는데요, 참고로 우리가 어제까지 올 시즌 여덟 경기에서 한 번도 못 이기는 동안 그쪽은 2승이나 거두셨습니다. 그리고 우리는 댁네 팀이 생기기도 한참 전부터 못 이겼었는데 고작 3연패로 이러시면 곤란하죠.(앗! 그러니까 그런 '성남한테도 지다니.'라고 말할 수 있는 건가……)

놀라움과 당황과 잠시의 흥분을 다스린 안산 이홍실 감독은 이내 마음을 가라앉히고 팬과 차분히 대화를 나누기 시작했다. 깜짝 놀랄 만한 돌발 사태에 깜짝 놀랄 만한 색다른 대응이라 깜짝 놀랐는데 막상 이렇게 나오니 그 팬도 깜짝 놀랐는지 순순히 이야기를 듣고 얌전히 물러났다. 그렇게 상황은 일단락이 됐다. 한 줌 성남 팬들의 어정쩡한 분노와 엉거주춤한 허탈만 남긴 채.

패배를 받아들이는 제각기의 방식에 대해 새삼 생각했다. 나는 팬들이 부진한 성적을 질타하고 또 때로는 단체행동에 나서는 것을 그렇게까지 나쁘게 보지는 않는다. 그것이 필요할 때가 있다고 믿는다. 하지만 그것도 모두 맥락이 쌓이고 공감대가 이루어져야 정당화될 수 있는 법. 그러지 못한 행동은 위험하고 또 슬프다. 되레 팀의 사기를 떨어뜨릴 수도 있다. 아무래도 그 안산 팬은 지는 법을 좀 더 배워야 하는 게 아닐지. 우리는 언제나 누구에게나 질 수 있다는 사실을 깨닫는 데 3연패 가지고는 힘든가 보다. 역시 많이 지고 볼 일이다.

구단 버스를 기다려 주기까지 하는 정성 뻗친 팬들에게 불의의 수모를 안겨 준 망할 우리 팀 선수들이 뒤늦게 하나씩 기어 나오기 시작했다. '성남한테도 지다니.' 하는 메아리가 채 지워지지 않았지만, 여기 온 애초의 목적을 차분히 되새기며 선수 하나하나에게 열심히 박수를 보내면서 "수고하셨습니다."라고 이야기해 주었다. 꾸벅 인사를 하며 버스에 오르는 선수들도 그간 어깨를 짓누르던 부담감을 벗어던진 듯 한결 개운해진 표정이었다. 그러니까 이놈들아, 진작 좀 이기지 그랬어······.

그렇게 찡한 마음으로 선수들을 바라보고 있는데, 왠지 모
르게 자꾸만 감도는 어색한 기운이 나를 의아하게 했다. 왜지?
뭣 때문이지? 그러다가 이내 눈치채고 말았다. 도무지 어디다
두어야 할지 모르겠다는 듯한 선수들의 눈빛을, 신나서 웃기도
뭐하고 감격해 울기도 뭐해서 민망한 선수들의 입꼬리를. 그래,
너희들도 지금 이 순간이 어색하구나. 패배를 받아들이는 방식
에 너무 익숙해져서 승리를 받아들이는 방식이 너무 서투른 게
지. 그러니까 이놈들아, 진작 좀 이기지 그랬어……. 역시 너무
많이 지면 안 될 일이다.

▶ K리그의 팬 서비스

경기가 끝나고 구단 버스 주변에서 어슬렁거리다 보면 선수들의 얼굴을 가까이서 볼 수 있다. 물론 기본적인 통제는 하지만, 빅클럽이 아닌 이상 기다리는 팬들 숫자도 그리 많지 않아서(원정경기라면 더더욱 그렇다.) 버스 출발 시간을 방해하지 않는 선에서 사인을 받거나 함께 사진을 찍는 것도 크게 어렵진 않다. 구단과 구장의 여건에 따라 다르지만 경기 전에 그라운드에서 개인적으로 몸을 풀다가 관중석의 팬들과 소통하는 선수도 있고 경기 후 로커 룸으로 들어가기 전에 관중석 앞줄의 팬들과 사진을 찍어 주는 선수도 있다.

K리그 선수가 팬들의 사인이나 사진 요청을 이유 없이 거절하거나 무시하여 구설에 오른 경우는 지금껏 한 번도 없었다. 비가 와도, 줄이 길어도, 경기에 졌어도, 심지어 상대 팀 팬에게까지 아랑곳 않고 열심히 사인을 해 주고 또 팬들에게 감사의 인사를 전하는 선수들에 대한 미담이 꽤 여럿 보고되었다.('K리그 팬 서비스' 같은 키워드로 검색해 보자.) 팬이 적어 팬프렌들리가 되기 쉬운, 선수들이 팬 귀한 줄 아는(!) 아름다운 K리그! 물론 팬이 많아져도 K리그 선수들의 팬 사랑은 변함없을 거라고 믿어 의심치 않는다.

K리그의 팬 서비스로 또 빼놓을 수 없는 것이 '사회 공헌 활동' 내지는 '지역 밀착 활동'이다. 연고지와의 연대 의식이 강조되는 스포츠답게, K리그 각 구단은 연고지에서 여러 활동을 하며 지역 주민들과 만난다. 선수들이 직접 출동하는 경우도 있고, 선수 없이 진행하는 프로그램도 있는

데,(이때 큰 힘을 발휘하는 것이 마스코트로 분한 '인형맨'들이다.) 성남FC를 예로 들면 선수들이 초등학교 곳곳을 찾아가 축구 교실을 열고, 어린이집에서 까오와 까비가 레크리에이션을 진행하며, 여성을 대상으로 한 축구 클리닉, 지역 병원과 연계한 노년층 건강 진단, 장애인 자활 시설 방문 등의 다양한 활동을 진행함으로써 성남FC라는 이름을 시민들에게 각인시키고 있다. 다른 구단들도 선수들이 중고등학교 급식 시간에 배식자로 출동한다든가, 마스코트가 등하굣길 도우미로 활약한다든가, 소외 계층을 경기장에 초청한다든가 하는 식으로 열심히 활동 중이다.

아무래도 시도민구단이 이러한 활동에 적극적이며, 특히 가장 마지막에 K리그에 합류한 안산그리너스는 연간 300회 이상의 지역 활동으로 이 분야의 최강자로 자리매김했다. 성남은 이걸로 안산한테도 지다니⋯⋯.

10 그렇게 속수무책 하나가 된다

▶ 어두운 날들이여 안녕, 외로운 눈물이여 안녕

성남FC의 응원가 중에 이런 노래가 있다. "집세가 밀려도 난 상관없어. 애인이 없어도 난 상관없어. 쌀독이 비어도 난 상관없어. 성남만 이긴다면." 아무리 응원 팀이 이긴대도 집세도 밀렸고 쌀독도 비었고 애인도 없는데 과연 그렇게 행복할까 의심이 들긴 하지만, 그리고 사람이 저것보다는 조금 더 자기 삶에 책임감 있어야 하지 않을까 싶긴 하지만, 요즈음 세상이 다 아름다워 보이고 주변에 너그러워지는 스스로를 보니, 누군가는 충분히 그럴 수도 있을 것 같다. 애초에 팬들이란 자기 자신의 상황과 팀의 상황을 자꾸만 동일시하는 몹쓸 병에 걸려 있는 종자니까.

나는 집세도 안 밀렸고 사랑하는 이와 함께 살고(심지어 축구도 함께 보고) 냉장고에 먹거리도 적당히 차 있는데, 거기다가 성남까지 이긴다. 기분 좋으니까 한 번 더 말한다. 성남까지 이긴다. 아…… 찬란한 삶이다.

첫 승 이후 잠깐 주춤하긴 했지만, 그 뒤로는 승승장구하고 있다. 최근 9경기에서 6승 3무. 호성적에 비해 적은 득점은 아쉽지만 단 두 골만 내주는 엄청난 수비력으로 5위까지 뛰어올랐다. FA컵 16강전에서는 우리를 2부리그로 끌어내린 강원FC를 만나 먼 평창 땅에서 복수에 성공했다.(물론 다 갚으려면 한참 멀었다.) 첫 승 이후로도 좀체 찾아오지 않았던 홈경기 승리에도 성공했다.(서포터스는 이를 위해 탄천종합운동장 한구석에서 돼지저금통, 닭꼬치, 아메리카노 등이 차려진 귀여운 고사상을 놓고 고사를 지내기도 했다.) 본격적으로 성남FC를 응원하기 시작한 뒤로 '언제 져 봤는지 기억도 안 나요, 하하하.'라고 말할 수 있는 시절은 처음이어서 절로 감개가 무량해졌다가, '맞다. 여기 2부리그지.' 하고 깨닫고 머쓱해지기도 한다.

아무렴! 요즘은 성남 생각만 하면 실없이 웃음이 난다. 교정지에 파란 펜으로 한자를 병기하다가도, 옷장 거울 앞에 서 있다가도, 시장에서 양파를 고르다가도, 밤 11시에 만두를 굽다가도, 막 잠에서 깬 아내의 뺨을 쓰다듬다가도 은은한 염화미소가 번져 가는 것이다. 나를 두 달 전에 처음 만난 사람과 요즘 처음 만난 사람은 내 인상을 완전히 다르게 기억할 것이다. 경기장으로 향하는 발걸음의 무게도 완전히 다르다. 두 달 전에는 족쇄를 찬 듯 질질 끌리던 발걸음이 요즘에는 바퀴 달린 신발이라도 신은 듯 죽죽 미끄러진다. 그럴 때마다 타박하던 아내조차도 덩달아 발걸음이 빨라졌다는 점은 고무적이다.

이렇게 잘하는데도 승격까지는 갈 길이 멀다. 직행 승격 티켓이 주어지는 1위는 아쉽지만 경남FC의 몫이 될 공산이 크다. 시즌이 절반 지났을 뿐이지만 이렇게 섣불리 말하는 건 경남이 워낙 잘하고 있기 때문이다. 12승 6무 무패라는 성적 앞에서는 '먼저 올라가시지요. 저희는 플레이오프로 가겠습니다.'라고 꽁지를 내리는 수밖에 없는 것이다. 그저 기세를 잘 살려 최대한 높은 순위로 시즌을 끝맺고 플레이오프를 잘 치르기만을 바랄 뿐.

삶이 이렇게 찬란한 와중에도, '그깟 공놀이'에 이렇게까지 감정이 속수무책으로 좌지우지되어도 괜찮은 걸까 하는 생각이 들긴 한다. 삶에 통제 불가능한 요소들을 받아들이는 것은 좋은데, 삶 자체가 통제 불가능해지면 그건 그거대로 문제니까. 그래서 삶의 나머지 부분에서 바득바득 통제력을 발휘하려고 한다. 이를테면 밤 11시에 만두를 구울 때 소주를 따지 않는다거나?

그래도 어제는 뚜껑을 따지 않을 수 없었다. 바로 오늘, 소중한 선수와의 이별이 예정되어 있기 때문이다. J리그로의 이적이 결정된 주전 스트라이커의 고별 행사가 있는 날이다. 그 선수로 말할 것 같으면, 성남FC의 유소년 팀을 거친 뒤 성남FC에서 프로로 데뷔하여 4년 동안 성남FC의 선봉에서 상대 팀 그물에 시원한 골을 꽂아 넣으며 우리를 행복하게 해 준 선수다. 그의 이름은 황의조, 내가 매 경기 들고 다니는 플래카드의 주인공이다.

▶ 슬프지만 충분히 다정한

'로컬 보이'로 자라나 결국 탄천의 잔디 위에 서더니 이제 팀의 에이스로 우뚝 선 그를 향한 팬들의 애정은 무척이나 두터웠다. 그가 선사한 추억의 두께가 그만큼 두꺼웠기 때문이리라. 어젯밤, 유튜브에 올라와 있는 '황의조 스페셜' 영상을 틀어 놓고 우리를 울고 웃게 했던 그의 골 장면들을 하나씩 되새겼다. 한 골에 만두 한 개, 소주 한 잔……. 유난히 멋졌던 골에는 그의 전용 응원곡을 추임새로 넣었다. "성남의 아들 황의조, 성남의 심장 황의조, 성남을 위한 황의조, 오오오 황의조!"

강등 직후부터 그를 노리는 여러 팀의 제의가 있었지만, 프랜차이즈 스타로서 팀을 2부리그에 두고 떠나기에는 마음에 걸렸는지 고맙게도 남아 주었다. 팀 전체의 부진과 맞물린 지난 시즌 말부터의 골 가뭄이 올 시즌 초까지 계속되었지만 그래도 에이스는 에이스. 안산에서의 첫 승을 만들어 낸 골도 그의 작품이었고, 이별이 결정된 후 치른 마지막 두 경기에서도 꼭 필요한 한 골씩을 터트려 주었다. 그리고 이제, 팍팍한 구단 살림에 숨통을 틔워 줄 이적료를 안기고 간다.

앞서도 이야기했지만, 내가 성남FC를 나의 팀으로 고른 데에는 유망한 젊은 공격수의 성장을 지켜보고 함께하고 싶었던 마음도 한몫했다. 황의조 선수는 성남FC를 향한 내 마음의 방아쇠를 당기게 해 준 존재인 것이다.

이후 나의 첫 책인 맞춤법 책에 예문으로 "황의조 선수만 한 훌륭한 공격수는 흔치 않지!", "황의조 선수는 움직임도 좋은 데다가 슈팅도 잘한다." 같은 문장을 예문으로 잘도 써넣어 그 페이지에 포스트잇을 붙여 직접 선물하기도 했다. 국가대표에 처음 발탁된 날에는 그의 이름이 새겨진 유니폼을 입고 동네 마트와 술집을 휘저었고,(성남이 아니라 서울에서다.) 감격의 국가대표 첫 출전 때는 집 안에서 열심히 플래카드를 흔들었다. 그와의 추억이 머릿속을 차르르 스쳐 가고, 소주도 차르르 식도를 스쳐 갔다.

이런 선수를 보내는 일이 기쁠 턱은 없지만 그렇다고 침통함에 휩싸이거나 비탄에 젖은 것은 아니다. 축구 판에서 이별은 워낙에 잦은 일이기 때문이다. 작년과 올해의 선수단 변화만 봐도 얼마나 많은 선수들이 나가고 들어왔는지. 아무리 아끼던 선수라도 결국은 떠나보내지 않을 수 없는 때가 있다. 그래도 떠나야 할 그때가 요즘같이 분위기가 좋은 때니 얼마나 다행인가. 서포터스도 지난 부산 원정에서 걸개를 잔뜩 내걸어 그의 앞날을 축복했다. "잠시만 안녕, 성남의 ★", "아들아 사랑한다", "성남, 우리의 자랑 황의조" 등등.

나 또한 그의 밝은 미래를 기원하며 한 잔, 우리 팀이 그의 공백을 잘 메우기를 기원하며 한 잔, 그리고 나중에 그가 다시 우리 팀에 돌아와 주기를 바라며 또 한 잔……. 밤은 깊어 갔고, 일방적으로 보내는 석별의 정도 깊어 갔고, 취기가 올라오며 기억의 골짜기도 점점 깊어 갔다…….

경기장 한쪽 광장에서 열린 고별 행사에는 많은 팬들이 줄을 섰다. 아쉽고 흐뭇하고 고맙고 애틋한 표정의 얼굴과 얼굴들. 나도 그 얼굴들과 똑같은(하지만 숙취가 더해진) 얼굴로 아내와 함께 줄 끝에 섰다. 하도 들고 다녀 이제는 비닐이 쭈글쭈글해진 플래카드는 가방 속에 고이 몸을 뉘고 있었다.

이 플래카드로 말하자면, 마땅히 지칭할 단어가 없어서 플래카드라고는 했지만 실상은 A2 사이즈의 검정색 켄트지 일곱 장에 '멋', '진', '골', '의', '조', '직', '죠'를 한 글자씩 파내고 노란색으로 뒤를 댄 후 비닐을 씌운 것이다. 희한한 글자가 끼어 있어서 뭔가 하시겠지만, 글자를 조합하여 '멋진골의조'와 '의조 멋직죠' 따위를 만들 수 있는 초대박 아이디어 상품이자 보는 이마다 혀를 내두르는 역작이었다. 옆에서 호기심 어린 눈빛으로 쳐다보는 초등학생들에게 한 장씩 들려 주면 행여나 순서가 뒤바뀔세라 신중히 위치를 계산한 다음 신나게 함께 흔들어 주는 '워너 해브 아이템'이기도 했다.

포토 타임이 시작되었다. 황의조 선수는 팬들과 하이파이브를 하고 악수를 하고 함께 사진을 찍었다. 팬들의 휴대전화를 받아들고 함께 셀카를 찍는 그를 보고 있자니 (키워 보지도 않은) 다 큰 자식새끼를 처음으로 객지에 내보내는 기분이 든다. 경기장 밖에서 꺼내려니 조금 부끄럽긴 했지만, 점점 줄어드는 줄에서 그와 함께할 시간이 점점 줄어듦을 실감하고 용기를 내어 가방을 열었다.

드디어 나와 아내의 차례. 눈에 익은 플래카드를 손에 든 우리를 보고 황의조 선수는 쑥스럽게 웃었고, 나는 호방하게 다가가 "오늘은 직접 드시죠!"라며 그에게 '골' 자를 턱 안겼다. 아내가 '멋'과 '진'을, 내가 '의'와 '조'를 들고 그의 양옆에 서서 사진을 찍는 동안 둘러싼 팬들 모두가 흐뭇이 웃어 주었다. "가서도 건강하시고, 일본 가면 경기 보러 갈게요."라고 말하는데 코끝이 시큰거렸다. 그냥 돌아서기에는 아쉬운 마음에, 주책바가지 아저씨가 되는 것쯤은 감수하고 에잇 하며 그를 한 번 꼭 안고 등을 두드려 주고 나왔다.

스포츠 팬이라면 누구나 팀의 '레전드'를 원한다. 팀에서 아주 오래 뛰거나 조금 기간이 짧더라도 강력한 임팩트를 보여 준 선수 말이다. 이 자체도 쉬운 게 아니지만, 모든 선수 시절을 전부 한 팀에서 뛴, 그러니까 데뷔 팀에서 은퇴하는 '원클럽맨'이라면 가히 진골이라 할 만하다. 거기다가 유소년 팀 출신 원클럽맨이라면 성골쯤 되겠다.

그런데 이게 보통 어려운 일이 아니다. 일단은 프로 무대를 밟는다는 것 자체가 그렇다. 유소년 팀 출신으로 해당 성인 팀에서 어찌어찌 데뷔를 한다 해도, 실력으로 한 팀에서 몇 년씩 버틴다는 건 또 차원이 다른 문제다. 게다가 또 지나치게 잘하면 돈 많은 기업구단이나 해외 팀에서 더 많은 연봉과 이적료를 제시하며 러브콜을 보낸다. 지금의 황의조 선수처럼 말이다.

이탈리아의 SSC나폴리에서 뛰는 마렉 함식이라는 선수는 "돈은 머리에 왁스 바를 정도만 있으면 된다."라고 호쾌하게 말하며 팀에 충성을 바치고 있지만(하지만 그런 그도 2019년, 결국 중국 리그로 이적했다. 물론 충성심이 줄어서가 아니다. 나이가 들며 떨어지는 경기력과 나폴리에 안길 두둑한 이적료를 감안한 결정이었다.) 연봉 50억 받던 선수가 60억 받는 자리로는 안 갈 수 있어도 1억 받던 선수가 10억 받는 자리로는 안 가기 힘든 게 현실이다. 비단 돈 문제가 아니더라도 더 실력이 뛰어나거나 관중이 많은 리그에서 자신을 증명하고픈 마음, 새로운 무대에서 뛰어 보고 싶은 마음 같은 것들도 무시할 수 없을 것이다.

그러니 K리그의 모든 팀 팬들은 이별에 익숙하다. 우리 같은 시도민구단은 주로 기업구단에, 기업구단은 주로 일본, 중국, 중동 구단에 선수를 이적시키기 때문이다. 이별의 과정에서 서로 얼굴 붉히지 않고 아름답게 헤어지기를, 이곳에서의 시간들을 소중히 간직하고 가끔 우리를 떠올려 주기를, 그러다 늘그막에 기회가 닿으면 다시 만날 수 있기를, 혹시나 기회가 안 닿더라도 라이벌 팀으로만큼은 이적하지 않기만을 바랄 뿐. 그리고 여기에 우리 팀이 적당한 수준의 이적료까지 받을 수 있으면 금상첨화. 다행히 오늘의 이별은 이 모든 조건을 갖추고 있었고, 그렇기에 슬프지만 충분히 다정한 이별이었다.

▶ 팬을 찾아온 선수

비가 살짝 흩뿌리다 그치기를 반복하고 있었다. 가방에서 우비를 꺼내 주섬주섬 팔을 꿰었다. 지붕이 있는 관중석으로 자리를 옮기면 비도 안 맞고 시야도 훨씬 좋을 텐데, 선수들과 가장 가까이서 호흡할 수 있는 블랙존의 맛을 본 이후로 다른 좌석은 영 성에 차지를 않는다. 요즘 같은 장마철이면 우비는 숫제 휴대하고 다닌다.

비는 낮의 열기가 채 가시지 않은 초여름 저녁의 후덥지근함을 식혀 주어 반가웠고, 슬프지만 다정한 오늘의 기분에도 맞춤하여 기꺼웠다. 비 오는 날에는 응원 소리도 더 또렷이 들리고, 그 잔향이 옴폭한 경기장 안에 고여 웅성거리며 맴돌면서 경기장은 평소보다 더 운치 있는 극장이 된다. 오늘은 어떤 드라마가 펼쳐질지, 가벼운 흥분을 달래며 우비의 단추를 하나씩 똑딱, 똑딱, 채웠다.

경기가 시작되기 전, 갑자기 블랙존 저쪽이 술렁거렸다. 무슨 일인가 고개를 빼 봤지만 고개 뺀 뒤통수들만 줄줄이 보이는 통에 알 수가 없었다. 그런데 곧 사람들의 입을 타고 한 사람의 이름이 전해져 왔다. 이지민이래. 어? 이지민 왔대? 네? 이지민이라고요? 아, 이지민이 왔대요?

정말이었다. 팬들에게 둘러싸인 그의 모습이 언뜻언뜻 보였다. 그로 말할 것 같으면, 탄천의 왼쪽 측면을 단단히 누비는 우리 팀의 주전 풀백이자 팬들이 이름을 소리쳐 부르면 꼭 소리가 나는 쪽으로 고개를 돌리고 인사해 주는 살가운 선수다.(그게 귀엽고 재밌고 고맙고 좋아서 여러 번 불렀다.) 팀에 보탬이 되는 실력과 팀에 대한 애정 두 가지를 다 갖춘 선수가 팬에게 사랑받지 못할 이유가 무엇이랴? 덕분에 이 선수는 입단 반년 만에 팬들의 전폭적인 지지를 받고 있고, 나 또한 올해 유니폼에 그의 이름과 번호를 박았다. 그런 그가 경고 누적으로 출전하지 못하는 날, 이곳 블랙존을 찾은 것이다.

그런데 대체 왜? 김동준 선수의 난입에 자극받아서? 잠시 들러 팬들에게 인사하려고? 즉석 사인회라도 할 생각인가? 누구 아는 사람이라도 만나러 왔나? 나처럼 궁금했던 누군가가 옆에서 물어봤는지 그가 큰소리로 대답했다. "오늘 저도 같이 서포팅하려고요!" 팬들의 환호성이 울렸고, 그는 준비해 온 이온 음료를 일일이 나눠 주더니, 정말로 서포터스 한가운데로 들어가 자리를 잡았다.

감동적이었다. 다른 팀에서 이따금 이런 일이 있기는 했다. 포항스틸러스에서 뛰었던 오카야마 가즈나리라는 한국계 일본인 선수는 경기에 뛰지 못하는 날이면 직접 메가폰을 잡는 걸로 유명했다. 전북현대의 최철순 선수도 경고 누적으로 뛰지 못하는 홈경기에서 일일 콜리더(앞에서 구호를 선창하는 이)로 변신하여 팬들의 응원을 이끌었고, 대전시티즌에 몸담았던 장클로드라는 외국인 선수는 후반에 교체되어 나간 뒤에 벤치로 들어가지 않고 관중석을 넘어와 원정 응원을 온 팬들과 함께 서포팅을 하기도 했다.

우리가 이 행위에 환호하는 이유는 단순히 '팬 서비스'를 받았기 때문이 아니다. 그만큼 이 선수가 우리 팀을 사랑하고 있다는 것을, 또 그 마음으로 자신이 다할 수 있는 최선을 고민하고 실천하고 있다는 것을 실감해서다. '저 선수는 우리처럼 생각하고 우리처럼 행동하는구나.'라고 느낄 때 팬들의 마음은 깊어진다. 자기 마음과 같은 마음인 사람을 싫어할 사람은 없다. 오늘의 성남 팬들은 그야말로 신바람이 날 밖에.

오늘의 상대는 부천FC. 이기면 우리는 올 시즌 처음으로 플레이오프 마지노선인 4위에 오르게 된다. 아직 시즌이 많이 남았기에 4위라는 자리보다 중요한 것은 우리가 '이겨야 할 경기를 이길 수 있는 팀'이라는 것을 확인하는 일이었다. 안 그래도 마음을 단단히 먹을 수밖에 없는 이런 경기에, 황의조 선수가 떠나는 길에 승리의 카펫을 깔아 주고 싶고, 이지민 선수가 함께하는 길에 승리의 어깨동무를 하고 싶은 마음까지 겹치니, 여기에 운치 있는 비까지 오고 있으니, 모두들 가벼운 흥분에 젖어 얼굴이 발갛게 상기되었다. 킥오프 휘슬과 함께 막이 오르고, 우렁찬 응원 소리가 뻗어 나가 경기장을 한껏 뒤흔든 뒤 잔디 위에 사뿐히 내려앉았다.

0 대 0으로 맞은 하프타임. 아내와 함께 냉큼 이지민 선수에게 다가갔다. 날도 궂고 컨디션도 관리해야 할 테니 이쯤 하고 돌아갈 것 같아 얼른 사인을 받으러 간 것이다. 그날따라 내 유니폼을 뺏어 입고 있었던 아내가 등짝을 돌려 사인을 받는 영광을 차지했고, 나는 부질없이 "이게 원래 제 건데."라는 말을 네 번이나 했다. "이지민 최고! 최고! 고마워요!" 하며 양 엄지

를 치켜세우자 그는 "제가 더 감사하죠!"라고 대답하며 손을 꼭 잡아 주었다. 그러는 동안 황의조 선수는 경기장 트랙을 돌면서 관중석의 팬들에게 마지막 인사를 했는데, 앞으로 함께할 선수를 옆에 두고 여태껏 함께해 온 선수를 떠나보내는 마음은 뭉클하기 그지없었다. 마음도 운동화 밑창 따라 촉촉히 젖어 갔다.

후반전을 위해 양 팀 선수들이 그라운드로 나왔지만 이지민 선수는 여전히 자리를 지키고 있었다. "정말 끝까지 같이 있을 건가 봐.", "진짜 예뻐 죽겠네.", "저러다 감기라도 걸리면 어떡하지." 같은 대화를 흐뭇하고도 걱정스럽게 주고받고 있는데, 먼 쪽 골대에서 우리 팀 골망이 출렁였다. 난데없는 실점에 어안이 벙벙했지만(9경기 2실점쯤 하면 실점이란 게 얼마나 낯선 일인지. 홋!) 아직 시간이 많다며 마음을 다독였더니만 정말로 금세 추격골이 나왔다. 골과는 별 인연이 없던 터프한 수비형 미드필더 안상현 선수가 난데없는 골을 꽂아 넣고 포효했고, 비 내리는 극장은 거대한 환호에 뒤덮여 후끈 달아올랐다.

▶ 다른 존재와의 합일감

빗줄기는 점점 더 거세져 후반 20분쯤 되자 폭우라 불러도 손색없을 정도가 되었다. 경기장은 마치 노이즈가 낀 브라운관 같았다. 하지만 누구도 자리를 뜨는 이가 없었다. 도리어 우비의 앞섶을 더 단단히 조여 매며, 목소리가 비에 묻힐까 더 크게 내지르고 있었다. 이제 응원 구호와 가사가 입에 붙은 이지민 선수는 선창을 했다. 피치 위의 선수들은 투지 넘치게 몸을 던졌고, 팬들은 얼굴을 타고 흘러내리는 빗물을 훔치며 목청을 던졌다.

　모두가 기다리고 있었다. 폭우까지 모든 조건이 완벽해진 이 드라마에 방점을 찍어 줄 그것, 바로 역전골을 말이다. 지금의 분위기에서라면 나오지 않을 수가 없잖아? 안 그래도 달아오른 분위기를 더더욱 고조시키겠다는 듯 넣을 듯 넣지 못하고, 먹을 듯 먹지 않은 몇 차례의 기회와 위기가 지나갔다. "히익!", "으어어어!", "제바아아아알!" 따위의 탄식이 팬들의 숨을 가쁘게 했다. 짓궂은 주인공은 막 뒤에서 고개를 빼꼼 내밀었다 새침히 들어가길 반복했고, 경기도 감정도 모두 클라이맥스로 향하고 있었다. 긴장 때문에 아랫배가 살살 아파 왔다.

　그 순간, 우리 팀 골키퍼가 찬 공이 저 멀리서부터 붕 떠서 가까워지더니 정점을 찍고서는 사뿐히 조명탑 불빛 속에 내려앉았다. 마치 개기일식처럼. 그리고 그 순간, 나는 보이는 것과 들리는 것이 한 발자국씩 멀어져 있다는 걸 깨달았다. 이내 그라운드에 떨어진 공을 차지하기 위해 선수들이 몸을 맞부딪쳤지만, 눈앞에서 펼쳐지는 선수들의 허슬 플레이도, 귓가에서 울리는 팬들의 허슬 응원소리도 아득한 곳에서 보이고 들리는 느낌이었다. 나 홀로 투명한 작은 구 속에 들어가 있고, 그 안이 점점 따스한 물로 차올라 나를 붕 띄워 올리고 있는 것 같았다. 그리고 그 구 또한 허공으로 부드럽게 떠오르는 것 같았다. 그렇게 서서히 이륙한 작은 우주선 안에서 기분 좋은 백색 소음을 들으며 점점 더 작아지는 지상의 풍경을 바라보고 있는 것 같았다. 응원하는 자들의 러너스 하이(runner's high)가 있다면 이런 걸까?

그때의 감각과 감정은 지금도 정확히 설명할 수가 없다. 조금 두려웠지만 많이 황홀했고, 그 황홀함이 어디까지 갈지 두려우면서도 웃으며 몸을 맡길 수밖에 없는? 내 마음속 어느 공간과 나를 둘러싼 공간 모두가 꽉 찼는데 결코 그것이 위압으로 느껴지지 않는? 내가 체험자인 동시에 관람자이기도 한? 글쎄, 앞으로도 정확히 설명할 수 없을 것이다. 다만 내가 알고 있는 것은 이것이다. '혼자만의 공간'을 느꼈지만 그 공간은 '고립의 공간'이 아닌 '합일의 공간'이자 '충만함의 공간'이었다는 사실, 팀을 떠나는 선수와 팬을 찾아온 선수와 그들을 응원하는 팬과 또 그 팬을 위해 이를 악물고 뛰는 선수들, 이 모두가 하나 되어 빚어낸 것이었다는 사실.

자, 이제 그렇게도 뜸을 들이던 주인공이 나올 시간! 대체 얼마나 큰 환호를 받으려고 이렇게 많은 뜸을 들여 오셨어요그래. 정규 시간도 끝나고 추가 시간도 다 끝나 가는데, '에이, 이제 나오셔야죠. 어어? 그러다 그냥 끝나요. 아, 참, 정말 짓궂으시네. 자자, 얼른! 에헤이!' 하다가 결국…… 종료 휘슬이 울리고 말았다.

그래, 100점짜리 순간은 그렇게 쉽게 찾아오지 않지. 만약 여기서 골이 들어갔으면 누가 짠 것 같았을 거야, 그치? 이게 훨씬 더 자연스러워……. 괜찮아, 괜찮아. 4위 등극에는 실패했지만 성남FC를 만난 뒤로 '긍정적인 상호 관계'의 가장 높은 곳에 등극했잖아?

선수들도 퇴장하고 관중도 대부분 경기장을 빠져나간 후로도, 조명탑이 두어 개만 남기고 꺼진 뒤에도, 하지만 폭우만은 여전히 쏟아지는 중에도 못내 아쉬워 그라운드를 바라보며 한동안 서 있었다. 이기지 못해서 아쉽기도 했지만, 그보다는 오늘의 이 합일감을 언제 또 느낄 수 있을까 하는 아쉬움이 더 컸다.

다른 존재와의 합일감, 스피노자의 표현을 빌리자면 어려울 뿐만 아니라 드문 그것. 이토록 '고귀한' 감정을 선사해 주다니 이 정도면 '그깟 공놀이'에 이렇게까지 감정이 속수무책으로 좌지우지되어도 괜찮겠다 싶다. 삶은 그럼에도 찬란한 게 아니라 그럴 수 있음에 찬란해지는 건지도. 여전히 그라운드를 응시하고 있는 아내를 잠시 바라보다 문득 말했다. "그래도 이 맛에 축구 본다, 그치?" 아내는 가만히 고개를 끄덕였다.

　늑진해진 몸을 이끌고 집에 돌아와 샤워를 한 뒤에 집 앞 24시 감자탕 집에 간 건 당연한 수순. 팔팔 끓는 감자탕 국물이 몸을 뜨끈하게 감싸 안아 주었고, 찬 소주가 정신을 쾌청하게 두드리자 몸이 찌르르 떨려 왔다. 또 다른 합일의 경지, 이번에는 아내가 말할 차례였다.

　"그래, 이 맛에 축구 본다, 그치?"

▶ K리그 경기장의 좌석 운영

    탄천종합운동장의 가변석은 북측 골대 뒤에만 설치되어 있는데, 우리 팀의 상징색을 따서 '블랙존'이라고 불린다. 경기를 전체적으로 조망하기에는 조금 부족하지만, 선수들과 가장 가까이 있을 수 있다는 장점이 있다. 특히 이쪽 골대로 득점을 하고 포효하는 선수와 마주 포효할 때의 쾌감이란! 성남FC의 서포터스도 이곳의 스탠딩 구역(의자가 없이 손잡이만 달렸다.)에 서식 중이다.

    가변석이 있든 없든, 서포터스석은 골대 뒤에 위치하는 것이 불문율. 함께 모여 응원할 자리를 확보하려다 보니 사람들이 덜 앉는 골대 뒤로 향하게 되었고, 가장 시야가 좋지 않은 곳에서 가장 열렬히 응원한다는, 그리고 '뒤'에서 든든하게 팀을 받쳐 준다는 기분과 의미가 덧씌워져 지금의 방식이 된 것으로 추측된다. 아산과 안산처럼 골대 뒤 좌석을 운영하지 않는 경우를 제외하고는 모든 구장이 한쪽 골대 뒤를 서포터스석 내지는 응원석으로 운영 중이며, 반대편 골대 뒤에 원정팀 서포터스가 위치한다. 서포터스가 아닌 원정 팬들 역시 원정팀 서포터스와 같은 구역을 이용하게 된다.

    K리그의 경기장 대부분은 서쪽 면을 본부석으로 한다.(부산, 수원FC 정도가 예외다.) 그래서 K리그 팬들에게 'W석'은 본부석을, 'E석'은 그 맞은편 좌석을 가리키는 말로 굳었다. N석과 S석이 골대 뒤 좌석이며, 대체로 N석에 홈팀 서포터스, S석에 원정팀 서포터스가 자리하지만 동선 관리상 반대인 경기장들(광주, 대구, 대전, 울산, 인천 등)도 있다. 참고로 후반

에 자기 팀 서포터스 쪽으로 공격하도록 선공과 골대를 정하는 게 K리그의 암묵적인 룰이다.

W석은 선수들이 입장하는 쪽이기도 하고, 벤치와도 접해 있고, 지붕도 있어서 여러모로 관람 환경이 좋다. 그날 경기에 뛰지 못하는 우리 팀 선수나 여러 축구 관계자들을 만나거나 구경할(?) 수 있는 곳도 바로 이곳. 물론 티켓 가격도 가장 비싸다. 텔레비전 중계 시 화면에 잡히게 되는 맞은편의 E석은 W석과 완벽히 대칭되기에 시야 면에서의 불편함은 없지만, 경기 시간에 따라 햇빛을 마주하는 경우가 생긴다. W석보다 가격이 약간 싸다. N석과 S석의 가격은 그보다 더 싸고.

좌석이 촘촘하게 세분화된 구장도 있고, 일반석 티켓 하나로 어디에나 앉을 수 있는 구장도 있다. 가장 보편적인 E석 기준으로 기업구단은 10000~15000원, 지방 시도민구단은 7000~10000원 정도의 가격이 형성되어 있다. 멤버십 할인, 예매 할인, 도민 할인 등을 활용하면 그보다는 조금 더 저렴하게 즐길 수 있다. 잘나가는 구단일수록 치킨이나 피자, 맥주 등이 포함된 2인, 3인 테이블석 등 다양한 선택지가 존재하니 참고하도록 하자.

시즌권(연간 회원권)을 사면 매표소에서 줄을 서지 않고 바로 입장할 수 있는데, 매 경기 살 때보다 훨씬 저렴한 가격에 다양한 사은품(머플러, 달력, 응원 도구, 티셔츠, 지역 협력 업체 할인 쿠폰 등)까지 함께 제공하여 골수팬들의 필수 구매 아이템이다. 최소 18경기를 관람할 수 있으면서도 E석 기준 10~15만 원 선으로 구입이 가능하고, 싼 곳은 5~6만 원까지도 하니 혜택도 이런 혜택이 없다. 게다가 어린이 팬을 잡아 평생의 팬으로 만들겠다는 프로스포츠 구단들의 기본 마케팅 전략을 따라 어린이 시즌권 가격은 무척 싸서, 심지어 2~3만 원 하는 곳도 있다. 과연 이 어린이들이 이 고통스러운 오락을 얼마나 견뎌 내어 구단의 웅대한 포부에 부응할지는 모를 일이다. 파이팅이다, 어린이들!

좌석별 분위기는 '극성스러운 골대 뒤'와 '비교적 점잖은 W, E석'으로 구분해 볼 수 있다. 하지만 점잖다는 것도 어디까지나 '비교적'이라 상대 선수의 거친 플레이나 심판의 말도 안 되는 판정 등에는 모두가 한마음이 되어 야유를 퍼붓는다. 목청을 키우지 않아서 그렇지 "○○○을 대체 왜 안 넣는 거야", "그래, 달려, 달려", "스로인 빨리, 빨리" 등을 연신 외치거나 중얼거리는 W, E석의 남녀노소들을 보면(특히 잊을 수 없는 것은 양 무릎에 가만히 손을 올리고 앉아서 중얼대는 혼자 온 초등학생의 모습이다.) 그 선을 나누기가 더더욱 애매하다는 생각이 든다. 수원삼성을 응원하는 한 친구는 W석의 팬들을 가리켜 "저 양반들이 점잖은 게 아냐. 다 옛날에 서포터스로 한따까리씩 하던 양반들이 이제 늙고 지쳐서 90분 동안 서서 응원하는 게 힘드니까 저기로 옮긴 거라니까? 구단에 돈도 더 많이 써 줄 겸 해서."라고 말했다.

10여 년 전만 하더라도 E석에는 "이기는 편 우리 편, 골 들어가면 신난다." 식의 정서를 가진 팬들도 꽤 섞여 있었는데, 이제 지역 연고가 나름대로 잘 자리를 잡았는지 아니면 '라이트팬'이 떠나가서 그런 건지, 요즘에는 철저한 홈팀 응원 모드다. 대부분의 구단은 충돌을 방지하기 위해 원정팀 응원 구역이 아닌 곳에서 원정팀 유니폼을 입거나 응원하는 행동을 하면 제지한다. 혹시 원정팀을 응원하러 왔는데 W석과 E석의 시야를 도저히 포기할 수 없다거나 같이 보는 친구 때문에 피치 못하게 일반석에 앉게 된다면 조용히 관람해 주는 게 이 바닥의 예의.

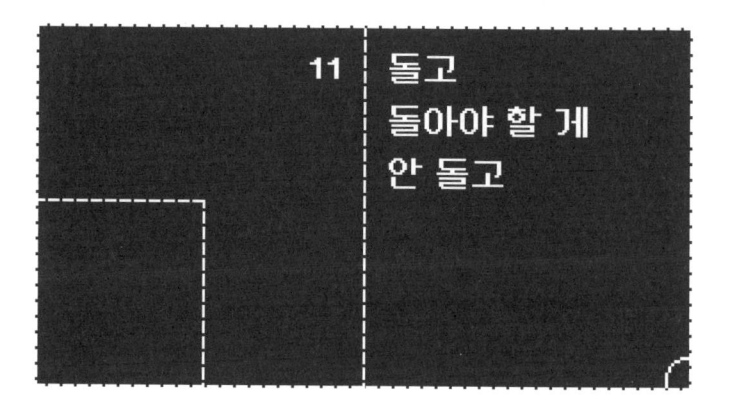

11 | 돌고
돌아야 할 게
안 돌고

▶ K리그 팬이 은행에 간 까닭

은행에 왔다. 은행에 오는 게 대수로운 일은 아니지만 이번 방문 목적은 약간 대수로운 게 사실이라 은근히 긴장하고 있었다. '딩동' 소리와 함께 손에 쥔 번호표의 숫자가 전광판에 깜빡였고, 마른침을 삼키며 창구로 한 걸음씩 다가갔다. 큰누님 뻘 되어 보이는 창구 직원이 미소를 띠며 "어떤 업무를 도와드릴까요."라고 물었고, 나는 차분히 대답했다.

"저…… K리그 팬사랑 적금이라고…… 가입하러 왔는데요."

그녀는 베테랑 직원답게 미소를 잃지 않았지만, 나 또한 만만찮은 베테랑 K리그 팬답게 그녀의 얼굴에 스쳐 간 당혹감을 포착해 냈다. 이런 상품이 출시되었다는 공지를 조회 시간에 들은 적 있는 것 같긴 한데, 누군가가 내 담당 창구에 와서 'K리그 팬사랑 적금'이라는 단어를 입 밖으로 낼 수 있다고는 상상조차 해 보지 못한 얼굴이었다.

충분히 예상했던 바다. 애초 준비했던 대사 "K리그 팬사랑 적금 가입하러 왔는데요."에 '저⋯⋯'를 붙여 뜸을 들인 것도, '이라고⋯⋯'를 붙여 '그런 게 있다고 하더라마는'이라는 겸양의 의미를 더한 것도 다 그 때문이다. 나의 이 노련하고 세심한 배려가 아니었더라면 그녀의 눈동자는 얼마나 더 크게 흔들렸을지.

하지만 당혹감을 잘 숨기는 것과 업무를 잘 처리하는 것은 또 다른 문제. 그녀는 "아아, 네에. 잠시만요." 하며 재빨리 키보드를 두드리기 시작했지만, 그렇게 구렁이 담 넘어가듯 처리할 수 있는 종류의 일이 아니라는 걸 파악했는지 이내 솔직한 속내를 털어놓았다. "아유, 이것 참! 고객님이 처음이셔서 저도 좀 차분하게 읽어 봐야겠네요!" 괜스레 미안해하던 내 입장에서도 반가운 말이다. "아유, 예! 얼마든지요!" 그렇게 우리는 조금은 편안한 침묵의 시간을 가질 수 있었다.

창구에 앉아 있자니 축구 때문에 계좌를 만들러 온 나도 참 나다 싶다. 살다 살다 축구 때문에 계좌까지 개설하다니! 하기야 살다 살다 축구팀에 입사 원서도 써 봤는데 이 정도야 대수랴 싶어 홀로 뿌끗한(뿌듯하고 부끄러운) 미소를 짓다가 갑자기 흐릿한 기시감이 스쳐 갔다. 어엇? 지금의 나, 왠지 낯익은데? 뭐지? 뭘까? 뭔데? 그러다가 곧 깨달았다. 나는 예전에 축구 때문에 계좌를 해지하러 은행에 온 적이 있었다는 사실을······.

때는 2006년, 그러니까 2부리그가 만들어지기 7년 전의 일이다. 승격과 강등을 통해 긴장감도 높이고 팀 수를 늘려 저변도 넓힐 2부리그 창설은 진작부터 축구계의 오랜 화두요, 팬들의 희망이었다. 연맹이 "내년엔 기필코!" 하며 팔을 걷어붙였고, 실업팀들로 운영되는 내셔널리그의 우승 팀에게 K리그 참가권을 주는 식으로 일을 진행하려 했다. 하지만 그해 우승을 차지한 국민은행축구단은 이런저런 핑계를 대다가 결국 K리그 참가를 거부했고 승강제의 꿈은 물거품이 되었다.(이듬해 우승 팀인 울산미포조선도 K리그 승격을 거부하면서 내셔널리그의 2부리그화는 유야무야되고 말았다.)

국민은행 입장에서는 합리적인 결정이었을 것이다. 다른 기업도 아니고 은행인데 오죽 계산기를 잘 두드려 보았겠는가. 딱히 바라지도 않았던 프로화를 하면 운영비는 확 뛸 텐데, 그걸 메울 대책은 없어 보였을 것이다. '참가권'이라고 하지만 사실상 강제였고, 연맹도 적절한 당근을 제시하지 못한 채 다소 막무가내이긴 했다.

국민은행의 결정이 이해가 가는 한편으로, 어쩔 수 없이 화도 났고 아쉬움도 컸다. 말 바꾸기와 언론 플레이에 대해서는 화가 났고, '대승적 결단'을 내려 주지 못한 데 대해서는 아쉬웠다. 물론 대승적인 건 강요로 얻어 내서는 안 되는 것이 세상의 도리! 하지만 모든 선택에는 대가가 따르는 것이 또한 세상의 이치! 나는 국민은행 계좌를 해지함으로써 축구팬으로서의 의사 표현을 하기로 했다. 당신들의 선택에 이 정도 대가는 감수하라는 메시지를 던지기로 했다.

그때도 이렇게 축구 때문에 은행 창구에 앉아 있었지…….
해지 절차가 마무리되기를 기다리며 이런저런 상상을 했던 게 떠오른다. "고객님, 특별한 사유라도 있으신가요."라고 물어 올까? 그러면 "국민은행축구단의 K리그 승격 거부에 항의하는 의미에서입니다."라고 당당하게 대답해야지! 한데 막상 그럴 생각을 하니 엄청 유난스러워 보이잖아? 얌마, 그래도 여기까지 왔으면 할 말은 해야지! 흠, 그럴 거면 물어보기 전에 말하는 게 더 멋지지 않나? 그나저나 물어보긴 할까? 먼저 말한다면 서두를 어떻게 떼야 하지? 그럼 직원은 어떤 표정을 지을까? 말해 봐야 괜히 직원만 괴롭히는 거 아닐까? 소심함에 가로막혀 손거스러미만 뜯어 대는 동안 "해지 처리되었습니다."라는 말과 함께 마그네틱이 뜯긴 통장을 돌려받았고 "감사합니다. 안녕히 계세요." 하고 퍽 예의 바르게 인사하고 물러나왔더랬다.

추억을 곱씹는 동안에도 내 앞의 직원분은 미간을 찌푸리고 열심히 마우스를 스크롤하고 있었다. 예, 쉽지 않으시지요. 수고가 많으십니다. K리그를 보는 제 마음은 항상 그렇답니다……. 얼마 전 '이대호 효과! 가을 야구 정기예금 2000억 원 완판!'이라는 기사 헤드라인을 본 게 떠올랐다. 그 상품에 가입하러 간 사람들은 "마! 가을 야구 함 해 봅시데이!"라고만 이야기해도 직원이 알아서 척척 해 주겠지……. 아, 안 돼! 또 피해 의식이 흘러나오려고 해!

이윽고 직원이 고개를 들었고, 이때부터는 진정한 베테랑 직원의 면모를 발휘해 주신 덕에 차근차근 절차를 밟을 수 있었다. 적금 통장 하나 만들면 끝일 줄 알았는데 생각보다 귀찮은 게 많았다. 계좌 이체를 할 예금통장도 따로 개설해야 했고, 쓸 일 없을 체크카드도 만들어야 했고, 스마트폰에 앱을 깔아야 했고, 인터넷뱅킹과 연동도 해야 했다. 마치 K리그 팬이 되는 데 넘어야 할 여러 문턱을 상징하기라도 하듯이.

딱히 금리가 높은 것도 아니었다. K리그 입장권 30% 할인이라는 혜택이 있긴 하지만, 시즌권을 가진 내게는 별 쓸모가 없다. 원정경기에서나 혜택을 볼까 했더니 대부분의 구단이 원정 응원석에는 할인을 해 주지 않아 쓸모없긴 매한가지였다. 마치 여러 문턱을 넘어 K리그 팬이 되어 봤자 딱히 얻을 만한 실리는 없다는 현실을 상징하기라도 하듯이.

인터넷으로 미리 알아보고 간 터라 사실 이 소소하고 무용한 혜택들에 대해 알고 있었음에도 굳이 걸음을 한 것은, 'K리그'라는 타이틀을 달고도 장사가 될 수 있다는 것을 보여 주기 위해……까지는 아니고 K리그 타이틀을 달고 남부끄럽지는 않아야 할 텐데 하는 마음 때문이었다. 내가 붓는 한 달 5만 원 때문에 남부끄러운 일이 남부끄럽지 않아질 리 없다는 건 잘 알고 있었지만, 뭐라도 하나 보태야 '나'부끄럽지 않을 것 같았다. 게다가 이 은행, 다들 기피하기 바쁜 '리그 타이틀 스폰서'를 올해부터 3년 동안 맡기로 했다. 옹색하나마 작은 감사라도 표하고 싶었다.

그렇게 나는 기본 금리에 내 응원 팀의 시즌 최종 순위와 리그 우승 팀을 맞추면, 그리고 경기장에서 앱을 실행해 증강현실 쿠폰을 잡으면(「포켓몬GO」처럼 말이다.) 금리가 가산되는 아주아주 귀여운 적금의 주인이 되었다. 적금 못지않게 귀여운 접이식 부채도 받아 왔다. 뿌듯하다고 해야 할지 허탈하다고 해야 할지 모를 기분으로 집에 돌아와 아내와 낮술을 마셨다. 그래, 이 맛에 K리그 보지…….

▌ 조촐한 리그, 조촐한 인생

그토록 바라던 승강제를 쉽게 실시할 수 없었던 사정도, 국민은행축구단이 승격을 거부했던 사정도 결국 돈 때문이다. K리그 판에는 돈이 돌지 않는다.(10년 넘게 몸담고 있는 출판계 또한 맨날 '단군 이래 최대 불황'이라니 이건 숙명인가 취향인가!) K리그는 관중이 적으니 돈이 안 붙고 돈이 안 붙으니 선수들도 떠나고 선수가 떠나니 관중도 들지 않는 악순환에서 좀체 벗어나지 못하고 조촐하게 돌아가고 있다.

K리그 팀 중 가장 많은 돈을 쓰는 전북현대가 한 해 300억원 남짓을 쓴다. 우리 성남FC의 올해 예산은 120억 정도. 메시의 2016년 세후 연봉이 275억 정도라는 걸 생각하며 잠시 눈물을 닦자. 그래도 한편으로는 이 구단들이 어디서 용케 돈을 얻어 오는지를 생각하면 이마저도 용하다는 생각도 든다.

프로 구단은 관중 입장 수입, 스폰서를 통한 광고 수입, 중계권 판매 수입, 유니폼 등의 물품 판매 수입, 이적료 수입 등으로 돈을 번다. 입장 수입부터 살펴보자. 1만 명이 1만 원씩 내면 1억 원이니, 한 해 홈경기가 스무 번이면 20억 원이다. 한데 작년에 한 경기 평균 관중이 1만 명을 넘긴 팀은 K리그 22팀 중고작 세 팀이고, 할인권이나 시즌권을 감안하면 1만 원도 터무니없이 높은 셈법인지라 실상은 5억도 못 버는 팀이 태반이다.

특히 2부리그의 경우는······ 각자 알아서 조사해 보도록 하자.

보는 눈이 적은데 스폰서가 매력을 느끼겠는가. 가슴팍에 우리 회사 로고 좀 달고 뛰어 달라고 외국 축구팀에 돈다발을 들고 줄을 서는 한국 기업들은 초특가 판매 중인 K리그 팀 유니폼 가슴팍은 본체만체한다. 유니폼 협찬, 경기장 내 광고판, 텔레비전 광고 모두 마찬가지. 국가대표팀 스폰서를 두고 치열하게 경쟁하는 양대 글로벌 스포츠 기업 아디다스와 나이키는 K리그에서 거의 발을 뺐다. 리그 타이틀 스폰서도 구하기 힘들어서, 오늘 적금을 가입한 은행이 나서 준 덕에 올 시즌 K리그가 '2017 KEB하나은행 K리그'로 불리게 되기 전까지는 한 정유사가 6년이나 맡아 주었는데, 그마저도 프로축구연맹 총재가 회장으로 있는 회사였다······.

중계권료는 말을 말자. 잉글리시 프리미어리그나 월드컵 등을 중계하기 위해 천문학적인 돈을 내고 중계권을 사 오는 한국 방송사들은 K리그 중계에는 시큰둥해서, 되레 방송국에 돈을 줘 가면서 중계를 읍소하는 형편이다. 물론 K리그 중계권을 사 갈 외국 방송사가 딱히 있는 것도 아니다.

구단 상품 판매로도 수익은 신통치 않다. 그나마 좀 팔리는 유니폼 말고는 상품 구성은 열악하고, 만들어 달라고 강력히 주장하기도 뭐한 것이 이런 종류의 취미 생활에 지갑을 여는 문화가 별로 발달하지 않아서 막상 만들면 또 안 팔리기 때문이다. 기념할 만한 일이 있을 때 내놓는 한정판 티셔츠조차 다 못 파는 경우가 많은데,(특정 선수를 축하하기 위한 한정판이 안 팔리면 그 선수를 볼 때마다 너무 미안해진다…….) 물량이 한정되어서 한정판이 아니라 살 사람이 한정되어서 한정판인 모양이다.

구단끼리 서로의 주머니 사정을 뻔히 아니 이적료 수입도 마땅찮다. 황의조 선수처럼 해외 진출을 할 때나 그나마 큰돈이 오가는데, 이런 선수가 나오는 건 한 팀에서 몇 년에 한 번 있을까 말까 한 실정.

아, 우승 상금이란 것도 있지. 1년 내내 40경기 가까이 치러 가장 높은 위치에 오른 보상이 고작 5억이다. 멀리 유럽까지 갈 것 없이 이웃 J리그의 우승 상금은 30억(연맹에서 지급하는 추가 지원금을 합하면 200억 이상), 중국 슈퍼리그의 우승 상금은 300억 원이라는 말까지만 하자.

축구가 점점 더 세계화되고 빈익빈 부익부 현상이 심해지면서, 유럽 중소 규모의 리그들도 이보다 사정이 크게 낫다고 보기는 힘든 게 사실이다. 이런 리그들은 빅리그에 선수를 공급하면서 유지되는 '셀링 리그'로 부지하는 경우가 많다. 하지만 우리나라 정도의 인구와 경제 규모와 사회적 시스템과 축구 인프라를 갖추고도 축구 산업이 이렇게까지 초라한 건 확실히 좀 심각해 보인다.

'산업으로서의 K리그'가 이러할지니, 모든 구단이 적자를 보면서도 모기업 홍보 효과나 시도민 화합 등을 명분으로 겨우 지탱하고 있는 형편이다. 한편으로 이는 곧 이 분야가 수많은 사람들의 열정과 애정에 기대어 겨우 굴러가고 있다는 말과 다르지 않겠다. 물론 열정과 애정은 중요하지만, 마땅히 산업이어야 할 분야가 거기에만 의존하면 잘 돌아갈 턱이 있겠는가.

프로스포츠는 독특한 구석이 있는 상품이다. 자본주의 논리하에서 팬이란 두말할 것 없이 '소비자'다. 하지만 다른 물건을 쓰면 그만인 세상에서 이토록 충성스럽고 물건의 품질에 집착하는 소비자가 어디 흔한가. 물건 좀 제대로 만들라고 고함을 치고 시비를 걸고 심지어 울기까지 하면서 그 물건을 고집한다. 그런 의미에서 이들은 어쩌면 자신이 속한 공동체를 떠날 형편이 못 되는 '유권자' 내지는 '국민'에 더 가까운지도 모르겠다. 또 그렇게 해서 얻고자 하는 것이 어떤 실용적인 이익이 아니라 기쁨이나 아름다움이라는 점에서 이들은 축구라는 예술의 '후원자'일지도 모른다.(구소련의 작곡가이자 축구광인 쇼스타코비치는 진심으로 축구를 '군중의 발레'라고 표현했다.)

팬들이 소비자이자 유권자이자 후원자라면, 선수는 노동자이자 공무원이자 예술가쯤 될까? 구단은 기업이자 정부이자 기획자쯤 되겠다. 그렇다면 프로스포츠란 산업이기도 하고, 민주주의이기도 하고, 예술이기도 할 것이다.

이러한 정체성들이 뒤엉켜 있다는 점이 바로 프로스포츠

의 매력 아닐까? 그리고 이 '판'에서 해야 할 일과 풀어야 할 숙제가 너무도 많고 복잡한 이유가 아닐까? 산업이기에 효율성을 따져야 하고, 민주주의이기에 절차와 형평성을 따져야 하며, 예술이기에 작품성 또한 따져야 한다. 어느 정도 충돌하지 않을 수 없는 이 가치들을 적절히 조화시키기란 분명 쉬운 일이 아니다. '고객'들이 바라는 바도 제각각이고 훈수 두는 사람도 많아 갈팡질팡하기 십상이다.

이런 어려움들을 이해야 한다마는, 그것이 축구협회와 프로연맹과 구단들의 면죄부가 될 수는 없을 것이다. 도리어 묻고 싶다. 이 조건들을 몰랐느냐고. 그러한 조건 아래서 K리그의 비전이란 무엇이며, 그러한 비전 아래서 K리그는 어떻게 벌어먹고 살 거냐고. 돌고 돌아야 할 돈 대신 돌고 있는 팬들의 머리가 안 보이느냐고.

▶ 의리, 그것은 팬들의 몫

머리가 돌고 돌다가 아예 정신줄을 놓아 버린 팬들은 오늘도 열심히 코 묻은 돈을 내고 있다. 내가 본 K리그 팬들은 각자의 주머니 사정 안에서 팀에게 최대한 돈을 갖다 바치려고 애쓰는 이들이었다. 사비를 들여 원정경기를 다니는 것은 구단에 직접 돌아가는 돈이 없으니 그렇다 치더라도(물론 그렇게 치고 말기에는 이조차 엄청나게 정성스러운 일이지만) 시즌권의 할인 혜택을 마다하고 매 경기 입장권을 사서 들어오는 사람도 있고, 심지어 시즌권을 사 놓고도 굳이 입장권을 사서 들어오는 별종도 있다. 모두 구단 살림살이에 보탬이 되려는 마음에서다. 스포츠 웹툰 작가 S 씨는 구단 유니폼 디자인에 참여한 대가로 감사패와 함께 황금으로 된 평생 시즌권을 선물받았는데, "나에게서 매년 시즌권을 사는 기쁨을 뺏지 마라."라며 질색하며 안 받고 도망갔다.

D 씨는 성남FC 스토어의 우수 고객이다.(실제로 등급이 있진 않다.) 한 시즌에 유니폼 두세 벌은 기본. 머그컵도 사고, 텀블러도 사고, 가방도 사고, 배지도 사고, 스티커도 사고, 트레이닝 셔츠도 산다. 선수 특별 한정판 티셔츠도 사고, 2014년 FA컵 우승 기념 티셔츠는 입을 것도 아니고 딱히 줄 곳도 없으면서 다섯 장을 사서 쟁여 두었는데, 얼마 전에 나한테 한 장 선물로 줬다. 돌고 돌아야 할 돈은 안 돌고 선물은 잘도 도네, 돌아가네.

경기 날이면 경기장 안에 먹거리 부스가 열리는데, 지난 2016년에는 성남 시내 재래시장에서 맛집으로 알려진 곳들을 모셔 와 꽤 반응이 좋았다. 하지만 그 맛집들 입장에서는 그냥 시장에서 장사를 하는 게 더 수지가 나았던 모양인지, 시즌 중반을 넘어가자 은근슬쩍 문을 안 여는 집이 늘어 갔다. D 씨는 경기력도 이 모양인데 경기장에 맛있는 거라도 있어야 사람들이 그나마 기분 좋게 찾아올 테니 이 가게들이라도 붙들어 놔야 한다며, 그리고 상인들에게도 성남FC와 관계를 맺으면 실질적인 도움이 된다는 인식을 확대해야 한다며, 이왕 먹는 간식을 대부분 축구장에서 해결했다.

이뿐인가. 우리에게 유니폼을 제공하는 스폰서 브랜드 '엄브로'가 경기장 앞에서 할인전을 열면 꼭 뭘 산다. 성남일화 시절부터 이어져 온 '유니폼 잔혹사'에서 우리를 구원해 준 고마운 브랜드를 위해 기꺼이 지갑을 여는 것이다. 계약이 만료되어도 부디 우리를 굽어살피시어 재계약에 임해 주시고 계속 함께해 달라고 말이다.

정도의 차이가 있어서 그렇지 D 씨뿐 아니라 다른 팬들도 제각기의 방식으로 지갑을 열 기회를 호시탐탐 노린다. 그래 놓고 다른 팬들이 자기가 안 사는 걸 사면 장난조로 이렇게 말한다. "호구네, 호구야.", "저걸 누가 사나 했더니, 쯧쯧." 요즘 '손님'이 아니라 '손놈'이 문제라는데 이 정도면 '손갓' 정도로는 불러도 되지 않을까.

유니폼 이야기에 광주FC 팬 친구가 빠질 수 없다. 그는 자기 팀에 유니폼을 공급해 주는 중소 스포츠 브랜드 '조마'의 몇 개 있지도 않은 오프라인 매장을 굳이 검색해서 찾아갔다. 고마운 곳에는 인사라도 드려야 한다는 반박할 수 없는 명분에, 인사도 받을 사람이 준비가 되어 있어야 하지 않겠느냐는 말은 차마 하지 못했다. 그곳에서 친구는 트레이닝복이니 집업 따위를 이것저것 산 뒤 동대문에서 직접 제작한 광주FC의 엠블럼을 박아 자신만의 '굿즈'를 완성했다. 여기까진 훌륭했는데, 단독 매장도 아니고 여러 브랜드를 함께 파는 그 매장에서 쇼윈도의 마네킹에 광주FC 유니폼 좀 입혀 달라고 읍소하다 못해 생떼를 쓴 건 아무래도 좀 심했다 싶다. 참고로 이 친구에게 광주 유니폼은 거의 '피부' 수준이라 그의 SNS에는 온통 광주 유니폼을 입고 찍은 사진뿐이다. 식탁에서, 카페에서, 봉하마을에서, 마추픽추에서……. 심지어 운전 면허증 사진과 여권 사진마저 그 모양이다!

K리그 팬 커뮤니티에서 이런 게시물을 본 적이 있다. "저는 주유할 때 꼭 현대오일뱅크만 가요. 그렇게라도 고마움을 표시하고 싶어서요. 주유원 분들께도 'K리그 스폰서 때문에 왔어요.'라고 이야기하고요." 그래, 지난 6년 동안 리그 타이틀 스폰서를 맡아 준 바로 그 정유 회사 이야기다. 의리를 알고 생활 속에서 이를 지키는 훌륭한 자세라고 생각했지만, 주변 사람들에게서(심지어 주유원들에게도) 얼마나 유난스러운 사람 취급을 받고 있을까 싶어서 조금 찡하기도 했다.

올 2017년 초에는 SNS에서 '제수매'라는 독특한 이름의 캠페인이 벌어졌다. 수원삼성이 매일유업을 마킹 스폰서로 유치하자 '제발 수원 팬이면 매일우유 먹읍시다.'라며 시작된 캠페인이다. 매일매일 매일우유를 먹으며 매일매일 인증샷을 올리는 이들이 매일매일 많았는데, '치맥'이냐 '치소'냐를 고민하셔야 할 것 같은 양반들이 우유를 마시고 인증샷을 올리니 썩 귀여운 구석이 있었다.

그 캠페인에 열심히 참여한 이들 중에는 라이벌인 FC서울의 모기업 GS가 운영하는 편의점과 주유소는 안 간다는 독종들도 더러 있었다.(그들은 수원의 홈구장 근처에 있는 편의점에서 FC서울 광고가 스크롤되고 방송이 울려 퍼지는 현실이 개탄스럽다!) 물론 FC서울 팬들은 그 편의점과 주유소를 일부러라도 더 갔고 말이다. 프로야구 팬들끼리 라이벌 팀의 과자나 아이스크림을 사지도 먹지도 않았던 1990년대를 겪었기에 그리 낯선 풍경은 아닌데, 그때야 다들 그런 걸 알아주기라도 하고 즐기기라도 했지, 지금 K리그 팬들의 그것은 홀로 비장한 모양새라 애잔한 마음이 앞선다.

외국의 경우, 스폰서에 대한 충성 혹은 실력 행사는 꽤나 끗발이 세다. 예컨대 스코틀랜드 리그의 최대 라이벌 셀틱과 레인저스의 경우, 둘 중 한 곳에만 후원을 했다가는 다른 쪽에서 들불과도 같은 불매운동이 일어나기 때문에 한쪽의 스폰서가 되려는 기업은 다른 팀에도 똑같은 금액, 똑같은 형태로 후원을 한다. 전쟁과도 같은 경기를 벌이는 두 팀의 가슴팍에 똑같은 맥주 회사 로고가 사이좋게 달려 있는 이유다.*

K리그 팬들 대부분은 스폰서에 대한 충성도가 썩 높지 않다. 하지만 이게 팬들의 잘못만은 아닌 것이, 기업이 계산기를 두드려 후원을 하는 게 아니라 구단과의 원만한 관계를 위해 후원을 하다 보니 딱히 노출이나 매출 증대에 목을 매지도 않고, 팬들 입장에서 소비할 만한 물건도 마땅치 않기 때문이다. 올해 성남FC의 메인 스폰서만 해도 대학 병원, 건설사, 농협 등인데, 대학 병원을 갈 정도로 일부러 크게 아플 수도 없는 노릇이고, 아파트 같은 일생일대의 소비에(그것도 할 수 있을지 없을지도 모르는 소비에) 스폰서까지 고려하는 건 난이도가 너무 높다. 아, 농협은 홈페이지에서 찾아보기 전까지는 스폰서인 줄도 몰랐는데, 아마 성남시의 시 금고를 맡은 금융기관이어서일 것으로 추정된다.

연맹이나 구단이 소비자들이 편하게 선택할 수 있는 품목을 생산하는 후원사들을 적극 유치했으면 좋겠고, 팬들도 똘똘 뭉쳐 그 회사의 제품을 써 줬으면 좋겠다. IT 기업이 많은 성남시의 특성 때문에 유명 포털 사이트가 후원해 줬으면 좋겠다는 팬들의 바람이 드높은데, 물론 그것도 좋지만 나는 일상 소비재를 파는 기업들이 많이 후원을 해 줬으면 좋겠다. 라면이라든가 시리얼이라든가 칫솔이라든가, 음, 또…… 만두라든가?(그런

---

* 박재림, 『축구에 대한 모든 것 4: 팬』, 36쪽 참조.

점에서 우유, 커피, 치즈, 분유 등의 라인업을 갖춘 매일유업은 얼마나 훌륭한 파트너인가!) 그리고 그게 잘 뿌리내린 뒤에 좀 더 작은 지역 업체에도 팬들이 '화력 지원'을 해 줄 수 있으면 좋겠다.

우리 팀에 직접 돈을 쓰는 것도 물론 좋은 일이지만, 이렇게 내 팀을 돕는 곳을 돕는 건 돈도 돌게 하고, 마음도 돌게 하고, 의리도 돌게 한다는 점에서 좀 더 파급효과가 크지 않을까 싶다. 그리고 그러한 움직임들이 리그 전체의 판돈을 돌리고 키우는 데도 도움이 되지 않을까.

아내랑 이런 따위의 이야기를 주고받다가 통장을 펼쳐 첫 페이지를 보니 '성남FC 팬사랑 적금'이라는 글자가 쓰여 있기에 물끄러미 바라보았다. 사랑을 적금처럼 쌓아 두는 건 어떤 기분일까? 하지만 역시 사랑은 마음속에 쌓아 두는 것보다는 표현하고 나누어야 제맛이다. 무릇 관계라는 것은 돈도 쓰고 시간도 써 가면서 마음을 표현할 때 풍성해지지 않는가.

이 글을 쓰다가 퍼뜩, 말로만 이럴 게 아니라 한 번 더 행동을 하자는 생각이 들어 다시 은행에 갔다. 아, 아니다, 이 문장은 다시 써야겠다. 이 글을 쓰다가 퍼뜩, 말로만 이럴 게 아니라 한 번 더 행동을 하자는 생각이 들어 'K리그의 빛이자 이 땅 K리그 팬들의 등불인 킹갓엠퍼러제너럴마제스티 KEB하나은행'에 다시 갔다. 비상금을 탈탈 털어 통장을 하나 더 개설했다. "K리그 스폰서 맡아 주어서 고맙습니다."라는 말까지는 차마 입이 안 떨어졌던 것은 이쯤 되면 이해해 주시리라 믿는다.

그나저나 이 'K리그 팬사랑 적금', 한 달 뒤에 아무리 검색해 봐도 '완판' 기사는커녕 판매액이 얼마인지, 가입자 수가 얼마인지도 도통 나오지를 않는다. K리그, (돈도 없이) 어디로 가는가.

▶ K리그의 구단 유형

K리그 구단은 운영 주체에 따라 크게 세 종류로 구분할 수 있다. 기업이 직접 운영하는 기업구단, 지방자치단체가 운영하는 시도민구단, 군경당국과 지자체가 협력하여 운영하는 군경구단이 그것이다.

당연한 이야기지만 모기업의 지원을 받는 기업구단이 자금 사정 면에서 더 나을 수밖에 없다. 하지만 아무리 돈을 쏟아부어도 그만한 홍보 효과가 나지 않아서인지 대부분의 기업구단이 '투자 효율화'를 명분으로 지원금을 줄이며 K리그의 시장이 많이 쪼그라든 것이 사실이다. 그 와중에 거꾸로 투자를 늘렸던 전북(현대자동차)의 성공은 어쩌면 당연한 순리겠다. 그에 자극받은 울산(현대중공업) 또한 투자를 늘려 가는 추세. 자본이나 매출 규모로 봤을 때 프로축구팀 운영을 해도 되나 싶은 부산의 현대산업개발까지, 현대가(家)는 이러니저러니 해도 한국 축구에 큰 도움을 주고 있다.(여자 축구 WK리그의 인천현대제철, 내셔널리그의 울산현대미포조선도 있다.) 포항과 전남을 운영하는 포스코 역시 마찬가지.

수원삼성(제일기획), FC서울(GS그룹), 제주유나이티드(SK그룹) 역시 기업구단이다. 1995년 수원삼성의 창단 이후 줄창 시도민구단만 만들어지다가 2014년, 무려 19년 만에 기업구단 서울이랜드FC(이랜드그룹)가 창단된 것은 기업들이 K리그에 진입하기를 얼마나 꺼리는지를 잘 보여 주는 단면이다. 2019년 현재 이렇게 아홉 개의 기업구단이 운영 중이다.

한편 2000년대 초반, K리그의 양적 확대에 큰 몫을 한 것이 바로 시도민구단이다. 최초의 시민구단은 2002년 창단된 대구FC. 창단 연도는 대전시티즌이 1997년으로 앞서지만, 당시에는 기업 컨소시엄 형태의 구단으로 출발했고 시민구단으로 전환된 것은 2006년이었다. 창단순으로 대전, 대구, 수원FC, 인천, 부천, 광주, 안양, 성남(기업구단에서 전환), 안산까지 아홉 개의 시민구단과 경남, 강원 두 개의 도민구단이 있다. 기업구단과의 자금 싸움에서 밀리다 보니 성적에서도 밀리기 일쑤라 하위권과 2부리그를 오가는 팀이 많다.

시도민구단은 많지 않은 예산의 많은 부분을 지자체의 지원금에 기대는데, 구단주인 시장/도지사가 선거로 바뀔 때마다 홍역을 치르는 경우가 많다. 구단주 개인이 축구와 팀에 가진 애정에 따라 팀 분위기도, 예산도 널을 뛰기 때문이다. 게다가 구단주가 자기 선거를 도와준 인사를 대표이사 자리에 낙하산 태워 내려보내기까지 하면 그야말로 답이 없다. 어느 정도 독립적인 자금력과 행정력을 갖추는 일이 시도민구단의 시급한 과제인데, 물론 말이 쉽다.

K리그에 독특한 형태의 구단인 군경구단으로 상주상무(군)와 아산무궁화(경찰청)가 있다. 물론 전 세계적으로 군 축구팀이 없는 건 아니지만 징병제 국가의 군 팀이 '프로리그'에 참여하는 건 흔치 않은 일이다. 어쨌든 한창때의 선수들이 축구를 그만두지 않고도 군 생활을 할 수 있다는 점에서 선수들 개개인에게는 굉장한 혜택이고 한국 축구의 인재 관리에도 큰 자산. 하지만 기껏해야 2년씩밖에 머물 수 없는 선수들, 그것도 몸 사리다가 무사히 전역하는 게 목표인 선수들(이걸 누가 욕하랴!)로 운영되는 팀이 '프로' 무대에 있는 것이 적절치 않다는 목소리도 크다. 승강제를 정비할 기회가 되면 꼭 짚고 넘어가야 할 부분이다.

시도민구단을 창단하기에는 부담스러운 지자체들이 인건비 부담이 적은 군경구단을 활용하여 지역 내 스포츠 열기를 끌어올리기도 한다. 실제로 상주상무는 9년째 동행하고 있는 인구 10만의 소도시 상주에서 귀한 문화 콘텐츠 역할을 하고 있다. 군경 팀 운영 경험이 시도민구단 창단의 밑거름이 되기도 해서, 2017년 창단한 안산그리너스는 2014~2016년 안산무궁화경찰청 축구단을 운영한 경험과 지역민의 성원을 토대로 생겨났다. 안산과의 연고지 협약 기한이 끝나 경찰청의 새 둥지가 된 아산 또한 안산의 길을 따를 예정이었는데, 2018년 가을에 맞은 해체 위기는 일단 넘겼지만 여전히 미래가 불투명한 게 현실이다.

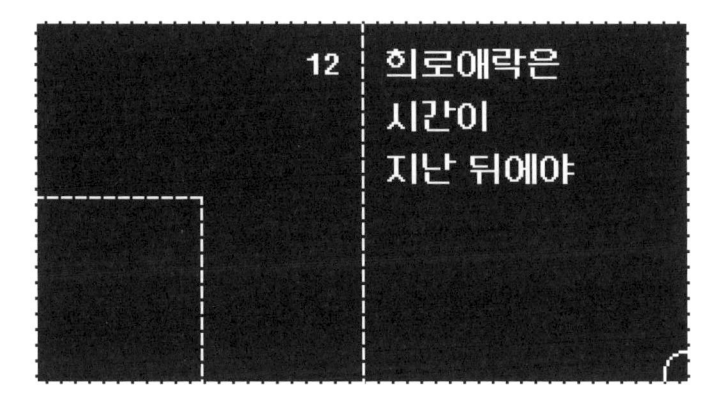

**12 │ 희로애락은
시간이
지난 뒤에야**

▶ 까치의 날개는 또 꺾이고

응원을 하다 보면 우리가 힘이 되긴 되나 싶을 때가 있다. 뭐, 한두 번 하는 생각은 아니다마는 오늘은 유독 그랬다. 우리의 간절한 목소리는 운동장 안으로 전혀 전달되지 않는 것 같았고, 심지어 먼 길을 달려온 우리의 존재도 운동장 안에서는 전혀 보이지 않는 것 같았다. 관중석과 경기장 사이에, 한쪽에서만 보이는 거대한 유리막을 쳐 우리를 가두어 둔 것처럼 말이다. 이래서야 텔레비전으로 보는 것과 별다를 바가 없지 않나? 이러면 '만다꼬' 여기서 이러고 있나? 때 이른 패딩 점퍼를 꺼내 입고도 몸이 오들오들 떨려 오는 11월의 추위 속에서?

역전을 위해 두 골이 필요한 팀이 골 찬스를 만들기는커녕 변변한 공격 시도조차도 못 하고 있었고, 어쩌다 잡은 공은 맥없이 상대에게 넘겨 주기 바빴다. 고집스러울 정도로 왼발만 사용했던 헝가리의 전설적 스트라이커 페렌츠 푸스카스(FIFA에서 그해의 가장 멋진 골에 수여하는 상 이름이 바로 이 사람의 이름을 딴 '푸스카스상'이다.)는 "한 발만 쓰면 두 발을 쓰는 것보다 실수를 절반으로 줄일 수 있다."라고 능청스럽게 말했다는데,* 우리 선수들은 아예 아무 발도 쓰지 않아야 할 모양이었다.

팬들의 미간마다 내 천 자가 흘렀고, "뭘 하고 있는 거야!", "앞으로 차라고! 앞으로!", "지금 이기고 있는 줄 알아?" 등의 울화통 섞인 고함이 찬 공기를 가르고 입김과 함께 튀어 나갔다. 후반 40분쯤 겨우 만든 찬스 몇 개가 골문을 빗나가고 나니 선수들도 팬들도 기세가 완전히 꺾였다.

추가 시간 동안 무슨 일이 일어나도 이상하지 않은 게 축구라지만, 지금처럼 축구하면서 무슨 일이 일어나면 그게 더 이상한 일이다. 한시가 급한 상황인데 수비 진영에서 상대 압박에 밀려 우왕좌왕 공을 돌리고, 기껏 찬 공은 옆줄 바깥으로 나가는 축구에 무얼 바라겠는가. 팬들이 지금껏 등을 안 돌리고, 경기장 바깥으로 안 나가고 있는 게 다행이지. "기적 좀 안 일어나나." 하는 아내의 넋두리에 "기적 걔가 잠이 많아서."라고 대꾸했다가 기가 차다는 눈초리만 샀다.

"고올! 고올!"을 외치는 마지못한 응원 구호도 애처로이 잦

* 크리스토프 바우젠바인, 『축구란 무엇인가』, 69쪽.

아들 무렵, 휘슬이 길게 울렸고 그렇게 우리의 2017 시즌은 끝이 났다. 준플레이오프전 0 대 1 패배, 승격 실패다.

D 씨는 지난 주말 성남의 산들을 이어 남한산성까지 11시간 동안 등산을 했다. 딱히 성남FC를 응원하려는 의도는 아니었고, 시간이 난 김에 좋아하는 등산을 실컷 즐기려던 것뿐이었다. 그런데 중간에 허벅지 근육에 이상이 생겨 도중에 돌아오려다가 '여기서 포기하면 성남도 올해 승격 못 하는 거 아닐까.' 하는 몹쓸 생각이 머릿속에 덜컥 들어와 버린 탓에 다리를 질질 끌며 악으로 깡으로 종주를 해 버리고 말았던 것이다. "내가 포기해 놓고 선수들한테는 포기하지 말라고 하면 양심 없는 거잖아요."라며.

F 씨는 어제 고민이 많았단다. 열렬한 불교 신자는 아니지만 마음이 심란할 때면 108배를 하곤 하는데, 인간관계 때문도 일 때문도 아닌 '승격 플레이오프' 때문에 심란하니 곤란했단다. 승자와 패자가 있을 수밖에 없는 사안에 자신의 이득을 비는 건 그의 신념에 반하는 일이었기 때문이다.("나는 교회나 절에서 '서울대 가게 해 주세요.' 같은 거 비는 거 이해가 안 돼. 아니, 왜 그분들이 내 자식을 서울대에 붙여 줘? 1만 명이 다 간절히 빌면 1만 명 다 붙여 줄 수 있어?") 그렇다고 가만히 있자니 아무 일도 손에 잡히지 않았다. 그런 그로서 할 수 있는 최선의 기도는 "제 실력만 발휘하게 해 주세요."였을 텐데, 그 '제 실력' 갖고는 승격

은 턱도 없으니 도무지 뭘 어떻게 빌어야 할지 몰라 끙끙 고민하다가 결국 선수들 얼굴을 하나씩 떠올리며 "다치지 말고 잘하세요." 하며 108배를 하는 걸로 타협을 봤다고 한다.

G 씨는 어젯밤에 산책을 나갔다가 무엇엔가 이끌린 듯 자연스럽게 탄천종합운동장까지 왔고, 불 꺼진 경기장을 보니 자연스럽게 둘레를 따라 걷게 됐고, 2부리그에서 보낸 한 해와 내일의 경기를 떠올리며 두 바퀴째 돌고 있자니 자연스럽게 '무슨 탑돌이도 아니고.' 하는 생각이 들었고, 그런 스스로가 퍽 우스웠지만 진짜로 자연스럽게 웃어 버리면 오늘 경기가 부정 탈까 봐 조심조심 11바퀴를 채우고 돌아갔다고 한다. 왜 11바퀴냐고? 축구와 관련된 숫자 중 가장 먼저 떠오른 자연스러운 숫자여서겠지 왜겠는가.

D 씨 같은 취미도, F 씨 같은 종교도, G 씨 같은 축주(蹴住) 근접성도 갖지 못한 나로서는 가만히 (안) 할 수 있는 일을 (안) 했을 뿐이다. 밤 11시에 만두를 굽고서도 소주를 따지 않은 정도? 농담 같겠지만 작심이었다. 최대한 조신하고 경건한 자세로 경기에 임하고 싶었기 때문이다.

이렇게 각자의 간절함을 품고 평일 저녁에 아산까지 달려온 원정팬들은 족히 300명은 되어 보였다. 그리고 그들의 목소리는 신생 팀이자 군경 팀이라 아직 팬층이 두텁지 않은 아산 팬들의 그것을 쩌렁쩌렁 압도했다. 하지만, 하지만, 이 글의 첫 문장을 다시 한번 읽어 보도록 하자.

솔직히 말하자면, 오는 동안에도 크게 기대는 되지 않았다. 시즌 초의 악몽 같은 경기력이 시즌 말에 되돌아왔기 때문이다. 마지막 여섯 경기에서 넣은 골이라고는 페널티킥 두 골이 전부. 플레이오프 마지노선인 4위 자리를 놓고 경쟁하던 부천도 덩달아 부진하여 두 팀이 '네가 가라, 플레이오프!' 배틀을 하고 있는 거 아니냐는 자조가 나왔는데, 결국 우리가 그 배틀에서 져서(!) 4위에 턱걸이할 수 있었다.

창원에서 벌어진 경남FC와의 최종전은 압권이었다. 이기면 4위를 확정하지만 비기거나 지면 부천의 경기 결과에 따라 5위로 떨어질 수도 있는 살 떨리는 경기에서 후반 30분에 선제골을 실점하고 말았다. 우리 팀이 역전승은 꿈도 못 꿀 실력이라는 걸 세상에서 제일 잘 아는 우리 팀 팬들은 남은 시간 동안 눈앞의 우리 경기는 보는 둥 마는 둥 하며 스마트폰으로 부천의 경기 중계에만 촉각을 곤두세웠다.(그러려면 '만다꼬' 거기서 그러고 있나.)

우리 팀은 우리 팀답게 무기력하게 0 대 1로 먼저 경기를 마쳤고, 이제 부천이 한 골만 넣으면 순위가 뒤바뀌는 상황. 심장이 튀어나올 것 같은 1분이 지나고 "끝났다!", "플옵 간다!" 일순간의 환호성이 나왔고, 안도의 한숨이 바로 뒤따른 후에, 성남 팬들은 급격히 침착해지며 현자의 길로 들어섰다. "플레이오프 진출을 한 게 아니라 당했네요.", "부끄러움은 우리 몫.", "이러려고 창원 왔나 자괴감 들어.", "플옵 가봤자 뭐나 하겠습니까." 따위의 말을 주고받으며 고개를 절레절레 저었다. 그 와중에 처음 보는 꼬마 하나가 "우리 그럼 플옵 가는 거예요?"라고 묻기에 "으응, 간다아." 하고 밝음을 애써 끌어모아 대답해 주니 "우아아" 하고 너무나도 해맑게 웃으며 폴짝폴짝 뛰는 통에 에라 모르겠다, 양 겨드랑이에 손을 넣어 번쩍 들어올려 "우아아아아! 플옵 간다아아아!" 하면서 미니 헹가래를 쳐 준 장면은 지금 생각해도 한심한 맛이 일품이다.

이렇게 진출당한 플레이오프. 3위 아산, 2위 부산, K리그 클래식 11위 상주를 차례로 꺾어야 1부리그로 복귀하게 되는 험난한 여정의 첫 관문에서 깔끔하게 탈락한 것이다. 경기장에 오는 동안 '뭐가 달라졌겠어.'와 '뭐라도 달라졌겠지.' 사이를 오락가락하며 후자이기를 간절히 바랐건만, 경기 시작 후 10분 만에 확연히 느껴지는 두 팀의 경기력 차이를 보며 "텄네, 텄어, '뽀록' 골밖에 수가 없네." 하며 또 고개를 절레절레 저었더랬다.

그러니 패배에도 생각보다 덤덤할 수밖에. 서포터스도 마찬가지였는지, 인사를 하러 온 선수들에게 별다른 흥분도 울분도 없이 조용히 박수를 보내 주었다. "괜찮아, 힘내!", "내년에 잘하자!"라는 격려도, "정신 차려!", "장난하냐!"라는 힐난도 딱히 없었다. "어, 그래, 너희 왔구나." 하는 느낌의 맥없는 박수였다. 어떤 의도도 없는 기계적인 박수라는 점에서 어쩌면 선수와 팀 입장에서 최고의 모욕이 아니었을까 싶을 정도였다.

줄지어 경기장을 빠져나가는 길, 눈이 마주칠 때마다 조금 뻘쭘한 사이라면 "결국 이렇게 됐네요.", "그러게요.", "추우셨죠." 따위의 짧은 말을, 그보다는 살가운 사이라면 "아휴, 이겼으면 부산까지 또 어떻게 가요, 잘됐죠!", "팬들 생각하는 마음이 어찌나 지극한지!", "한 해 있어 보니 챌린지도 있을 만하더만요!" 따위의 긴말을 주고받으며 위로 아닌 위로를 주고받았다. 뻘쭘한 사이든 살가운 사이든 모두에게 마지막 작별 인사는 물론 이것이었다. "오늘도, 올해도 수고 많으셨어요."

아무리 경기 전부터 예상했고 경기 중에 마음의 준비를 했더라도, 마음 한구석에서 짜증이 치미는 건 어쩔 수가 없었다. 승격을 못 해서가 아니었다. 언제나 우리의 기대를 배반하고, 또 그 결과 우리에게 아무런 감정을 끌어내지 못하는 이 상황 때문이었다. 차라리 화라도 났으면! 차라리 안타깝기라도 했으면! 분노에는 카타르시스라도 있고 안타까움에는 연민이라도 있지, 짜증에는 답이 없다. 이 감정을 외면하기 위해 자꾸 스스로를 덤덤하게 만들고 있는 게 아닌가 하는 생각이 들었고, 그 사실을 깨닫고는 또 짜증이 북받쳐 올라오는 것이다.

닉 혼비는 "결국 그것이 알고 싶은 모든 것이다. 자기 한

계를 극복하기 위해 모든 선수가 젖 먹던 힘까지 짜낸 뒤 필요한 결과를 내는 팀을 내가 응원한다는 것을."이라고 썼다.* '필요한 결과'를 항상 얻을 수 없다는 것쯤은 안다. 아무리 젖 먹던 힘까지 짜낸다고 해도 안되는 건 안되는 거니까. 하지만 선수들이 얼마 되지도 않는 힘을 어렵게 짜낸 다음에 어떻게 써야 할지 몰라 엉뚱한 데 쓰고 있는 꼬락서니를 보고 있으면, 저놈들 저거 원하는 결과와 일부러 멀어지려고 기를 쓰고 발악하는 거 아닌가 싶은 깊은 회의가 들 수밖에 없다.

그럼에도 아내와 선수단 버스 앞에 섰다. 달걀을 던진다거나 욕설을 하기 위해서 온 건가 지레 걱정하실 필요는 없다. 그럴 만한 열정도 없었으니까. 솔직히 이 모든 감정대로라면 뒤도 안 돌아보고 집으로 돌아가는 게 맞겠지만, 그런다면 정말로 안 좋은 마음으로 긴 겨울을 보내게 될 것 같았다. 그래도 조금은 스스로를 다독여 맺음하고 싶었다. 가끔은 마음을 속여야 할 때가 있는 법이니까. 또 속상할 선수들에게, 그래도 함께 속상한 누군가가 곁에 있다는 것을 보여 주고 싶은 마음도 있었다. 가끔은 마음을 나누어야 할 때도 있는 법이니까.

경기장 조명을 등지고 걸어나오는 탓에 누구인지 알아보기도 힘든 선수들을 겨우겨우 분간해 가며, 꽁꽁 언 손으로 둔탁한 박수를 치면서 "수고하셨어요."라고 말해 주었다. 무거운 얼굴의 선수들도 꾸벅 인사를 하면서 버스에 올랐다. 위로와 감

* 닉 혼비, 『피버 피치』 441쪽.

사는 진심이었지만, 마음 한구석에서 '이 웬수들……'을 되뇌고 있는 줄은 아무도 몰랐겠지.

2부리그에서 맞은 첫 시즌은 이렇게 마무리되었다. 나의 팀은 부진 ─ 부활 ─ 부침 ─ 부진을 차례로 겪었고, 나의 감정은 그에 발맞추어 오기 ─ 행복 ─ 불안 ─ 냉소로 이어졌다. 집으로 돌아오는 길, '오늘의 축구장'뿐만 아니라 '올해의 축구장'에서 돌아오는 그 길 위에서 무거운 마음을 어떻게든 주워 담느라 무심히 "희로애락을 다 겪었네."라고 내뱉었다가 그 표현의 진부함에 스스로 맥이 풀렸다. 그리고 깨달았다. 희, 로, 애, 락의 한가운데 있는 사람이라면 아직은 그 표현을 쓸 수 없다는 것을. 내게는 조금 더 시간이 필요하다.

▶ 눈물이 주록주록 흐르는 경기장

조금의 시간이 지난 2주 후, 대한민국의 어느 축구장은 '애'로 뒤덮였다. 진 팀 선수들은 얼굴을 묻고 울었고, 이긴 팀 선수들은 부둥켜안고 울었다. 2017 KEB하나은행 K리그의 대미를 장식하는 승강 플레이오프 2차전 경기. 우리를 꺾은 '초강팀' 아산을 꺾은 '최강팀' 부산을 꺾은 '우주 극강팀' 상주가 1부리그 잔류에 성공했다. 승부차기까지 가는 혈투 끝에였다.

승격이 좌절된 팀 선수들이 우는 건 그렇다 쳐도, 잔류에 성공한 팀 선수들까지 울 줄은 미처 몰랐다. 승강 플레이오프에서 1부리그 팀이 잔류한 경우가 처음이어서 상상해 보지 못했는데, 생각해 보니 엄청난 중압감 속에서 경기를 치러야 하는 1부리그의 방어자가 그 부담 끝에 찾아온 안도의 순간에 눈물을 흘리는 건 퍽 자연스러운 일 같다. 자기 일이 아니라면 모두들 은근히 2부리그 팀을 응원하게 마련인 데다가, "K리그 발전을 위해 군경 팀은 1부리그에 있으면 안 된다."라는 시선에 끊임없이 시달려 온 상주상무였기에 더더욱 마음고생이 심해서였는지도 모르겠다.

상주상무의 감독은 그런 선수들을 덤덤히 안아 주었지만, 결국 그도 눈물을 감추지 못했다. 하지만 그것이 경기 결과에 대한 마음 고생 때문만은 아니었던 것이, 여기에는 다른 사정이 하나 숨어 있었다.

한 달 반 전인 2017년 10월, 비보가 날아들었다. 부산아이파크의 조진호 감독이 심장마비로 작고했다는 소식이었다. 우리보다 한 해 먼저 강등되어 '기업구단 최초의 강등 팀'이라는 오명을 쓰고 (올해의 우리처럼) 1년 만의 승격을 노렸으나 (올해의 우리처럼) 실패했던 부산이 승격에 재도전하기 위해 공들여 낙점한 감독이었다.

그저 그런 전력의 대전시티즌을 조련해 승격시켰고, 외국인 선수 한 명 한 명의 기량에 따라 성적이 들쭉날쭉하기 십상인 K리그에서 외국인 선수 하나 없는 상주상무(있을 턱이 없지!)를 이끌고 구단 역사상 최초의 상위 스플릿 진출이라는 쾌거도 이루었다. 그런 그가 K리그 챌린지 상위권 전력으로 평가받는 부산을 맡았으니 팀은 무척 탄탄했다. 개막전에서 우리에게 0 대 1 패배를 안긴 이후 얄밉게도 항상 앞에서 달려가고 있었다. 경남FC가 워낙 독보적이어서 그렇지, 2위 부산도 충분히 승격의 자격이 있는 팀이었다. FA컵에서도 팀을 4강에 올려 둔 상태였다.

전술적 능력도 좋았고, 결과까지 함께 취했다. 선수들과의 소통, 팬들과의 스킨십에도 적극적이었다. 그는 몸담은 모든 팀에서 사랑받았고, K리그의 다른 팀 팬들도 그를 좋아했다. 언제나 다음이 더 기대되는 감독이었기에 그의 갑작스러운 죽음에 안타까움이 무척 컸다. 대부분의 구단과 서포터스가 추모에 동참했다. 그가 선수 생활 말년에 잠시 뛰었던 우리 성남FC 역시 다음 홈경기에 추모 걸개를 내걸었다.

그리고 상주의 김태완 감독은, 조진호 감독이 상주에 있을 때 수석코치로 그를 보좌하다가 자리를 이어받은 사람이다. 그런 그가 얼마나 만감이 교차했을까. 전임자가 뼈대를 만든 팀을 맡아 초보 감독으로 고전을 거듭하는 동안 그 전임자를 얼마나 생각했을지. 그런데 조진호 감독은 갑자기 세상을 떠났고, 얄궂게도 그가 남겨 놓은 팀과 외나무다리에서 잔인한 승부를 겨뤄야 했다. 일생일대의 승부에서 승리를 거두고도 환히 웃지 못했던 속내가 사뭇 아리다.

작년까지 조진호 감독의 지도를 받았던 상주의 고참 선수들은 또 어떤 기분이었을지, 돌아가신 감독님께 꼭 승격을 바치고 싶었던 부산의 선수들은 또 어떤 기분이었을지, 친형처럼 생각했던 그의 자리를 대신해 감독대행으로 남은 경기를 부담감 속에서 이끌어야 했던 부산의 코치는 또 어떤 기분이었을지, 그리고 이 모두를 지켜본 양 팀의 팬들은 또 어떤 기분이었을지…… 좌절의 눈물과 안도의 눈물, 그리움의 눈물과 미안함의 눈물이 한데 섞인 그라운드를 지켜보며 나 또한 눈물을 글썽거렸던 이유다. 이 자리를 빌려 조진호 감독의 명복을 빈다.

팬들은 선수에도 열광하지만 감독에게 많은 것을 기대고 의지한다. 우리 팀과 상대 팀들의 수많은 감독을 겪으며 감독이 팀을 어떻게 만들어 나가느냐에 따라 팀이 어떻게 달라질 수 있는지를 실감해 온 팬들은 현대 축구에서 감독의 역할이 얼마나 큰지를 잘 알고 있다. 감독의 역량과 선택에 따라 그라운드의 무늬가 달라지고 팬들 얼굴의 무늬가 달라진다.

그러한 감독이 팀을 위해, 팬을 위해 각별한 마음을 가질 때 팬들의 마음도 각별해진다. 조진호 감독은 한 팀의 레전드 감독은 아니었지만, 짧게 머문 모든 팀의 팬들에게 각별했다.

다음은 상주의 모든 경기를 직관하면서 중계 화면에 하도 많이 잡혀 K리그 팬들의 눈에 익은 '상주 부부 팬' 중 아내분께서 고 조진호 감독에게 띄우는 편지의 일부다.

상주 시절 감독님은 늘 선수들에게 원정경기 때문에 이동하게 되면 휴게소에서 호두과자를 사 주셨죠. '지들이 그래도 밖에서는 프로 선수라 이런 거 안 먹을 텐데 군인이니까 맛있게 먹는다.'면서 늘 웃으셨어요. (중략) 감독님께서 선수들에게 호두과자를 산다고 들어서 제가 봉투에 10만 원을 넣어 '이번엔 제가 선수들한테 호두과자 한번 살게요.'라고 전해 드렸던 거 기억나시죠?

그때가 어디 원정이었는지는 정확히 기억이 안 나네요. 관중석과 그라운드가 트랙 때문에 꽤 멀었던 경기장이었던 것만 기억이 나요. 그런데 그날 원정석에서 응원 준비를 하고 있는데 누군가 경기 전 봉지 하나를 들고 뛰어오던 그 모습이 생생합니다. 천진난만하게 뛰어오던 그분이 바로 감독님이셨잖아요. '누님. 내가 호두과자 세 알 남겼어.' 꼬깃꼬깃한 봉투 안에 남겨진 그 호두과자 세 개는 저에겐 감동이었습니다. 호두과자를 전하고 다시 경기를 준비하러 뛰어가던 그 뒷모습도 잊을 수 없어요.(후략)*

지난 8월 말에 있었던 한 감독의 사퇴 소식도 각별했다. 내셔널리그 수원시청축구단 시절부터 팀을 이끌었고 이 팀이 수원FC로 프로화되면서 K리그에 입성한 뒤 마침내 1부리그 승

---

* 「팬이 보내는 편지, 호두과자 세 개의 추억」,《스포츠니어스》, 2018년 10월 10일.

격까지 이루어 낸, 팀의 살아 있는 역사와 같은 조덕제 감독의 사퇴였기 때문이다. 작년에 우리와 함께 1년 만에 강등당했지만 여전히 구단과 팬의 두터운 신임을 받던 그가 구단의 만류에도 불구하고 6년간 수행했던 감독직에서 물러났다. "선수들에게 자극이 될 방법이 이것밖에 없어서요. 어쨌든 내 팀인데 이제 관중석에서 응원해야죠."라고 말하면서 말이다. 그리고 그는 정말로 다음 경기를 관중석에서 지켜보았다. 그 경기에서 팬들은 "감독님 제발 가지 마세요", "그동안 감사했습니다" 등의 걸개를 내걸어 인사를 전했다.

한편 바로 그날, 다른 어느 팀의 감독은 극심한 부진을 참다 못한 팬들이 해명을 촉구하기 위해 경기장 정문에서 기다리자 몰래 줄행랑을 쳐서 팬들의 어이를 쏙 빼놓기도 했다. 적어도 내 기억에 K리그 감독이 도망을 갔다는 이야기는 들어 본적이 없다. 물론 흥분한 팬들에게는 상황을 설명하는 말도, 반등을 다짐하는 말도, 책임을 통감하는 말도 당장은 별 소용이 없을지 모른다. 무서웠을지도 모른다. 하지만 그래도 팬들 앞에 나서는 것이 그 자리의 무게에 포함되어 있는 게 아닐까? 팀과 팬에게 그 정도의 책임감과 애정도 없는 감독이라면 그 팀에 별 소용이 없을지 모른다. 역시나 그는 며칠 뒤에 사퇴했다.

자신의 팀 팬들에게 전폭적인 지지를 받는 K리그 감독은 정말 드물다. '대략 우호적' 정도의 평가만 받아도 대성공인 바닥이다. 거의 모든 감독이 이해할 수 없는 교체, 납득할 수 없는 전술, 소극적인 경기 운영, 미흡한 선수단 장악, 남 탓하는 인터뷰 등 갖가지 이유로 크고 작은 비판과 비난에 직면한다. 팀 안팎의 사정상 그런 선택을 할 수밖에 없었던 이유야 당연히 있겠지만, 어차피 팬의 입장에서 그런 것들을 세세히 알 두리가 없으니 하는 수 없다.

심지어 우승이나 승격 같은 업적을 일구어 낸 감독도, 선수 시절을 이 팀에 바친 레전드 출신 감독도 기나긴 부진에 제대로 대처하지 못하면 이내 같은 처지에 놓인다.(이럴 때 팬들은 감독 지지 세력과 비판 세력으로 나뉘어 다툼을 벌이기도 한다.) 감독이란 그야말로 영겁의 시험대에서 자신의 능력을 증명해야 하는 자리. 같은 상대와 경기를 해도 할 때마다 새로울 수밖에 없는 것이 스포츠의 본질이자 묘미니 이 또한 하는 수 없다.

구사하고 싶은 축구 스타일에 대한 욕망, 성적에 대한 압박, 팬들의 다양한 요구, 구단의 인색한 투자, 선수의 턱도 없는 실력("전략과 작전에 따라 플레이를 펼치기 위해서는 그만한 실력이 뒷받침되어야" 한다는 걸 잊어선 안 될 것이다.*)과 예상치 못한 부상 등 수많은 요소와 싸우고 또 타협해야 하는, 그리고 그 결과물로 우리의 희로애락을 '결정적으로' 좌우하는 K리그의 모든 감독님들께 위로와 감사를 보낸다. 그리고 알아주셨으면 한다. 우리는 당신이 생각하는 것보다 훨씬 더 많이 당신에게 기대고

---

* 데즈먼드 모리스, 이주만 옮김,
『데즈먼드 모리스의 축구 종족』(한스미디어, 2016), 91쪽.

있고, 또 기대하고 있다는 것을. 약 주고 부담 주는 격이지만 팬이란 원래 그런 작자들이니 이 또한 하는 수 없다.

▶ 리틀리틀 혹은 비틀비틀

2014년 강등 이후 심판 매수 등 각종 잡음에 시달리며 언제 해체되어도 이상할 것 없어 보였던 경남FC는 K리그 챌린지 최고의 팀으로서 깔끔한 승격을 이루어 냈다. 특히 올 시즌 이적해 와서 경남 공격의 선봉장으로 득점왕까지 오른 말컹 선수는 첫 해외 진출 팀인 경남에 대한 애정과 그를 이끌어 주는 김종부 감독에 대한 믿음을 공공연히 표현해 팬들을 흐뭇하게 했다. 비시즌이라 대부분의 외국인 선수들이 불참하는 연말 시상식을 위해 고국 브라질에서 일부러 30시간을 날아와 MVP, 득점왕, 베스트11 공격수 부문까지 세 개의 트로피를 직접 손에 들었다. 그가 어느 팀으로 이적할지에 모두의 관심이 쏠려 있는 와중에, 그는 출국하면서 "우리 동계훈련 시작은 언제야? (중략) 이제 1부리그잖아. 그걸 위해 1년간 노력한 거잖아."라고 말해 팬들을 또 한 번 감동시켰다.*

1부리그로 떠난 경남의 자리는 광주FC가 내려와 채우게 되었다. 3년 전 승격의 기쁨을 누렸던 광주는 시즌 중반부터 꼴

---

* 「말컹을 당연히 팔아야 하나요」
네이버 포스트: 서호정의 킥오프, 2017년 11월 29일.

찌로 처지더니 좀처럼 반등의 기회를 잡지 못하고 결국 다시 강등되고 말았다. 광주 팬 친구에게 강등 확정 순간이 어땠냐고 물어봤더니, "괜찮아. 첫 강등이 덜컥 찾아온 교통사고 같았다면, 이번에는 큰 고통 없이 호흡기 달고 누워 계시다가, 가시는 줄 알았더니, 좀 더 버티고! 가시는 줄 알았더니, 좀 더 버티고! 이러다 가셔서 마음의 준비가 좀 됐어."라는 대답을 들었다. "호상이네.", "암, 호상이고말고." 하며 술을 권커니 잣거니 했다.

광주가 배워야 할 대상은 인천유나이티드였다. 시도민구단 중 2부리그로 단 한 번도 떨어져 보지 않은, 심지어 승강 플레이오프로도 떨어져 보지 않은 유일한 팀이다. 매 시즌 최하위권에서 허덕거리다가도 막판 스퍼트로 어떻게든 살아남곤 하는 '생존왕' 인천은 이번에도 마지막 경기에서 잔류 드라마를 쓰는 데 성공했다. 작년에도 그랬다. 포항에 패배한 우리를 11위로 밀어내고 역전 잔류를 확정 지은 마지막 경기, 팬들이 그라운드로 쏟아져 나와 장관을 연출했었다. 시즌 내내 마음고생이 컸을 인천 팬들은 마지막에 또 커다란 선물을 받았지만, 필시 이렇게 말할 것이다. '생존왕' 이딴 거 다 필요없고 제발 내년에는 이 지경까지 오지 좀 말자고. 진작부터 좀 잘하라고.

너무 아랫동네 이야기만 했나. 1부리그 우승은 전북의 몫이었다. 2위 제주를 승점 9점 차로 넉넉히 따돌리고 2010년대 후반이 여전히 자신들의 시대임을 선포했다. 하지만 이들은 매년 단골로 나가던, 심지어 지난 대회에는 우승까지 차지했던 AFC챔피언스리그에 올해는 출전하지 못했는데, 아시아축구연맹이 K리그 심판 매수 시도 건을 검토한 후 출전 자격을 박탈했기 때문이다. 리그에서의 징계가 얼마나 약한 것이었는지를 방증하는 예다.

2017년 AFC챔피언스리그에 출전한 K리그 네 팀의 성적표는 그 어느 해보다도 초라했다. 서울, 수원, 울산은 조별리그도 통과하지 못했고 제주도 16강에서 주저앉았다. 특히 전북의 대회 출전이 뒤늦게 불발되는 바람에 급히 빈자리를 메워야 했던 울산은 1년 내내 일정과 컨디션 관리에 애를 먹었다. 그 와중에 전북의 모 선수는 SNS에 울산이 패배하는 경기를 시청하는 자신의 모습과 함께 "아, 우리가 한다니까."라는 코멘트를 남겨서 리그 팬들의 분노를 샀다. 자신의 팀이 저지른 일이 어떠한 의미였는지 단 한 번도 진지하게 생각하고 반성해 본 적 없음을 투명하게 보여 주는 최악의 태도였다.

그리고 성남FC의 팬 박태하는 처음으로 한 시즌 전 경기 직관을 달성했다. 리그 36경기, FA컵 4경기, 준플레이오프 1경기까지 도합 41경기를 모두 경기장에서 지켜보고 말았다. 이럴 생각까지는 아니었는데……. 처음에는 첫 승을 핑계 삼아, 다음에는 취재를 핑계 삼아 한 경기 한 경기 가다 보니 어느 틈에 그만두기 곤란해져 버린 것이다. 성남FC의 팬으로 책까지 쓰는데 한 시즌 전 경기 직관 한 번은 해야 하지 않겠나 싶어 이 참에 도전했고, 결국 성공했다.

성남이 강등 같은 건 꿈에도 생각지 못하는 강팀이 되어 있을 40년 뒤에 관중석 옆자리의 중학생 남자아이가 "우리가 예전에 2부리그에 있었다니! 할아버지는 혹시 그때 성남 축구 봤어요?"라고 물어 오면 한숨을 푹 내쉬며 "암요, 봤다마다. 성남이 2부리그 소속으로 치른 모든 경기를 다 직관했지요."라고 말하고 싶었는데 승격을 못 해서 망했네. 그래도 이제는 말할 수 있네. "한 해 동안 희로애락을 다 겪었네."라고.

그나저나 《릿터》에 연재할 때 코너 제목을 아무래도 잘못 지은 것 같다. '마이 리틀 K리그'라고 하니 그게 무슨 주문인 양 안 그래도 '리틀'한 K리그에서 '모어 리틀'한 2부리그로 내려오지 않았는가. 덕분에 등장하는 팀들도, 경기장의 관중 수도, 팬들의 마음도 모두 다 리틀리틀해지고 말았다. 아, 물론 팬들의 마음까지 작다는 뜻은 절대 아니다. 'little'에는 '귀여운', '사랑스러운'이라는 뜻도 있으니까. 1부리그든 2부리그든, 이 귀엽고 사랑스러운 비틀비틀, 아니 리틀리틀 K리그를 함께 지켜본 모두에게 말해 주고 싶다. "올 한 해도 수고 많으셨어요."

▶ K리그의 외국인 선수들

K리그의 역사는 외국인 선수들을 빼놓고 이야기할 수 없다. 라데, 샤샤, 마니치, 사리체프(신의손), 마시엘, 데니스(이성남), 따바레즈, 싸빅(이싸빅), 아디, 에닝요, 모따, 마토, 데닐손, 에두, 데얀, 스테보, 라돈치치, 몰리나, 산토스, 레오나르도 등등.(괄호를 가진 선수들은 귀화하여 대한민국 국적을 취득했다.) 이들은 리그의 수준을 한 차원 높이고 팬들에게는 멋진 플레이를, 팀에는 영광을, 리그에는 개성 넘치는 에피소드를 선사한 보물이다.

K리그 팀의 외국인 규정은 한 팀당 기본 세 명에 아시아쿼터 선수(아시아축구연맹 소속 국가 국적을 가져야 한다.) 한 명까지 총 네 명을 보유하고 출전시킬 수 있다. 열한 명 중 네 명을 외국인으로 채울 수 있으니(여기에 2020년부터는 동남아시아축구연맹 소속 국가의 선수 한 명씩이 추가된다.) 승패에 결정적인 영향을 미칠 수 있는 것도 당연한 일이다. 각 구단이 외국인 선수 선발에 심혈을 기울이는(기울여야 하는) 이유다.

골키퍼는 외국인을 쓸 수 없다는 특수 규정이 있으며(신의손 이후 너도나도 영입한 구 소련 출신 골키퍼들이 펄펄 날아다녀 국내 골키퍼의 씨가 마를 지경에 이르자 도입한 규정이 지금껏 내려오고 있다.) 북한 국적의 선수는 외국인으로 간주하지 않는다. 아시아쿼터로는 주로 오스트레일리아 출신 중앙수비수들이 선호되고(이 나라는 오세아니아에 있으니 우물 안 개구리가 된다며 2006년부터 아시아축구연맹으로 소속을 옮겼다. 월드컵 예선이나 아시안컵에서도 자주 만나고 있다.) 그 외에는 브라질과 동

유럽 공격수들이 선호된다. 물론 경향이 그렇다는 것뿐 40년 가까운 K리그의 역사에 외국인 선수의 국적만도 80개국이 넘는다. 특히 제주와 경남은 좋은 외국인 선수를 발굴하는 데 두각을 나타내는 팀이다.

어느 정도 기대치를 만족시켜 준다는 전제하에, 팬들은 외국인 선수들을 각별히 아낀다. 먼 이국땅까지 건너와 우리 팀을 위해 열심히 싸워 준다는 이미지 때문일까? 그래서 이들은 별생각 없이 쓰는 '용병'이라는 단어가 지나치게 돈벌이로만 연결된 관계처럼 보인다며 '외국인 선수'라는 표현을 선호한다. 훌륭한 활약에 충성심까지 보여 주는 외국인 선수는, 게다가 한국 문화에 잘 녹아들기까지 한다면 더더욱 큰 사랑을 받는다. 2017년 시즌 말에는 고국 브라질로 돌아가는 수원삼성의 레전드 산토스를 위해 200여 명의 팬들이 공항에 운집하여 그를 울리고야 말았다.(그는 2018년 샤페코엔시에 입단했다.)

외국인 선수들에게 K리그는 독특한 위치를 차지하는 것 같다. 임금 체불이 없고 여러 편의 시설이 잘 갖춰졌으며, 치안도 좋은 편인 데다가 다른 '외국인 노동자'처럼 무시받을 일도 딱히 없으니 어쩌면 당연한지도 모르겠다. 여기서 좋은 활약을 보이면 중국이나 일본에서 거액의 제안이 들어올지도 모르고 말이다. 세계 27위쯤은 하는 관중 수도 생각보다는 적지 않으니 프로축구 선수들의 '직장으로서의 K리그'가 썩 나쁘지는 않은 것 같다. 한국 문화 특유의 '끈끈한 정'을 좋아하는 외국인 선수들은 한국을 떠났다가 다시 돌아오기도 한다.

2019년 8월 현재 대구FC의 감독을 맡고 있는 안드레는 K리그 역사상 최초의 외국인 선수 출신 감독으로 역사를 써 내려가고 있다. 7월에 있었던 전남의 감독 경질로 외국인 감독이 맡고 있는 팀은 22개 팀 중 대구, 전북 두 팀뿐. 외국인 감독에 배타적인 리그 분위기가 있다는 건 부인할 수 없을 것 같다.(2019년 8월 현재 일본 J1리그는 18개 팀 중 6팀이, 중국 슈퍼리그는 16개 팀 중 12개 팀이 외국인 감독을 두고 있다. 물론 중국의 경우 자국에 인물이 없어서겠지만.) 니폼니시, 파리아스, 귀네슈 등 리그에 색다른 바람을 몰고 왔던 건 주로 외국인 감독들이었다. 물론 돈(정확히는 가성비) 문제가 크긴 하겠지만, 외국인 감독의 영입과 활용에 좀 더 열린 분위기가 만들어졌으면 하는 바람이다.

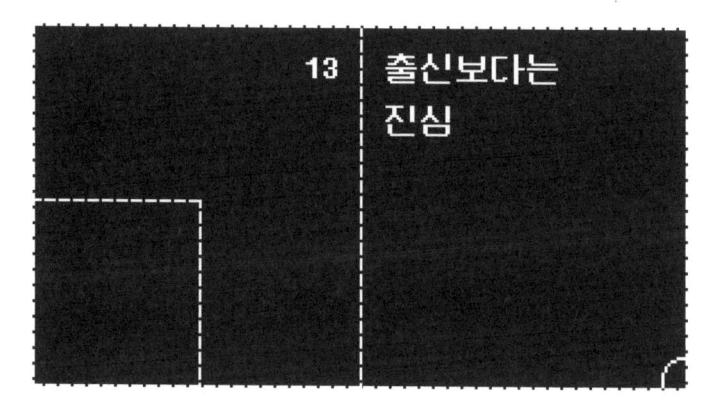

13 | 출신보다는 진심

▶ 검은 고양이든 흰 고양이든

2016년 5월 5일, 5승 3무 1패. 1부리그 2위.

2017년 5월 3일, 1승 3무 6패. 2부리그 10위(꼴찌).

2018년 5월 6일, 6승 4무 0패. 2부리그 1위.

스펙터클하다, 스펙터클해. 이 둥근 지구 위에서 둥근 공을 차는 팀 중에 이런 팀 또 없습니다……. 2016년과 2017년의 낙차는 한 해가 지난 지금 생각해도 아찔하고 새삼 믿어지지가 않는다. 저게 가능했단 말이야? 2018년의 상승 폭은 그에 비하면 절반에 불과하지만, 그리고 방향도 좋은 쪽이어서 기분은 좋지만, 비현실적이기는 매한가지다. 이게 가능하단 말이야?

또 하나의 반전은, 올 2018 시즌은 원래 우리 팀에게 약간 '쉬어 가는 해'였다는 것이다. 한 해 만에 승격해 보겠답시고 구단도 팬도 온갖 용을 쓰고 진을 뺐더니만, 시즌이 끝나자 다들 정신이 들며 현실감각을 찾았다. 물론 성남시도 현실감각을 찾고 지원금을 대폭 줄였다. 덕분에 우리 팀은 '당장의 승격보다는 장기적인 비전을 가진 구단으로 체질을 개선하는 것'으로 올 시즌의 기조를 잡았다.(잡아야만 했다.) 팬들도 현실을 받아들였다.(받아들여야만 했다.)

광주 팬 친구에게 승격의 순간을 선물해 준 젊은 감독이 우리 팀의 새 감독이 되었고, '없는 살림 꾸리기 전문가'인 그 감독은 이름 모를 젊은 선수들 위주로 팀을 꾸렸는데, 이들이 지금 저 놀라운 성적을 내고 있는 것이다. 이쯤 되니 쉬어 갈 수 없는 해가 되고 말았다. 물론 아직 시즌은 많이 남았고 이러다 승격에 실패한다고 해도 너그럽게 받아들이겠지만, 그래도 '도전!'을 외치지 않을 수 없는 때인 것이다.

솔직히 우리 선수들이 아직 낯설다. 작년에 한바탕 바뀐 선수들에 겨우 익숙해졌더니만 새 감독의 전략과 전술에 맞게 또 한 번 선수단이 크게 바뀌었다. 개막전을 떠올려 보면, 선발 열한 명 중 무려 일곱이 신입이었다. 서포터스를 따라 선수들의 이름을 외치다가도, 내가 지금 어느 팀을 응원하는가 싶을 정도였다. 예전에는 실루엣만 봐도 누군지 알았고 백넘버만 들어도 누군지 줄줄이 읊었는데, 요즘은 경기 중에 궁금한 선수가 있으면 실눈을 만들어 백넘버를 확인한 후 전광판의 이름과 맞춰봐야 겨우 정체를 알 수 있을 정도다. 게다가 선수단 사이에서 삭발이 유행하여 '빡빡이'가 일곱 명이나 되니 더 알아보기 힘들다.

하지만 이름값이 뭐가 중요한가! 검은 고양이든 흰 고양이든 상관없이 쥐만 잘 잡으면 되고, 유명한 선수든 안 유명한 선수든 열심히 뛰고 '필요한 결과'를 가져다주면 되는 거 아닌가. 우리에게는 화려한 스타가 필요한 게 아니다. 아니, 열심히 뛰고 필요한 결과를 가져다주는 모두가 우리의 스타다.

덕분에 다시 행복한 시절을 누리고 있지만, 지난 시즌 중반처럼 실없이 헤헤거리지는 않고 있다. 나락부터 한 계단 한 계단 올라가던 작년에야 마냥 좋았지만, 지금은 1위 수성의 부담감이 더 크기 때문이다. 게다가 무패 행진을 달리고 있기는 하지만, 이게 압도적인 실력 차의 결과가 아니다. 작년의 경남 FC처럼 여유 있게 경기를 풀어 가다가 만신창이가 된 상대가 꼼짝도 못 하게 될 즈음 '그럼 이건 우리가 가져가지.' 하면서 가운데 놓인 승점 3점을 집어 들고 씩 웃으며 유유히 뒤돌아 사라지는 게 아니라, 매 경기 사력을 다해 상대와 뒤엉켰다가 둘 다 기진맥진 나자빠진 상황에서 마지막 힘을 끌어모아 '으아아아아!' 하고 달려들어 또 뒤엉켰다가 겨우 승점을 품에 안고 흙

13 출신보다는 진심

투성이로 기어 나오는 것 같다. 실력보다는 팀워크와 정신력으로 버텨 내고 있는 것이다. 그래, 그런 팀이니 일곱 명이나 삭발을 한다.

그래도 그 '마지막 발악'과 함께 기어이 성과를 만들어 내는 모습을 보면 가슴이 뭉클해지는 게 사실이다. 골이 절실히 필요한 그때, 그것을 얻어 내기 위해 최선을 다한다.(한 가지 비밀을 일러 드리자면, 이 기본적인 것을 못하는 축구팀이 세상에는 의외로 많다.) 아쉽게 골을 넣지 못하더라도 충분히 대견했을 모습을 잔뜩 보여 준 다음에, 결국은 골까지 넣는다. 그러니 흔히 강팀의 조건으로 거론되는 것처럼, 질 경기를 비기고 비길 경기를 이긴다. 최근 세 경기만 보더라도, 비길 줄 알았는데 86분의 골로 승리, 질 줄 알았는데 81분과 86분의 연속 골로 역전승, 비길 줄 알았는데 90분의 골로 승리다. 이런 팀은 어떤 축구팬도 사랑하지 않을 수 없을 것이다.

또 고무적인 것은 젊은 선수들에게 출전 기회를 부여하여 이들을 성장시키고 있다는 것이고, 그 과정에서 '유스(youth)'들이 기회를 많이 받게 된다는 것이다. '유스'란 그 팀의 '유소년 팀 출신 선수'를 가리킨다. 그래, 일본으로 떠난 황의조 선수가 그 대표적인 사례다.

K리그 구단은 세 개의 유소년 팀을 의무적으로 운영해야 한다. 초등학교 팀(U-12), 중학교 팀(U-15), 고등학교 팀(U-18).

이들의 존재는 대한민국 축구의 단단한 뿌리다. 물론 일반 학교의 축구부 출신으로 K리그에서 뛰는 선수들이 훨씬 더 많고, 유스 출신이지만 프로에 진입하지 못하는 선수들도 많다. 하지만 프로 구단이 비용을 부담하고 자신들의 시설과 노하우를 활용하여 키워 내는 유스 팀이 대한민국 유소년 축구의 수준을 한층 끌어올렸다는 데에는 반박의 여지가 없다. 포항과 전남은 유소년 육성에 특히 두각을 나타내는 팀들이다.

유스 팀 선수들은 직속 프로 팀과 똑같은 유니폼을 입고 자신의 경기에 나선다. 또 선배들의 경기를 보면서 꿈을 키운다. 대부분의 구단이 K리그 경기의 볼 보이로 유스 팀 선수들을 쓰는데, 그렇게 터치라인 바로 바깥에서 경기를 지켜보면서, 나도 저 형들처럼 되고 싶다고, 저 안에서 뛰고 싶다고 생각하게 되는 것이다.

물론 이 중에서 성인 팀 소속으로 뛸 수 있는 선수는 많지 않다. 고등학교를 졸업하는 선수들 대부분은 바로 팀에 들어와 봐야 어차피 기회를 잡기 힘드니 대학 무대에서 1~2년 경험을 쌓게 되는데, 그 후라도 팀에 합류하면 다행이지만 그대로 방출 아닌 방출을 당하는 경우도 많다. 입단을 한다 해도 데뷔는 또 다른 문제, 데뷔전도 치르지 못하고 계약이 만료되어 팀을 나오는 경우도 많고, 데뷔를 했다 해도 쟁쟁한 선배들과의 끝없는 경쟁에서 살아남아야 한다. 물론 이건 유스뿐 아니라 모든 선수가 겪어야 하는 '프로의 세계'겠지만.

그런데 올해는 '유스 풍년'이다. 진작부터 팀의 주축으로 활약해 온 김동준, 연제운 선수가 건재하고, 작년에 제 몫을 해 준 이성재 선수도 대기 중이다. 여기에 올해 이다원, 박태준, 김소웅 선수가 벌써 데뷔전을 치렀고, 특히 박태준 선수는 고등학교를 막 졸업한 주제(?)에 주전급 활약을 보이며 골까지 기록했다. 아직 데뷔는 못 했지만 이시영, 전종혁 선수도 호시탐탐 출격을 노리고 있다.

이러한 유스 선수들을 보고 흐뭇해지는 것은, 이들이 우리 팬들과 '같은 피'를 가지고 있다고 느껴져서다. 이것은 '성남인'이라는 피를 말하는 것이기도 하지만, '팬'이라는 피를 말하는 것이기도 하다. 바깥에서 경기를 지켜보며 내 팀의 플레이와 경기 결과와 성적에 희로애락을 느껴 본 자들이 공유하는 연대감이랄까? 한마디로 '함께 피가 말라 본' 사이라는 말이다. 다만 차이라면 그들은 이제 경기장 안에서 자신의 두 발로 우리 팀의 플레이와 경기 결과와 성적을 만들어 내는 사람이 되었다는 점이다. 힘을 모아 이러한 존재를 키워 냈다는 자부심 또한 팬들의 유스 사랑에 또 하나의 근거가 된다.

앞서도 이야기했지만, 감독과 팀, 선수와 팀보다는 팬과 팀의 관계가 더욱 단단하고 진하다는 것이 나의 믿음이다. 하지만 감독이나 선수가 그 팀의 진정 열렬한 팬이라면? 그건 이길 수가 없지 않은가!

작년 가을, 추위 속에서 덜덜 떨며 지켜본 승격 준플레이오프 경기의 원정 응원석에는 성남FC의 고등학교 유스 팀인 풍생고등학교 선수들도 자리를 잡고 있었다. 날은 춥고 소속은 드러내야 했기에, 팀 파카를 입은 위에 제 유니폼을 덧입어 모두들 타이어 인간이 되어서는 서포터스의 구호를 따라하며 열심히 응원을 했다. 자신이 가까운 미래에 뛰고 싶은 바로 그 팀이 승격하기를 간절히 기원하면서 말이다.

이 친구들의 등에 쓰인 이름을 하나씩 읽으며 이 중 몇 명이나 우리 팀에 들어올 수 있을까 하는 감상에 빠졌던 기억이 난다. 그리고 그 자리에 서 있던 박태준, 김소웅 두 선수의 이름도 기억이 난다. 그러니까 불과 지난가을만 해도 우리와 함께 응원을 하고 있었던 까까머리 고등학생들이 올해는 우리의 응원을 받으며 그라운드를 누비고 있는 것이다.(스무 살이 되어 머리를 기르고 싶었을 텐데, 삭발한 선배들 눈치가 보여 고등학생 때보다 더 짧게 머리를 밀고 말이다.) 이 생각을 하니 그라운드를 누비는 유스 선수들의 존재가 새삼 소중하여 감격스러운 한편, 10대 후반이라는 질풍노도의 시기에 소속 팀 성적이 1부리그 2위(고2)에서 2부리그 꼴찌(고3)로, 다음엔 2부리그 1위로 널을 뛰고 있는 너희들 인생도 참 스펙터클하다 싶은 것이다.

▶ 15년을 기다려 온 데뷔전

팀에 대한 애정을 주체하지 못하고 관중석에 난입했던 골키퍼 김동준 선수 또한 유스 출신. 이 선수는 '저렇게 잘하니 곧 1부리그 다른 팀으로 떠나겠지.', '일본으로 떠나려나.' 노심초사하던 팬들의 마음까지 헤아린 듯 올 초에 재계약을 선언하여 팬들을 감읍케 하였다. 하지만 아쉽게도 개막 후 여섯 경기 만에 큰 부상을 당해 시즌 내 복귀가 힘들어졌는데, 팬들은 중대한 시기에 맞은 그의 공백이 걱정되면서도, 지난 해 팀의 부진에 몸은 몸대로 마음은 마음대로 힘겨웠을 그가 올해는 당분간 축구 생각 말고 갓 태어난 딸을 보며 푹 쉬기만을 바라는 분위기다.

그 자리는 다행히 김근배 선수가 잘 메워 주고 있는데, 이번 경기에는 새 얼굴이 선발 명단에 이름을 올렸다. 유스 출신 전종혁 선수가 그 주인공이다. 그는 성남에서 태어나 성남FC의 초·중·고 유소년 팀을 모두 거친 '뼛속까지 성남맨'이다. 올해 초 입단 인터뷰에서 "다른 팀은 생각하지 않고 오직 성남 소속으로 프로 데뷔하는 것을 목표로 전진해 왔다."라며 기특한 감회를 밝히기도 했다.

서포터스의 유스 사랑은 유난스러운 데가 있어서 아직 한 번도 뛰는 모습을 보지 못한(아니, 이렇게 단정할 수만은 없는 게

어떤 극성팬들은 유스 팀 경기도 종종 보러 간다.) 이 선수의 이름
이 박힌 유니폼을 입은 이들이 시즌 초부터 눈에 띄기도 했다.
그런 그가 선발 명단에 오르자 팬들의 반응이 뜨거웠음은 두말
할 필요가 없다. 그라운드에서 몸을 푸는 전종혁 선수를 향해
팬들은 환호하며 이름을 연호했고, 선수 또한 팬들에게 틈나는
대로 인사를 했다.

　　선수 입장 및 사전 행사가 끝나고 선수들이 제 포지션으로
흩어지는 시간. 전종혁 선수는 그가 전반전에 지켜야 할 골대,
즉 뒤편에 서포터스가 자리를 잡고 있는 골대로 뛰어왔다. 흐
뭇한 마음으로 바라보고 있자니 시점이 저절로 전종혁 선수의
것으로 전환되었다. '저기, 드디어 성남의 골대다. 곧 휘슬이 울
리면 온전히 내가 지켜야 하는 그 골대가 한 발 한 발 가까워지
고 있다. 존경하는 선배가 부상으로 자리를 비운 덕에 얻은 소
중한 기회, 나 역시 그처럼 이 팀을 위해 최선을 다할 준비가 되
어 있다. 게다가 골대 뒤에는 나를 맞아 주는 든든한 팬들이 있
다……' 긴장된 듯 골문 앞에 선 그는 팬들에게 깍듯이 인사를
하고 뒤로 돌아 이제는 그라운드를 응시했다. '이 자리, 탄천의
북측 골문 앞에 서기까지 얼마나 오랜 시간 달려왔던가.' 이런
상상에 빠져 있는 와중에 곧 휘슬이 울렸고, 나는 가슴이 먹먹
해져서 한동안 공을 좇지 않고 그의 뒷모습만 바라보았다.

　　유스 출신 연제운 선수가 코너킥을 헤딩으로 밀어 넣어 수

월하게 앞서갔지만, 상대의 멋진 중거리슛에 전종혁 선수는 프로 첫 실점을 기록했다. 하지만 우리 팀 선수들은 데뷔전을 갖는 신인 골키퍼를 위해 세 골을 연달아 넣으며 일찌감치 그의 마음을 편하게 해 주었다. 경기 종료를 앞두고 한 골을 더 실점하긴 했지만 4 대 2의 무난한 승리. 경기를 마친 전종혁 선수의 얼굴에 감격이 어렸다. 인사를 마치고 로커 룸으로 돌아가는 선수들을 향해 "전종혁! 전종혁!" 하는 구호가 울리자 전종혁 선수는 가만히 멈춰 서더니 몸을 돌렸고, 그 자리에서 팬들을 향해 큰절을 올렸다. 모두들 열렬한 환호로 응답했고, 몇몇 팬은 눈물을 글썽이기까지 했다.

성남FC는 승리 시 경기 후 수훈 선수들 두세 명을 불러내 하이파이브 행사를 한다. 오늘 그 자리에 전종혁 선수가 빠질 리 없겠지 싶어 행사가 열리는 광장으로 향했다. 아니나 다를까, 우리 팀 장내 아나운서(공식적으로 가장 시끄러운 성남 팬)가 흥에 잔뜩 취해 마이크를 잡고 전종혁 선수를 연호하고 있었다. 그걸 또 흐뭇이 바라보고 있는 S 씨를 발견하고 다가가 말을 걸었다.

"캬, 봤어요? 전종혁 큰절?"

"그니까요, 캬, 이쁜 놈. 역시 근본이 있어, 근본이."

그러고서 또 뭘 샀냐느니 역시 호구라느니 따위의 이야기를 잠시 주고받다가 문득 떠오르는 바가 있어 덜컥 말했다.

"하이파이브 할 때 우리도 종혁이한테 큰절해 줄까요?"

"그니까요, 으잉? 미친놈. 역시 근본이 없어, 근본이."라고 타박할 줄 알았던 S 씨는 뜻밖에 잠시 멈칫하더니 "괜찮은데?"라고 작은 눈을 반짝이고는 곧 쐐기를 박았다. "합시다!", "오케이, 콜!"

전종혁 선수는 세 선수 중 끝자리에 서 있었다. 앞의 두 선수와 손바닥을 맞부딪치고 어깨를 다독여 주며, 수고했고 고맙다고 힘껏 말해 주었다. 이제 전종혁 선수 앞, S 씨가 옆에 와 서기를 기다렸다. '뭐지, 이 아저씨 왜 가만있지.'라는 듯한 전종혁 선수의 짧은 어리둥절함을 느끼는 동안 S 씨가 옆에 섰고, 가만한 몸짓으로 하나, 둘, 셋 신호를 주고받고는 함께 머리를 조아렸다. 명절도 아니고 장례식장도 아닌데 옆 사람과 타이밍을 맞추어 절을 하고 있다니……. 선수의 표정이 궁금했지만 큰절을 하면서 상대의 표정까지 살피는 것은 지나친 욕심. 차분히 몸을 일으켜 그의 손을 꼭 잡았다가 냅다 한번 안아 주고 돌아나왔다. 조금 부끄러웠지만 많이 뿌듯하고 행복했다. 평생 한 번뿐인 누군가의 데뷔전에 작지만 기억에 남을 선물을 할 수 있어서.

"성남의 골문 앞, 이 자리에 서기까지 15년이 걸렸다." 며칠 뒤에 공개된 인터뷰에서 그는 말했다. 물론 모든 선수들은 프로 무대에 서기 위해 오랜 기간 노력한다. 하지만 그냥 '아무

팀의 골키퍼 자리'가 아니라 '성남의 골문 앞, 바로 그 자리'를 위해 15년을 기다렸다는 사람의 말에는 또 다른 무게가 있다. 자신이 지켜야 할 성남의 골문의 무게를, 그 뒤에서 함께해 줄 팬들의 응원의 무게를 아는 사람이 갖는 무게. 우리는 그 무게를 사랑한다.

▶ 복리로 되돌려 드립니다

이런 글을 쓰면서도 마음 한구석에 또아리를 풀지 못하고 들어앉은 걱정이 하나 있다. 바로 '유스 아닌 선수들 서러워서 살겠나.' 하면 어떡하지 싶은 걱정이다. 전종혁 선수에게 큰절을 할 때 가장 마음에 걸렸던 것 역시 옆에 있던 다른 두 선수 보기에(그리고 혹시 이 이야기를 전해 들을 다른 선수들 보기에) 미안하다는 것이었다. 그날 해트트릭을 한 선수에게 그런다면 모두 웃으며 이해하겠지만, 데뷔전에서 두 골을 실점한 스물셋 나이의 골키퍼에게 그러는 건 사정이 좀 다르다. 혹시라도 다른 선수들의 마음 한편에 씁쓸함이 깃들지나 않을까? 나는 이런 일을 겪어 본 적 없지만, 엄격한 줄로만 알았던 외조부모님이 갓 태어난 막내 친손자 앞에서 뺨을 방바닥에 붙이며 '오로로로 까꿍' 하는 모습을 보면 비슷한 기분이 들지도 모르겠다. '혈통'

이 벽을 세워서는 안 되는 거니까.

그럼에도 큰절을 감행한 것은, 나의 큰절은 이 선수가 '유스 출신이라서'가 아니라 '팀에 대한 사랑과 팬에 대한 고마움을 주체하지 못하는 선수라서'라고 마음을 정리했기 때문이다. 팬들의 환호를 받는 선수는 많지만 거기에 큰절을 돌려주는 선수는 거의 없다. 그 깊은 마음은 충분히 보답받을 가치가 있으며, 표현된 애정에는 표현으로 보답해야 한다고 생각했기 때문이다.

이왕이면 팬의 지지와 애정이 더 잘 느껴지는 곳에서 뛰고 싶은 것이 인지상정이기에, 선수를 향한 애정 표현은 그들에게 우리 팀을 좀 더 매력적으로 다가가게 하는 수단이기도 하다. 우리 팀 선수라면 이런 우리를 위해 더 열심히 더 오래 뛸 것이며, 이런 마음들이 쌓인다면 다른 팀 선수들도 저런 팬들이 있는 성남에서 한번쯤 뛰어 보고 싶다고 생각할 것이다. 어떻든 이건 유스 출신 여부와는 관련이 없다. 그래, 유스 출신도 아닌 선수가 우리 팀을 격렬히 사랑한다면 그게 더 환호받을 일 아니겠는가?

지난여름 블랙존에 등장했던 이지민 선수가 대표적이다. 그날 그에게서 받은 이온 음료는 귀히 여겨 차마 뜯지 못했는데, 보기만 해도 '성남뽕'에 취하는 느낌이라 거실 술장에 고이 모셔 두었다. 시즌 초에 한 매체와 가진 인터뷰에서 이 선수는 "저는 심장이 검은색"이라는 말을 해서 성남 팬들을 또 한 번 감동시켰다.(빨간색 유니폼을 입는 팀 팬들은 어떡하지? "저는 심장이 빨간색.", "제 혈관에는 빨간 피가 흘러요."라는 말은 들으나 마나잖아!)

그날 전종혁 선수의 옆에서 우리를 지그시 바라보던 최병찬 선수 이야기도 빼놓을 수 없다. 다른 구단의 입단 제안을 받았지만 어렸을 때부터 직관하던 성남에서 뛰고 싶어 제안을 거절하고 무려 '공개 테스트'에 참여하여 성남에 입단했다. 실력에 자신감이 있어서 그랬겠지만, 진학과 취업에 대한 선수들의 중압감을 상상하면 결코 쉬운 결정은 아니었을 것임을 안다. 그에게도 이루 말할 수 없이 고맙다.

다른 팀 선수들 이야기도 해 볼까. FC서울이 원 소속팀이지만 아산에서 의경으로 군 복무 중(2019년 9월 전역 예정)인 주세종 선수는 K리그에서 유명한 '성덕(성공한 덕후)'이다. 데뷔는 부산아이파크에서 했지만 어렸을 때부터 서울의 팬이었던 그는 부산에서의 준수한 활약을 바탕으로 서울의 러브콜을 받고 기어이 상암에 입성하게 된다. 서포터스의 응원 구호를 따라 외치던 소년이 이제는 바로 그 홈구장에 서게 되었는데, 그가 경기 중에 짓는 환호, 분노, 좌절의 표정은 정말 이 팀과 혼연일체가 되어 있지 않으면 나올 수 없는 표정이다. 부산 시절에도 팬 서비스가 워낙 좋았고, 부산을 떠날 때는 장문의 소감문을 올려 팬들을 감동케 했는데 "내 자존심이 팬들의 자존심이고 내 꿈이 팬들의 꿈이라고 생각하며 정말 열심히 했던 지난 4년 큰 힘이 되어 주신 분들 정말 너무 감사했습니다."라는 마지막 문장을 보면 '아, 이 사람 팬질 좀 해 봤구나.' 하는 생각이 절로 든다.

2016년 부천으로 이적해 와서 이듬해부터 주장을 맡은 문기한 선수 이야기도 놓칠 수 없다. 그는 "돈은 여자 친구 초콜릿 사 줄 만큼만 있으면 된다."라고 선언하여 한국의 마렉 함식이 되었는데,(여자 친구이자 이제는 부인이 된 그녀가 부천의 직원이라는 사실은 반전인가 필연인가!) 감독, 코치, 트레이너, 통역 등 코칭스태프를 위해 자비로 모자를 사서 거기에 부천의 엠블럼과 모자 주인의 이름을 자수로 박아 선물하기도 했다. "선수들은 유니폼에 이름이라도 박혀 있지만 감독님과 코치님들은 그렇지 못하다. 이 모자를 통해 부천 소속이라는 통일감을 느끼셨으면 좋겠다."라면서.*

수원삼성의 염기훈 선수는 이적 과정에서 여러 우여곡절을 겪으면서까지 수원에 입성, 2010년부터 지금까지 군 복무 기간을 제외한 모든 시즌을 수원에서 뛰며 정신적 지주로 활약 중이다. 팀이 부진할 때에도 SNS에 "아무리 힘들어도 우린 수원이다", "나 또한 이 사랑에 후회는 없다"라는 해시태그를 달아 글을 남기는 그 덕분에 수원 팬들은 그나마 마음을 추스를 수 있었다. 코너킥을 차러 가는 그가 두 손을 휘저어 응원을 독려하면 수원의 관중들은 들불처럼 일어나 호응하곤 한다.

* 「부천 문기한이 모자에 오바로크 친 사연은?」, 《스포츠니어스》, 2017년 6월 24일.

베테랑 골키퍼 김영광 선수는 서울이랜드가 2015년 창단할 때 중심을 잡아 줄 선수로 영입되었다. 곧 이루어 낼 수 있을 것 같았던 승격도 여러 번 좌절되고, 약한 팀 전력 때문에 골키퍼로서 '극한 직업'을 체험하고 있지만, 2022년까지 장기 재계약을 맺어 서울이랜드 팬들을 감동시켰다. 누군가는 그 정도 실력이라면 늦기 전에 더 큰 도전에 나서야 하지 않겠느냐고 생각하겠지만, 한 팀을 지키는 지금의 선택이 어쩌면 더 큰 도전일지도 모르겠다는 생각이 든다. 게다가 올해에는 자주 들르는 인터넷 커뮤니티에 '본인 인증'을 하고는 경기장에 많이 찾아와 응원해 달라는 게시물을 직접 올려 화제가 되었다. "셀카, 사인, 원하는 대로 다 해 드립니다!"라면서. 심지어 경기에 착용했던 골키퍼 장갑까지 나눠 준다. 아낌없이 주는 나무요, 100점짜리 홍보 대사다.

이 선수들 모두 그 구단의 유스 팀과는 관련이 없다. 아니, 관련이 없을 리 없다. 그 구단의 유스 선수들은 이 선수들을 보며 꿈을 키울 테니까. 자신의 팀을 사랑하는 선수들은 팬에게 그 이상으로 사랑받는다. 역시 출신과 태생보다는 애정과 의지다. 애지중지 키워 봐야 구단과 합의도 없이 제도의 빈틈을 활용하여 제멋대로 해외 진출을 해 버리는 그런 유스 출신 선수가 다 무슨 소용이란 말인가.

'진정성'이란 단어의 빛이 많이 바랬다. 이 단어가 많은 경우 무언가를 가리기 위한 장치로 쓰이기 때문이다. 그 단어의 껍데기를 빌려 자신의 이득만 취하는 이들 때문이다. 하지만 팀과 선수와 팬의 관계에서라면 그 단어에 나쁜 것이 끼어들 틈이 별로 없다. 열심히 좋아하고 많이 표현하고, 그런 서로에게 고마워하면 된다. 그뿐이다.

선수가 팀에 애정을 가지기 위해서는, 그리고 팬들과 친해지기 위해서는 물론 시간이 필요할 것이다. 구단과의 계약 관계에서 불리한 위치에 있는 경우가 많아 무턱대고 마음을 주기 힘든 사정도 잘 알고 있다. 하지만 분명히 말할 수 있는 것은 선수가 팀과 팬에 대해 보여 주는 애정은 어떤 방식으로든 보답을 받는다는 것이다. 그것도 아주 크게. 그렇게 돌려주는 것이, 더 표현하지 못해 안달인 축구팬들의 진정성이니까.

* * *

"성남은 비상할 거라 믿고 있고 언제나 응원하고 늘 곁에서나마 지켜보겠습니다. 성남에 다시 왔을 때 은퇴는 성남에서 꼭 할 거라고 했는데 약속 못 지켜 드려서 죄송합니다. 아직 저는 뛰고 싶고 뛸 수 있기에 선수로 이어 가고자 합니다. 어느 팀을 가더라도 항상 성남에서의 모든 기억 잊지 않겠습니다."

2017 시즌 후 팀을 떠나게 된 선수가 성남FC 홈페이지 자

유게시판에 남긴 글이다. 10년 동안 팀을 위해 헌신한 성남의 현재진행형 레전드, 그렇기에 관중석에서 가장 많은 마킹 유니폼이 보이던 선수의 서툴지만 '진정성' 느껴지는 작별 인사에 팬들은 먹먹한 가슴으로 댓글을 달아 감사를 전하고 앞날의 축복을 빌었다.

몇 달 뒤인 2018년 가을, 그의 이름이 실시간 검색어에 올랐다. 후배 선수에게 승부 조작을 제안했다가 체포된 것이다.(제안을 받았던 이한샘 선수의 신고에 박수를 보낸다.) K리그 팬들은 모두 놀랐고, 성남 팬들은 모두 충격에 휩싸였다. 스포츠에 대한, 그리고 팬들에 대한 가장 강력한 모독인 승부 조작, 어느 선수가 그랬어도 분노했을 이 행위를 팀의 상징과도 같았던 선수가 저지르다니⋯⋯. 김동준 선수가 블랙존에 난입한 날 승부차기 마지막 키커로 나서서 골을 성공시키고 환하게 웃었던 바로 그 베테랑 풀백은 이렇게 팬들의 가슴에 비수를 꽂았다.

수많은 성남 팬들의 옷장에 고이 모셔져 있던 그의 유니폼은 분노와 눈물 속에 찢기고 버려졌다. 비유가 아니라 실제로 말이다. 그가 성남에 보인 애정은 진심이었을 것이다. 하지만 그는 그것을 끝까지 지키지 못했다. 열심히 좋아하고 많이 표현하고 고마워한다고 하더라도, 아니 진정 그러하다면, 상대에게 영향을 미칠 내 행동 하나하나에 언제나 조심스러워야 한다. 그것이야말로 진정한 진정성이다.

▶ K리그 팀들의 유니폼

유니폼 디자인을 구성하는 여러 요소 중 최우선은 당연히 '색'이다. 유니폼이란 게 두 팀을 쉽게 구분하기 위해 생긴 것인데, 숨 가쁘게 돌아가는 그라운드에서 단추 개수나 소매 스트라이프 줄 수나 U넥인지 V넥인지로 같은 편 여부를 판단할 순 없는 노릇. 눈에 확 들어오기로 '색'만 한 것이 없다. 유니폼 색은 곧 팀의 상징색이 되고, 이는 엠블럼, 마스코트, 홍보물, 홈페이지, 구단 버스, 구단 물품 등 곳곳에 사용되면서 팀의 중요한 정체성을 이룬다. 서포터스의 응원곡 가사에도 '녹색 전사'니 '검붉은 열정'이니 하는 구절이 들어갈 정도.

성남은 시민구단으로 출범한 두 번째 해인 2015년부터 검은색을 콘셉트로 잡았다. K리그에서 사상 처음이고, 세계적으로도 흔치 않은 시도였다. 멋있긴 한데 여름에 덥지 않을까 등의 작은 딴지들이 있었지만, 꾸준히 사용해 오면서 성남의 컬러로 각인되었다.

유니폼으로 가장 많이 쓰이는 색은 강렬함의 상징이라 할 수 있는 빨간색이다. 경남, 부산, 부천, 상주가 빨강을 메인 색으로 사용하는데, 커다란 검정 대각선을 한 줄 넣어 차별화를 꾀한 경남의 팀 컬러는 흔치 않으면서도 고급스러워서 대체로 호평을 받아 왔다. 빨간색이 들어가지만 빨강으로만은 부를 수 없는 팀들도 있다. 빨강과 검정의 줄무늬를 사용하는 FC서울과 포항은 '검빨'로 불리는데, 서울이 세로 검빨이고, 포항이 가로 검빨이라 두 팀의 경기는 '검빨 더비'라고 불린다. 수원FC는 빨강과 파랑의 세로 줄무늬로 독특한 개성을 뽐낸다.

제주와 강원은 주황색을 쓰고 있는데, 감귤의 고장 제주가 이 색을 고른 건 탁월한 선택 같다. '빛의 도시' 광주는 노란색을 사용하고 있고, 전남과 아산도 마찬가지인데 보조색으로 전남은 검정을, 아산은 파랑을 사용하고 있어서 느낌이 다르다.

안산그리너스의 색은 초록색일 수밖에 없겠다. 하지만 초록의 주도권을 쥔 것은 아무래도 빅클럽인 전북. 다만 전북 유니폼의 색조는 해마다 바뀌어 진녹색과 연녹색 사이를 왔다 갔다 한다. '형광 연두' 시절이 강력한 이미지로 남아 있다.('티아라더비'도 이 시절의 일이다.)

대구는 하늘색으로 색다른 포인트를 주었다. 흔치 않은 색인데 태양 엠블럼과 이미지 면에서도 잘 어울려서 호평을 받는다. 최근에 축구까지 잘하니 같은 색 유니폼을 입는 잉글리시 프리미어리그 맨체스터시티가 떠오른다며 '대체스터 시티'라는 별명까지 덤으로 얻었다.

수원삼성블루윙즈도 파란 유니폼을 입을 수밖에 없겠다. 여기에 보조색 빨강과 흰색으로 포인트를 주곤 한다. 울산은 파랑을 베이스로 하되 파랑 계열의 다른 색으로 세로 줄무늬를 넣는데, 이 또한 독특한 매력이 있다. 인천의 파랑과 검정 세로 줄무늬도 트레이드마크가 되었는데, 축구를 좀 더 잘하면 (이탈리아의 '인테르밀란'을 따서) '인천밀란'이라고 불릴 법도 하지만 안타깝게도 그럴 기회를 잡지 못하고 있다. '파랑검정'은 인천서포터스 연합의 이름으로도 사용 중이다. 서울이랜드는 진청색으로 틈새시장을 잘 노렸고, 표범을 마스코트 삼는 팀답게 유니폼에 호피 무늬를 넣은 것도 이색적이다.

'자줏빛' 대전은 경기장 별명도 '퍼플아레나'고, 최근에는 경기장에 자주와 달라는 '자주자주 캠페인'을 통해 이 색을 잘 써먹고 있다. 후발 구단 안양이 고른 보라색도 개성 있는 선택이었는데, 붉은 유니폼을 입던 안양

LG치타스의 서포터스였던 'A.S.U 레드'는 서포터스의 이름은 바꾸지 않고 '아주 붉은 것은 이미 보라색이다.(紅得發紫)'라는 멋진 중국 속담까지 용케 찾아내 의미를 확장했다.(FC서울까지 은근히 '디스'하고 있다.)

최근에는 서포터스가 아닌 팬들도 유니폼을 착용하고 경기장에 오는 문화가 점점 확산되고 있다. 팀과의 일체감을 느끼고 또 남들에게 드러내 보이기에 역시 유니폼만 한 것이 없다. 사인 용지까지 한 번에 해결되는 것은 덤.

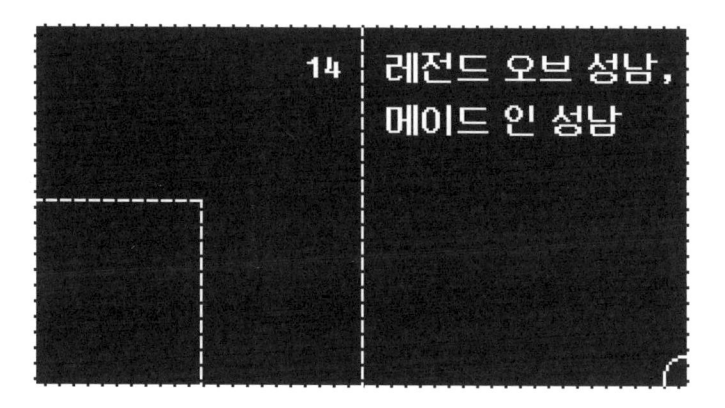

14 | 레전드 오브 성남,
메이드 인 성남

▶ 국가대표팀 앞에서의 자기 분열

2018 러시아 월드컵이 벌어지는 한 달 동안, 자주 들은 말 중 하나는 "요즘 좋으시겠어요." 내지는 "재밌으시겠어요."였다. 내가 축구를 좋아하는 걸 아는 친절한 사람들이 안부차 건네는 말인 걸 알기에 "에이, 저 월드컵 그렇게까지 열심히는 안 봐요."라며 나긋나긋 대답하고 넘어가지만, 속내에 이미 스쳐 간 심통 섞인 생각은 이렇다. '왜 성남이 개막 후 7승 4무 할 때는 좋겠다고 안 했어요? 그때가 훨씬 좋았는데?', '그놈의 월드컵 때문에 리그를 쉬어서 심심해 죽겠거든요!'

내가 말은 이렇게 해도, 월드컵 아시아 지역 최종 예선도 직관하러 간 사람이다. 월드컵 본선 진출 여부가 간당간당했던 2017년 늦여름 어느 오후, 편집자 서효인 씨에게 문자가 왔다. 일주일 뒤에 있을 이란과의 경기를 보러 같이 가지 않겠냐는 제안이었다. 연재하는 내내 "성남 한번 같이 가야 하는데 말이죠."라고 말하면서도 한 번도 탄천을 찾지 않았던 그가 이런 제안을 하다니 내심 괘씸했지만, '영업 불가능한 K리그'에 대한 속 깊은 배려였겠거니 이해하기로 했다. 나는 "거래를 하죠. 오늘 저녁 탄천에 성남 대 부산 경기 보러 오면."이라는 조건 하나 달지 않고 깔끔하게 오케이를 했다. 안타까운 사람의 제안은 거절하기 힘들기도 하고.

며칠 뒤에 함께 찾은 서울월드컵경기장의 분위기는 어마어마했다. 나중에 한 선수가 "관중의 함성 소리 때문에 선수들끼리 소통이 힘들었다."라고 얘기했다가 여론의 뭇매를 맞았을 정도니 말 다했지 뭔가. 연말의 보신각이라거나 여의도 불꽃축제라거나 줄 서서 기다려야 하는 맛집을 떠올리면 뒷걸음질이 절로 쳐지는 성격에 좀 버겁긴 했지만, 그보다는 부러움이 더 컸다. FC서울의 홈경기에 이 절반만이라도 왔으면 얼마나 좋을까 싶어서.

0 대 0으로 끝난 그 경기의 볼거리라고는 이란의 톱니바퀴 같은 수비 조직력뿐이었다. 뜨거운 에너지가 맞부딪치는 수준 높은 경기를 기대했는데 다소 시시했던 게 사실이다. 재미 면에서 보자면, 관람 제안을 받았던 그날 저녁 탄천에서 내도록 삽

질을 하다가 86분에 선제골을 허용해 팬들을 한숨짓게 하더니만 포기하려던 90분에 동점골을 꽂아 넣어 한숨을 내쉬게 한 우리 팀, 다음 경기 역시 내도록 포크레인질을 하다가 88분에 페널티킥을 넣어 '꾸역 승'이라도 거두는 근성을 보여 준 우리 팀의 경기가 한 수 위였다.

어쨌거나 한국은 이란과의 무승부에 이어 며칠 후 우즈베키스탄 원정에서의 무승부로 가까스로 9회 연속 월드컵 본선 진출에 성공했다. 기억하실지 모르겠지만, 우리 경기를 먼저 끝내고 이란과 시리아의 경기 결과를 기다려야 했는데, 성남 팬들은 플레이오프에 진출당한 지난 시즌 창원에서의 마지막 경기를 다시 겪는 듯한 짜릿한 데자뷔에 희열을 느꼈다는 후문이다.

'축구' 하면 붉은 유니폼과 태극기와 한일전과 2002년 월드컵 등을 가장 먼저 떠올릴 사람들에게 월드컵이란 한국이 16강에 진출하느냐 마느냐, 손흥민 선수는 몇 골을 넣느냐, 축구를 어디서 보고 얼마나 재밌게 응원을 하느냐 같은 문제들의 모음일지도 모르겠다. 반면에 해외축구 팬에게는 클럽별로 나뉘어 있던 선수들이 국적에 따라 헤쳐 모인 새로운 팀의 조합을 보는 재미가 쏠쏠한 대회일지 모르겠고 말이다.

오랜 K리그 팬으로서 월드컵, 정확히 말하자면 국가대표 팀을 바라보는 나의 마음은 참으로 분열적이다. 가장 큰 이유는 K리그가 국가대표의 들러리만 서는 것 같기 때문이다. 2006년 독일 월드컵 한국 대표팀에는 K리거가 열여섯 명, 해외파가 일곱 명이었다. K리그 선수들이 중심이 되었고, 걸출한 해외파들이 그 선수들을 이끄는 모양새였다. 2010년 남아프리카공화국 월드컵 때 이 숫자는 열세 명과 열 명으로 바뀌었는데, 해외 진출 선수가 늘어나는 추세를 감안하면 납득할 만한 숫자였다. 하지만 문제는 숫자보다 이미지였다. 그사이에 해외축구가 축구 팬들의 일상 속으로 깊이 들어오면서 사람들의 머릿속에 '화려한 해외리그와 허접한 K리그' 구도가 본격적으로 그려지기 시작한 것이다.

그러한 추세는 2014년 월드컵 전까지도 나날이 심해져서 국가대표팀 팬과 해외축구 팬의 입맛에 맞춘 기사와 그들이 주도하는 댓글난을 보고 있으면 어쩐지 "우리 잘하는 해외파 선수들 뛰는 데 거추장스럽게 하지 말고 K리그는 얌전히 빈자리나 메워." 소리를 듣는 기분이었다. 국내 선수들로 치른 평가전에서 졸전이 펼쳐지면 "K리그 수준이 다 그렇지."라는 말을 들었고, 해외파가 참여한 평가전에서 졸전이 펼쳐지면 "K리그 선수들이 못 받쳐 줘서 그렇지."라는 말을 들었다.

그리고 대망의 2014년 브라질 월드컵. 명단에 포함된 K리그 선수는 고작 여섯 명에 그나마도 세 명은 골키퍼였다. 숫자가 적은 거야 그럴 수도 있는 일이고, 감독이 자신의 전략과 전술을 잘 수행할 수 있는 선수를 선호하는 것도 당연하고 온당한 일이다. 하지만 누구보다도 깊이 국가대표와 K리그의 공존과 상호 발전을 고민해야 할 '자국 출신 대표팀 감독'이 (아무리 시간이 촉박했다지만) 그에 대한 고민의 흔적도, 심지어 최소한의 존중도 보여 주지 않았다는 점은 무척 실망스러웠다. 나를 비롯한 많은 K리그 팬들은 월드컵 볼 맛이 싹 달아나고 말았다.

리그에 대한 존중만 있다면 두 명이 들어간들 어떠랴. '돈도 지지리도 안 도는' K리그에서 실력을 인정받으면 해외로 나가는 것도 당연한 일이고 말이다. 하지만 지금 같은 'K리그 폄하'가 당연한 듯 밑바탕에 깔려 있는 상황에서라면 국가대표팀을 곱게 볼 수만은 없게 된다. 결국 해외축구에 대한 피해 의식 문제와 통하는 이야기다.

이런 마음이라면 아예 국가대표 경기를 안 보면 그만이겠다. 실제로 K리그 팬 중에는 국가대표 경기에 전혀 관심 없는 이들도 있고, 한국이 월드컵에 안 나갔으면 좋겠다고 공공연히 말하는 이들도 있다. 붉은악마의 초기 주력 부대가 K리그 각 구단 서포터스 연합이었고, 지역 지부 역시 그 지역을 연고로 하는 구단 서포터스가 이끌어 나갔다는 사실을 생각하면 무척 쓸쓸한 노릇이다.

나 또한 국가대표팀 경기에 아예 관심을 꺼 버릴까 싶다가도, 그게 참 말처럼 쉽지가 않다. 평가전에 불려 간 K리그 선수들은 얼마나 잘하는지, 오랜만에 보는 K리그 출신 해외파 선수들은 요즘 어떤지, 이 선수들의 이렇고 저런 조합은 어떤 그림을 그려 낼지 따위가 궁금하니 말이다. 게다가 월드컵 본무대가 주는 긴장감은 또 어떻고!

이러한 자기 분열을 그대로 둘 수는 없으니 어떻든 국가대표팀이 잘되는 게 K리그 입장에서도 낫다고 자기 합리화를 하곤 하는데, 사실은 다년간의 경험을 통해 이미 알고 있다. 국가대표팀이 아무리 잘한들 딱히 K리그에 도움이 되지 않는다는 것을.

하지만 거꾸로, 국가대표팀이 아무런 관심도 받지 못하고 심지어 월드컵에 나가지 못하기라도 한다면 K리그는 더더욱 침체될 게 뻔하다. 월드컵 한 번 못 나간다고 하면 별거 아닌 듯한데, 다음 월드컵이 '8년 뒤'라고 하면 느낌이 확 다르다.(물론 8년 뒤에 진출을 하긴 한다면 말이다.) 물론 그 8년 동안에도 일부 유럽파 선수들은 열심히 '국위 선양'을 하고 팬들의 사랑을 받겠지만, 축구협회로 들어갈 스폰서 수익이나 중계권료 등이 급감하며 유소년 축구부터 시작하여 한국 축구의 구조는 조금씩 삐걱거리게 될 것이다. 분명 K리그도 타격을 받을 것이고, "월드컵도 못 나가는 한국 축구" 소리를 듣는 것도 해외축구가 아닌 K리그의 몫일 것이다.

그러니 국가대표팀 경기는 보면서도 걱정이다. 우리 팀 선수 다쳐서 돌아올까 걱정, 정말로 해외파만 잘해서 K리그 선수들과 비교될까 걱정, 혹시나 K리거가 맹활약해도 '너는 얼른 유럽 가야겠다. 그런 후진 데 있지 말고.' 하는 소리나 나오겠지 싶어 걱정, K리그 라이벌 팀 선수가 너무 잘하면 배 아플까 걱정, K리그 선수들 실수해서 '역시 K리그'라고 욕 먹을까 봐 걱정…….

이러니 국가대표팀 경기 앞에서, 특히 월드컵 같은 중요한 경기 앞에서 갈팡질팡 분열하지 않을 수가 없는 것이다. 한국 축구의 '이방인'이 겪어야 할 숙명이려나. 이번 2018 러시아 월드컵도 크게 다르지 않았다. 물론 겉보기에는 다른 이들과 크게 다르지 않았다. 스웨덴전의 졸전에 고개를 절레절레 저었고, 멕시코전의 패배에 한숨을 내쉬었으며, 독일전의 두 골에 제자리에서 엉덩이로 풀쩍 뛰어올랐으니까. 그러는 와중에도 위의 걱정들을 떨쳐 내지 못하고 자꾸만 주춤거리고 있으니 이 얼마나 슬픈 일인가. 자기 분열도 이런 자기 분열이 없다.

▶ 유령, 레전드를 만나다

이쯤에서 나처럼 갈팡질팡하지 않고, 특별한 방식으로 월드컵을 즐긴 팬이 있어서 소개해 볼까 한다. 성남FC의 한 팬은 러시아 월드컵을 맞아 직접 러시아로 떠났다. 붉은악마의 일원으로서는 아니었다. 성남의 두 '레전드'를 응원하기 위해 따로 간 것이었다.

그 팬은 초등학생 때부터 성남을 응원해 왔고 올 시즌부터는 블랙존 맨 앞에서 서포터스 깃발을 휘두르는 17년 차 성남 팬 서주훈 씨다. 서포터스 깃발이야 으레 거기 있겠거니 하는 거지만 눈에 띄는 것은 그가 쓴 가면이다. 얼굴을 반만 가린 그 가면은 '오페라의 유령'을 본딴 것인데, 처음에는 그냥 멋으로 썼겠거니 했지만 서포터 J 씨가 속뜻을 귀띔해 주었다. "아, 그거? 탄천의 유령이 되고 싶다던데?" 그 가면은 해가 바뀌며 점점 더 다양해지고 있다.

'탄천의 유령'이 응원하고자 하는 두 레전드 중 한 명은 신태용 감독이다. 위기를 맞은 국가대표팀의 소방수로 긴급 투입되어 본선까지 지휘하게 된 그는 성남일화의 '레전드 오브 레전드'다. 나는 그가 뛸 당시에는 이 팀을 응원하지 않았지만, 그는 모든 K리그 팬의 '리스펙트'를 받을 자격이 있는 선수였다. 유독 대표팀 운이 없었던 탓에 국가대표 경기 위주로 축구를 본 사람들에게는 뭐 그렇게까지 잘했나 싶을 수 있는데, 리그에서의 활약은 정말 대단했다.

성남일화의 두 번의 3연패를 직접 일구어 냈고, "K리그 MVP는 J리그에 가지 않는다."라는 말로 리그 팬들을 울컥하게 했다.('J2리그'가 와전된 거라는 말이 있다.) 실력뿐 아니라 팬을 대하는 자세도 멋졌다. 경기 도중 관중석의 박수를 유도하는 것은 기본, 상대 서포터스가 투척한 물병의 뚜껑을 따 야무지게 물을 마시고 엄지를 치켜세워 주었고, 코너킥을 차려던 찰나 뒤쪽에서 팬이 "왼발로요!" 하고 소리치자 씩 웃으며 오른발로 차려던 킥을 바꾸어 차 주기도 했다.

그의 K리그 통산 기록은 401경기 99득점 68도움 2실점. 2 실점은 뭐냐고? 골키퍼가 부상당하고 교체 카드도 없는 상황에서 키퍼를 자청해서 3 대 2 승리를 지켜 낸 훈장이다. 100득점 고지에 페널티킥으로 오를 수는 없다며 페널티킥 기회는 족족 양보했는데, 막판에 팀과 잠시 틀어져 오스트레일리아로 가서 은퇴를 하는 통에 100득점은 달성하지 못하게 되었다.(99득점도 2019년 8월 현재 리그 통산 11위 기록인데, 20위 내에서 유일한 미드필더다.) 또 그렇게 틀어지고도 나중에 감독으로 돌아와 감격의 2010 AFC챔피언스리그 우승까지 안겨 주었다.

다른 한 명의 레전드는 수비수인 윤영선 선수다. 2010년 데뷔 이래 2년의 군 복무 기간을 제외하면 성남에서만 뛰어 왔다. 얼마 전에 제대하고 복귀하여 성남의 어린 까치들을 든든하게 이끌어 주고 있는데, 최후방에서 팀을 지휘하는 든든한 모습과 훤한 풍채 덕에 '윤장군'이라는 잘 어울리는 별명으로 불린다. K리그에서 군경 팀 소속이 아닌 순수 2부리그 선수가 월드컵 본선 명단에 이름을 올린 건 그가 최초다.(결국 그는 2019년 시즌을 앞두고 울산현대로 이적했다.)

서주훈 씨는 이 두 사람을 위해 'THE LEGEND OF SEONGNAM'이라고 쓰인 플래카드와 윤영선 선수의 상반신 그림에 'GENERAL YUN'이라는 글자를 넣은 플래카드를 준비했다. 두 문구 모두 성남 팬들의 인터넷 투표를 통해 결정했고, 작은 글자로 다른 팬들의 응원 메시지도 함께 넣었다.

윤영선 선수는 대표팀의 주전 수비수가 아니었다. 후보 선수의 출전이 흔치 않은 포지션이니 한 경기도 못 나와도 이상하지 않은 상황, 조별리그 세 경기를 모두 예매하여 기회를 노리는 것은 부담스러웠다. 서주훈 씨는 멕시코전을 목표로 한 예매 전쟁에서 실패한 후 독일전으로 방향을 틀었다. 입장권을 사고 항공권을 사고 걸개 반입 허가도 미리 얻었다.

그리고 독일전 당일, 그가 동료들의 도움을 받아 카잔 스타디움 2층 한쪽 구석에 걸개를 걸고 있을 때 그날의 선발 명단이 발표되었고, 그는 그 자리에서 눈물을 흘렸다. 이전 두 경기에 출전하지 못했던 윤영선 선수가 당당히 이름을 올린 것이다. 한국에서 가슴 졸이던 성남 팬들도 환호성을 내질렀다.

오랫동안 회자될 그 경기에서, 윤영선 선수는 독일의 막강한 공격수들을 꽁꽁 묶었다. 서주훈 씨는 경기 내내 성남의 응원가에 신태용, 윤영선 두 사람의 이름을 바꿔 넣어 불렀다고 한다. 국가대표 응원곡보다는 경기장에서 매번 듣는 음계의 응원가가 기왕이면 더 힘이 되지 않겠느냐며.

경기가 끝나고 카메라가 경기장 이곳저곳을 비출 때 환하게 웃는 우리 선수들 얼굴 저 위로 조그맣게 걸려 있는 "THE LEGEND OF SEONGNAM"을 보니 나까지 뿌듯해지는 건 어쩔 수가 없었다. 우리 팀에서 뛰는 선수가 세계 최고의 무대서 마음껏 기량을 펼쳐 멋진 결과를 만들어 냈다. 이미 중계 도중에 전 세계의 텔레비전 화면에 'Yun Young-sun (Seongnam FC)'이라는 자막이 여러 번 나갔겠지. 자, 만방으로 퍼지거라, S.E.O.N.G.N.A.M.F.C!

나의 관심사는 곧 '윤영선 선수가 저걸 직접 봐야 하는데! 꼭 봐야 하는데!'로 바뀌었다. 뉴스 보고 뒤늦게 알지 말고 직접 봐! 직접 보라고! 조마조마하며 지켜보던 찰나. 카메라가 움직이는 끄트머리에 윤영선 선수가 플래카드 방향으로 몸을 틀어 인사를 하는 모습을 보니 안도가 되는 동시에 뭉클해졌다. 오늘 경기 정말 완벽해!(멕시코가 스웨덴에게 졌다는 사실만 빼면.) 경기가 끝나고 서주훈 씨는 그동안 마음고생을 했을 신태용 감독이 떠올라 다시 한번 눈물이 터졌다고 한다.

구단은 다음 홈경기 킥오프 전에 서주훈 씨와 윤영선 선수가 만나는 행사를 마련했다. 윤영선 선수가 먼저 제안한 것이었다. "경기 전 경기장에 걸려 있는 걸개를 봤다. 너무 감사했고 더욱 힘이 났다. 보답을 하고 싶었는데 독일전에 직접 입고 뛴 유니폼이 여러모로 의미가 있을 것 같았다."라며 그날 입었던 유니폼을 전달했고, 서주훈 씨는 선수에게 'GENERAL YUN' 플래카드를 선물했다.

FC서울의 주장인 고요한 선수도 그날 경기장에서 FC서울 유니폼을 입은 팬을 발견하고 입고 있던 유니폼을 벗어 주었다고 한다. 자기 인생의 처음이자 마지막이 될지도 모를 단 한 벌의 월드컵 '실착' 유니폼을 팬을 위해 선뜻 내준다는 것은 어떤 마음일까? 어느 예능 프로그램에서 한 선수가 독일 선수와의 유니폼 교환 일화를 이야기한 적이 있다. 교환을 제안했더니 이따가 바꾸자기에 물 건너간 줄 알았는데, 승리를 자축하는 기나긴 세리머니를 마치고 뒤늦게 로커 룸으로 돌아와 보니 그때까지도 자기를 기다리고 있었다는 이야기였다. 퍽 훈훈한 이야기임에는 틀림이 없지만, 내게는 윤영선 선수와 고요한 선수의 이야기가 100배 더 훈훈하게 느껴진다.

'카잔의 기적'(그런데 극적으로 16강이라도 진출했으면 모를까 그냥 '카잔의 대이변' 정도가 적당하지 않나?)이라고 불리는 이 경기는, 아니 나아가 2018 러시아 월드컵은 이러한 장면들 덕분에 성남FC 팬들에게 좀 더 각별하게 기억될 것 같다. 물론 그 자신이 현장에서 가장 큰 감동을 맛보았겠지만, 대리로라도 그걸 조금이나마 느낄 수 있게 해 준 '탄천의 유령' 서주훈 씨에게 감사를 전한다.

▶ 기쁨과 자유의 공동체를 위하여

감동의 여운에 빠져 있다가 문득 또 한 번의 자기 분열에 빠질 수밖에 없었다. ○○○이 한국인이라서 자랑스럽고 감동적인 심리와 ○○○이 성남 선수라서 자랑스럽고 감동적인 심리가 다를 건 또 뭔가 싶었기 때문이다. 두 유 노 BTS, 두 유 노 김치, 두 유 노 김연아……. 다 지긋지긋하고 한 국가 국민으로서의 자존감을 매우 요상하고 왜곡된 방식으로 확인받으려는 심리는 여전히 거북한데, 퍼뜩 '이래서야 나도 다를 게 없지 않나' 하는 생각이 엄습한 것이다.

내게 '대한민국'이라는 집단과 '성남FC'라는 집단의 결정적인 차이란 무엇일까? 무엇이 다르기에 대한민국에 대한 소속감을 강조하는 데에는 마음의 턱을 느끼면서 성남FC에 대한 소속감은 이리도 앞장서서 내뿜고 있단 말인가?

나의 조심스러운 답은, 국가란 (크기 때문에라도) 어쩔 수 없이 개인의 자유를 억압하고 통제할 수밖에 없는 집단인 반면, 나의 팀은 그 자유를 확대하고 발현시키는 집단이기 때문이라는 것이다. 주입된 이데올로기로서가 아니라 나의 순수한 기쁨과 열정을 북돋는 공동체는 개인에게 특별할 수밖에 없다.

국가를 폄하하는 게 아니다. 다만 필연적으로 어느 정도 억압적 속성을 갖고 있는 국가라는 대상은 끊임없이 비판적으로 사유해 봐야 한다는 말이다. 국가 같은 큰 집단이 아니더라도, 딱히 그럴 만한 일도 아닌데 자꾸만 억지로 묶어 버리려고 할 때는 속내를 의심해 보고 조심해야 하는 건 당연한 일이다. 반면 우리가 애정하는 것들로 모인 공동체에서는 비교적 그러한 고민 없이 소속감과 연대 의식을 누릴 수 있다. 물론 그러한 공동체 또한 다른 억압적인 방식으로 변질되지 않도록 부단히 주의를 기울여야겠지만.

월드컵이 이러한 '기쁨과 자유의 공동체'들의 축제가 되었으면 좋겠다. 각자의 팀을 응원하는 이들이 리그로 일상을 살아가다가 4년마다 한 번씩 모여 한바탕 노는 자리였으면 좋겠다. 지금의 많은 K리그 팬들은 그 자리에서 소외되어 있다. 누구보다 열심히 일상을 살았는데도 축제의 초대장도 받지 못한 기분, 혹은 받았더라도 쟤가 마지못해 준 건 아닌가 하는 느낌 때문이다. 그 초대 앞에서 쓸쓸히 고민하다가 이 꼴 저 꼴 다 보기 싫어 아예 안 가거나, 혹여나 가더라도 파티장 한구석에서 쭈뼛거리다가 저쪽의 화기애애한 분위기에 기가 죽어 '역시 오는 게 아니었어.' 하며 슬그머니 빠져 나오고 있다.

우리와 조별리그에서 맞붙은 멕시코는 1부리그 평균 관중이 2만 5000명이 넘고, 상위 팀들의 경우 4만 명이 넘는다. 한국 언론은 멕시코를 만날 때마다 해 볼 만하다고 설레발을 떨었지만, 뜨거운 열기의 자국 리그를 발판 삼아 자라난 멕시코 선수들의 플레이는 언제나 우리보다 한 수 위였고, 실제로 그들은 무려 7회 연속 16강 진출을 이루어 냈다. 우리보다 소득 수준도 낮고 러시아까지 훨씬 긴 거리를 날아와야 하는 이 나라의 월드컵 응원단은 무려 3만 명 규모. 멕시코전을 함께 시청한 서포터 J 씨는 이를 보고 이렇게 말했다. "야, 저걸 보러 3만 명씩 가는 나라 애들을 어떻게 이겨. 아니, 쟤네가 이겨야 도리에 맞지. 축구에는 ×도 관심도 없다가 월드컵 때만 난리를 치는 우리가 무슨……" 참고로 그 조용한 데서도 축구를 할까 싶은 스위스의 1부리그 평균 관중은 1만여 명 수준으로 K리그를 훌쩍 뛰어넘고, 독일로 말할 것 같으면 4만 3000명으로 독보적 세계 1위다. 아, 스위스 인구는 서울시 인구보다 적은 842만 명이다.

실상 중요한 건 숫자가 아니라 '즐기는 방식'일 것이다. 구자철 선수는 그 방식에 대해 2019년의 한 인터뷰에서 다음과 같이 표현한 바 있다. "예선부터 선수를 응원했고, 월드컵에서 잘했으면 좋겠다는 성숙한 응원 문화가 아직 만들어지지 않은 거죠. 단지 월드컵 본선에 딱 나왔을 때 월드컵 자체만을 응원하는 사람들이 더 많잖아요. 그런 스토리와 함께, 축구와 삶이 섞여서 희열을 느끼고, 이 선수가 최선을 다하는 모습을 보면서 안타까워하고, 응원하고 싶고 더 잘했으면 좋겠다는 마음으로 서로의 삶을 즐기는 게 아니라, 오로지 결과로 판단하고 보는 팬들이 아직까진 더 많다는 거죠"*

* 「단독 인터뷰 구자철② 내려놓은 국가대표의 삶 "흥민이가 걱정돼요"」, 《스포티비 뉴스》, 2019년 5월 30일.

구자철 선수가 말하는 '즐김'을 진작 체화한 리그 팬들은 억압적인 국가주의와도 자연스럽게 거리를 두게 된다. 승부의 무게를 너무 가볍게도, 너무 무겁게도 보지 않기 때문이다. 이들도 자신의 국가를 응원하기는 하지만, "많은 축구팬은 알고 있다. 축구에서의 내셔널리즘은 '픽션'이라는 것을. 스타디움을 한 걸음 벗어나면 필요가 없어지는, 시합을 위한 '연료'라는 것을."* 국가 대항 축구 경기에서 일어나는 대부분의 불상사는 이 '픽션'을, 그리고 이것을 픽션으로 주고받자는 은밀한 약속을 이해하지 못하는 일부의 행동을 불씨 삼아 벌어진다.

인종주의를 비롯한 각종 차별에 대해서도 마찬가지다. 리그 팬들은 외국인 선수의 존재 때문에라도 인종주의와는 거리가 멀 수밖에 없다. FIFA는 오래전부터 "No To Racism(인종주의 반대)"이라는 슬로건을 내걸고 여러 활동을 이어 오고 있으며, 덕분에 축구는 실제로 인종차별에 대한 가장 강력한 저항 수단이 되었다.

풀뿌리에 기반을 둔 '기쁨과 자유의 공동체'가 필요하고 또 위대한 이유는 이러한 모든 억압적인 '주의'들을 부수고 우리를 조금 더 자유롭게 하는 출발점이 될 수 있다는 점에서일 것이다. 그리고 '어디에나 있으며 서로 이어진' 축구는 그 풀뿌리들을 잇는 아주 좋은 수단이다.

다시 한번, 월드컵이 한국인들에게도 이런 축제였으면 좋

---

* 세이 요시아키, 신승모 옮김, 『축구와 내셔널리즘』(보고사, 2018), 53쪽.

겠다. 신화를 쓰기 위해 골몰하는 자리가 아니라, 한국이라는 공동체를 구성하는 작고 따뜻한 애정들이 깍지를 끼고 모여 함께 단단해지고 풍성해지는 자리였으면 좋겠다. 그러면 리그 팬들도 조금은 덜 뻘쭘하게, 함께 신나게 응원할 수 있을 것이다.

* * *

한 달 뒤, 서주훈 씨는 이번에는 인도네시아로 향했다. 자카르타-팔렘방 아시안게임에 출전한 황의조 선수와 우리 팀 유스 출신 이시영 선수를 응원하기 위해서다. 이번에 만든 플래카드의 문구는 "MADE IN SEONGNAM 이시영 황의조". 월드컵 때의 문구가 '과거에 대한 예우'였다면 지금은 '미래에 대한 응원'이리라.

내가 성남에서 뛴다는, 성남에서 뛰었다는 사실을 자랑스럽게 만들어 주는 이런 사람들의 노력이 우리 팀의 가치를 더 높이고, 풀뿌리를 더 튼실히 하리라 믿는다. 저 플래카드 때문만은 아니겠지만, 이 대회에서 황의조 선수는 일약 전국구 스타로 발돋움했다. 누가 뭐래도, 메이드 인 성남.

▶ K리그의 레전드들

선수로서의 신태용 감독은 2013년 발표된 'K리그 30주년 베스트 11'에 당연히 선정되었다. 전체 명단은 다음과 같다.

공격수	황선홍 최순호
미드필더	김주성 유상철 신태용 서정원
수비수	최강희 김태영 홍명보 박경훈
골키퍼	신의손

신태용 감독은 그렇지 않지만, 국가대표팀에 불려다니느라 정작 소속 팀 기여도는 낮아서 해당 팀의 레전드로 불리기에는 애매한 경우도 있다. 그래도 물론 한국 축구에 큰 발자취를 남긴 분들이라 'K리그 레전드'라고 통치는 걸 어느 정도 이해할 법하다.

이 사실에서 알 수 있듯 레전드의 명확한 기준은 없다. 앞서 "팀에서 아주 오래 뛰거나 조금 기간이 짧더라도 강력한 임팩트를 보여 준 선수"라고 쓰긴 했지만 얼마나 오래 뛰어야 하는지, 어느 정도의 실력을 보여야 하는지에 대해서는 딱 잘라 말하기 힘들다. 게다가 팀의 이동이 잦아진 오늘날, 데뷔 팀인 A팀에서도, 이적 팀인 B팀에서도 레전드라고 하기엔 애매한 족적을 남겼지만 두 기록을 합치면 충분히 K리그 레전드급이라면 또 어떻게 해야 할지…….

그래도 K리그 통산 득점 1위, 여전히 현역, 한 골 넣을 때마다 기록을 갱신하는 이동국 선수는 절대 빠질 수 없겠다. 통산 도움 1위로 한 골 도울 때마다 기록을 갱신하는 염기훈 선수도 마찬가지다. 각각 전북과 수원 선수라는 정체성이 비교적 확실한 이 두 선수와 달리, 통산 득점 2위로 서울의 레전드 자리가 따 놓은 당상이었던 데얀 선수는 2018년 라이벌 수원으로 이적하여 리그를 혼돈의 장으로 만들어 버렸다. 어쨌든 K리그 레전드로 꼽히기에 충분한 선수임에는 틀림이 없다.

이 자리에서 각 팀의 은퇴한 레전드까지 꼽기는 무리가 있겠고, 다른 팀으로 이적한 선수까지 포함시키는 것도 기준 설정부터가 쉽지 않은 일이라, 여기서는 2019년 8월 현재 그 팀 소속 선수 중 레전드(혹은 레전드 후보)라 할 만한 선수들만 꼽아 보았다.

전북에는 이동국 선수 외에 무려 2006년부터 전북과 함께해 온 투지의 아이콘 최철순 선수가 1순위다. 반면 수원에는 염기훈 선수의 아성을 위협할 만한 선수가 당장 눈에 띄지 않는다. FC서울의 박주영 선수는 화려하게 데뷔했던 친정 팀으로 돌아와 선수 생활의 마지막을 불태우면서 팀의 정신적 지주 역할을 하고 있어 자격이 충분하다. 같은 팀 고요한 선수는 박주영 선수가 자리를 비운 사이, 그리고 수많은 선수들이 들고 나는 사이에도 꿋꿋이 팀을 지켜 냈다. 2004년부터 15년 동안 군대도 안 가고 말이다.(여기 언급된 다른 선수들은 모두 군대 때문에라도 2년은 자리를 비워야 했다.) 하지만 현역 최고령 원클럽맨은 포항의 김광석 선수. 2002년부터 포항 유니폼을 입고 수비의 중심 역할을 해 왔다.(유스 출신 실력파를 줄줄이 배출해 온 포항은 선수를 팔기도 줄줄이 팔아 의외로 수가 적어 안타깝다.) 울산 팬들은 2019년 8월 김승규 선수의 복귀로 '레전드뽕'에 취해 있다.

빅클럽이 아닌 팀들은 선수들의 이적이 훨씬 잦아 레전드를 갖기가 더 힘든 것이 현실이다. 그래도 대구에는 인기몰이의 선봉장 조현우 선수가 있다. 입단 연도로 보면 위 선수들에 비길 수 없지만, 팀 내 비중과 전국적 지명도로 보았을 때 예비 후보의 자격은 충분하다. 해외 진출이라는 변수가 있지만 김승규 선수의 사례처럼 해외 진출 후 복귀하는 것에는 모두가 관대하니 상관없겠다. 강원의 김오규 선수는 유명세는 다소 떨어지지만 강릉 출신에 초·중·고·대학교를 모두 강원도에서 졸업하고 2011년부터 강원FC에서 활약하고 있어서 레전드가 될 좋은 조건을 갖추었다. 광주의 여름 선수와 전남의 이슬찬 선수도 비슷한 케이스. 전남의 김영욱 선수 또한 2010년부터 전남에서만 뛴 원클럽맨이다. 이 외에 인천의 이윤표, 부산의 한지호, 수원FC의 박형순, 서울이랜드의 김영광 선수 등도 레전드 자리를 노릴 만하다.

우리 성남은 2부리그에서 보낸 두 시즌 동안 기존 선수들이 거의 모두 팀을 나가는 바람에 레전드를 찾기 어렵게 되었다. 윤영선 선수가 울산으로 이적함에 따라 이제 '성남일화' 유니폼을 입어 본 선수도 임채민 선수 한 명뿐. 지금 있는 선수들이 꾸준히 자신의 실력을 발휘하고 발전하여 미래의 레전드가 되어 주기를 바라는 마음뿐이다. 12년 뒤에 트레블 하자니까?

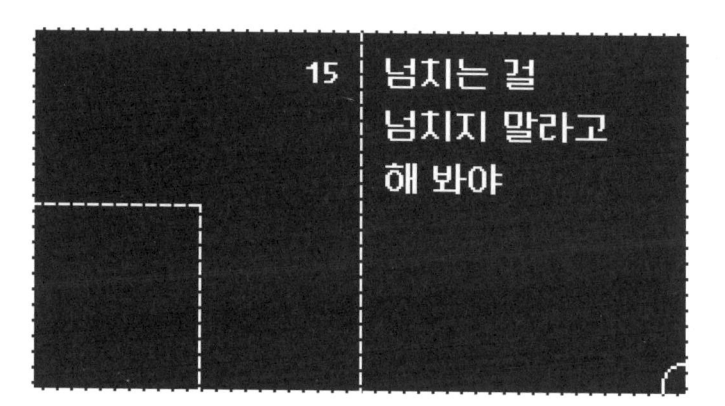

**15 | 넘치는 걸
넘치지 말라고
해 봐야**

▶ **괜찮아, 힘내, 모두 다!**

곧 전반전이 시작할 참인데 구덕운동장의 원정 응원석에
는 고작 열네 명뿐이었다. 휴가철도 지난 8월 말의 월요일 저녁
에 부산까지 왔다가 새벽 2시를 넘겨 귀가할 일정에 선뜻 동참
할 정신 나간 인간들이 그리 많지 않을 줄 알고야 있었지만, 한
눈에 쏙 들어오는 옹기종기 응원단을 보니 마음이 촉촉 젖어
들어 샘을 이루고 그 샘의 바닥에서부터 전투력이 퐁퐁 샘솟아
올랐다. 먼저 경기를 치른 아산의 승리로 1위를 내준 상황, 다
시 그 자리를 찾아와야 하는 중요한 경기에서 사람이 이것밖에
없으니 그중 한 명인 내게도 소수정예로서의 소명 비스무레한
것이 주어진 것 같아서 말이다.

그때그때 내키는 자리에 앉다가 탄천의 블랙존에 정착한 지도 어언 2년 반. 그전까지 멀찍이서 바라만 보던 서포터스 언저리에서 뭉개다 보니 자연스레 응원가나 구호를 따라한 적도 많지만, 오늘은 좀 더 적극적으로, 본격적으로, 전략적으로 응원에 동참해야 할 때임을 직감하고 아예 10인의 서포터스 옆에 능청스레 자리를 잡았다. 저쪽에 따로 앉으신 초면인 분까지야 어쩔 수 없지만, D 씨와 H 씨도 꼬드겨 함께 옆에 섰다. 북소리에 맞춰 출전 선수의 이름을 하나하나 외치며 목을 푼다. 자, 이제 시작이다. 선수들과, 서포터스와 함께 뛰는 90분!

솔직한 이야기로, K리그 여러 팀들 서포터스의 이미지가 썩 좋은 편은 아니다. 특히 포털 사이트 댓글난에 보고되는 바를 취합해 보면, 서포터스란 험한 입, 더러운 성질머리, 같잖은 선민의식이 결합된 끔찍한 존재인 것만 같다. 물론 그러한 인식을 두고 "아무 근거도 없는 철저한 오해입니다!"라고 말하기에는 무리가 있지만, 부정적인 낙인 효과가 지나치게 강력하게 작동하는 것도 사실이다. 개개인에게 조금씩 있거나 있을 수도 있는 것들을 최대치만 뽑아내 한 광주리에 모아 놓고 보니 그 개개인 전부가 그런 것처럼 호도되는 것이다. 게다가 이들이 자정을 위해 꾸준히 노력해 왔고 실제로 많은 부분 나아졌다는 사실은 가려져 있다. 때로는 현상이 아닌 추세가 상황을 더 잘 보여 준다.

2년 넘게 가까이서 지켜봐 온 성남의 서포터스는 그 면에서 확실히 박수를 받을 만했다. 상대 선수에게 감정을 배설하지도 않았고, 우리 선수를 꼬집어 질책하지도 않았다. 상대의 위험한 반칙이나 심판의 어처구니없는 판정에 흥분해서 튀어 나가는 말들조차도 원색적인 표현은 최대한 삼가는 것이 느껴졌다. 인간의 진면모는 위기 상황에서 나온다는데, 강등을 전후하여 1년 가까이 이어진 악몽 같은 부진에도 이들은 스스로를 퍽잘 다스렸다. 개인적으로 중얼거리거나 옆 사람과 주고받는 푸념과 분노의 욕설은 있을지언정(이 정도도 못 내뱉는 세상은 지옥이 아닐까!) 그라운드를 향해 입을 모을 때는 아무리 화가 나도 '정신 차려! 성남!'이 최대치였다. 물론 분노 게이지가 차오르며 아슬아슬한 순간이 없지는 않았지만, '열정맨'들이 그렇게나 득시글하게 모인 것치고는 놀랄 만한 자제력이었다.

리그에서 한때 유행했던 '부진한 우리 팀 버스 막기'도 한번도 하지 않았다. 2016년 초가을, 정신을 차릴 기미가 보이지 않자 경기 후 경기장과 숙소 사잇길에 모여 감독의 코멘트를 요청한 적은 있는데, 고성도 나오지 않았고 딱히 물리력을 행사하지도 않았다. '저희가 참 많이 참았는데요, 계속 이 모양인데도 참고만 있는 건 좀 바보 같기도 하고 팀도 걱정이 되어 잠시 자리를 마련했답니다. 보시고 자극 좀 받아 주시면 안 될까요.' 정도의 메시지였달까. 감독도 소식을 듣고 부러 찾아와 "이것도 여러분이 팀을 사랑하기 때문이라고 생각합니다. 끝까지 있는 힘을 다 뽑아 쓰겠습니다."라고 의지를 밝혔고, 앞으로의 응원을 다짐하는 박수와 함께 자리는 화기애애하게 마무리됐더랬다.(문제는 다음 날 감독이 덜컥 사퇴했다는 것. 실상은 사퇴가 아니라 구단의 경질이었지만, 그 사실이 밝혀지기 전까지 성남 서포터스와 팬 들은 "너희들이 주제도 모르고 너희에게 과분한 감독님 기분 나쁘게 해서 사퇴하게 만든 거잖아."라는 누명을 뒤집어쓰고 속을 끓여야 했다.)

경기가 끝나기 전에 응원 철수를 하기도 하고, 숫제 날을 잡아 응원을 보이콧하기도 했지만 이 얼마나 점잖은 항의인가? 아예 경기장에 안 오면 몸도 마음도 편할 텐데, 꾸역꾸역 찾아와 철퍼덕 주저앉아 부루퉁한 표정으로 경기를 지켜보며 '분명히 알아 둬. 내가 일부러 여기까지 와서 안 하는 거야.'라는 메시지를 온몸으로 발신하는 것이다.

경기장에서 서포터스가 부르는 응원가는 너무도 익숙해진 배경음악이어서 그것이 지금 불리고 있다는 사실조차 종종 잊곤 하는데, 저런 날의 기묘하고 낯선 적막은 우리가 경기장을 찾아오는 것이 오직 경기를 보기 위해서만은 아님을 실감케 한다. 닉 혼비는 "열혈 서포터들의 응원석이 커야 하는 까닭은, 그들의 목청이 커서가 아니고, 그들이 구단에다 많은 돈을 내기 때문도 아니다. 그들이 없다면 다른 사람들이 힘들여 축구장을 찾지 않을 것이기 때문이다."라고 했다.* 응원 또한 경기를 구성하는 필수 요소라는 것이다. 다른 말로 하자면, "잔디에서의 투쟁이 관중석으로 확장되지 않은 경기장은 그 분위기가 완성되었다고 말할 수 없다."**

성남의 서포터스는 그 분위기를 충실히 완성하는 자들이었다. 수원, 서울, 전북 등에 비하면 숫자야 모자라지만 기세만은 절대 밀리지 않겠다는 듯 목청을 높였고, 서포터스 수가 적은 2부리그에서는 원정을 가서도 목소리로 이기고 돌아오는 날이 많았다. 구단의 잘못은 점잖게 질책했고 구단을 위한 의견은 적극적으로 개진했다. 구단도 대체로 잘 대응해 주어서 큰 트러블도 없었다. 그렇게, 선을 넘지 않는 한에서 최선을 다했다. 그러한 성남의 서포터스는 내게 꽤나 믿음직한 '빽'이었다. 선수들의 뒤를 받쳐 주고 나 같은 개별 응원자들을 언저리에 품어 주는. 비단 오늘이 아니더라도, 그토록 쫓아다닌 원정경기에서 이들이 없었다면 퍽 외롭고 쓸쓸했을 것이다. 아니, 어쩌면 경기장에 갈 엄두조차 내지 못했을 수도.

오늘, 작정하고 그들과 함께 응원을 한다. '고음 불가'인 데다가 노래방에서 두 곡만 불러도 쉬어 버리는 가녀린 목을 가지고 전투에 동참한다. "내 사랑 성남, 내 삶의 전부, 성남을 위해 난 노래해. 그 어떤 시련이 온다 해도 우린 성남과 함께하리."라고 노래한다.

* 닉 혼비, 『피버 피치』, 115쪽.
** 박재림, 『축구에 관한 모든 것 4: 팬』, 33쪽.

그리고 오늘, 그 어떤 시련이 또 왔다. 시종 밀린 끝에 맞은 깔끔한 0 대 2 완패. 1위로 올라서야 할 시점에 3위에게 져서 턱밑까지 추격을 허용하다니 타격이 크다. 그간 겪은 시련이 얼만데 이쯤이야 아무렇지도 않다고 위안해 봤지만 별반 효과가 없었다. 월요일 저녁에 부산까지 왔다가 새벽 2시를 넘겨 귀가할 일정을 감수하고 여기까지 온 정신 나간 인간들, 그러고도 승점 3점만 안겨 주면 그깟 수고쯤 뭐가 대수냐며 헤벌쭉하여 나간 정신을 찾을 생각도 않았을 이 인간들은, 애초부터 정신이라는 건 있지도 않았다는 듯 멍한 얼굴로 돌아갈 채비를 시작했다. 물론 인사하러 온 선수들에게는 쓴소리 한 번 없이 "괜찮아! 힘내!"라고 쉰 목소리로 외치고 난 뒤였다.

돌아오는 버스 안 위성 텔레비전에서는 아시안게임 남자 축구 조별 예선 3차전 경기가 생중계되고 있었다. 곤죽이 되어 꾸벅꾸벅 졸면서도 의식의 끈을 놓지 못하고 있다가 스피커에서 "황의조, 슈웃!"을 외치는 캐스터의 목소리가 나오면 화들짝 깨어 입가에 고인 침을 츠르릅 들이마시며 흐리멍덩한 눈의 초점을 잡으려 애쓰는 이들을 보고 있자니 측은함에 내 진이 다 빠질 지경이다. "괜찮아! 힘내!"는 아무래도 선수들이 아니라 이 사람들이 들어야 할 말 같은데…….

▶ 어깨가 따뜻해질 때

　며칠 후에는 술자리가 있었다. 취기가 어느 정도 오르자 예전에 축구장에서 보았던 장면 하나가 알코올에 젖은 뇌를 스르륵 훑고 지나갔다. 그래, 그런 일이 있었더랬지……. 함께 추억도 되새길 겸, 궁금증도 풀 겸 말문을 열었다.

　"형, 왜 강등당하던 시즌에 11위 확정된 마지막 경기 있잖아. 그래그래, 포항 원정. 그날 오죽 못했냐. 아무튼 경기 종료 휘슬 울리고 선수들이 인사하러 올 때 진짜 조마조마했거든? 관중석에서 선수들한테 욕설이나 공격적인 말들 튀어 나갈까 봐 말이야. 나부터도 한 바가지 냅다 퍼부어 주고 싶은 걸 참고 있는 마당에, 이 열정 넘치는 서포터들은 오죽할까 싶었지. 뭐, 솔직히 욕 들어도 할 말 없는 날이었잖아? 그런데 여럿이 모여 있으니 수위 조절이 잘될지도 모르겠고, 그게 잘돼서 적당한 질책만 튀어 나간다고 해도 막상 그 광경을 직접 대면한다고 상상하니까 두렵더라고. 누군가에게 상처를 주는 현장을 본다는 게 말이야.

　근데, 근데 있잖아, 이 사람들이 욕을 안 하네? 참더라고. 엉엉 우는 사람도 있고, 부글부글 끓어오르는 표정으로 선 사람도 있고, 거의 바들바들 떠는 사람도 있었는데, 다들 꾹 참더라고. 두어 명이 울면서 뭐라 뭐라 외쳤는데, 그 정도야 충분히 할 만한 말이었는데, 그마저도 누가 주먹을 딱 치켜드니까 옆 사람들도 따라 들고, 또 그 옆 사람들도 따라 들고, 그렇게 허공에 주먹이 좌악 퍼져 나가더니 말은 멈추고 흐느낌만 남더라고. 그러고는 '괜찮아, 괜찮아!', '아직 플레이오프 남았어!'라고 응원해 주더라고. 나 그거 보고 진심으로 감탄, 감동, 감사했잖아. 그 주먹 쥐는 게 자제하라는 신호로 정해져 있던 거야? 그때 처음에 주먹 든 것도 형 맞고?"

"응, 당연하지. 그리고 왜 거기다가 대고 욕을 해. 누구 좋으라고."

"역시 그런 거였구나! 아, 경기 끝나고도 그랬어. 선수단 버스랑 팬들 버스가 나란히 서 있는 바람에 자연스럽게 선수들 나오는 모습을 팬들이 코앞에서 지켜봤잖아. 선수들은 선수들대로 버스에 타면서도 미안해서 죽으려는 표정이지, 팬들은 팬들대로 뭐라 하지도 못하고 속만 끓이고 있지, 얼마나 마음이 아팠는지 모른다? 근데 그때도 몇몇이 '너희들이 프로야?', '정말 간절히 했어?'라고 외쳤는데도 냉큼 자제를 시키더라고. 그러면서 '괜찮아! 플옵 꼭 이긴다!', '잔류할 수 있어!'라고 응원이나 하고, 참나, 자기들 속도 썩어 문드러졌으면서."

"뭐, 거기서 욕해 봐야 더 마이너스니까."

그렇다. 지금 내 앞에서 대수롭지 않은 듯 불족발을 씹으며 툭툭 대답을 던지고 있는 이 남자는 어떤 의미에서 철저히 실용주의적이다. 이 팀에 10년 동안 갖은 열정을 바쳐 온 그가 그 상황에 화나지 않았을 리는 없다. 하지만 이미 경기는 졌고, 순위는 확정되었으며, 무엇보다도 승강 플레이오프가 아직 남아 있다. 팀의 기세도 분위기도 최악인 상황에서 자극보다는 격려가 조금이라도 더 도움이 될 것이라고 판단했을 것이다. 지금 심상히 내뱉는 "누구 좋으라고.", "더 마이너스니까." 또한 설부른 분노가 팀에 해가 될 수 있다는 생각이 철저히 몸에 배어 있기에 나올 수 있는 말들일 것이다. '화남'과 '화냄'을 구분하여 생각하고 행동하는 자세라고나 할까.

소주를 한 잔 더 털어 넣은 뒤, 내친김에 그날의 기억을 더 풀어놓았다. "그리고 어휴, 그날 왜 감독대행은 무릎을 꿇어 가지고!"

사정은 이랬다. 경질된 감독의 뒤를 이어 임시로 팀을 지휘하게 된 유소년 팀 감독은 그날 버스 앞에서 서포터스가 "승강 플레이오프 앞두고 팬들에게 한 말씀만 부탁드립니다."라며 건넨 메가폰을 잡더니 당장 울음이라도 터뜨릴 듯한 얼굴로 "선수들 말고 저를 욕해 주세요. 제가 사과드립니다."라고 말하더니 털썩 무릎을 꿇어 버렸다. 숨죽여 지켜보던 팬들은 당황했고, 손을 앞으로 모으고 묵묵히 고개를 떨구고 있던 스태프들도 화들짝 놀라 그를 일으켜 세웠더랬다.

"나 그때 맨 앞에 있었거든? 진짜 억장이 무너지더라. 감독님, 저희가 이러려고 불러 낸 거 아니잖아요. '반드시 팀 분위기를 추슬러 1부리그 잔류하겠습니다!' 이 말 듣고 싶어서, 그래서 다 같이 파이팅해 보자고 그런 거잖아요. 누가 보면 우리가 버스 막고 책임자 나오라고 난동이라도 일으킨 줄 알겠네. 선수들 욕하고 있으니까 감독님이 막아 주려고 나온 줄 알겠어……. 진짜 답답해서, 이래서 어디 플옵 이기겠나 싶어서 미치겠더라고. 그리고 곧…… 너무 슬퍼지더라. 살면서 누군가가 무릎을 꿇는 걸 실제로 볼 일이 많지는 않잖아? 그건 굉장히 모멸적인 일이잖아? 왜, 왜, 우리는 서로 이런 꼴을 보고 있는 걸까 싶어 서럽고 또 서럽더라고. 감독님 들어간 다음에 주장이 메가폰 넘겨받아 이야기하는 와중에, 아까 그 장면 때문에 등신같이 자꾸 눈물이 나는 거야. 어휴, 진짜…… 나 그게 처음으로 성남 땜에 운 날이다? 근데 웃긴 게, 그날 옆에서 모르는 사람이 내 어깨를 지그시 감싸서 토닥여 줬어. 한 2분 정도? 내가 진짜, 내일모레 마흔인데 여기서 낯 모르는 남자한테 무슨 꼬락서닐 당하고 있는 거야 싶으……."

이야기를 듣던 그의 얼굴에 한 줄기 어이없음이 스쳐 가며, 그가 말을 끊었다. "헐, 그게 너였다고?"

"어, 어엉?"

"정말? 그게 너야?"

"응……. 설마? 그럼 그게 형?"

"그래, 인마! 허참, 기가 막혀서……. 거기서 울긴 왜 우냐?"

"으어어어어!"(마음속 말: "거기서 형이 왜 나오냐!")

가끔 떠오르곤 했다. 단지 한 팀을 응원한다는 것 말고는 아무 상관도 없는 사람이 내밀어 준 손길의 따뜻함이. 또 가끔 떠올려지곤 했다. 축구장 앞에서 울고 있는 시커먼 아저씨의 어깨를 말없이 감싸 안아 주는 누군가의 속 깊음이. 그러면 가슴 한구석이 뭉클하다가도, 그 시커먼 아저씨가 다름 아닌 나라는 사실을 새삼 자각할 때마다 허공에 발길질을 얼마나 했는지.

고맙긴 하지만 얼굴을 마주하기에는 차마 민망하여 고개를 돌리지도 않았고, 자리가 마무리되고는 이미 숙여진 고개를 비스듬히 기울여 인사를 하고 돌아섰기에 얼굴도 연배도 몰랐다. 그런 그가 이런 방식으로 내 앞에 나타날 줄이야! 그와 안면을 트고 이렇게 종종 술잔을 기울인 지도 1년이 넘은 뒤에야!

어처구니를 채 되찾지 못한 얼굴로 소주잔을 내밀어 오는 그는 성남FC 서포터스 역사에 빼놓을 수 없는 인물인 J 씨, 아니 김재범 씨다. 서포터스 소모임 중 하나인 '황기청년단'의 창설자로 초대 단장 겸 콜리더를 지냈고, 성남일화가 해체 위기에 처했을 때 서포터스 연합의 대표로 선출되어 시민구단 전환 촉구를 위한 활동에 발 벗고 앞장섰다. 지금은 황기청년단은 후배들의 손에 맡기고, "죽을 때까지 블랙(Black Till I Die)"이니 "계속 더 큰 소리로(Keep it Goin' Louder)"니 하는 슬로건을 내건 소모임을 새로 만들어 아직도 열심히 경기장에서 뛰고 소리치고 노래하고 있다.(참고로 K리그 각 구단의 서포터스는 대부분 단일 조직이 아니라 여러 소모임의 연합체 형태다.)

이 정도 이력에 열성이라면 '강성' 딱지를 붙여도 전혀 어색하지 않을 것 같은데, 주먹을 치켜들어 혹시라도 튀어 나갈지 모를 욕설을 차단하고 팀에 도움이 되지 않을 행동을 극도로 꺼리는 걸 보면 그렇게 말하기도 애매한 것 같다. 그러고 보면 '합리적이지 못한'이라는 뉘앙스를 은연중에 포함한 이 '강성' 딱지도 함부로 붙여서는 안 되는 게 아닐까? 문득 그 스스로는 어떻게 생각하고 있는지 궁금해졌다.

"형은 스스로를 강성이라고 생각해, 아니라고 생각해?"

대체 오늘 왜 이렇게 피곤하게 구느냐는 듯 짜증 섞인 표정이지만(강성이네, 강성이야!) 별 타박 없이 곰곰이 답을 생각한 끝에(합리적이네, 합리적이야!) 그가 내놓은 대답은 명쾌했다. "우리 팀에 대해서는 강성 아님. 하지만 다른 팀이나 심판이나 응원에 대해서는 강성."

이렇게 구분되어 정리된 답변을 받을 거라고는 생각지 못했던 내 입에서 작은 탄성이 튀어 나갔고, 여기에 "그게 맞겠네. 근데 처음부터 그랬던 건 아닐 거 아냐?"라는 말을 덧붙이니 "그렇지, 빼도 박도 못 할 강성에다가 철까지 없었던 시절도 있었지……."라는 아련한 답변이 돌아온다. 좋아, 성공이다! 민망한 추억의 급습에서 벗어나 그의 서포팅 이야기로 화제를 돌리는 데 성공했어! 그래도 형, 어깨 감싸 준 건 고마웠어!

▶ 그렇게 그도 자라난다

때는 2009년 가을, 결혼 후 정착한 성남에서 아이들과 저녁 산책을 나왔다가 우연히 불 밝힌 성남종합운동장(그해에 탄천종합운동장의 공사로 이곳을 홈구장으로 썼다.)을 보고, '애들 축구장 구경이나 시켜 줄까? 어라, 후반전부터는 반값이네?' 하고 룰루랄라 들어간 것이 인생의 큰 화근이었다.

"성남에 축구팀이 있는 줄도 몰랐지. 그냥 들어간 거야, 그냥. 근데 경기장은 진짜 후줄근하고, 세상 촌스러운 노란 유니폼 입은 게 우리 성남이래. 팬도 얼마 없고 서포터스는 더 없어."

이뿐이라면 그러려니 했을지도 모른다. 하지만 심각한 문제가 있었으니, 원정 응원을 온 상대 팀 인천에 비교하면 성남의 응원이 너무도 초라했던 것. 옆 동네 애들이 우리 동네를 제집인 양 휘젓고 다니는데 우리 애들은 잔뜩 기가 죽어 있다니! 일찌감치 오토바이의 세계에 입문하여 썩 화려한 학창 시절을 보낸 김재범 씨에게 이는 결코 묵과할 수 없는 일이었다.

"그걸 보고 가만히 있을 수가 있어? 내가 진짜, 어? 여기 힘 보탠다. 한번 해 본다 하는 마음으로 당장 응원하기로 했지."

해외축구나 뜨문뜨문 보던 그가 K리그 성남일화, 그리고 성남FC와의 기나긴 동행을 시작하는 순간이었다. 김재범 씨는 당장 그날 밤부터 행동을 개시했다. 인터넷으로 성남 서포터스 같아 보이는 곳은 다 찾아 가입하고,("뭐야? 서포터스가 그냥 하나가 아니야? 이건 뭐고 저건 뭐야, 무슨 차이야?") 응원곡도 다 다운로드 받아 외우고,("뭐야? 이건 왜 또 이렇게 많아? '오 필승 코리아' 같은 거 하나만 있으면 되는 거 아니야?") 다음 경기인 전남 원정에 ("뭐야? 원래 막 전남까지 응원 가고 막 그래?") 덜컥 참여한 것이다. 놀라운 행동력이다.

첫 직관 결과가 기억 나느냐는 기습 질문에 경기 종료 직전에 한 골 먹어서 1 대 1로 비겼다며, 화가 난 수비수 사샤가 광고판에 발길질을 해 대던 것이 기억난다며, 따져 보면 성남의 골은 전반전에 터져서 보지도 못했다며 투덜댄다. 그런 한심한 꼬락서니에 그런 초라한 응원을 보고도 제 발로 이 판에 걸어 들어오다니, 역시 이 인간들은 어쩔 수가 없구먼 하는 생각은 속으로만 했다.

그의 유명한 에피소드 중 하나가 우리 팀 선수와의 SNS 설전 사건이다. 2012년 개막 후 8경기에서 단 1승밖에 거두지 못했을 때(그렇다, 지금보다 성적의 기대치가 높은 시절이었다.), 유스 출신이었던 한 선수가 경기 후 이런 글을 남겼다. "또 못 이겼다고 축구 전문가인 것처럼 말도 안 되는 비난을 하는 사람도 많겠지만, 누구보다 아쉽고 힘든 사람은 그라운드에서 뛴 사람이라는 점~" 다분히 팬들을 겨냥한 뉘앙스의 그 글에 또 가만히 있을 수 없었던 김재범 씨는 화가 머리끝까지 올라 댓글을 달았다. 오랜 시간 성남만 바라보며 인생을 바친 사람들이 경기 보고 비판할 자격도 없느냐고. 충분히 할 수 있는 말이었지만 문제는 (지금의 그도 무척 부끄러워하고 있는바) 어조가 너무 격했고, 심지어 반말이었다는 것……. 선수 또한 발끈해서는 "서포터가 너무 없어요. 좀 많이 불러 주세요^^"로 대응했고,(진짜 눈웃음까지 있었다!) 김재범 씨도 "그게 아쉬우면 서포터 많은 곳으로 떠나라. 우리도 더 이상 널 우리 선수로 생각하지 않겠다."라고 선포했다. 철없는 두 남자의 목불인견 배틀이었다.

보는 눈들과 말리는 손들 덕분인지 둘은 생각보다 빨리 화해했다. 선수가 먼저 사과했고, 김재범 씨도 자신이 너무 흥분했다며 사과했다. 다음 경기에서 그 선수는 삭발을 하고 나와 이를 악물고 뛰었고, 서포터스는 그 선수의 이름을 유독 열심히 외쳤으며, 그날 성남의 선수들과 팬들은 오랜만에 달콤한 승리를 맛볼 수 있었다. 그리고 까까머리 선수의 투혼을 지켜본 김재범 씨, 이번에도 '가만히 있을 수' 있겠는가? 자기도 삭발을 했다…….

"지금 똑같은 일 일어나면 그렇게 글 쓴다, 안 쓴다?"

"쓰긴 쓰는데 존댓말로 잘 써야지……. 아, 진짜 그때 나 왜 그렇게 앞뒤 안 가리고 꼴통 같았냐."

그렇다. 꼴통 같았던 그도 성남을 응원하면서 조금씩 자라 온 것이다. '가만히 있을 수 없어서' 했던 행동들을 돌아보고 곱 씹으며, 거기에 정말로 그 길밖에 없지는 않았다는 것을 배워 가면서 말이다. 아, 사건 이후 SNS 계정을 삭제하고 축구에 열 심히 매진했던 그 선수도 많이 자라서 좋은 선수가 됐다. 2018 년 러시아 월드컵에서도 멋진 플레이를 보여 주었던 홍철 선수 (현 수원삼성 소속)가 바로 그다.

"뭐, 그래도 요즘은 형이나 서포터스나 잘하고 있잖아? 성 남 서포터스는 대체로 '적당한 선'을 잘 지키는 것 같은 느낌이 야. 그게 진짜 어려운 일이잖아."

"안 지키면 다 자기 손해인데, 뭐. 선수가 나태한 플레이를 하거나 팀 분위기를 해치거나 팬들을 무시하면 욕먹어야지. 근 데 최선을 다하는데도 제 맘대로 안되어서 답답한 선수들한테 우리마저 성내면 걔들이 힘이 나냐? 오히려 우리 팀에서 뛰기 싫을걸? 우리가 연봉을 많이 주는 팀도 아니고……. 게다가 서 포터스가 같은 팀 팬들 눈쌀 찌푸리게 하면 쓰겠어? 그거 다 팬 들 내쫓는 짓이야. 팬들 안 와서 관중 수 줄면 그것도 다 우리 팀 손해라니까."

'착하려고' 선을 지키는 것이 아니라는 게 내가 좋아하는 지점이다. 한국 사회는 사실은 '순하다.'라는 말을 써야 할 때 '착하다.'라는 가치판단의 단어를 사용하여 사람들의 행동거지를 옥죈다. 성남의 서포터스는 '착하려고'가 아니라 '필요해서' 선을 지킨다. 감정을 있는 그대로 분출하는 게 오히려 더 좋지 않은 결과를 가져올 수 있음을 알기에, 중요한 건 나의 감정이 아니라 우리 팀의 운명과 미래라는 것을 알기에 말이다.

"그렇다고 지지리도 못할 때 가만히 있기만 하는 것도 도움이 안 되잖아?"

"그러니까 그게 진짜 어렵다니까! 예를 들어 5연패도 다 같은 5연패가 아니잖아. 나아지는 5연패, 지금 상황에서 어쩔 수 없는 5연패, 갈수록 답이 안 보이는 5연패, 절대 당해서는 안 되는 5연패……. 여기에 상대 팀이랑 경기 내용 고려해야지, 부상 선수 유무도 따져야지, 선수들 정신 상태도 추리해야지, 기타 등등! 게다가 개인은 얼마든지 의견을 낼 수 있어도 서포터스라는 단체가 그러는 건 또 얼마나 조심스러워? 공식도 없고 정답도 없어."

'적당한 선'이란 말은 뱉기 쉽기로 상위권이고, 따르기 어렵기로는 그보다 더 상위권이다. 마치 시부모님이나 처부모님의 '너희 편한 대로 하렴.', '너희 편한 데로 가자.'라는 말처럼 말이다. 세상의 여러 탈 중에 뉴스가 되는 건 적당한 선을 한참 벗어난 이야기들이지만, 우리 일상과 관계 속의 탈 대부분은 그 적당한 선 언저리에서 일어난다. 특히 그 적당함의 눈금이 여기냐 저기냐를 두고 말이다. 더군다나 한 대상에 대한 열정이 가득한, 그렇기에 이미 다른 사람들보다 높은 해수면에서 찰랑거리고 있는 서포터스 같은 이들에게 '적당함'의 문제는 결코 쉬울 리가 없다.

결국 강등을 당하고 말았다는 점에서, 내가 감탄해 마지않았던 그날 포항에서의 '점잖은' 대처도 결과적으로는 적당한 선이 아니었는지도 모른다. 혹시 또 모르잖은가? 그날 좀 더 강하게 선수들을 다그쳤더라면 강등되지 않았을 수도! 이래서 프로스포츠팀 응원이 어렵다. 세상만사 안 어려운 일이 있겠냐마는 본분은 '응원'이되 '참여'와 '감시'의 선까지 들락날락하지 않을 수 없으니 말이다.(K리그 구단들의 아마추어적이고 근시안적이고 투명하지 못한 행정은 그나마 이런 열혈 팬이 아니면 아무도 견제할 수가 없다.) 어쨌든 할 수 있는 건 매 순간의 '적당한 선'을 가능한 한 객관적으로 고민하는 것뿐이고, 그 과정에서 중요한 건 자신의 감정'만'을 앞세우지 않는다는 것일 게다.

자신의 감정만 앞세우지 않으려 노력하는 김재범 씨도 쉽게 놓지 못하는 감정이 있다. 축구를 하고 있는 초등학교 6학년과 4학년 두 아들이 성남FC에서 뛰는 걸 보고 싶은 꿈은 아무리 자제하려고 해도 놓아지지가 않는다. 15년 동안 응원해 온 내 팀에서 20년 동안 응원해 온 내 자식이 데뷔전을 치르는 장면을 상상하면, 어휴, 그게 놓아질 리가 없지, 없고말고.

"지금보다 어렸을 때는 성남 세뇌시키려고 축구장 많이 데려 왔는데 얘넨 우리 팀에 별로 흥미가 없더라고. 경기장도 유니폼도 안 멋있나? 쳇! 이제 따라오지도 않아. 저학년 때는 유스 팀으로 옮겨 볼까 해서 물어봤는데 안 가겠대. 말은 친구들이랑 헤어지기 싫어서라고 하는데, 내가 보기엔 쫄아서 그런 거야. 잘하는 애들이 너무 많으니까. 중학교도 풍생(성남 유스) 얘기 한 번 꺼내 봤는데 딱 잘라 싫다더라. 뭐, 유스 라인은 포기했어. 아무튼 너무 스트레스 줘도 안 되고, 제 성격에 잘 맞는 곳엘 가야 저도 선수로서 발전할 테니까……."

이렇게 또 '적절한 선'을 두고 요령껏 한발 물러선 김재범 씨는 다음과 같이 덧붙였다.

"아, 그랬더니 뭐라는 줄 알아? 이제 머리 굵어졌다고 아빠 놀리는 데 재미 들여서 '매탄고 가고 싶다.' 막 이런다……."

매탄고는 성남의 옆 동네 라이벌로 김재범 씨가 경기 때마다 이를 바득바득 가는 수원삼성의 유스 팀이다. 준우야, 다른 건 몰라도 그런 거 가지고 아빠 놀리지 마. 선 너무 많이는 넘지 마…….

▶ 너그러워지고 넓어지기를

아들의 경기를 응원하러 가면 성남시 내에서는 최강 팀인 성남FC 유소년 팀과 종종 맞붙게 된다. 몸은 아들 팀 응원석에 있지만 성남 유스 팀의 멋진 플레이에 남몰래 기뻐하는 건 공공연한 비밀이고, 가끔씩 성남 유스 팀이 참가하는 큰 대회에 좇아가서 응원을 하는 건 비밀도 아니다. 아, 그리고 김재범 씨는 성남FC 초등부의 전상욱 감독과도 소중한 인연이 있다.

지난 2016년 봄, 그때만 해도 성남FC의 선수로 뛰고 있던 골키퍼 전상욱 선수가 시즌 중에 갑자기 팀을 떠나게 되었다. 나중에야 밝혀졌지만 비인두암 3기 판정을 받았던 것. 구단은 오래 헌신한 선수를 위해 다음 홈경기에 고별식을 마련했다. 전상욱 선수는 시축을 했고, 블랙존에는 전상욱 선수 유니폼을 입은 팬들이 총집결했으며, 쾌유를 비는 걸개들이 걸렸다.

선수들은 맏형을 위해 이를 악물고 몸을 던져 2 대 0의 리드를 만들고 또 지켰다. 덕분에 교체 명단에 있던 전상욱 선수는 추가 시간에 경기에 투입될 수 있었다. 아무도 입 밖으로 꺼내지는 않았지만 나이를 생각하면 아마도 13년 선수 생활의 마지막이 될 4분, 그는 팬들의 환호와 눈물 속에 탄천의 녹색 잔디 위에 올랐고, 암세포를 단 채로 몸을 날려 승리를 지켜 냈다. 그렇게 경기가 끝나고 블랙존 앞으로 다가오는 전상욱 선수를 반긴 건 그라운드로 날아드는 수백 개의 노란 종이비행기. 팬들의 쾌유 기원 메시지가 적힌 그 비행기 날리기가 바로 김재범 씨의 기획이었다. 그 아름다운 광경을 눈에 담은 전상욱 선수는 힘든 수술과 재활을 무사히 마치고, 2017년 초부터 성남FC 초등부 감독으로 일하고 있다.

"이제 몸은 좀 괜찮아?"

이건 김재범 씨가 전상욱 감독에게 한 말이 아니다. 오늘의 술자리에서 내가 김재범 씨에게 한 말이다. 무슨 이야기냐고? 올봄, 그는 건강검진에서 폐암 1기 진단을 받았다. 소식을 전해 들은 전상욱 감독은 김재범 씨에게 직접 연락을 취해 왔다. 제 일처럼 걱정해 주었고 수술 후에는 집 앞에 찾아와 암에 좋다는 야채수를 건네주고 여러 조언을 건네기도 했다. 선수와 팬의 '번갈아 암 투병 우정'을 다룬 이 훈훈한 이야기는 한 인터넷 웹진에 선수를 뺏기는 바람에 이 정도로만 적는데, 좀 더 자세한 사정을 알고 싶으시면 기사를 읽어 보시길.*

"응, 거의 괜찮아진 것 같아. 그러니까 이렇게 술도 먹지."

"그래, 어쨌든 그만하기 다행이야. 얼른 제 컨디션으로 돌아와! 그리고 얼른 1부리그로 돌아가자!"라는 나의 말에 김재범 씨는 알 듯 모를 듯 웃으며 말했다.

"야, 가 봤자 맨날 두들겨 맞고 지기나 할 텐데. 여기서 많이 이기고 사는 것도 꽤 좋지 않냐?"

---

* 「암 투병」 선수와 팬, 그들이 보여 준 1%의 우정」, 《스포츠니어스》, 2018년 6월 5일.

"아이고, 명색이 황기청년단 창설자란 사람이 하는 소리 하고는! 형 이러는 거 서포터스 동생들도 알고 있냐?"

"다 알아. 지금 콜리더 하는 걔도 똑같이 말해⋯⋯."

전현직 단장이라는 인간들이 이 모양이라니 참 잘하는 짓이다 싶으면서도, 그 마음이 이해되지 않는 바도 아니다. 매 경기 패배와 졸전의 스트레스를 감당하는 게 그만큼 힘든 것이다. 물론 승격 후 1부리그에서 이리 깨지고 저리 부서진대도, 혼자 지지 말라고, 져도 우리랑 같이 지자고 달려 나갈 것도 결국 이 사람들이다.

"그러셔요. 일단 몸이나 잘 챙기셔요. 오래오래 성남 축구 보고 탄천에 매 경기 꽉꽉 들어차는 것도 보려면요."

"진짜 그랬으면 좋겠다. 죽기 전에 전 관중이 서포터스화 되는 거 너무 보고 싶어. 소원이야."

오해하지 말자. 그가 바라는 건 모든 팬들이 서포터스에 가입하는 게 아니라 모든 팬들이 서포터스인 양 열광적으로 응원하는 것이다. 모두가 유니폼을, 적어도 팀 컬러에 맞는 옷을 갖춰 입고 한목소리로 탄천을 가득 메워서 이곳을 찾은 상대 선수와 원정팬들이 고개를 절레절레 젓게 만드는 것이다. 마치 2002년의 붉은악마처럼. 아마 다른 팀 서포터스들도 대부분 마찬가지일 터. 그는 말한다. "우리가 필요 없어지는 날이 오면 최고지."라고. 서포터스도 아닌 내가, 앉은 자리에서 큰소리로 응원곡을 따라 부르고 구호를 따라 외치며, 옆자리의 처음 보는 커플이 용기라도 얻은 듯 함께 따라하는 것을 듣고 속으로 씩 웃는 것도 그와 다르지 않은 마음일 것이다.

서포터스란 험한 입, 더러운 성질머리, 같잖은 선민의식이 결합된 끔찍한 존재가 아니다. 어느 부분이든 조금씩 모자란 우리들과 다를 바 없는, 그러면서도 좋아하는 것을 아끼는 법을 배워 가고 있는 존재들이다. 투박하지만 뜨거운 이들의 에너지는 앙상한 K리그를 여기까지라도 이끌어 오는 데 큰 힘이 되었고,(누군가는 이들의 행태가 K리그를 앙상하게 만들었다고 말할 수도 있겠고 일부 그런 측면도 있겠지만, 그게 근본적인 원인이라고는 생각지 않는다.) 그 시간들을 자기 안에서 현명하게 숙성시킨 서포터스 출신 축구 언론인들이나 행정가들은 미약한 팬들의 목소리를 그나마 대변해 주고 있다.

거친 열정들을 거세해서 매끄럽고 평탄한 세계를 만들려는 생각에 반대한다. 거칠게 꿈틀대는 에너지는 어떤 좋은 방향으로 어떻게 흘러가게 할까를 고민해야 할 대상이지, 부정하고 은폐해야 할 대상이 아니다. 로버트 벤투리라는 미국의 건축가는 "배제를 통해 손쉽게 얻은 통일성보다는 포섭을 통해 어렵게 얻은 통일성을 추구해야 한다."라는 말을 남겼다는데, 비단 건축뿐만 아니라 삶의 모든 부분에 새겨들을 만한 말 아닐까 싶다.(물론 약자를 폭력적으로 포섭하는 데 대해서는 반대함이 마땅하다.) 다른 결들을 가진 사람들이 하나의 목표를 향해 함께 어우러질 때, 그것은 힘이 세고 아름다울 테니까. 서포터스를 보는 바깥의 눈이 조금은 너그러워지기를, 그리고 서포터스가 바깥을 보는 눈이 조금은 넓어지기를 바라는 마음이다. 그리고 "자, 이제 술 그만! 일어나자!"라는 나의 말에 못내 아쉬운 눈초리로 나를 째려보면서도(강성이네, 강성이야!) 결국 순순히 일어설 채비를 하는(합리적이네, 합리적이야!) 김재범 씨가 오래오래 건강히 성남의 블랙존을 지켜 주었으면 하는 마음이다. 나 또한 멀지 않은 자리에서 오래오래 함께할 테니.

▶ K리그의 서포터스

본문에서도 이야기한바, 한 팀의 서포터스가 하나의 조직으로만 이루어진 건 아니다. 이곳도 사람 사는 곳이니만큼 응원 방식, 가치관, 성별, 세대 등의 차이로 함께하기 힘든 경우도 있고, 단순히 좀 더 친밀한 소속감을 갖기 위해 작은 규모의 모임을 유지하는 경우도 있다. 그리고 그런 소모임들이 느슨하게 연합하여 경기 때는 함께 응원을 하는 것이다.(물론 정말 사이가 안 좋은 집단끼리는 응원을 따로 하기도 한다.)

K리그 서포터스의 고유명사로 가장 인지도가 높은 것은 아무래도 수원삼성의 '그랑 블루'일 터. 서포터스 연합의 이름으로 K리그도 수원도 지금보다 잘나가던 시절에 일반인들에게까지 살짝 알려졌는데, 2012년부터 이 단어는 '수원 시민 및 블루윙즈를 응원하는 모든 이들'의 의미로 격상되었고, 서포터스 연대는 '프렌테트리콜로(Frente Tricolor, 이탈리아어로 '삼색 전선'. 수원의 팀 컬러인 청, 백, 적 3색을 의미한다)'라는 새로운 이름을 사용하고 있다. 한편 K리그 최초의 서포터스로는 유공코끼리의 응원단으로 출발하였으나 현재는 부천FC1995를 응원하고 있는 헤르메스를 꼽는다. 서포터스가 흔히 '열두 번째 선수'로 일컬어지는 데 착안하여 그리스 신화의 열두 번째 신 이름을 딴 것이다.(K리그의 많은 구단들은 백넘버 12번을 서포터스에게 바치는 영구결번으로 지정해 두었다. 물론 12번 마킹 유니폼을 입는 서포터스는 거의 없다. 각자 좋아하는 선수 마킹을 한다.) 붉은악마의 「오 필승 코리아」는 이들의 응원곡을 차용한 것이다.

아래는 K리그 각 팀의 서포터스 연합 명칭이다.

구단	서포터스 연합
성남FC	연합명 없음 (황기청년단, Y.R.U., 울트라스 지오바니, 성남블랙 등)
강원FC	나르샤
경남FC	경남FC 서포터스 연합회
광주FC	빛고을
대구FC	그라지예
대전시티즌	퍼플크루, 대저니스타
부산아이파크	P.O.P(Pride Of Pusan)
부천FC1995	헤르메스
상주상무	GREAT PEOPLE
FC서울	수호신
서울이랜드FC	서포터스 없음(구단에서 공식적으로 불인정)
수원삼성블루윙즈	프렌테트리콜로
수원FC	리얼크루
아산무궁화	아르마다
안산그리너스	베르도르
FC안양	A.S.U. RED(Anyang Supporters Union RED)
울산현대	처용전사
인천유나이티드	파랑검정
포항스틸러스	연합명 없음(강철전사, 토르치다 등)
전남드래곤즈	위너드래곤즈
전북현대모터스	매드그린보이즈(Mad Green Boys, MGB)
제주유나이티드	풍백

이 명칭들은 좁게는 서포터스를 가리키는 말이되, 그 팀의 팬을 비유적으로 일컫는 데 쓰이기도 한다. 예컨대 해설자는 골이 들어가 열광적인 서울월드컵경기장의 모습을 "수호신들이 환호하고 있습니다"라고 표현하는 것이다.

의미가 금방 파악되지 않는 이름들의 뜻을 조금 설명하자면, 강원의 '나르샤'는 '날아오르다'라는 뜻의 순우리말로 그래도 어느 정도 인지도가 있다.(이 이름을 가진 멤버가 속한 걸그룹이 강원 홈경기에서 공연을 하기도 했다.) 대구의 '그라지예'는 '그렇지요.'의 대구 사투리이자 이탈리아어로 '감사'를 뜻하는 중의적 표현. 아산의 '아르마다(Armada)'는 영어와 스페인어로 '함대'를, 안산의 '베르도르(Verdor)'는 스페인어로 '초록, 청춘, 활기' 등을 뜻하는데, 비교적 신생인 두 팀 모두 굳이 어려운 외국어를 꼭 써야 했는지 좀 아쉽긴 하다. 제주는 바람이 많은 지형적 특성에 착안해 바람을 관장하는 신 '풍백(風佰)'의 이름을 땄다.

서포터스에 대해 종종 보게 되는 질문 중 하나가 "서포터스에 꼭 가입을 해야 같이 응원을 할 수 있나요? 서포터스석에는 가입한 사람만 갈 수 있나요?"이다. 답을 하자면, 전혀 그렇지 않다. 소모임이야 가입을 해야겠고, 그러면 자동으로 연합체에도 가입되는 것이겠지만, 느슨한 연합체의 성격상 그냥 개인이 슬쩍 끼어서 응원을 해도 아무 상관이 없다. 물론 탁월한 위치 선정으로 굳이 소모임 사람들 틈바구니에 들어가서 응원하고 있으면 '누구세요? 신입이신가요?'라는 질문을 받을 수 있겠지만 말이다. 또 서포터스 수가 적은 곳에서라면 신규 회원에 목마른 기존 회원들의 매의 눈에 포착되어 가입을 권유받을 수도 있겠지만 말이다. 어쨌든 상대 팀 유니폼을 입거나 기타 수상한 행동을 하지 않는 한 서포터스 구역 출입에 물리적인 제한은 없으니 슬쩍 한번 끼어서 폴짝 한번 같이 뛰어 봐도 좋겠다.

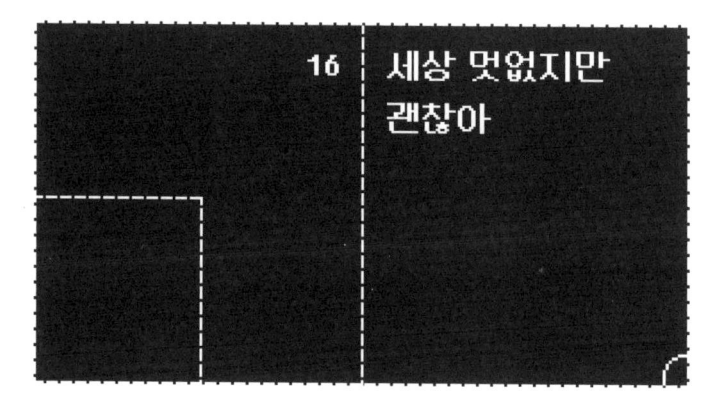

16 | 세상 멋없지만
랜찮아

▶ 울기엔 좀 애매한

분명히 말했었다. 내 기어이 승격의 순간을 맛보고 말겠다
고, 그때 사랑의 눈물을 흘리겠다고. 그때가 언제 찾아올지, 찾
아오기나 할지는 심히 의심스러웠지만, 적어도 "승격의 순간을
맛보고 말겠다."와 "눈물을 흘리겠다." 사이의 논리적·감정적
연결 고리에 관해서는 단 한순간도 의심해 본 적이 없다. '때리
면 아프다.', '아내는 사랑스럽다.' 수준의 명백한 인과 조합이었
으니까.

하지만 현실은 달랐다. 승격의 순간을 맞았는데, 눈물이 나
질 않는 것이었다. 너무 감격하면 그럴 수도 있는 거 아니냐고?
실감이 안 나서 그랬을 수 있지 않느냐고? 아니, 그런 이유가 아니다. '승격의 순간' 자체가 머릿속 그림과 너무도 달랐을뿐더러 울기에도 퍽 애매한 상황이었기 때문이다.

승격의 순간에 내가 경기장에 있을 것이라는 사실 또한 단 한 번도 의심해 본 적이 없었다. 그 경기가 피 말리는 플레이오프든, 남은 경기 결과에 상관없이 여유 있게 1위를 확정 짓는 경기든, 종료 휘슬이 울리면 관중석에서 두 팔을 높게 쳐들 것이었다. 눈앞에서 가쁜 숨을 내쉬고 있는 나의 선수들과, 곁에서 벅찬 숨을 들이마시고 있는 성남FC의 팬-동지들과 함께 축제를 벌일 것이었다. 그러면 눈물은 저절로 흐를 것이었다.

한데 성남FC 역사상 처음으로 맛보는 (동시에 마지막으로 맛보는 것이어야 할) 승격의 순간의 현실 버전은 이랬다. 예정 시간은 오후 6시. 오후 내내 책상 앞에 앉아 혹시나 하는 마음으로 포털 사이트의 축구 뉴스난을 새로고침하고 팬 커뮤니티를 들락날락했다. 혹시나 했던 이변 없이 예정되었던 오후 6시가 다가오자 5분 전부터 업무는 이미 접었고, 새로고침의 속도는 빨라졌다. 제발 제발 제발, 그런데 오늘 발표하긴 할 거지? 제발 제발 제발……

6시가 되었다고 어디서 알림 같은 게 날아올 리는 없었다. 인생 전체를 새로고침할 기세로 열심히 새로고침을 눌렀다. 2분쯤 흘렀을까. 못 보던 헤드라인이 모니터 위에 두둥실 떠올랐다. '프로축구 아산, 승격 자격 박탈…… 성남, 3년 만에 1부 복귀.' 동료들이 묵묵히 퇴근을 준비하는 옆에서(당시에 잠시 직장 생활 중이었다.) 두 손에 얼굴을 푹 파묻었다. '승격이다, 승격했다……'라고 되뇌며.

물론 기뻤다. 하지만 이런 방식으로 맞고 싶은 기쁨은 아니었다. 세상에 '웹 승격'이라니! 현실 버전이 이렇게 가장 비현실적일 수가 있나. 마침 D 씨도 메시지를 보내 왔다. "진짜 모양 빠지는 승격이네요. ㅋㅋㅋㅋㅋㅋ" 정말 최고로 멋없는 승격이었다. 때로 현실은 퍽 참신한 방식으로 퍽 뒤통수를 친다.

사정은 이랬다. 시즌 중반을 넘어서까지 상위권에서 용케 잘 버티던 우리 팀과 1위를 두고 엎치락뒤치락 다툰 팀이 바로 아산무궁화, 의경 신분의 선수들로 구성되는 경찰청 산하의 구단이다. 그러던 지난 9월, 언론을 통해 아산의 해체 가능성이 보도되었다. 정부의 대체 복무 폐지와 얽혀 경찰청이 애초의 계획보다 훨씬 빨리 신규 선수 모집을 중단하겠다고 선언했기 때문이다. 안산처럼 이 팀을 통해 구단 운영의 노하우를 쌓은 후 2년 뒤쯤 시민구단으로 전환하려던 아산 구단 측은 기존의 협의를 뒤엎는 일방적 통보에 당황했지만, 경찰청은 '진작 통보했잖아.'라며 복지부동이었다. 이대로라면 아산은 선수 부족으로 내년 시즌을 치를 수가 없게 된다. 경찰청과 아산의 줄다리기에 연맹도 부랴부랴 수습에 나섰지만 진실 공방 속에 팀의 존폐 자체가 불투명한 상황이었다. 2부리그 우승 팀에 주어지는 승격권과 2~4위 팀에 주어지는 플레이오프 진출권을 어떻게 처리하느냐 하는 문제는 한 구단의 존폐 앞에 '사소한' 것이 되었고 결정은 뒤로 미루어졌다.

진행 중인 시즌은 계속되어야 했다. 뒤숭숭한 가운데서도 아산의 코칭스태프들과 선수들은 엄청난 집중력을 발휘했다. 원체 실력 있는 선수들이기도 했고, 위기 속에서 더 끈끈해진 것도 있었을 것이다. 일단 자신들이 할 수 있는 것은 성적으로 명분을 확보하는 것뿐이라는 생각도 있었을 것이다. 아산의 불투명한 미래와 상관없이 1위로 깔끔하게 승격을 확정 지으려던 우리의 집중력보다 그들의 것이 두 수는 위였다.

1위 아산에게 승점 4점 뒤진 2위로 맞은 맞대결은 올 시즌 K리그2의 챔피언 결정전이나 마찬가지였다. 여기서 이기면 남은 세 경기에서 역전 우승을 노릴 수 있지만, 지면 사실상 우승은 물 건너가는 경기였다.

10월의 이순신종합운동장, 작년 준플레이오프의 악몽을 깔끔히 떨치고팠던 팬들의 바람과 달리, 성남FC는 87분의 실점으로 0 대 1로 패배했다. 어쩐지 불길했던 코너킥 위기. 어, 어, 어, 공이 선수들의 머리에 몇 번을 튀고 나서 우리 그물에 꽂히는 순간, 아산 홈팬들의 환호가 경기장을 휘감았다. 이번 시즌을 끝으로 해체될지도 모를 내 팀의 우승을 거의 확정 짓는 종료 직전의 골이라니 팬들은 얼마나 짜릿했겠는가. 울분과 슬픔이 섞인 듯한 2000여 명의 함성은 산 아래 외따로이 자리 잡은 밤의 축구장을 울리기에 충분했다.

반면 나는 서서히 가라앉아 갔다. 실제로도 의자 등받이와 등 사이의 각도가 점점 넓어지며 삼각형이 납작해져 갔고, 모든 감각이 한 발씩 뒤로 물러섰다. 감격으로 뒤엉킨 상대 선수들과 정장을 차려입고 펄쩍펄쩍 뛰면서 포효하는 상대 감독의 모습, 골을 알리는 홈팀 장내 아나운서의 요란한 멘트, 그칠 줄 모르는 아산 팬들의 함성이 모두 다 아득해졌고 아련해졌다. 보이는 모든 것은 슬로모션 같았고, 들리는 모든 것은 하울링 같았다. 홀로 어떤 투명한 작은 구 속에 들어가 싸늘하게 차오르는 물 아래로 서서히 침잠해 가는 느낌. 그러니까 작년 비 오는 어느 날 느꼈던 합일감의 반대 버전이랄까.

그 와중에 문득 독일의 대문호 귄터 그라스가 2002 한일 월드컵 전야제에서 발표한 네 줄짜리 시 「밤의 경기장」이 떠올랐던 건 왜일까.

천천히 축구공이 하늘로 떠올랐다.

그때 사람들은 꽉 찬 관중석을 보았다.

고독하게 시인은 골대 앞에 서 있었고,

심판은 호각을 불었다. 오프사이드.

이 골이 무효가 되기를 바라서는 아니었을 것이다. 아득할 정도로 아름다운 장면이어서였을 것이다. 비록 우리 팀이 그 장면의 희생자가 되기는 했지만, '축구적 관점'에서 보자면 더할 나위 없는 시나리오였다. 우리도 부족하나마 최선을 다했다.

이날 이후 우리는 '1부리그로 직행할지 플레이오프를 치를지 아직은 모르는' 2위를 지키기 위해 노력했다. 뒤쫓는 대전과 부산을 따돌리고, 36라운드 중 35라운드에서 2위를 확정했다. '당장의 승격보다는 장기적인 비전을 가진 구단으로 체질을 개선'하려던 팀이 이루어 낸 이 성과에 어느 팬도 불만을 제기할 수 없었다. 충분히 자랑스러웠다. 이제 연맹이 승격을 어떻게 처리할지만 결정하면 되었다. 진인사대천명의 모범 사례라 할 만하다.

물론 어느 성남 팬도 아산의 해체를 바라지 않았다. 팀이 없어진다는 것이 얼마나 아픈 일인지를 누구보다도 잘 알고 있었으니까. 다만 '아산 구단의 존속'과 '2018 K리그2의 승격 자격 결정'은 분리해 생각해야 할 문제였다. 아산이 지금은 어떻게든 존속한다고 해도 1년 뒤의 상황은 장담하기 힘들었고, 그런 구단을 지금 시점에서 1부리그로 올리는 것은 더 큰 문제를 낳을 위험이 있었다. 하지만 우리가 이해관계의 당사자다 보니 "아산은 아산대로 해결하고 빨리 승격 규칙이나 확정해!"라고 목소리를 높이기는 또 조심스러웠다. 어떻든 빨리 결정이나 내려 주기를 바랐다.

이틀 뒤의 월요일, 연맹의 발표가 있었다. "아산 문제는 앞으로도 다각도로 해결하기 위해 노력할 것이며, 올 시즌 승격권은 2위가 갖는다. 준플레이오프와 플레이오프는 3~5위가 치른다."라고만 정리되기를 바랐는데, 과연 그랬다. 단, 여기에 '2주 뒤까지 아산이 선수 수급 방안을 내놓지 않으면'이라는 단서가 붙었다. 그러니까 가만히 앉아서 2주를 더 기다리라는 말이다. 나보다 더 '승격의 순간'을 갈구했고 그 순간을 '현장'에서 맛보고 싶었지만 뾰족한 수가 없었던 서주훈 씨는 무려 연맹 이사회가 열린 축구회관 건물 로비에 가서 발표를 기다렸는데, 이 결정을 접한 그의 분노는 충분히 예상 가능한 것이었다.

당장 그 주말에 리그 마지막 경기가 있었다. 탄천에서의 홈경기였다. 한 시즌을 닫는 경기는 그해의 매듭 같은 것이다. 일종의 '연말 시상식'이라고 하면 될까? 진짜로 상이 오가지는 않지만 그 시즌이 부진했던 선전했던 한 해의 수고들을 되새김하며 서로를 격려하고 다음 시즌에 만나기를 기약하는 소중한 자리다. 겨울 동안 팀을 떠나게 되는 선수들도 많은데(물론 그 당시에야 누가 떠날지 모르지만) 그들의 마지막 모습을 기억하게 되는 자리이기도 하다.

연맹의 결정 덕분에 이토록 중요한 시즌 마지막 경기는 엉망이 되어 버렸다. 이현일 선수의 그림 같은 오버헤드킥으로 거

둔 1 대 0 승리는 달콤하고 황홀했지만, 이게 올해의 마지막 경기가 맞긴 한가? 혹시나 아산이 승격하게 된다면 우리가 플레이오프를 치러야 하기에 마지막이 아닐 수도 있었다. 승격 기념 행사를 할 수도 없었고, 작별 인사를 할 수도 없었다. 구단도 팬들도 준비라는 걸 할 수가 없었다. 함께 수고한 팬들끼리도, 무슨 원수지간도 아닌데, (플레이오프 없이 승격해서) "올해 다시 보지 맙시다"라고 말하며 어정쩡하게 헤어져야 했다.

5위를 차지한 광주도 준플레이오프를 준비해야 하는지 말아야 하는지도 모른 채 2주를 기다려야 했다. 3위 부산과 4위 대전도 상대 팀이 결정되지 않은 채 2주를 기다려야 했다. 혼돈의 2주였다.

물론 이 모든 불편과 피해가 '없어질지 모르는 팀' 앞에서는 사소한 것일지도 모른다. 그렇기에 모두들 '입 조심'을 했다. 하지만 다시 말하지만, 아산이라는 팀을 살리는 것과 승격 자격은 분리하면 그만이다. 연맹 입장에서는 어떻게든 여론 압박을 위해 "K리그2 우승 팀, 승격할 팀, 이렇게 잘하는 아산을 살려주세요!"라고 할 속셈이었겠지만, 혹시라도 그 속셈이 먹혀 그런 식으로 승격시켜 봐야 뒷일만 복잡해진다. 미련한 미련이다.

어쨌든 연맹도 이리저리 수를 찾는 모양이었고, 2002 한일 월드컵의 스타들을 비롯하여 많은 축구인들도 성명을 내고 집회를 하는 등 아산 살리기에 나섰다. 하지만 솔직히 말해 볼까?

그 노력은 K리그와 K리그 팬을 위한 것이 아니었다. 남은 복무 기간을 '일반 의경'으로 보낼지도 모를 '국가대표급' 후배 선수들을 구제하려는 속내가 훤히 보였다. 아산 팬들조차 그러한 목적을 위한 수단일 뿐이었다. 리그에 대한 존중, 다른 팀 팬들과 선수들에 대한 존중은 안중에도 없었다.

이것이 바로 이 어처구니없는 '웹 승격'의 배경이었다. 약속했던 2주가 되는 월요일 퇴근 시간에 사무실에 앉아 새로고침과 함께 맞는 승격이라니, 한 팀의 팬으로서 인생에서 최고로 감동해야 할 순간은 이렇게 버림받았다.

▶ 골든벨을 울릴걸

이런 꼬락서니의 승격이지만, 기쁘다. 이루 말할 수 없이 좋다. 이렇게 화가 나는데도 이렇게 기쁜 걸 보면 정말로 승격이란 게 좋긴 엄청 좋은 건가 보다. 그러니까 연맹의 멍청하고 배려 없는 결정들만 아니었다면 얼마나 얼마나 얼마나 얼마나 좋았을까? 인생에서 이런 감정을 느낄 기회가 다시 오긴 할까? 정말 만에 하나로, 다시 강등되었다가 승격한다 해도 첫 승격만큼 강력한 감정은 느낄 수 없을 텐데 말이다. 여기까지 생각이 미치니 또 화가 나고, 이렇게 화가 나는데도 이렇게 기쁜 걸 보면 정말로 승격이란 게 좋긴 엄청 좋은 건가 싶고…….

덕분에 여러분께도 승격 소식을 어정쩡하게 흘리며 이 글을 시작하고 말았다. 정식으로 다시 말씀드리는 게 이 책을 여기까지 읽어 주신 분들에 대한 도리겠지. 성남FC는 K리그1으로 승격했다. 강등된 지 2년 만에 1부리그로 복귀한다. 초유의 문예지 《릿터》에 초유의 K리그 에세이 연재를 시작한 그해에 초유의 강등을 당하더니, 초유의 K리그 팬 에세이집 원고가 끝나가는 때 초유의 (웹) 승격을 이루어 냈다. 누가 짜라고 해도 이렇게는 안 짜겠다.

집에서, 사무실에서, 학교에서, 거리에서, 식당에서, 카페에서, 각자의 (웹) 승격을 맞이한 성남 팬들은 커뮤니티에서 기쁨의 글과 댓글을 주고받았다. 보고 있으니 흐뭇하고 시큰하고 행복했다. 하지만 당신들과 함께 같은 공간에서 이 순간을 맛보았다면 얼마나 좋았을까. 숙소에서 각자 인터넷으로 소식을 접했을 선수들도 다 함께. 여기까지 생각이 미치니 또 화가 나고, 이렇게 화가 나는데도 이렇게 기쁜 걸 보면 정말로 승격이란 게 좋긴 엄청 좋은 건가 싶고……. 아, 이제 이쪽 생각은 관둬야지 안 되겠다.

어떻든 그냥 넘어갈 수 없는 저녁이었다. 퇴근을 하자마자 "승격이다!", "승격이네!" 하고 얼싸안았던 아내와 나는 성남FC의 역사에 남을 2018년 11월 19일 월요일을 기념하여(그래,

어느 팀이 월요일에 승격해 봤겠냐!) 가방을 내팽개치고 단골 술집으로 나섰다. 그 짧은 틈에 변화를 준 유일한 것이 있다면 유니폼을 갈아입었다는 것. 아, 오늘 사무실에서 하루 종일 유니폼을 입고 있었던 거 아니냐고? 그 정도도 안 하다니 실망이라고? 아니 아니, 다시 잘 읽어 보시길! 유니폼'으로' 갈아입은 게 아니라 유니폼'을' 갈아입은 거다. 홈 유니폼에서 원정 유니폼으로 갈아입었다. 어두침침한 술집에서라면 검정색 홈 유니폼보다는 흰색 원정 유니폼이 훨씬 더 눈에 잘 띄니까.

닭똥집마늘볶음을 앞에 두고 한 시즌, 아니 두 시즌을 함께 반추하고 있자니 그제야 닭똥집 같은 눈물이 뚝뚝 떨어졌다고 하면 거짓말이다. 누가 (눈물을) 짜라고 해도 이렇게는 안 짠다. 하지만 중구난방 주고받는 우리의 2년 속에 울컥하는 부분들이 없을 수 없었다. 작년 초의 끝 모를 부진과 덧없었던 희망, 예상 외의 상위권 유지가 길어지면서 뚜렷이 보이던 선수들의 부담감, 그러면서도 그걸 이겨 내기 위해 이를 악물고 몸을 던지는 선수들의 모습, 꼭 필요했을 때 넣어 준 골들과 막아 준 슛들…… 그런 이야기의 틈새마다 절로 추임새가 덧붙었다. "와, 어떻게 승격을 했대?", "그러게, 어쩜 그걸 했대!" 또 그 틈새마다 절로 찬사가 끼어들었다. "감독님 짱짱맨!", "우리 기특한 주장 보민이!", "제운이 종신 계약 갑시다!"(이하 너무 많아 생략)

그나저나 애써 흰 유니폼으로 갈아입고 온 보람이 없다.

사각지대 하나 없이 반듯한 사각형의 아담한 술집 한가운데 반짝반짝 빛나는 흰색 유니폼, 그것도 올해 우리 팀 에이스 역할을 톡톡히 해 준 문상윤 선수의 한글 이름이 큼지막하게 박힌 유니폼을 입고 중앙 통로를 등지고 앉아 있으면, 게다가 이렇게 신나는 표정으로 들어와서 축구 얘기만 연신 떠들고 있으면 주변에서 뭐 한마디라도 해 줘야 하는 거 아닌가? "아! 성남 팬이신가 봐요! 승격했다면서요? 축하드려요!" 젠장, 지금 쓰면서도 퍽이나 싶다. "이거 어느 팀 유니폼이에요? 얘기 들어 보니까 무슨 좋은 일 있으신 거 같은데?" 정도가 바랄 수 있는 최대치였는데, 한 시간 반 남짓한 동안 아무도 아무 알은체도 하지 않았다.

그런 걸로 화가 나진 않았다. 이미 포기하기도 했고, 술집에서 알은체를 안 해 준 걸 오직 K리그에 대한 무관심 탓으로 돌려 버리는 건 너무 순진한 태도다. 그들은 적당한 무관심을 미덕으로 치는 현대인의 기본 덕목에 충실했을 뿐. 하지만 일말의 쓸쓸함과 서운함까지는 나로서도 어쩔 수가 없었다. 성남에 살았더라면 이 정도까지는 아니지 않았을까?

예전에 홈경기가 끝나고 탄천에서 지하철로 세 정거장 떨어진 맥줏집에서 술을 마신 적이 있다. 그때 옆 테이블 아저씨가 물어 왔다. 주어도 목적어도 필요 없이 담백하게 "오늘 이겼어요?"라고. 별말 아닌 그 말이 그렇게 좋았다. "아니, 전 뭐 축구 그렇게까지 좋아하진 않는데, 1년에 한 번 갈까 말까? 그래도 우리 성남이 잘하면 좋잖아요."라고 멋쩍게 덧붙였던 그가 지금 너무나 그립다. 이 자리에 있었다면 "앗, 승격했어요? 오늘이었구나. 몰랐네." 했겠지만 그래도 자신이 보낼 수 있는 가장 큰 축하를 보냈을 것이다. 나는 이 기쁨은 성남 시민 모두의 것이라며 그에게도 축하를 되돌려 주었을 것이다. 그리고 한사코 그 테이블의 술값을 계산했을 것이다.

　가게를 나와 집으로 돌아오는 길에 퍼뜩 이런 생각이 들었다. 그 아저씨 술값 계산할 생각을 했으면 오늘 왜 좀 더 적극적으로 나서지 못했지? 이렇게 말할 수도 있었잖아. "여러분, 대화 나누시는 중에 잠시만 실례하겠습니다. 제가 지금 입고 있는 이 옷은 K리그 성남FC의 유니폼입니다. 제가 응원하는 팀입니다. 저희 팀이 오늘 2부리그에서 1부리그로 승격을 확정 지었습니다. 해외축구 보시거나 하시면 이게 얼마나 기쁜 일인지 아시겠지요. 잘 모르실 수도 있지만 그냥 엄청 기쁜 일이라고 생각해 주시면 됩니다. 어쨌든 저는 지금 너무 기분이 좋습니다. 제가 오늘 골든벨 울리고 싶습니다! 지금까지 드신 건 제가 다 계산하겠습니다! 건배 한 번만 같이 해 주시고 성남FC라는 팀 덕에 한턱 잘 얻어먹었다 기억이나 해 주십쇼!" 젠장, 지금 쓰면서도 퍽이나 싶다. "국민은행축구단의 K리그 승격 거부에 항의하는 의미에서입니다."라는 말도 "K리그 스폰서 맡아 주어서 고맙습니다."라는 말도 못 하면서. 골든벨을 울리는 데까지는 생각이 미치지 못했지만, 소심한 내가 그러려면 정말로 생각이 '미치는' 경우밖에는 없을 것이다.

아, 혹시 모르겠다. 경기장에서 '승격의 순간'을 맞은 뒤 신나는 축제를 즐기고 집으로 돌아와서도 홍이 채 가라앉지 않아 집 앞 술집으로 2차를 가서였다면 정말로 홍에 미쳐 그랬을지도.

▶ 그렇지, 어차피 축구는 하지

축하가, 축하가 모자랐다. 경기장에서 선수들과 팬들과 기쁨을 나누고 돌아왔더라면 이렇게까지 갈증이 심하지는 않았을 텐데! 기쁜 사람들은 모두 웹에 있고, 퇴근길 지하철이나 술집에서 마주친 사람들은 성남의 승격에 아무런 감흥이 없었다. 아니, 성남의 승격을 인지조차 못 하고 있었다. 안 되겠다. 만방에 알리고 축하받을 테다. 급격히 마신 술의 힘을 빌려 전화를 돌리기 시작했다. 기브 미 콩그레추레이션! 기브 미 콩그레추레이션!

"형님, 접니다아아아!"

"오, 반갑다! 술 좀 먹었구나?"

"제가 오늘 엄청 좋은 일이 있어서요!"

"그래? 무슨 일인데?"

잠시 고민을 했다. 평소에 축구에 별 관심이 없는 이 형님에게 "성남이 승격을 했어요."라고 대뜸 말한들 문장의 의미를 금방 이해하기 어려울 것이다. K리그 팬사랑 적금을 가입하러 간 은행에서 창구 직원분을 배려하는 마음으로, 서두를 뗐다.

"형, 제가 축구, K리그, 응원하는 팀 2부리그인 거 아시나? 성남이라고, 옛날에 성남일화. 근데 2년 전에 2부리그로 떨어졌거든요. 근데 제가 책 쓰잖아요, 축구팬 이야기. 그러면서 이 성남을 열심히 응원을 했는데, 그 팀이 오늘 2위로, 이게 원래는 1위만, 아, 아니다, 어쨌든 결국 다시 1부리그로 올라갔어요!" (감안점 ① 술에 취해 있다. ② 그 와중에도 너무 길어지는 것 같아 분위기를 파악하고 급격히 결론으로 넘어갔다.)

"……어, 그래? 어, 어, 음…… 축하한다."

역시 무리였다. 이래서야 그냥 "성남이 승격을 했어요!"라고 하는 게 나았을지도. 잠시 시무룩해졌지만 "우리 오래 못 봤네. 곧 봐요죠!"라며 서둘러 대화를 정리했다.

연락처를 훑어 그나마 축구에 약간 관심이 있는 흔치 않은 친구의 이름을 찾았다. 친구가 전화를 받자마자 다짜고짜 묵직한 무회전킥을 날렸다.

"야! 성남 오늘 승격했다!"

"뭐야, 뜬금없이. 하하."

"우리가 승격을 했다니까, 승격을!"

"오오냐, 좋겠다. 축하한다잉!"

축하라는 단어를 가장 축하와 거리가 먼 말투로 말하는 너, 실격! 역시 "연말에 한잔하자."로 대화를 마무리 지었다.

다음 친구에게는 작전을 바꿔 상대에 대한 공감부터 시작하기로 마음먹고 "요즘 어떻게 지내?"라고 서두를 꺼냈다가 녀석의 신세 한탄을 8분쯤 들어야 했다. 잔뜩 울적한 얘기를 듣고 난 후 이윽고 "너는 요즘 어때?"라는 의례적인 질문이 돌아왔다. "난 잘 지내지. 오늘 나 응원하는 축구팀이 승격도 했어……."라는, 나 스스로도 흥이 하나도 없었던 대답에 친구도 "아, 그랬구나……. 잘됐네."로 흥 없이 대꾸했다. "그래, 힘내고, 조만간 한번 보자."로 통화를 정리했다. 졸지에 약속 빚만 세 개다.

아니, 오랜만에 연락해 온 친구가 예컨대 결혼을 했다거나 아이를 낳았다거나, 하다못해 승진을 했다고 하면 "어머, 정말 너무 잘됐다!", "헐, 대박!" 정도의 진심 묻은 축하는 받는다. 그런데 최근 2년간 내 인생에서 가장 바랐던 일이 이루어졌다는데 반응이 왜들 이런담! 평범한 사람들이 보편적으로 축하할 만한 일이라고 생각하는 일이 아니어서? 내가 그걸 모르겠는가! 그런 일인 걸 뻔히 아는 사람이 굳이 이야기를 한다는 건 오히려 그게 그 사람에게 정말 축하받아야 하는 일이어서란 말이야!

하지만 이 세 친구의 태도에서 가장 마음에 들지 않는 것은 나를 흡족할 만큼 축하해 주지 않았다는 사실이 아니다. 승격이 얼마나 기쁜 일인지를 전혀 이해하지 못하고 있다는 사실이다. 하지만 그건 그들의 잘못이 아니지 않은가? 그리고 바로 그 이유로 슬픈 일이겠지만.

축하를 받고 싶다는 의욕도 사그라들고, 오랜만에 연락처를 뒤진 김에 눈에 띈 이름이 있어 안부나 전할 겸 전화를 걸었다. 반가운 목소리에 이어 근황을 전하며 함께 별것도 아닌 일로 낄낄거리다 보니 조금은 마음이 따스해졌다. 그렇다고 방심하여 또 성남FC 승격 이야기 따위를 꺼내는 일은 절대 하지 말아야지 다짐하던 찰나, 이 녀석, 대뜸 먼저 물어 오는 게 아닌가?

"맞다. 너 성남 응원했었잖아? 요새 잘하니?"

성남의 승격 사실은커녕 이미 시즌이 끝난 것도 모른다는 점에서 K리그에 대한 이 친구의 관심은 앞의 친구들과 별반 다르지 않다. 하지만 이렇게 먼저 물어 주는 건 하늘과 땅 차이지 않은가? 나는 깊이 감복하였으나 이러한 감복을 주신 귀인께 행여라도 부담이 되지 않도록 마음의 매무새를 정갈히 가다듬고 수줍게 말했다.

"잘했지, 이번 시즌 잘해서 2위 했는데, 1위 팀이 승격을 못 하게 되어서 우리가 승격했어. 사실 오늘 그거 결정돼서 술

마셨다."

"오, 그래? 이야, 정말 잘됐다! 축하해." 정도의 대답을 듣고 얌전히 다음 화제로 넘어가려 했으나 친구의 반응은 의외였다.

"승격? 어? 그럼 그 너희 2부리그였던 거야?"

끄응, 그렇지. 이 정도는 되어야 K리그고 성남FC지! 또 내가 너무 순진했구나 하는 반성을 하며 애써 밝게 대답했다.

"응. 2년 전에 강등됐었지. 몰랐구나?"

"야, 그걸 내가 어떻게 알아." 하며 웃은 친구는 다음 말로 다시 한번 반전을 던졌다.

"근데 1부리그 올라가면 뭐 좋나?"

어우, 야잇, 진짜, 어휴, 이놈 이거, 이걸 말이라고! 당연히 좋지! 좋은 선수도 많아지고 경기 수준도 훨씬 낫고 관중도 많아지고 언론 관심도 다르고 투자도 다르고…… 이 문장들이 큰 따옴표 속에 담기지 않은 것은 물론 입 밖으로 내지 못한 말이어서다. 그리고 그 말을 입 밖으로 내지 못한 것은 '하, 이놈 이거 생각했던 것보다 훨씬 더 '축알못'이네. 이걸 어디부터 어떻게 이해시켜 줘야 하는 거야?' 하는 단념 때문이기도 했지만, 그리고 술에 취한 채 저 복잡한 걸 구구절절 설명할 생각을 하니 머리가 지끈거렸기 때문이기도 했지만, 저 모든 것이 '생각보다는' 아무 일 아닐 수도 있다는 일말의 불길한(?) 생각이 머릿속을 스치고 지나갔기 때문임을 결코 부인할 수 없었다. 그리고 친구는 그 스쳐 지나가려던 것을 꽉 붙들었다.

"1부든 2부든 어차피 축구는 하는 거잖아?"

"……."

"너는 축구를 볼 거고."

"……그치, 그렇지."

그치, 그렇지, 이거지. 내가 졌지. 승격을 애타게 바라기야 했지만, 승격 하나만 보고 달려온 축구팬 인생이 아니었다. 승격을 못 한다고 버릴 팀도 아니었다. 이기면 이기는 대로, 지면 지는 대로, 그 모든 상황과 감정을 받아 안고 함께 걸어가는 그 과정 자체가 내게 삶을 살아가는 하나의 방식을 가르쳐 주었고, 또 나아가 삶 자체였다. 좋아하는 것을 볼 수 있음에, 좋아하는 것에 깊이 감응할 수 있음에, 좋아하는 것을 위해 애쓸 수 있음에 더할 나위 없이 좋은 시간들이었다.

물론 승격은 대단하고 기분 좋은 일이지만, 그것이 내가 2년 간 지켜봐 온 축구와 리그를 폄하할 이유는 되지 못한다는 것을 자꾸 잊었던 것 같다. 아마 1부리그에 계속 있었더라면 절대 깨닫지 못했겠지. 그리고 승격이 얼마나 대단하고 기분 좋은 일인지는 2부리그에서만 계속 있었으면 절대 실감하지 못했겠지. 2부리그에서 보낸 이 시간들이 "정말로 하나도 아무렇지도" 않다고 말하기는 힘들겠지만, 나쁘지만은 않았다고, 아니 썩 괜찮았다고는 말할 수 있을 것 같다.

침묵이 내가 생각했던 것보다 더 길었던가. 친구가 가만히
물어왔다.

"야, 왜 그래? 괜찮아?"

"응, 괜찮아. 괜찮고, 괜찮을 거야."

그렇게 승격의 밤이 저물어 갔다. 내년부터는, 새로 시작
이다.

성남FC	
연고지	경기도 성남시
홈구장	탄천종합운동장(16,406석/종합)
구단 형태	시민구단
상징색	검정
마스코트	까오, 까비(까치)
창단 및 리그 참가	1989년
팀명 변경	일화천마(1989~1996) → 천안일화천마(1996~1999) → 성남일화천마(1999~2014) → 성남FC(시민구단 전환, 2014~)
우승	K리그 7회(최다, 1993~1995, 2001~2003, 2006), FA컵 3회(1999, 2011, 2014), AFC챔피언스리그 1회(2010)+아시안클럽챔피언십* 1회(1995)
승강 경력	2016년 강등, 2018년 승격
평균 관중	6,729명(1) - 2,802명(2) - 2,400명(2) / 4,027명**

* AFC챔피언스리그의 전신인 대회다.
** 차례대로 2016년 평균 관중, 2017년 평균 관중, 2018년 평균 관중, 3년 평균 관중 수를 나타낸다. 괄호는 해당 시즌 그 팀이 1부리그에서 뛰었는지 2부리그에서 뛰었는지를 가리킨다. 참고로 2018년부터 '유료 관중'만 집계하는 방식으로 바뀌어 대부분 구단들의 관중 수가 하락했다.

강원FC

연고지	강원도
홈구장	춘천송암레포츠타운(20,000석/종합)
구단 형태	도민구단
상징색	주황
마스코트	강웅이(곰)
창단 및 리그 참가	2008년 창단, 2009년 리그 참가
최고 성적	1부리그 6위(2017), FA컵 8강(2014)
승강 경력	2013년 강등, 2016년 승격
평균 관중	1,066명(2) - 2,305명(1) - 1,356명(1) / 1,567명

경남FC

연고지	경상남도
홈구장	창원축구센터(15,116석/전용)
구단 형태	도민구단
상징색	빨강, 검정
마스코트	군함이, 경남이(군함조)
창단 및 리그 참가	2006년
최고 성적	1부리그 2위(2018), 2부리그 우승(2017), FA컵 준우승 2회(2008, 2012)
승강 경력	2014년 강등, 2017년 승격
평균 관중	1,200명(2) - 2,182명(2) - 3,152명(1) / 2,161명

광주FC

연고지	광주광역시
홈구장	광주월드컵경기장(40,245석/전용)

구단 형태	시민구단
상징색	노랑
마스코트	화니, 보니(봉황)
창단 및 리그 참가	2010년 창단, 2011년 리그 참가
최고 성적	1부리그 8위(2016), FA컵 8강(2017)
승강 경력	2012년 강등, 2014년 승격, 2017년 강등
평균 관중	3,475명(1) - 3,045명(1) - 1,522명(2) / 2,701명

대구FC

연고지	대구광역시
홈구장	DGB대구은행파크(12,415석/전용)
구단 형태	시민구단
상징색	하늘색
마스코트	빅토(태양), 리카(고슴도치)
창단 및 리그 참가	2003년
최고 성적	1부리그 7위(2018), FA컵 우승(2018)
승강 경력	2013년 강등, 2016년 승격
평균 관중	2,712명(2) - 3,340명(1) - 3,518명(1) / 3,182명

대전시티즌

연고지	대전광역시
홈구장	대전월드컵경기장(40,535석/전용)
구단 형태	시민구단
상징색	자주색
마스코트	대전이, 사랑이, 자주(반달곰)
창단 및 리그 참가	1997년

최고 성적	1부리그 6위(2003, 2007), 2부리그 우승(2014), FA컵 우승(2001)
승강 경력	2013년 강등, 2014년 승격, 2015년 강등
평균 관중	2,540명(2) - 2,164명(2) - 1,645명(2) / 2,132명

부산아이파크

연고지	부산광역시
홈구장	구덕운동장(12,349석/종합)
구단 형태	기업구단 (모기업: HDC그룹)
상징색	빨강
마스코트	똑디(기사)
창단 및 리그 참가	1979년 창단, 1983년 리그 참가(원년 멤버)
팀명 변경	대우로얄즈(1983~1996) → 부산대우로얄즈(1996~2000) → 부산아이콘스(2000~2005) → 부산아이파크(2005~)
우승	K리그 4회(1984, 1987, 1991, 1997), FA컵 1회(2004), 아시안클럽챔피언십 1회(1985)
승강 경력	2015년 강등
평균 관중	1,534명(2) - 2,406명(2) - 2,476명(2) / 2,117명

부천FC1995

연고지	경기도 부천시
홈구장	부천종합운동장(34,456석/종합)
구단 형태	시민구단
상징색	빨강
마스코트	헤르, 보라(보라매)
창단 및 리그 참가	2007년 창단, 2008년 K3리그 참가, 2012년 프로 전환하여 2013년 K2리그 진출

최고 성적	2부리그 4위(2016), FA컵 4강(2016)
승강 경력	없음
평균 관중	2,081명(2) - 2,055명(2) - 1,026명(2) / 1,733명

상주상무

연고지	경상북도 상주시
홈구장	상주시민운동장(15,042석/종합)
구단 형태	군경구단
상징색	빨강
마스코트	퍼시(곶감), 단이(단감), 홍이(홍시)
창단 및 리그 참가	2011년 (전신 광주상무를 승계하지 않음)
최고 성적	1부리그 4위(2016), 2부리그 우승(2013, 2015), FA컵 4강(2014)
승강 경력	2012년 강등, 2013년 승격, 2014년 강등, 2015년 승격
평균 관중	1,943명(1) - 1,645명(1) - 1,318명(1) / 1,630명

FC서울

연고지	서울특별시
홈구장	서울월드컵경기장(66,704석/전용)
구단 형태	기업구단 (모기업: GS그룹)
상징색	빨강, 검정
마스코트	씨드(외계 생명체)
창단 및 리그 참가	1983년(원년 멤버)
팀명 변경	럭키금성황소(1983~1990) → LG치타스(1991~1995) → 안양LG치타스(1996~2003) → FC서울(2004~)
우승	K리그 6회(1985, 1990, 2000, 2010, 2012, 2016), FA컵 2회(1998, 2015), AFC챔피언스리그 준우승(2013)

승강 경력	없음. 2018년 승강 플레이오프에서 승리해 잔류.
평균 관중	18,007명(1) - 16,319명(1) - 11,561명(1) / 15,296명

서울이랜드FC

연고지	서울특별시
홈구장	서울올림픽주경기장(69,950석/종합)
구단 형태	기업구단 (모기업: 이랜드그룹)
상징색	진청
마스코트	레울 외 일곱 마리(표범)
창단 및 리그 참가	2014년 창단, 2015년 리그 참가(2013년 이후 K리그 신규 참가 팀은 2부리그에서 시작)
최고 성적	2부리그 4위(2015)
승강 경력	없음
평균 관중	1,311명(2) - 1,611명(2) - 689명(2) / 1,208명

수원삼성블루윙즈

연고지	경기도 수원시
홈구장	수원월드컵경기장(43,959석/전용)
구단 형태	기업구단 (모기업: 제일기획)
상징색	파랑, 흰색, 빨강
마스코트	아길레온, 아길레오나, 레온, 레나(독수리+사자)
창단 및 리그 참가	1995년 창단, 1996년 리그 참가
우승	K리그 4회(1998, 1999, 2004, 2008), FA컵 4회 (최다, 2002, 2009, 2010, 2016), 아시안클럽챔피언십 2회(2000/01, 2001/02)
승강 경력	없음
평균 관중	10,643명(1) - 8,786명(1) - 6,709명(1) / 8,713명

수원FC	
연고지	경기도 수원시
홈구장	수원종합운동장(11,808석/종합)
구단 형태	시민구단
상징색	파랑, 빨강
마스코트	화서장군, 장안장군, 팔달장군, 창룡장군(장군)
창단 및 리그 참가	2003년 창단 및 내셔널리그 참가, 2013년 K리그2 진출
최고 성적	1부리그 12위(2016), 내셔널리그 우승(2010)
승강 경력	2015년 승격, 2016년 강등
평균 관중	4,387명(1) - 2,147명(2) - 1,877명(2) / 2,833명

아산무궁화	
연고지	충청남도 아산시
홈구장	이순신종합운동장(19,283석/종합)
구단 형태	군경구단+시민구단(과도기, 2020년 시민구단 전환을 위해 노력 중)
상징색	노랑, 파랑
마스코트	뷩뷩이(부엉이)
창단 및 리그 참가	1996년 창단, 2013년 K리그2 참가, 2016년 해체 후 연고지 이전 재창단
팀명 변경	경찰축구단(1996~2014) → 안산경찰청(2014~2015) → 안산무궁화(2016) → 아산무궁화(2017~)
최고 성적	2부리그 우승(2016, 2018), FA컵 8강(2018)
승강 경력	없음 (2부리그 우승 후 승격권 박탈)
평균 관중	1,955명(2) - 1,755명(2) / 1,855명*

* 2016년은 안산에서의 기록이라 제외하고, 2017년과 2018년 관중만 기록했다.

안산그리너스

연고지	경기도 안산시
홈구장	안산와~스타디움(35,000석/종합)
구단 형태	시민구단
상징색	초록
마스코트	로니, 다니(늑대)
창단 및 리그 참가	2017년 (안산무궁화와는 별개의 팀)
최고 성적	2부리그 9위(2017, 2018), FA컵 32강(2018)
승강 경력	없음
평균 관중	2,702명(2) - 1,820명(2) / 2,261명*

FC안양

연고지	경기도 안양시
홈구장	안양종합운동장(20,629석/종합)
구단 형태	시민구단
상징색	보라
마스코트	바티, 나리(너구리)
창단 및 리그 참가	2013년
최고 성적	2부리그 5위(2013, 2014), FA컵 32강(2013~2018)
승강 경력	없음
평균 관중	1,827명(2) - 3,339명(2) - 1,505명(2) / 2,209명

* 2016년은 안산무궁화의 기록이라 제외하고, 2017년과 2018년 관중만 기록했다.

울산현대

연고지	울산광역시
홈구장	울산문수축구경기장(44,102석/전용)
구단 형태	기업구단 (모기업: 현대중공업)
상징색	파랑
마스코트	강호, 설호, 건호, 미호(호랑이)
창단 및 리그 참가	1983년(원년 멤버)
팀명 변경	현대호랑이(1983~1995) → 울산현대호랑이(1996~2008) → 울산현대(2008~)
우승	K리그 2회(1996, 2005), FA컵 1회(2017), AFC챔피언스리그 1회(2012)
승강 경력	없음
평균 관중	8,744명(1) - 8,463명(1) - 7,523명(1) / 8,244명

인천유나이티드

연고지	인천광역시
홈구장	인천축구전용구장(20,300석/전용)
구단 형태	시민구단
상징색	파랑, 검정
마스코트	유티(두루미)
창단 및 리그 참가	2003년 창단, 2004년 리그 참가
최고 성적	1부리그 준우승(2005), FA컵 준우승(2015)
승강 경력	없음
평균 관중	6,053명(1) - 5,932명(1) - 4,429명(1) / 5,482명

전남드래곤즈

연고지	전라남도
홈구장	광양축구전용구장(13,496석/전용)
구단 형태	기업구단 (모기업: 포스코)
상징색	노랑, 보라
마스코트	철룡이(용)
창단 및 리그 참가	1994년 창단, 1995년 리그 참가
최고 성적	K리그 준우승(1997), FA컵 우승 3회(1997, 2006, 2007)
승강 경력	2018년 강등
평균 관중	4,114명(1) - 4,111명(1) - 3,318명(1) / 3,848명

전북현대모터스

연고지	전라북도
홈구장	전주월드컵경기장(42,477석/전용)
구단 형태	기업구단 (모기업: 현대자동차)
상징색	초록
마스코트	초니, 초아(봉황신)
창단 및 리그 참가	1994년
팀명 변경	전북다이노스(1994~1997) → 전북현대다이노스 (1997~2000) → 전북현대모터스(2000~)
우승	K리그 6회(2009, 2011, 2014, 2015, 2017, 2018), FA컵 3회(2000, 2003, 2005), AFC챔피언스리그 2회 (2006, 2016)
승강 경력	없음
평균 관중	16,785명(1) - 11,662명(1) - 11,925명(1) / 13,457명

제주유나이티드

연고지	제주특별자치도
홈구장	제주월드컵경기장(29,791석/전용)
구단 형태	기업구단 (모기업: SK에너지)
상징색	주황
마스코트	감규리, 한라할방, 백록이(감귤)
창단 및 리그 참가	1982년 창단, 1983년 리그 참가(원년 멤버)
팀명 변경	유공코끼리(1982~1996) → 부천유공(1996~1997) → 부천SK(1997~2006) → 제주유나이티드(2006~)
우승	K리그 1회(1989), FA컵 3회(1994, 1996, 2000)
승강 경력	없음
평균 관중	5,688명(1) - 4,057명(1) - 3,232명(1) / 4,326명

포항스틸러스

연고지	경상북도 포항시
홈구장	스틸야드(17,443석/전용)
구단 형태	기업구단 (모기업: 포스코)
상징색	빨강, 검정
마스코트	쇠돌이, 쇠순이(로봇)
창단 및 리그 참가	1973년 창단, 1983년 리그 참가(원년 멤버)
팀명 변경	포항제철축구단(1973~1982) → 포항제철돌핀스(1983~1984) → 포항제철아톰즈(1985~1995) → 포항아톰즈(1995~1996) → 포항스틸러스(1997~)

우승	K리그 5회(1986, 1988, 1992, 2007, 2013), FA컵 4회(최다, 1996, 2008, 2012, 2013), AFC챔피언스리그 1회(2009)+아시안클럽챔피언십 2회 (1997/98, 1998/99)=3회로 아시아 최다
승강 경력	없음
평균 관중	7,681명(1) - 8,374명(1) - 7,485명(1) / 7,846명

뜬금없는 고백을 몇 번이나 한 김에 마지막 고백으로 마지막 글을 시작하자. 성남FC의 팬 박태하는 한 시즌 전 경기 직관을 넘어 2년 개근을 달성하고 말았다. 2017년 41경기, 2018년 38경기, 홈과 원정을 가리지 않고 79경기를 모두 직관했다. 2016년 말부터 따지면 83경기 연속 출장(?) 기록이다. 성남FC 소속으로 83경기를 연속으로 출장한 선수도 아마 없을 것이다.

이로써 가능해졌다. 성남이 강등 같은 건 꿈에도 생각지 못하는 강팀이 되어 있을 40년 뒤, 관중석 옆자리의 중학생 남자아이가 "우리가 예전에 2부리그에 있었다니! 할아버지는 혹시 그때 성남 축구 봤어요?"라고 물어 오면 한숨을 푹 내쉬며 "암요, 봤다마다. 성남이 2부리그 소속으로 치른 79경기를 전

부 다 직관했지요."라고 말하는 것이. 그래, 41경기로는 아무래
도 좀 부족하지. 승격을 한 해 미룬 보람이 있다.

그러고 보면 "내가 가면 꼭 지더라.", "내가 보면 이긴다니
까." 같은 말은 얼마나 무의미한가. 모든 경기를 다 지켜보면 딱
우리 팀의 실력만큼 이기고 비기고 지니까. 나처럼 요란하게 티
내지 않고 당연한 듯 묵묵히 자기 팀의 (거의) 모든 경기를 직관
하고 있는, 그렇게 자기 팀의 실력까지 나이테처럼 몸 안에 새
겨 온 숨은 K리그 팬들에게 경의를 표한다. 이 책은 당신들에
게 큰 빚을 지고 있다.

* * *

2019년 여름, 승격에 걸맞은 선수 보강이 이루어지지 않아
강등 후보 1순위로 꼽히던 성남FC는 8~9위권에서 버텨 내고
있다. 예상 밖의 선전이지만, 그라운드를 지켜보는 마음이 마냥
흐뭇하지만은 않다. 어이없는 패스 미스와 터무니없는 실책, 앞
으로 나아가지 못하는 공과 좀처럼 만들어 내지 못하는 골 찬
스……. 하지만 개인 능력이 더 뛰어난 선수들을 상대하느라 진
땀을 뻘뻘 흘리는 우리 선수들을 보면 그저 안쓰럽고 대견할
뿐이다. 이들을 하나로 묶어 주는 남기일 감독님과 코치 여러분
께 감사할 따름이다. 탓할 곳 없는 마음을 그러모아 기도하는

마음으로 경기장에 간다.

지난 6월에는 인천과의 경기가 있었다. 그전까지 우리 팀은 4연패를 하고 있었고, 엎친 데 덮친 격으로 감독과 프런트의 불화설까지 떠올랐다. 자칫 부진이 길어졌다가는 강등권 추락도 한순간일 마당에 팀의 내분 소식이라니……. 침울한 마음으로 도착한 홈구장에서 경기가 시작하길 기다리다가 우리 팀 서포터스가 펼치는 걸개를 보았다. "괜찮아, 하지만 포기하지 말자." 하나도 안 괜찮을 팬들이, 혹시나 안 괜찮을지 모를 선수들을 위해 내건 이 걸개를 보니 콧잔등에 자꾸 주름이 잡혔다.

포기하지 말아야 할 우리 팀의 상대인 인천의 사정도 만만치 않았다. 시즌 초에 이미 감독을 교체했지만 별 효과를 보지 못한 채 올해도 어김없이 최하위에서 사투를 벌이고 있다. 마음이 새카맣게 타들어 갔을 이 팀의 서포터스는 오늘 "친구들아 같이 싸워 이겨 내자."라고 적힌 걸개를 내걸었다. 그라운드를 사이에 두고 멀리 마주본 두 장의 걸개. 팀이 힘들 때, 하지만 애쓰고 있다는 사실을 너무나도 잘 알 때, 그리고 우리가 할 수 있는 건 이렇게 응원을 보내는 것밖에 없을 때 보내는 다정해서 슬픈 응원들. 주름이 콧잔등을 타고 미간까지 올라왔다.

경기가 시작되자 "괜찮아, 하지만 포기하지 말자." 걸개는 관중석 스탠드 앞쪽에 청테이프로 고정되었다. 난간 막대에 규칙적으로 가려진, 좌우가 뒤집힌 글자들에 어쩐지 자꾸 마음이 쓰여 경기에 집중하지 못하던 찰나, 바람이 걸개를 밑에서부터 들어올리더니 관중석 쪽으로 훌쩍 넘겨 버리는 게 아닌가. 그러자 열심히 응원하던 서포터스 중 한 명이 총총 달려가서는 걸개를 다시 경기장 쪽으로 넘기고 자리로 돌아갔다. 드문 일은 아닌지라 그러려니 하고 말았는데, 문제는 이게 3분마다 반복되었다는 것이다. 자꾸만 되넘어오는 '포기하지 말자' 걸개를 그때마다 포기하지 않고 달려가 되넘기는 모습이라니. 별것도 아닌 이 장면이 네 번째 반복될 때, 나는 얼른 눈을 비벼 흐믈락 말락 하는 눈물을 집어넣었다. 그러자 부연 틈 사이로 걸개 속 '괜찮아' 세 글자가 슥 들어왔다.

그래, 괜찮겠지. 괜찮을 것이다. 괜찮고자 한다. 내 팀이 아무리 부진해도, 사람들이 우리 리그를 아무리 폄하해도, 우리가 담대히 그것에 맞서고 서로를 소중히 지킨다면 분명 괜찮을 것이다. 지나고 나면 모든 게 다 괜찮을 거라는 싸구려 힐링 유의 이야기가 아니다. 우리를 괜찮지 않게 만드는 것들과 싸워 가고, 상처받아 괜찮지 않은 친구들을 감싸 안을 때, K리그는 더욱 괜찮은 리그가 될 것이고, 우리는 조금 더 괜찮은 사람이 될 것이다. 그때 정말로 괜찮을 것이다. 그럴 것이다.

포기하지 않고 싶었던 한 팀과 이겨 내고 싶었던 다른 팀은 90분 동안 열심히 공도 걷어차고 팬들 마음도 걷어찬 끝에 0 대 0으로 비겼다. 순위에 조금 더 여유가 있고 무승부로 4연패를 멈춰 놓았다는 의미라도 챙긴 우리는 그래도 이 정도면 괜찮다며 각자의 집으로 돌아갔다. 물론 "이 짓을 더는 못 해먹겠다."라며 화가 나서 돌아간 누군가도 있을 것이다. 하지만 이 말은 『고도를 기다리며』의 마지막에 나오는 대사이기도 한데, 이번에는 블라디미르가 이렇게 대답해 준다.

"그건 자네 생각이고."

* * *

사실 책을 쓰는 동안의 대부분은 괜찮지 않았다. 나의 부족한 능력이야 당연한 전제 조건이고, 내 팀의 강등이야 정해진 절차에 따른 결과니 그런 얘기를 하려는 건 아니다. 점점 활기를 잃어 가는 K리그 판 때문이었다. 《릿터》 연재를 결정하고 첫 회 원고를 쓰는 바로 그 타이밍에 심판 매수 뉴스가 터졌다는 것부터가 다분히 상징적이었지 않나 싶다. 2016년에서 2017년을 거쳐 2018년에 이르는 이 시기, 그러니까 내가 이 책에 실린 글들을 붙들고 있었던 정확히 바로 그 시기는 37년 K리그 역사에서도 확연한 침체기였다.

물론 위기야 언제나 있어 왔고 K리그에 '침체'라는 단어가

붙는 건 딱히 낯설지도 않다. 하지만 이 시기의 침체에는 뭐랄까, "더 이상 할 수 있는 게 없다."라는 슬픈 확신이 섞여 있었다. 푸는 데 실패해 도리 없이 미뤄 두었던 그간의 수많은 문제가 쌓이고 엉켜 이제는 그 무게 때문에 서서히 가라앉고 있는 느낌이었다. 팀을 사랑하는 팬들의 마음이야 전과 별반 다르지 않았지만, K리그는 '대중문화'라기보다는 '하위문화'에 가까워졌고 산업적 측면에서도 더더욱 빈약해졌다. 줄어든 관중 수보다 심각한 것은 팬들 사이에, 나아가 축구 기사를 쓰는 기자들 사이에 느껴지는 패배 의식이었다. '우린 안될 거야. 이렇게 서서히 망해 갈 거야.'라는. 그런 시기에 이런 책을 쓰고 있는 게 흥이 날 리 없었다. 괜찮을 리 없었다.

그런데 웬걸, 2018년 여름의 월드컵 독일전 승리와 아시안 게임 남자 축구 금메달로 지펴진 훈풍이 2019년 FIFA U-20 월드컵 준우승으로 이어지는 동안 K리그에도 유의미한 변화의 바람이 불기 시작했다. 관중이 늘어났고, 콘텐츠의 이미지가 달라졌다. 내내 우는소리를 해 놓은 마당에 조금 뻘쭘한 모양새가 되었지만 힘든 시기에 꾸역꾸역 써 놓은 원고의 결을 뒤집어엎는 것도 대공사라 적당한 수준에서 부랴부랴 정리할 수밖에 없었다. 그래도 '활기 도는 K리그'라니, 낯설고 어색하긴 해도 얼마나 다행인가!

이야기를 고르는 것도 힘든 일이었다. 내 팀의 이야기로 중심을 잡긴 했지만, 37년간 계속되어 오고 십수 년간 지켜봐 온 K리그에는 들려 주고 싶은 이야기와 해야 할 말이 내가 생각했던 것보다 훨씬 많았다. 게다가 쉬지 않고 굴러가는 리그는 매주 매달 매년 새로운 이야기를 만들어 냈다. 이걸 추리고 묶는 게 보통 일은 아니었다.

2019년 여름 두어 달 사이에 일어난 일들 몇 가지만 나열해 볼까? 해체 위기를 겪었던 아산의 의경 선수들은 마지막까지 팀을 위해 최선을 다하고 각자의 팀으로 돌아갔다.(아산 구단은 그사이 조금씩 보충해 온 일반인 선수들로 경기에 나서고 있지만, 내년에도 팀이 존속된다는 보장은 아직 없다. 아산 시민구단이든 충남 도민구단이든 꼭 좋은 결과가 있기를 바란다.) 4월에 거둔 1승 이후 14경기 동안 2무 12패로 K리그2 꼴찌였던 서울이랜드가 일요일 밤의 광양 원정에서 15경기 만에 승리를 거두자 먼 응원길을 달려온 팬들은 엉엉 울고 말았다. 강원은 추가 시간 세 골로 2 대 4 경기를 5 대 4로 뒤집는 해외 토픽감 경기를 펼쳤고, 그 팀의 한 팬은 공룡 인형 옷을 입고 응원을 왔다가 아이들이 너무도 좋아하는 바람에 이 찜통 더위에 매 경기 그걸 입고 경기장을 찾아 비공식 마스코트 역할을 수행 중이다.(막상 경기는 제대로 못 본다고 한다.)

J리그에서 뛰던 김승규 선수는 열아홉 나이에 데뷔한 울산으로 돌아오며 "가기 전 꼭 다시 돌아오기로 팬들과 약속했

어요. 오직 울산현대만을 마음속에 품고 있었어요. 다른 팀이 제시한 조건을 놓고 비교하지도 않았어요. 생각조차도 안 했죠."라고 인터뷰를 해 팬들의 가슴을 시큰하게 했고, 전북으로 이적한 김승대 선수가 맞대결을 위해 스틸야드를 처음 찾은 날, 포항 팬들은 김승대 선수가 포항에서 뛴 경기 수에 맞춰 154미터짜리 초대형 플래카드를 N석과 E석에 걸쳐 둘러 선수와 다른 팀 팬들의 가슴을 뭉클하게 했다. 플래카드 속 문구는 이렇다.

"포항이 낳은 포항의 선수 김승대! 영원히 우리 가슴속에 간직하고 응원한다. 너와의 첫 만남, 울고 웃으며 함께했던 모든 순간들, 우리 여기서 다시 만나자! 포항의 심장, 이곳 스틸야드에서! 구단 경영진은 바뀌어도 46년 팬심은 변화 없다. 너를 응원하는 우리의 마음만은 영원히 팔지 않을게! ― 강철전사 2500회원 및 50만 포항 시민이."

이것이 우리의 K리그다. 되돌릴 수 없을 것만 같던, 정말로 아무것도 할 수 없을 것만 같았던 침체기를 벗어나 다시 앞으로 나아갈 힘을 얻은. 그러고 보니 "여기서 우리가 할 수 있는 게 없네."라는 말에 "어딜 가도 마찬가지지."라는 대답도, "이 짓을 더는 못 해 먹겠다."라는 말에 "그건 자네 생각이고."라는 대답도 마음에 들긴 하지만, 이런 새로운 조합도 좋겠다.

"여기서 우리가 할 수 있는 게 없네."

"그건 자네 생각이고."

힘겹게 쓴 이 책이 곧 내가 할 수 있는 무엇이었다. 이렇게 또 축구에서(혹은 부조리에서) 배운다. 카뮈처럼 일찌감치 많이 깨치지는 못했어도, 뒤늦게 하나씩이라도.(그나저나 카뮈 말고 대학 시절 골키퍼로 활약한 또 다른 유명 인물로 대한민국의 민머리 대통령/학살자가 있다는 사실은 또 하나의 부조리일지도 모르겠다. 대체 그자는 축구에서 뭘 배운 거야?)

K리그는 앞으로도 썩 괜찮게 굴러갈 것이다. 팬과 선수가 함께 만드는 무궁무진한 이야기들과 함께.

* * *

자, 그러니 여러분도 K리그와 성남FC의 팬이 되어 보시면 어떨까? 앞에서 스포츠의 예측 불가능성, 내 팀을 갖는다는 것의 통제 불가능성, 내 팀의 승리 불가능성 이야기를 했었다. 이 모든 것이 만나는 성남FC 팬으로서의 새로운 정체성은 어떠신지!

예측 불가능한 스포츠 중에서도 가장 다루기 어려운 발로 대부분의 행위가 이루어지기에 온갖 실패로 뒤엉킨 축구, 통제 불가능한 팬질 중에서도 다방면의 피해 의식을 비롯하여 쓸데없는 감정 소모가 극심한 K리그, 승리 불가능한 팀들 중에서도…… 여기에 대해선 더 깊이 들어가지 말자. 그래도 당신은 행운아다. 지금까지의 성남 축구를 보지 않은 채 앞으로의 성남 축구를 만날 수 있으니까.

다른 K리그 팀에 관심을 가져 보신대도 아쉬운 대로 이해는 해 드리겠다. 어쨌든 자주 가서 만날 수 있는 '우리 동네' 팀을 응원하는 게 최고니까. 가까운 K리그 팀 경기를 한번 찾아가 보자. 단 절대 첫술에 배부를 생각은 말자. 그렇게 호락호락 자신의 매력을 보여 줄 K리그가 아니다.

대체 내가 여기서 뭘 하고 있나 싶은 지루한 경기를 세 경기쯤 꾹 참고 보면서 "당신만이 가지고 있는 쓸쓸함을 소중히 여기다" 보면,* 어느 순간 어어? 하다가 몇 번 엉덩이가 들썩거리기도 하고, 어이없는 승리에 나도 모르게 펼쳐 든 두 팔이 머쓱해지기도 할 것이다. 골을 넣고 환히 웃는 선수에게 그보다 더 신이 나서 엉겨드는 동료들의 모습을 보며 괜히 뭉클해져서 코를 큼큼 들이마실 것이다. 집에 돌아와서는 구단 홈페이지에 들어가 아까 온몸을 던져 상대 공격수를 막아 냈던 우리 팀 선수의 등번호를 찾아 얼굴을 물끄러미 바라보기도 하고, 하이라이트 영상을 재생해 그 선수의 모습을, 관중석 한 귀퉁이에 앉은 스스로의 실루엣을 찾아보기도 할 것이다. 그러다 황금 같은 주말에 낯선 도시에 원정경기를 보러 가서 저 웬수 같은 놈들이 땡볕 아래서 꼬물거리다가 맥없이 축 처져 인사를 하러 오

* 다자이 오사무, 최혜수 옮김, 「부끄러움」, 『정의와 미소』,
다자이 오사무 전집 5(도서출판b, 2013), 11쪽.

는 꼬라지라도 본다면, 게임은 끝난 것이다. 아니다. 게임은 시작된 것이다.

자, 이것이 내가 종료 직전에 당신에게 띄우는 크로스 패스다. 좀 어설픈 패스지만 요령껏 잘 받아 골을 넣어 주신다면 그것은 당신과 나의 '결정적 순간'일 것이다.

물론 골이 들어가지 않아도 상관없다. 그런 순간은 쉽게 찾아오는 법이 아니라는 걸 축구팬인 나는 너무도 잘 알고 있으니까. 패스의 궤적을 눈으로 가만히 좇으며 공에 실린 마음만 읽어 주셔도, 혹은 저 구석에서 무용한 패스라도 꾸역꾸역 시도하는 누군가가 있다는 걸 알아만 주셔도 충분하다. 나는 모든 불가능성에 익숙한 K리그, 그리고 성남FC의 팬이니까.

* * *

이 책에 등장한 실명의 주인들에게 감사를 전한다. 이니셜로 등장하거나 이름 없이 책 속에 스며 있는 성남FC 팬들 또한 마찬가지다. 당신들 덕에 내 팀을 더더욱 사랑할 수 있었다. 최근 몇 년 새 성남FC에 몸담았던 모든 선수(한 명만 제외하고.)에게도 고마움을 전하지 않을 수 없다. 일일이 나열할 수도 없고 특정 선수만 골라 쓸 수도 없어 속상한 마음을 부디 이해해 주시길. 당신들 모두 나의 소중한 스타다. 특히 승격을 일구어 준

2018년 선수단에게는 조금 더 각별한 마음을 전한다.

다른 모든 K리그 팀 팬 혹은 어느 한 팀의 팬이 아니더라도 각자의 위치에서 마음으로 K리그를 아껴 온 모든 이들에게도 따뜻한 연대의 감사를 보낸다. 나의 리그를 함께 지탱해 준 소중한 사람들이자 이 책의 주요한 참고 문헌이다. 당신들에게는 이 책이 작으나마 위로가 되었으면 좋겠다.

투병 중인 사촌형이 있다. 지난 병문안에서 "할 게 없으니 맨날 축구만 봐."라며 그 주에 본 K리그 경기 이야기를 하는 형의 모습을 보며 그제야 깨달은 사실이 있다. 형이 내 인생에서 처음 만난 K리그 팬이었다는 사실. 자기 팀 경기를 보고 우리 집에서 자고 간 어느 여름밤, 재미있는 리듬의 선수 콜을 들려주며 신나하던 형과 그걸 눈을 빛내며 듣던 어린 나의 모습이 문득 아련하다. 태원(희원) 형이 꼭 다시 일어나기를.

K리그 팀의 팬이 K리그와 자신의 팀을 소재로 쓴 에세이집은 처음인 것으로 알고 있다. 그러한 책을 가진 최초의 팀 자리에 나의 팀 성남FC의 이름이 놓인다는 사실이 무엇보다도 기쁘다.

2019년 8월

박태하

G.A.M.E O.V.E.R

EXIT
▶ CONTINUE

대한민국 바깥에는 양질의 축구 서적이 넘쳐 난다. 축구 역사서, 전술서, 선수와 지도자를 위한 교육용 서적들은 물론이고, 축구를 주제로 하는 다양한 인문, 사회, 자연과학, 경영학, 문학 도서들이 있다. 그러나 안타깝게도 이 땅의 축구 도서 시장은 풍요롭지 않다. 이른바 '팔리는 책'의 유형이 지극히 제한적이다. 유명한 축구계 인물의 자서전이나 월드컵 특수를 노린 도서가 아니면 어렵다. 또한 심도 있는 축구 서적들은 거의가 다 외국 책을 번역한 것들이다. 그렇다 보니 우리 축구팬의 관점에서 집필된 가치 있는 서적을 접하기 쉽지 않았던 게 사실이다.

그래서 『괜찮고 괜찮을 나의 K리그』를 접했을 때 적잖이 놀랐다. 대한민국에 이러한 유형의 축구 서적이 존재하게 되리라 생각하지 못한 까닭이다. 우선 이 책은 이 땅에서 살아가는 K리그 팬의 열혈 스토리를 담고 있으면서도, 동시에 모든 독자들에게 간결한 필치로 우리 축구 리그를 안내하는 입문서, 참고서의 역할을 자임한다. 이 책은 저자의 인생 클럽(성남 FC)이 맞이했던 위기의 시절을 눈물겹게 따라가면서도, K리그 전 영역의 재미있는 이야기들을 곁들이는 것은 물론, 지구촌 축구 문화에 대한 예리한 접근과 성찰까지 펼쳐 보이고 있다.

한마디로 이 책은 '국소적'이면서 '보편적'이고, '축구적'이면서 '문화적'이며, '역동적'이면서 '지성적'이다. 적어도 필자가 아는 한, 이 책은 이 땅에서 출간된 K리그 서적들을 통틀어 생동감과 재미, 인문학적·문학적 가치 면에서 최고의 작품이다. 대한민국 축구 도서의 수준과 다양성을 끌어올린 박태하 작가의 노고에 진심으로 감사드린다.

　　── 한준희(KBS 축구해설위원, 아주대 스포츠레저학과 겸임교수)

▶ 추천의 말

축구 얘기려니 했다. 축구 얘기 맞다. 다 읽고 나서 이거 사랑 얘기려니 했다. 사랑 얘기 맞다. 뭔 소리냐면 하여간에 뭔 소리다. 그 '뭔'의 '무슨'에 우리를 절로 살게 하는 삶의 찬란한 '와중'이 속속들이 들어 있다면 오버일까. 오버다. 그렇다면 맞겠다. 사랑은 오버 안 하면 반칙인 거니까. 하고 많은 것 가운데 어쩌다, 하필 'K리그'에 꽂혀 "직관은 진리다."라는 제명제 아래 반칙을 알리는 심판의 휘슬마저 삼킬 기세로 우리 축구에 미치게 되었는지 정확히는 모르겠으나 그런 박태하가, 그럴 수 있던 박태하가 좋아 죽어 써내려 간 이 순정의 기록이 부러움을 넘어 배워 보고 싶은 어떤 '태도'로까지 읽힌 것은 사실이다.

"'그깟 공놀이'에 이렇게까지 감정이 속수무책으로 좌지우지되어도 괜찮을 걸까."라니. "좋아하는 것에 속수무책 당할 수밖에 없는 우리의 마음은 통할 테니까."라니. 아주 염장을 지르는구나. 사랑할 수 있는 자를 맘껏 사랑할 수 있는 자가 얼마나 행복한 자인지 모르고 하는 소리일까. 아니 알고 하는 소리일 거다. "사랑하니까 사랑하지."를 몸으로 아는 박태하는 내가 아는 말과 행동이 몹시도 맵시 나게 정확한 사람 가운데 하나니까.

K리그에 대한 제 감정을 토로할 땐 정직해서 뜨겁고 K리그에 대한 정보를 나열할 땐 정확해서 차갑던 이 책의 온도, 그 사계절의 예 있음. 감히, 아니 온당히 'K리그의 모든 것'이라 이 책을 칭하지 아니할 수가 없는 연유다. 그런데 문득 이런 호기심. 국립국어원에 등재된 '야구팬'처럼 어느 날 '축구팬'이라는 단어가 그리 오른다면 대한축구협회는 박태하에게 어떤 포상을 베풀까.

—— 김민정(시인)

괜찮고 괜찮을 나의 K리그
당신에게 가장 가까운 축구장에서

1판 1쇄 펴냄	2019년 8월 30일
1판 2쇄 펴냄	2024년 3월 18일
지은이	박태하
발행인	박근섭, 박상준
펴낸곳	(주)민음사
출판등록	1966. 5. 19. (제16-490호)
주소	서울시 강남구 도산대로1길 62
	강남출판문화센터 5층 (06027)
대표전화	02-515-2000 팩시밀리 02-515-2007
	www.minumsa.com
	ⓒ 박태하, 2019. Printed in Seoul, Korea
ISBN	978-89-374-4382-4 (03810)